山陰本線
舞鶴線
福知山
綾部
谷川
加古川線
福知山線
山陰本線
東海道本線
六甲山△
新大阪
大阪空港
加古川
新神戸
西明石
山陽新幹線
尼崎
大阪
神戸
神戸空港
京橋
明石
山陽本線
天王寺
明石コース
住吉大社
住吉コース
王寺
二上山△
大阪湾
淡路島
阪和線
葛城山△
金剛山△
関西空港
日根野
橋本
和歌山線
欧の浦コース

散策コースの配置図

一度は訪ねたい万葉のふるさと

―近畿編（上）―

二川　曉美

奈良新聞社

和歌の浦（29 頁）

名草山（19 頁）

住吉大社（81 頁）

住吉大社の反橋（83 頁）

柿本神社（166 頁）

明石の大門（183 頁）

二上山（244 頁）

推古天皇陵（228 頁）

葛城古道（駒形大重神社付近）
からの大和三山展望（312 頁）

高天彦神社の参道（287 頁）

蔵王堂（330 頁）

宮滝付近の吉野川（363 頁）

はじめに

『万葉集』は全二〇巻で、その中に約四五〇〇首の歌が収められている。それらの歌に詠まれた地名は、北端と東端は宮城県遠田郡涌谷町涌谷黄金迫、西端は長崎県五島市三井楽町、南端は鹿児島県阿久根市脇本で、ほとんど日本全国に及んでいる。『万葉集』に詠まれた地名は、歌、題詞、左注などを合わせると、延べ総数約二九〇〇にもなる。これらの中には、同じ地名が重複して数えられているので、それらを一つとして数えると、約一二〇〇になる。『万葉集』に詠まれた地名は、風土と歴史的・生活的に関わり合うものが多いので、万葉の歌の本質を究めるためには、歌が詠まれた風土に身を置いて、その背景を探ることが重要である。

『万葉集』に詠まれた地名は、大和地方が約三〇〇で最も多く、総地名数約一二〇〇の四分の一を占める。これは、飛鳥、藤原、平城に大和朝廷が置かれ、万葉人の活動の拠点となっていたからである。これに続いて多いのが大和周辺の諸国である。国名でいえば、摂津、河内、和泉、紀伊、山背、丹波、丹後、近江、伊賀、伊勢、志摩などである。これらの地域の地名を詠んだ歌は、約三〇〇を数え、大和地方の地名を詠んだ歌の数に匹敵する。

筆者は、学生時代に犬養孝先生が主宰されていた「万葉旅行の会」に入会し、万葉故地を訪ねるようになって以来、約六〇年間、全国の万葉故地を訪ね、万葉の風土について調査・研究することを趣味としていたが、最近ではライフワークのようになっている。それらの中で、万葉故地を訪ねたときに、身震いするほどの感動を覚えた所も多く、それらを独り占めするのはもったいない気がしていた。機会があれば、非常に感動を覚えた万葉故地を万葉愛好者の方々にご紹介することにより、その感動を分かち合えれば、とかねがね思っていた。

この書は、このような筆者の思いを実現することを意図したものである。そこで、まず、近畿地方を対象に、とりわけ印象に残った一二カ所を厳選してご紹介する。これらの地は、大和地方から天皇の行幸、宮廷官人たちの遊覧、朝命や赴任など、様々な形で万葉人が旅したところである。現地を訪れると、万葉人が持つ原動力がこれらの地方の風土と関わり合って、新たな風土的味わいを醸し出してくれるように思われる。

この書では、一二カ所の万葉故地を取り上げて、その周辺の史跡、寺社などもほぼ一日で訪ねて歩けるコースを選定した。これらの万葉故地、関連する万葉歌、万葉歌碑を中心に、それら周辺の史跡、社寺などを詳細に解説することにより、万葉の歌が詠まれた歴史的・風土的背景を理解し、万葉のふるさとにより親しみを持っていただければ幸いである。

目次

写真・地図　二川　曉美

第一章　和歌の浦コース

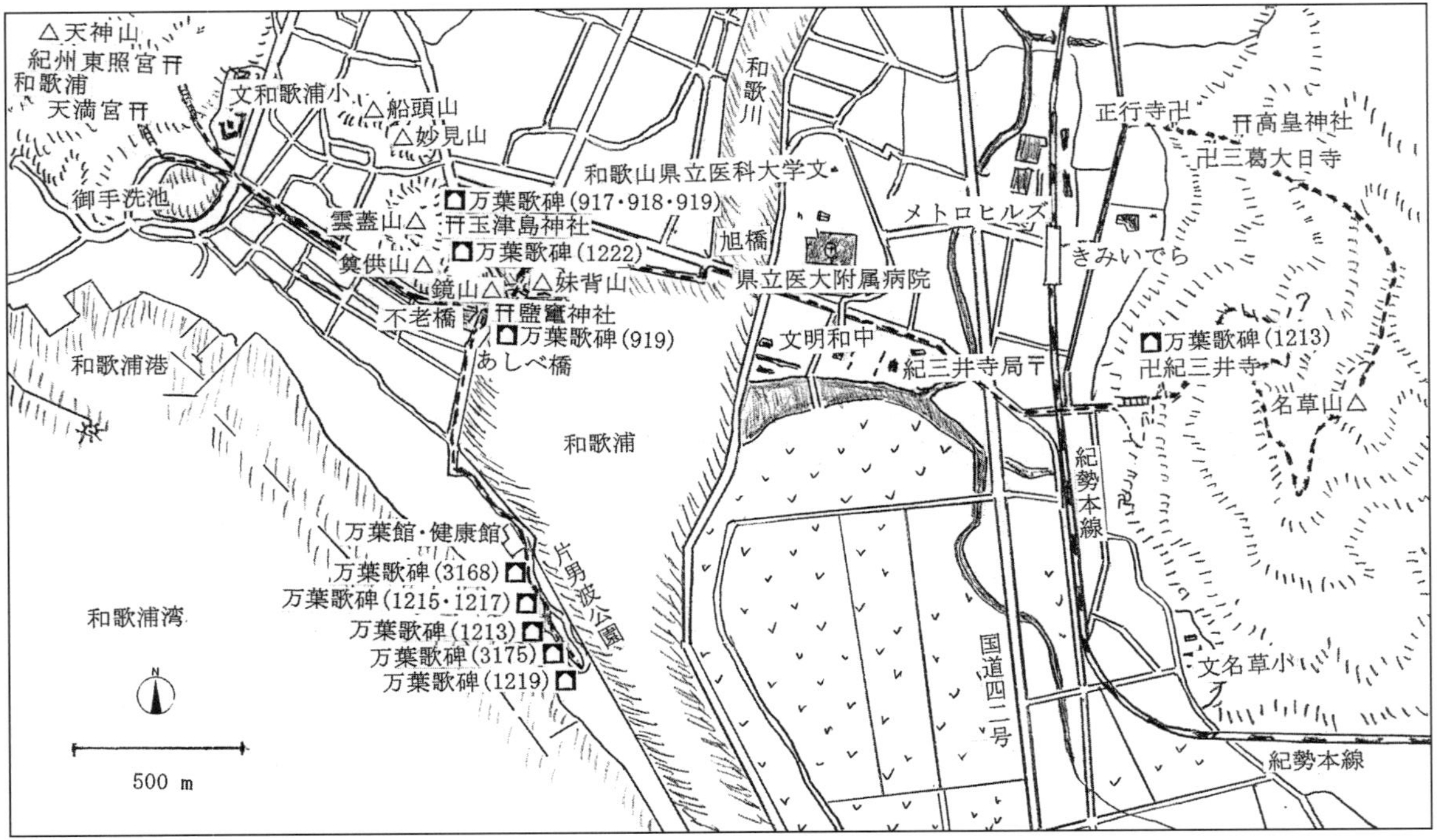

△天神山
紀州東照宮⛩
和歌浦
天満宮⛩
文和歌浦小
△船頭山
△妙見山
御手洗池
万葉歌碑(917・918・919)
雲蓋山△
⛩玉津島神社
万葉歌碑(1222)
奠供山△
鏡山△
△妹背山
不老橋
⛩鹽竈神社
万葉歌碑(919)
あしべ橋
和歌浦港
和歌浦
和歌川
旭橋
和歌山県立医科大学文
県立医大附属病院
文明和中
紀三井寺局〒
メトロヒルズ
きみいでら
正行寺卍
⛩高皇神社
卍三葛大日寺
万葉歌碑(1213)
卍紀三井寺
名草山△
紀勢本線
文名草小
紀勢本線
国道四二号
万葉館・健康館
片男波公園
万葉歌碑(3168)
万葉歌碑(1215・1217)
万葉歌碑(1213)
万葉歌碑(3175)
万葉歌碑(1219)
和歌浦湾
N
500 m

和歌の浦コース

和歌の浦　和歌山市の南西部に位置する景勝地。往古、紀ノ川が和歌の浦に流入し、干潟や片男波の砂州を形成し、妹背山、鏡山、奠供山、雲蓋山、妙見山、船頭山の「玉津島山」と称された島々が海に浮かんでいた。和歌の浦の北には、玉津島神社、紀州東照宮、和歌浦天満宮などの古社がある。聖武天皇は、神亀元年（七二四）一〇月、和歌の浦に行幸して一三日間滞在し、行幸に従駕（じゅうが）した山部赤人は『万葉集』に和歌の浦の名歌を残した。

和歌山市三葛《みかずら》のＪＲ紀勢線紀三井寺《きみいでら》駅に降り立つと、東側に「名《な》草山《ぐさやま》」が聳《そび》えている。名草山に登ると、眼下に『万葉集』に詠まれた「和歌《わか》の浦《うら》」「玉津島山《たまつしまやま》」の絶景が望める。まさに、「咫尺万里《しせきばんり》」の言葉どおり、絵画のように限られた狭い区域の中に、壮大な広がりを見せる絶景である。名草山を西に下ると、中腹に西国三十三所《さいごくさんじゅうさんしょ》観音霊場《かんのんれいじょう》第二番札所の紀三井寺《きみいでら》があり、境内から「和歌の浦」が望める。急な石段を下り、大通に出て交差点を渡って西へ進み、和歌山県立医大の前から旭橋を渡り、「和歌浦」の北の浜辺に出ると、眼前の海に妹背山《いもせやま》が浮かび、その西に不老橋《ふろうばし》、鹽竈神社《しおがまじんじゃ》、和歌の神様と称される玉津島神社《たまつしまじんじゃ》がある。不老橋が架かる市町川《いちまちがわ》に沿って北へ進むと、紀州徳川家ゆかりの紀州東照宮《きしゅうとうしょうぐう》、その西に和歌浦天満宮《わかうらてんまんぐう》がある。不老橋まで戻り、右折して道なりに進むと、万葉館《まんようかん》、片男《かたお》波公園《なみこうえん》がある。今回は、この空と海と島が一帯となって織りなす和歌浦の景勝地の名草山と和歌の浦を訪ね、『万葉集』に詠まれた「名草山」「和歌の浦」「玉津島山」を偲ぶことにする。

正行寺

名草山

■正行寺

JR紀三井寺駅の東側の道をしばらく北へ進み、名草山《なぐさやま》の北尾根が下がり切った辺りで、民家の間を東に抜けると、名草山の北登山口があり、その傍に正行寺《しょうぎょうじ》がある。

正行寺は、弁天山専修院《べんてんさんせんしゅういん》と号する浄土宗の寺で、本尊は阿弥陀如《あみだにょ》来《らい》である。寛永年間《かんえいねんかん》（一六二四〜一六四四）の創建で、開山は長《ちょう》誉上人《よしょうにん》である。切妻造《きりづまづくり》、本瓦葺《ほんかわらぶき》、薬医門《やくいもん》の山門をくぐると、左側に本堂がある。本堂は、桁行《けたゆき》五間、梁行《はりゆき》七間の入母屋造《いりもやづくり》、本瓦葺《ほんかわらぶき》、向拝付《こうはいつき》である。

本堂右前にソテツの大木、忠魂碑、左前に無縁仏塔建設記念碑がある。

三葛大日寺

■三葛大日寺

正行寺の南側の石段を登っていくと、三葛大日寺《みかずらだいにちじ》がある。海見山《かいけんさん》金蔵院《こんぞういん》と号する古義真言宗山階派《こぎしんごんしゅうやましなは》の寺で、本尊は薬師如来《やくしにょらい》である。本堂は、桁行《けたゆき》三間、梁行《はりゆき》二・五間の宝形造《ほうぎょうづくり》、左側一部が桁行一間の切妻造《きりづまづくり》、本瓦葺《ほんかわらぶき》で、堂内には、中央に十一面観世音菩薩像《じゅういちめんかんぜおんぼさつぞう》、右側に薬師如来像、左側に大日如来像《だいにちにょらいぞう》を祀る。境内には、大日堂《だいにちどう》、九頭龍社《くずりゅうしゃ》、稲荷神社《いなりじんじゃ》を併祀する。

大日堂は、桁行三間、梁行三間の寄棟造《よせむねづくり》、銅板葺《どういたぶき》で、堂内には、鎌倉時代の木造大日如来像《もくぞうだいにちにょらいぞう》を祀る。『紀伊國名所圖會《きいこくめいしょずえ》』には、金蔵《こんぞう》院《いん》の参道の北側に福寿院《ふくじゅいん》、その東に大日堂が描かれている。

九頭龍社は、桁行一間、梁行一間の切妻造、銅板葺の小さな祠で、その中に九頭龍神像《くずりゅうしんぞう》を祀る。この神像は、楠を組み合わせて彫像された龍で、九つの頭を持ち、とくに眼牙《がんが》は鋭く精巧に作られ、洞窟の中にドクロを巻いて四方をにらむ姿は、非常にグロテスクで、恐

高皇神社

ろしい形相《ぎょうそう》をし、小さいながら迫力がある。説明板によると、九頭龍神は、大日如来の使いの姿として、信州戸隠《しんしゅうとがくし》に生まれ、天、地、水の神として、山に住む人々や農民の間で奉信されているという。歯を患う者は、三年間、梨を食べるのを絶って立願すると、歯の痛みがたちどころに治るといわれている。

■高皇神社

三葛大日寺の東北に高皇神社《こうこうじんじゃ》がある。祭神は高御産霊命《たかみむすびのみこと》である。当初、中言大明神《ちゅうごんだいみょうじん》を祀る神社として創建されたが、浜宮に合祀され、その後、高皇神社として再興され、高御産霊命が祀られたと伝える。

拝殿は、桁行七間、梁行二間の入母屋造《いりもやづくり》、桟瓦葺、吹き放し、本殿は、一間社流造《いっけんしゃながれづくり》、銅板葺《どういたぶき》で、神門に続く瑞垣《みずがき》で囲まれている。境内から、「和歌の浦」「玉津島山」が間近に望める。

名草山山頂から和歌の浦展望

■名草山

高皇神社から名草山《なぐさやま》の登山道を登っていくと、中腹に一本松広場があり、二代目の一本松が植栽され、開墾記念碑が建っている。その一角に仲よし地蔵像を祀る地蔵堂《じぞうどう》がある。

地蔵堂の背後から急坂を登っていくと、名草山の頂上に出る。名草山は、標高約二二九メートルで、古生層の三波川変成帯《さんばがわへんせいたい》に属する結晶片岩《けっしょうへんがん》からなる山である。紀ノ川の南岸に沿って東西に延びる龍門山系《りゅうもんさんけい》の西端に位置している。山頂から『万葉集』に詠まれた「和歌の浦《わかのうら》」「玉津島山《たまつしまやま》」「雑賀崎《さいかざき》」の絶景が望める。

和歌の浦の西の片男波《かたおなみ》から名草山を眺めると、鏡のように波静かな和歌の浦の水面にゆったりと影を落とす逆さ名草の絶景が見られ、あわただしい世相に生きる現代の私たちに、心の静まりと安らぎをもたらしてくれるように思われる。

名草山は、この付近では独立して聳《そび》え、円錐形の美しい山容をし

片男波から名草山展望

ているので、旧名草郡の象徴とされ、『万葉集』巻七に、「名草山《なぐさやま》」は次のように詠まれている。

名草山《なぐさやま》　言《こと》にしありけり　我《あ》が恋ふる
千重《ちへ》の一重《ひとへ》も　慰《なぐさ》めなくに　　七・一二一三

この歌は―名草山は、名前だけの山だったたよ、わたしの恋心の、幾重にも積もったその一つでさえも、慰めてくれないのだから―という意味である。恋の苦しみを慰めてくれるという名の名草山は、私の苦しい恋心を慰めてくれると思って訪ねたが、積もり積もった苦しみの一つさえも慰めてくれない。名草山という名前を聞くだけで、逆にますます恋の苦しみが増してくる、といっている。

この歌は、作者未詳であるが、神亀《じんき》元年（七二四）の聖武天皇《しょうむてんのう》の和歌の浦行幸に従駕した官人が詠んだと思われる。優しく穏やかな名草山の佇《たたず》まいに心を惹《ひ》かれ、旅愁が慰められたようで、歌の内容

乃木将軍彰徳碑

に反して、明るく軽やかな調子で詠まれている。

■見晴台

名草山の頂上から登山道を道なりに下っていくと、南側の中腹に見晴台《みはらしだい》がある。大きな岩の上が展望台になっており、和歌の浦から南の海南《かいなん》・藤白方面《ふじしろほうめん》の素晴らしい景観が望める。

■乃木将軍彰徳碑

名草山の西側の中腹に乃木将軍彰徳碑《のぎしょうぐんしょうとくひ》がある。乃木将軍は、本名を乃木希典《のぎまれすけ》といい、長州藩士の子で、戊辰戦争《ぼしんせんそう》に参加、西南戦争《せいなんせんそう》では歩兵第一四連隊長心得として従軍し、日清戦争《にっしんせんそう》では歩兵第一旅団長として旅順口《りょじゅんこう》を攻略、その後、台湾総督《たいわんそうとく》を務めた。日露戦争《にちろせんそう》では、第三軍司令官として旅順要塞攻略作戦《りょじゅんようさいこうりゃくさくせん》を指揮して、多大な犠牲を

紀三井寺の楼門

払って旅順を攻略した。その後、学習院院長となり、裕仁親王《ひろひとしんのう》（後の昭和天皇）の教育にあたったが、明治天皇の大葬の日に静子夫人とともに殉死した。

この地は、乃木将軍が名草山を崇へ、花を捧げた場所と伝える。建碑の由来は未詳であるが、大正元年（一九一二）に建立されているので、業績を顕彰し、殉死を供養するために造立されたようである。

紀三井寺

■紀三井寺

名草山の西麓に紀三井寺《きみいでら》がある。紀三井山金剛宝寺護国院《きみいさんこんごうほうじごこくいん》と号する救世観音宗《くぜかんのんしゅう》の寺で、本尊は十一面観世音菩薩《じゅういちめんかんぜおんぼさつ》、西国三十三所観《さいごくさんじゅうさんしょかん》音霊場《のんれいじょう》第二番札所である。創建当初は、真言宗山階派《しんごんしゅうやましなは》に属していたが、昭和二六年（一九五一）に独立して救世観音宗に改宗された。

紀三井寺の本堂

この寺の起源については、次の伝承がある。

光仁天皇《こうにんてんのう》の宝亀《ほうき》元年（七七〇）、唐より渡来した為光上人《いこうしょうにん》は、観音の慈悲の光によって、人々の苦悩を救い、仏法を広めるために、諸国をめぐってこの地に至ったとき、夜半、名草山の山頂辺りに霊光を観じ、翌日、山に登ると、千手観世音菩薩《せんじゅかんぜおんぼさつ》を感得した。上人は、この地こそ観音慈悲の霊場、仏法弘通《ぶっぽうぐつう》の勝地であると歓び、自ら一刀三礼《いっとうさんらい》のもとに十一面観世音菩薩像を刻み、一宇を建立して、この像を安置したのに始まる、という。

紀三井寺という名は、紀州の三つの井戸がある寺という意味で名付けられたといわれ、境内に、「日本百名水」の一つに選ばれた清浄水《せいじょうすい》、揚柳水《ようりゅうすい》、吉祥水《きちじょうすい》の三つの井戸がある。

楼門《ろうもん》（重文）をくぐって二三一段の急な石段を登ると、正面に六角堂《ろっかくどう》、右手の高台に新仏殿《しんぶつでん》、左手の参道沿いに鐘楼《しょうろう》（重文）、大師堂《だいしどう》、正面に本堂（県指定文化財）、その裏に光明殿《こうみょうでん》、本堂右脇の石段を登ったところに多宝塔《たほうとう》（重文）、開山堂《かいさんどう》がある。

紀三井寺の多宝塔

本堂は、桁行《けたゆき》九間、梁行《はりゆき》九間の入母屋造《いりもやづくり》、本瓦葺《ほんかわらぶき》、唐破風《からはふ》・千鳥《ちどり》破風付《はふつき》で、宝暦《ほうれき》九年（一七五九）の再建である。正面には梁行三間の唐破風付の向拝があり、貫《ぬき》は虹梁形《にじはりがた》で、その頭に木鼻《きばな》が付けられ、三手先《みてさき》の詰組《つめぐみ》がなされるなど、禅宗様式《ぜんしゅうようしき》が見られる。堂内には、薬師如来像《やくしにょらいぞう》、阿弥陀如来像《あみだにょらいぞう》、増長天像《ぞうちょうてんぞう》、持国天像《じこくてんぞう》を祀る。

大光明殿は、鉄筋コンクリート造の収蔵庫で、殿内には、本尊の十一面観世音菩薩立像（重文）、千手観世音菩薩立像（重文）、別の十一面観世音菩薩立像（重文）、梵天《ぼんてん》・帝釈天立像《たいしゃくてんりゅうぞう》（重文）、毘沙《びしゃ》門天立像《もんてんりゅうぞう》などを安置する。

楼門《ろうもん》は、桁行三間一戸門、梁行二間の入母屋造、本瓦葺で、永《えい》正《しょう》六年（一五〇九）の再建である。二階には高欄付《こうらんつき》の縁《えん》がめぐらされ、軒下には和様三手先《わようみてさき》の詰組《つめぐみ》が設けられ、牡丹と蓮の鮮やかな彫刻が施されるなど、桃山時代の建築様式が見られる。門の両側には、金剛力士像《こんごうりきしぞう》が安置されている。

多宝塔は、下層が方三間《ほうさんげん》で、柱は円柱、四方に逆蓮華柱付《ぎゃくれんげはしらつき》の高

紀三井寺の鐘楼

欄をめぐらし、中央西向きに唐戸《からと》、脇間《わきま》に花頭窓《かとうまど》が設けられている。内部は、四天柱《してんばしら》に来迎壁《らいごうへき》、その前面に唐様の須弥壇《しゅみだん》がある。文安《ぶんあん》六年（一四四九）の再建である。

鐘楼《しょうろう》は、方二間《ほうにけん》の入母屋造、本瓦葺で、下層には腰板張《こしいたばり》の腰袴《こしばかま》が施され、二層には高欄がめぐらされている。天正《てんしょう》一六年（一五八八）の再建である。

新仏殿《しんぶつでん》は、鉄筋コンクリート造、三階建てで、平成一四年（二〇〇二）の建立である。殿内には、総高約一一メートルの寄木《よせぎ》造《づくり》の十一面観世音菩薩像を祀る。五輪塔《ごりんとう》に模して造られたといわれ、三階のベランダから和歌の浦の素晴らしい景観が望める。

境内には、多数の桜の木が植栽されており、関西一の早咲きの桜の名所として知られ、「日本さくら名所百選」に選ばれている。

紀三井寺境内の万葉歌碑

■紀三井寺本堂前の万葉歌碑

紀三井寺本堂前に、次の歌が刻まれた万葉歌碑がある。

名草山《なぐさやま》　言《こと》にしありけり　わが戀の
千重《ちへ》の一重《ひとへ》も　慰《なぐさ》めなくに
七・一二一三

この歌碑は、書家・辻本龍山《つじもとりゅうざん》氏の揮毫により、昭和五八年（一九八三）に建立された。

『万葉集』には、名前を信じていても、その名前の通りにならないで、その意を伴わないことを嘆く歌が数多くある。この歌もその一つで、名草山《なぐさやま》、すなわち、恋の苦しみを慰めてくれる優しくて穏やかな名草山であると信じてやって来たが、なお一層、その恋の苦しさが増幅され、それに耐えられない、と歎いている。

聖武天皇の和歌の浦行幸

■行幸の概要

文武天皇《もんむてんのう》の御子・首皇子《おびとのみこ》は、神亀《じんき》元年（七二四）二月、平城宮《へいじょうきゅう》で即位して、聖武天皇《しょうむてんのう》になった。ときに二四歳であった。この年の一〇月、天皇は紀伊国《きのくに》の和歌《わか》の浦《うら》に行幸した。『続日本紀《しょくにほんぎ》』には、この行幸の様子を次のように記す。

一〇月五日、平城京を出発。七日、那賀郡玉垣勾頓宮《ながのこほりたまがきのまがりのかりみや》、八日、海部郡玉津嶋頓宮《あまのこほりたまつしまのかりみや》に到着、ここで一〇日余りを過ごす。この間、一二日には、岡の東に離宮を造営し、行幸に従った官人たちに禄を下賜。一六日、造離宮司《ぞうりきゅうし》、紀伊国の国郡司《こくぐんし》らへ禄を下賜、名草・海部郡の百姓らへの免税、罪人に対する大赦、名草郡の在地の豪族・紀直《きのあたい》らへの贈位を行った。つづいて、次の詔を下した。

山に登って海を望むと、海の眺めは素晴らしい。わざわざ遠くに

聖武天皇　第四五代の天皇。幼名は首。父は文武天皇、母は藤原不比等の娘の藤原宮子。和銅七年（七一四）、立太子、神亀元年（七二四）、元正天皇の譲位により即位した。天平元年（七二九）の長屋王の変後、光明子を皇后とした。天平九年（七三七）、天然痘の流行に続き、天平一二年（七四〇）、藤原広嗣の乱を機に、東国を巡幸し、恭仁京、紫香楽宮、難波宮と遷都を重ね、天平一七年（七四五）、平城京に戻った。この間、国分寺の建立、大仏の造顕の詔を発した。天平勝宝元年（七四九）、孝謙天皇に譲位した。

行かなくても、美しい景色を欲しいままにすることが出来る。だから、今より以降は、この「弱浜《わかのうら》」の名を改めて「明光浦《あかのうら》」とせよ。そして、番人を置いてこの地が荒れないようにせよ。さらに、春秋の二回、都から役人を派遣し、玉津嶋の神、明光浦霊《あかのうらのみたま》を祀れ、と。

一三日間の和歌の浦滞在を終えて、二一日、和泉国所石頓宮《いずみのくにところいしのかりみや》に至り、難波《なにわ》に向けて北上し、二三日、平城京へ無事帰着した。

岡東離宮の所在地については、『紀伊続風土記《きいしょくふどき》』では、現在の和歌山城の東部の大字岡《おおあざおか》付近を比定している。しかし、玉津島山から遠過ぎるので、玉津島山に近い雑賀野説《さいがのせつ》などがある。

聖武天皇が海を眺めた山は、『紀伊続風土記』では、玉津島神社《たまつしまじんじゃ》の裏側の奠供山《てんぐやま》としている。しかし、当時、「玉津島山」と称されていた妹背山《いもせやま》、鏡山《かがみやま》、奠供山《てんぐやま》、雲蓋山《うんがいさん》、妙見山《みょうけんさん》、船頭山《せんどうやま》は、海に浮かんでいたので、それらの山々の北に連なる権現山《ごんげんさん》、天神山《てんじんやま》、新和歌浦の章魚頭姿山《たこずしやま》（高津子山《たかつしやま》）のいずれかとする説もある。

明光浦霊《あかのうらのみたま》は、和歌の浦の地祇神《くにつかみ》である。当時のわが国の基盤は、

玉垣勾頓宮　所在地は未詳。一説には、和歌山県紀の川市井田付近とされる。国道二四号の脇に「井田会館」があり、「玉垣庵」と書かれた額と、「玉垣勾頓宮跡」と書かれた木札がある。『紀伊続風土記』の那賀郡粉河荘井田村の項には、「頓宮跡に玉垣寺が建てられ、その寺が廃された後、玉垣庵が建てられた」とある。

農耕社会であったので、地祇神を祀って、呪術的な農耕儀礼を行うことによって、人の力では支配できない自然現象を鎮めて、豊かな収穫が得られることを願ったようである。さらに、天皇が優れた霊を迎えて、自身の内部の霊を強化し、鎮魂を賦活《ふかつ》することも意図したように思われる。

■山部赤人の従駕歌

聖武天皇に従駕した山部赤人《やまべのあかひと》は、和歌の浦で次の歌を詠んだ。

やすみしし　わご大君《おほきみ》の　常宮《とこみや》と　仕《つか》へ奉《まつ》れる　雑賀《さひか》野《の》ゆ
そがひに見ゆる　沖つ島　清き渚《なぎさ》に　風吹けば　白波騒《さわ》き
潮《しほ》干《ふ》れば　玉藻《たまも》刈《か》りつつ　神代《かみよ》より　然《しか》そ貴《たふと》き　玉津島山《たまつしまやま》

六・九一七

紀伊続風土記　文化三年（一八〇六）、江戸幕府の命により、紀州藩は、藩士で儒学者の仁井田好古を総裁に任命し、仁井田長群、本居内遠、加納諸平、畔田翠山らに編纂させた。紀伊国の地誌。総論、古風土記逸文、国造、国司、守護、国主、制度などを記述した後、若山（現在の和歌山市街地）、名草郡、海部郡、那賀郡、伊都郡、在田郡、日高郡、牟婁郡の順に、各地の神社、寺院、旧跡などについて記述。

山部赤人　経歴は詳らかではないが、神亀元年（七二四）から天平八年（七三六）までの、少なくとも一三年間、聖武天皇の治世に活躍した万葉歌人。吉野、難波、紀伊、伊予などの行幸地をはじめ、摂津、播磨、駿河、下総などの各地を、下級官人としての用務を帯びて旅し、歌を詠んだ。柿本人麻呂と並び称され、とくに短歌による叙景歌に新境地を開いた。『万葉集』に、長歌一三首、短歌三七首を残す。

反歌二首

沖つ島　荒磯《ありそ》の玉藻《たまも》　潮干満《しほひみ》ち
い隠《かく》り行かば　思ほえむかも　六・九一八

若《わか》の浦《うら》に　潮満《しほみ》ち来《く》れば　潟《かた》をなみ
葦辺《あしへ》をさして　鶴《たづ》鳴き渡《わた》る　六・九一九

長歌は―（やすみしし）、わが大君が通われる、立派な永遠の離宮と思って、我々が仕えている、雑賀野《さいがの》から向こうの方に並んで見える、沖の島々の、清らかな渚に、風が吹いてくると、白波が騒ぎ、潮が引くと、海女《あま》たちが玉藻を刈っている、神代の昔から、このように貴い景色のよいところだ、玉津島山は―という意味である。赤人は、玉津島の神に畏敬を奉じ、天皇の新しい離宮への寿詞を示すとともに、威力ある神霊を天皇に憑《つ》けさせて賞賛している。

観海閣と和歌の浦展望

反歌の第一首目は―沖の島の、荒磯に生えている玉藻が、やがて潮が満ちて、隠れていったならば、さきほど見た玉藻はどうなっただろうと、思い出されることであろうよ―という意味である。藻は単なる海草ではなく、海の祭りにはなくてはならない神饌《しんせん》である。玉藻が波になびく様に神秘さを感じて、霊的な神聖なものとして捉え、それが隠れいくことを憂慮している。

第二首目は―和歌の浦に、潮が満ちてくると、だんだん干潟がなくなるので、葦の生えた岸辺をさして、鶴が鳴き渡っていく―という意味である。この歌では、和歌の浦に満潮が訪れ、葦辺をさして鶴が鳴き渡っていく動的情景が美しく詠まれているが、一方では、鶴は威力のある霊魂の運搬者という神霊を憑けて、皇統の恒久を切実に願っている。

■笠金村の従駕歌

聖武天皇に従駕していた笠金村《かさのかなむら》も、次の歌を詠んだ。

大君《おほきみ》の　行幸《みゆき》のまにま　もののふの　八十伴《やそとも》の男《を》と　出《い》でて行きし　愛《うるは》し夫《づま》は　天飛《あまと》ぶや　軽《かる》の路《みち》より　玉だすき　畝傍《うねび》を見つつ　あさもよし　紀《き》伊道《ぢ》に入り立ち　真土山《まつちやま》　越ゆらむ君は　黄葉《もみちば》の　散《ち》り飛ぶ見つつ　にきびにし　我は思はず　草枕《くさまくら》　旅をよろしと　思ひつつ　君はあるらむと　あそそには　かつは知れども　しかすがに　黙《もだ》もえあらねば　我が背子《せこ》が　行きのまにまに　追はむとは　千度《ちたび》思へど　たわやめの　我《あ》が身にしあれば　道守《みちもり》の　問はむ答へを　言《い》ひ遣《や》らむ　すべを知らにと　立ちてつまづく

四・五四三

反歌

笠金村　官位、官職などの経歴は伝未詳。『万葉集』には、霊亀元年（七一五）から天平五年（七三三）までの一九年間、聖武天皇の紀伊国、三香原離宮、吉野離宮、難波宮、播磨国への行幸など、山部赤人らと従駕して、宮廷歌人として活動し、宮廷的な風雅をいち早く体現した歌人といわれる。金村自身で歌集を編纂したと推定される『笠朝臣金村歌集』を残す。『万葉集』には、長歌一一首、短歌三二首がある。

後《おく》れ居《ゐ》て　恋ひつつあらずは　紀伊《き》の国の
妹背《いもせ》の山に　あらましものを　　四・五四四

我が背子《せこ》が　跡踏《あとふ》み求め　追《お》ひ行かば
紀伊《き》の関守《せきもり》い　留《とど》めてむかも　　四・五四五

長歌は──天皇の、行幸にお供して、数多くの、お付きの人たちと一緒に、出掛けて行った、頼もしいあなたは、(天飛ぶや)、軽《かる》の路《みち》を通って、(玉だすき)、畝傍山《うねびやま》を見ながら、(あさもよし)、紀伊道《きぢ》に足を踏み入れ、真土山《まつちやま》を、越えて行くあなたは、紅葉が、散り乱れて飛ぶのを見て、なじんできた、わたしのことは忘れ、(草枕)、旅に出ている方がよいと、思っているだろうと、うすうすは、知ってはいるが、だからといって、そのままじっとしておれないので、あなたが、行った後を、わたしも追って行こうと、何度も思うけれ

畝傍山　奈良県橿原市の西南部に位置する標高約一九九メートルの山。瀬戸内海火山帯に属する火山性の山で、頂上付近は黒雲母安山岩で形成され、石榴石黒雲母流紋岩の流離構造を示す貫入岩も存在する。天香久山、耳成山とともに、大和三山といわれ、それらの中で最も標高が高い。南麓には神武天皇の橿原宮があったといわれ、現在、その地に橿原神宮がある。北東の山麓には神武天皇陵がある。

ども、わたしはか弱い女の身であるので、関の番人が、どこへ行くのかと尋ねたとき、どう返事してよいか、わからないので、立ち上がってもすぐに思い留まります――という意味である。

反歌の第一首目は――後に残されて、こんなに恋い焦がれているくらいなら、いっそのこと、紀伊国《きのくに》の妹背山《いもせやま》で、ある方がましだ――、第二首目は――わが夫が、通った足跡を求めて、追って行ったら、紀《きの》伊国《くに》の関守《せきもり》が、引き留めてしまうだろうか――という意味である。

題詞には、「神亀《じんき》元年（七二四）甲子《かふし》の冬十月、紀伊国《きのくに》に幸《いでま》せる時に、従駕《おほみとも》の人に贈らむがために、娘子《をとめ》に誂《あとら》へられて作る歌一首并せて短歌」とある。笠金村《かさのかなむら》がある娘子に頼まれて代作した歌である。主語を重ねたり、同じ形の句を繰り返して、たどたどしい趣を出して、素人の女性が詠んだように仕立てている。紀伊路を旅している夫を思い、いっそのこと自分も追いかけて一緒に旅を楽しみたい、だが女の身であるのでそうもできないと、家に残されて夫を恋慕う女の悶々とした切ない気持ちが詠まれている。

妹背の山　和歌山県伊都郡かつらぎ町の紀ノ川を挟んで両岸に対峙する山。妹山は南岸の標高約一二四メートルの山、背山（兄山）は北岸の標高約一六八メートルの山。『万葉集』には一五首の歌が詠まれている。万葉の時代には、男性から愛しい女性を呼ぶとき「妹」、女性から愛しい男性を呼ぶとき「背」と呼んだので、「妹背」は仲の良い男女を意味する。妹背の山は、畿内外の境界に位置するので、都に妻や恋人を残して紀ノ川の川筋を旅する人々にとっては、畿内外の境に仲良く対峙する妹背山を見て、望郷の念にかられた。

観海閣から名草山展望

反歌は、たとえ妹背山になっても、恋慕う人と一緒にいたい、という女心を吐露したもので、妹背の山と詠んだ比喩の中に、取り残された妻の一抹《いちまつ》の侘しさと寂しさが感じられる。

この歌に詠まれた妹背の山は、当時、和歌の浦に浮かんでいた玉津島山《たましまやま》の一つの妹背山ではなく、現在のかつらぎ町の紀ノ川の両岸に対峙する妹背《いもせ》の山《やま》である。紀ノ川の北側に背山《せのやま》、南側に妹山《いものやま》、紀ノ川の中島に船岡山《ふなおかやま》がある風光明媚なところにある。畿内外の境に位置しているので、旅する万葉人は、いよいよ故郷を離れ、異国の地に足を踏み入れることを意識せざるを得ず、故郷に残してきた妻を恋慕う数々の歌を詠んだ。

三断橋

妹背山

■三断橋

妹背山《いもせやま》は、和歌の浦に突き出た島で、玉津島山《たまつしまやま》の中で、現在、唯一海に浮かんでいる。妹背山の北の海辺から和歌の浦を眺めると、三断橋《さんだんきょう》が架かり、観海閣《かんかいかく》、多宝塔《たほうとう》が建つ妹背山、その背後に片男波《かたおなみ》の松原へとつづく広大な干潟が延び、干潟と白砂と松原が織りなす光景は、筆舌に尽くし難いほどの絶景である。

陸地と妹背山の間には、「三断橋」と呼ばれる石橋が架かっている。この橋は、石積みの二つの橋脚に三つの石橋が架けられた構造で、中国杭州の西湖《さいこ》の「六橋《りくきょう》」を模して造られたといわれる。干潮時に、三断橋から下の干潟をのぞくと、たくさんの小さなシオマネキがのんびりと遊ぶ様子が見られ、別世界の境地に誘われる。

この橋は、『紀伊國名所圖會《きいこくめいしょずえ》』などの地誌、紀行文などに紹介され、

妹背山

和歌以外にも、漢詩、俳句にも数多く詠まれ、西国三十三所観音霊場めぐり、高野山詣での人たちが訪れるなど、和歌の浦を代表する名所であったが、現在では、忘れ去られたように佇んでいる。

■妹背山

三段橋から妹背山《いもせやま》に渡って東側にまわると、海辺に観海閣《かんかいかく》があり、その背後の高台に多宝塔《たほうとう》（海禅院《かいぜんいん》）がある。観海閣は、多宝塔が建立された頃に、和歌浦を隔てて聳える名草山《なぐさやま》とその中腹の紀三井寺《きみいでら》を遥拝するために、紀州藩主・徳川頼宣《とくがわよりのぶ》の命により建造された。高波の被害により再建と修築が繰り返されたが、名草山と紀三井寺の遥拝所として保ち続けてきた。昭和三六年（一九六一）、第二室戸台風により倒壊し、翌々年、鉄筋コンクリート造で再建された。

海禅院は、慶安《けいあん》二年（一六四九）、徳川頼宣の生母の養珠院《ようじゅいん》（お万《まん》の方《かた》）が、亡夫・徳川家康《とくがわいえやす》の三十三回忌の追善供養のために、法

不老橋

華経を収める石室を設け、その上に法華題目碑《ほっけだいもくひ》を建て、それを保護する小堂を建てたのに始まる。この小堂には、後水尾上皇《ごみずのおじょうこう》、公卿《くぎょう》らから寄せられた写経も納められていた。

承応《じょうおう》二年（一六五三）、お万の方が死去した翌年、徳川頼宣が母の菩提を弔うために、小堂を総檜造《そうひのきづくり》の多宝塔《たほうとう》に改築し、拝殿《はいでん》と唐《から》門《もん》を建立した。塔内の中央に「南無妙法蓮華経《なむみょうほうれんげきょう》　養珠院殿妙紹日《ようじゅいんでんみょうしょうにっ》心大姉《しんだいし》」と刻まれた法華題目碑、右側の厨子内に釈迦如来像《しゃかにょらいぞう》、阿難《あなん》像《ぞう》、迦葉像《かしょうぞう》が祀られ、如来像の腹内に、お万の方の分骨が納められている。現在、拝殿と唐門は消滅している。

鹽竈神社

■不老橋

妹背山から鏡山《かがみやま》の南を廻って西へ行くと、不老橋《ふろうばし》がある。この橋

鹽竈神社

は、石造の太鼓橋で、嘉永《かえい》三年（一八五〇）、片男波《かたおなみ》の松原にあった紀州東照宮《きしゅうとうしょうぐう》のお旅所《たびしょ》の移築に際し、紀州徳川家一〇代藩主・徳川治寶《とくがわはるとみ》の命により、勘定奉行《かんじょうぶぎょう》兼寺社奉行《けんじしゃぶぎょう》の伊達千広《だてちひろ》が中心となって、お旅所の「お成《な》り道《みち》」に架橋工事を始め、翌四年に完成させた。美しい形状をしたアーチ式の石橋で、高欄部分には、見事な五雲《ごうん》の模様が彫られるなど、装飾的で芸術性の高い橋である。

不老橋は和歌浦の要《かなめ》の位置にあり、和歌浦の景観に溶け込むように造られているので、この橋の上からの和歌浦の眺めは絶景であったが、あしべ橋がすぐ南に建設され、景観が台無しになった。

■鹽竈神社

不老橋の東の鏡山《かがみやま》の西麓に鹽竈神社《しおがまじんじゃ》がある。祭神は塩土老翁命《しおつちのおびとのみこと》である。紀州の「伽羅岩《きゃらいわ》」と呼ばれる層状の美しい岩肌に穿かれた「輿《こし》の岩屋《いわや》」と呼ばれる洞窟の中に祀られていたが、大正六年

鹽竃神社境内の万葉歌碑

（一九一七）、社殿が建立された。安産守護、子授け、不老長寿、漁業豊穣、航海安全の神として広く崇拝されている。

　塩土老翁命は、『日本書紀』『古事記』の海幸彦《うみのさちひこ》、山幸彦《やまのさちひこ》の話に登場する神である。海幸彦から借りた釣り針をなくし、兄の怒りに触れて困っていた山幸彦の前に現れて、目無籠《めなしかご》を作り、山幸彦を入れて海に投じ、海神（綿津見神《わたつみのかみ》）の宮に行けと教示した。海幸彦は、塩土老翁命の教えのままに海神の宮に行き、豊玉姫《とよたまひめ》を娶《めと》り、安産によって子供が生まれたので、安産の守護神として崇《あが》められている。

　この神社の入り口右側に、伽羅岩《きゃらいわ》に松の大木の根が絡んだ絶妙な光景が見られる。岩肌をぬって伸びる根は壮観で、松の生命力の強さが感じられる。しかし、この松は、平成二四年（二〇一二）一〇月の台風で折損し、根のみが残る無残な姿になっている。

玉津島神社の鳥居

■鹽竈神社境内の万葉歌碑

鹽竈神社の右側の高台に、次の歌が刻まれた万葉歌碑がある。

和歌《わか》の浦《うら》に　潮《しお》みちくれば　かたおなみ
あしへをさして　鶴《たづ》なきわたる　六・九一九

この歌は、『万葉集』の叙景歌《じょけいか》の代表作として賞賛されている歌である。満ちてくる潮の高まりとそこを鳴き渡っていく鶴の飛翔が躍動的に詠まれている。

この歌碑は、国文学者・書家・尾上八郎《おのえはちろう》（柴舟《さいしゅう》）氏の揮毫により、昭和二七年（一九五二）に建立された。和歌山県内で最も格調の高い万葉歌碑といわれている。しかし、平成二四年（二〇一二）一〇月、台風で歌碑の傍の老松《おいまつ》が折損し、そのあおりで歌碑も倒壊したが、平成二六年（二〇一四）に元の姿に修復された。

玉津島神社の拝殿

玉津島神社

■玉津島神社

鹽竈神社の北に玉津島神社《たまつしまじんじゃ》がある。祭神は稚日女命《わかひるめのみこと》、息長足姫命《おきながたらしひめのみこと》（神功皇后《じんぐうこうごう》）、衣通姫命《そとおりひめのみこと》、明光浦霊《あかのうらのみたま》である。拝殿は桁行《けたゆき》六間、梁行《はりゆき》三間の入母屋造《いりもやづくり》、桟瓦葺《さんかわらぶき》、本殿《ほんでん》は一間社春日造《いっけんしゃかすがづくり》、檜皮葺《ひわだぶき》で、慶長年間《けいちょうねんかん》（一五九六～一六一五）、初代紀州藩主・浅野幸長《あさのよしなが》による再建、平成四年（一九九二）の修復である。

稚日女命は、伊邪那岐命《いざなぎのみこと》、伊邪那美命《いざなみのみこと》の子で、天照大神《あまてらすおおみかみ》の妹神、別名を丹生都比賣命《にうつひめのみこと》という。神功皇后が海外に軍を進めたとき、稚日女命が非常な霊威を現し加護を受けたので、これに報いるため、和歌山県伊都郡《いとぐん》かつらぎ町の天野丹生明神《あまのにうみょうじん》（丹生都比賣神社《にうつひめじんじゃ》）にその分霊を祀り、玉津島神社にも祀られ、皇后も合祀された。

丹生都比賣神社の例祭では、応永年間《おうえいねんかん》（一三九四～一四二八）ま

玉津島神社鳥居横の万葉歌碑

で、神輿《みこし》が丹生都比賣神社から玉津島神社に渡御《とぎょ》する「浜降《はまくだ》りの神《しん》事《じ》」が行われていた。その後、「渡御《とぎょ》の儀《ぎ》」が天野《あまの》の里《さと》内で行われるようになったが、平成元年（一九八九）になって復活された。

衣通姫命は、別名、「衣通郎姫《そとおりひめ》」「衣通王《そとおりのおおきみ》」とも称する。『日本書紀』では、允恭天皇《いんぎょうてんのう》の妃《きさき》・忍坂大中姫《おしさかおおなかつひめ》の妹・八田王女《やたのひめみこ》、『古事記』では、允恭天皇の皇女・軽大郎女《かるのおおいらつめ》とされる。その名は、その身から発する光が衣を通して光り輝いていた、という伝承に由来する。同母兄の軽太子《かるのみこ》と情を通じるタブーを犯し、それが原因で、允恭天皇の崩御後、軽太子は群臣に背かれて失脚し、伊予国《いよのくに》へ流刑となった。衣通姫命は、後を追って伊予国へ行き、再会を果たしたが、二人は心中した、と伝える。

玉津島神社は、大阪の住吉大社《すみよしたいしゃ》、京都の天満宮《てんまんぐう》とともに和歌三神《わかさんじん》社《じゃ》の一つに数えられ、また、衣通姫命は、柿本人麻呂《かきのもとのひとまろ》、山部赤人《やまべのあかひと》とともに和歌三神《わかさんじん》の一人に数えられている。『古今和歌集《こきんわかしゅう》』の仮名序《かなじょ》に「小野小町《おののこまち》は、いにしへの衣通姫の流れなり」と書かれるほどの

聖武天皇の時代の藤原氏　藤原不比等と蘇我娼子との間に武智麻呂（南家）、房前（ふささき、北家）、宇合（うまかい、式家）、五百重娘との間に麻呂（京家）の藤原四兄弟がいた。不比等の死後、藤原氏に代わって、長屋王が政権を握った。しかし、藤原氏との間で、長屋王を追い落とす計画が練られ、天平元年（七二九）、「長屋王の変」が勃発し、長屋王は自害した。その後、不比等の娘の光明子が皇后に就き、藤原四兄弟は、着実に権勢を拡大していったが、大飢饉、大地震、天然痘の流行などの社会的混乱が生じ、藤原四兄弟は天然痘で次々と死去した。

美人で、和歌の名手として知られていた。

■玉津島神社鳥居横の万葉歌碑

玉津島神社鳥居横に、次の歌を刻んだ万葉歌碑がある。

玉津島《たまつしま》　見れども飽《あ》かず　いかにして
包《つつ》み持ち行かむ　見ぬ人のため
七・一二二二

この歌は、藤原卿《ふじわらきょう》の作で――玉津島を、いくら見ても飽きない、これほどのよい景色をどのようにして、包んで持ち帰ったらよいだろう、まだこの景色を見ていない人のために――という意味である。この歌碑は、書家・辻本龍山《つじもとりゅうざん》氏の揮毫により、昭和五八年（一九八三）に建立された。

玉津島は、いくら見ても見飽きることがないので、都で留守番を

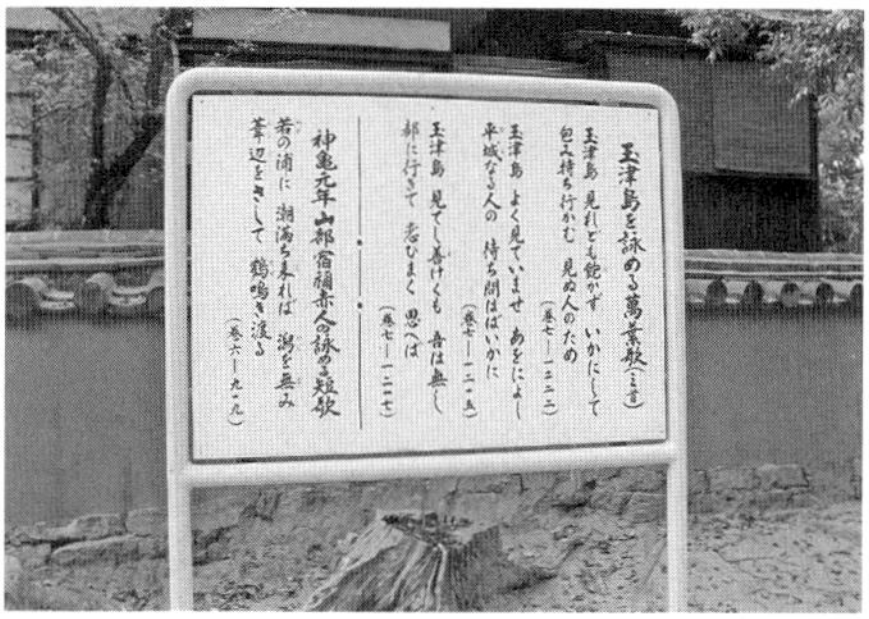

玉津島神社鳥居横の万葉歌板

している家人のために、包んで持ち帰って見せてやりたい、という和歌の浦の美しさを讃える藤原卿の心情が詠まれている。現在では、スマートフォンがあるので、手軽に写真を撮って、友人に送ることが出来るが、万葉人にはそのような術《すべ》がないので、この美しい景色をどのように持ち帰ろうかと思い悩んでいる。作者の藤原卿は未詳とするのが一般的であるが、藤原房前《ふじわらのふささき》、藤原麻呂《ふじわらのまろ》という説もある。

■玉津島神社鳥居横の万葉歌板

玉津島神社鳥居横に、「玉津島《たまつしま》」を詠んだ次の三首の歌が書かれた万葉歌板がある。

玉津島《たまつしま》　見れども飽《あ》かず　いかにして
包《つつ》み持ち行かむ　見ぬ人のため
七・一二二二

玉津島《たまつしま》　よく見ていませ　あをによし
平城《なら》なる人の　待ち問はばいかに　七・一二一五

玉津島《たまつしま》　見てし善《よ》けくも　吾は無し
都に行きて　恋ひまく思へば　七・一二一七

第一首目の歌は―玉津島を、いくら見ても飽きない、これほどのよい景色をどのようにして、包んで持ち帰ったらよいだろう、まだこの景色を見ていない人のために―、第二首目の歌は―玉津島を、よく見て来なさい、(あをによし)、奈良にいて、待ち構えている人がいたらどうしますか―、第三首目の歌は―せっかく玉津島を、見てもいい気持ちになれない、都に戻って、恋しく思うだろうと考えると―という意味である。

つづいて、「和歌の浦」を詠んだ次の歌も記されている。

玉津島　和歌山市和歌浦に位置し、衣通姫などを祭神とする玉津島神社が鎮座し、干潟、砂嘴、松原とともに、和歌の浦の景観の中核をなす島。『万葉集』巻六には、山部赤人が長歌に「玉津島山」と詠み、反歌に「若の浦に　潮満ち来れば」の名歌を残す。「玉津島山」は、「妹背山」「鏡山」「奠供山」「雲蓋山」「妙見山」「船頭山」の総称で、万葉の時代には、いずれも海に浮いていたが、現在は「妹背山」のみが陸続きで海に浮いている。『古今和歌集』『秋篠月清集』などにも詠まれた歌枕の地である。

玉津島神社拝殿横の万葉歌碑

若《わか》の浦《うら》に　潮満ち来れば　潟《かた》を無《な》み
芦辺《あしへ》をさして　鶴《たづ》鳴き渡る

六・九一九

この歌は―和歌の浦に、潮が満ちて来ると、だんだん干潟がなくなるので、葦の生えた岸辺をさして、鶴が鳴き渡って行く―という意味である。和歌の浦の西に「片男波《かたおなみ》」と呼ばれる長い砂嘴《さし》がある。この「片男波」という名称は、この歌の「潟をなみ」に由来するといわれている。

紀《き》ノ川《かわ》は、現在、和歌山市の市街地の北部を経て紀伊水道に流出しているが、万葉の時代には、和歌浦に流出していたので、紀ノ川の流れによって運ばれてきた砂が、この地方に多い西南風によって吹き寄せられて、片男波のような長い砂嘴を形成し、葦が生えた美しい浜辺になっていたと想像される。

衣通姫と玉津島神社との関係　社伝では、光孝天皇の勅命により、衣通姫が合祀されたという。『古今著聞集』には、「和歌浦に玉津島の明神と申す、此衣通姫也。昔彼浦の風景を鏡に思食し故に、跡を垂れおはします也」と玉津島明神（衣通姫）が和歌浦に垂迹する由来が示されている。病気の光孝天皇の夢に衣通姫が現れて、「立ちかえり　またも此の世に　跡垂れむ　その名うれしき和歌の浦波」と詠んだ故事がある。

■玉津島神社拝殿横の万葉歌碑

玉津島神社拝殿横に、次の歌が刻まれた万葉歌碑がある。

やすみしし　わご大君《おほきみ》の　常宮《とこみや》と　仕《つか》へ奉《まつ》れる　雑賀野《さいかの》ゆ
そがひに見ゆる　沖つ島　清き渚《なぎさ》に　風吹けば　白波騒《さは》き
潮干《しおひ》れば　玉藻《たまも》刈りつつ　神代《かみよ》より　然《しか》そ貴《たふと》き　玉津島山《たまつしまやま》
六・九一七

沖つ島　荒磯《ありそ》の玉藻《たまも》　潮干満《しおひみ》ち
い隠《かく》り行かば　思ほえむかも
六・九一八

若《わか》の浦《うら》に　潮満《しおみ》ち来れば　潟《かた》をなみ
葦辺《あしへ》をさして　鶴《たづ》鳴き渡る
六・九一九

奠供山から和歌の浦展望

この歌碑は、犬養孝《いぬかいたかし》氏の揮毫により、平成六年（一九九四）に建立された。

■奠供山

拝殿の右側に、天保《てんぽう》三年（一八三二）に建立された紀州藩儒《きしゅうはんじゅ》・仁井田好古《にいたよしふる》の揮毫による「奠供山碑《てんぐやまひ》」がある。この碑には、「聖武《しょうむ》天皇《てんのう》の和歌《わか》の浦行幸《うらぎょうこう》の後、『望祀《ぼうき》の礼《れい》』の奠祭《てんさい》が行われていたが、それが途絶えて荒廃した。明和《めいわ》三年（一七六六）、皇帝有司《こうていゆうし》に勅して、春秋二時、官人が京師《みやこ》より来るようになったが、『望祀の礼』は復活されず、荒廃が著しかったので、紀州公《きしゅうこう》がそれを復活した」と記す。

望祀の礼は、天皇が山に登って美しい自然を眺め、そこで神々に国の安泰と五穀豊穣を祈るとともに、天皇自身の内部霊《ないぶれい》を強化し、賦活《ふかつ》するための呪術的な鎮魂を意図した儀式である。

奠供山山頂の望海楼遺址碑

その右に奠供山《てんぐやま》への登山口がある。石段を登っていくと、奠供山の頂上に出る。山頂から不老橋《ふろうばし》が要になって扇状に広がる和歌の浦、片男波《かたおなみ》の砂嘴《さし》と松原、その背後に藤白《ふじしろ》の山並みの素晴らしい景観が望める。

頂上には、仁井田好古の揮毫により、文化《ぶんか》一〇年（一八一三）に建立された「望海楼遺址碑《ぼうかいろういせきひ》」がある。この碑の名称は、『続日本紀《しょくにほんぎ》』称徳天皇《しょうとくてんのう》の玉津島行幸《たまつしまぎょうこう》の条の「南海《なんかい》の望海楼《ぼうかいろう》に御《ぎょ》して、雅楽《ががく》及び雑伎《ざつぎ》を奏《そう》す」に由来する。

碑文には、「和歌浦《わかのうら》の地名の由来、奠供山南麓《てんぐやまなんろく》の南浜に望海楼《ぼうかいろう》があり、前面に雄大な海が開け、背後に島や干潟が入り組んだ複雑な地形であった。砂嘴《さし》が出来て、玉津島《たまつしま》の前湾《ぜんわん》と海の境を分かち、風景が一変したが、晨霏夕靄《しんひゆうあい》の景勝《けいしょう》は変わらない」と記されている。

明治時代には、山頂に茶屋があり、西側にエレベーターが架けられていた。夏目漱石《なつめそうせき》の『行人《こうじん》』には「所《ところ》にも似《に》ず無風流《むふうりゅう》な装置《そうち》」と記され、山頂にはその基礎が残る。

奠供山山頂の万葉歌板

■奠供山山頂の万葉歌板

奠供山山頂には、次の歌が刻まれた万葉歌板がある。

玉津島《たまつしま》　見れども飽《あ》かず　いかにして
包《つつ》み持ち行かむ　見ぬ人のため　　七・一二二二

この歌は、藤原卿《ふじわらきょう》が詠んだ歌で――玉津島を、いくら見ても飽きない、これほどの景色をどのようにして、包んで持ち帰ったらよいだろう、まだこの景色を見ていない人のために――という意味である。万葉の時代の旅は、行幸の従駕、官命による出張や赴任の場合がほとんどで、私用の旅や個人的な遊山は庶民のものではなかった。それだけに、旅は、万葉人にとっては、未知の世界に触れる数少ない機会であった。海に縁のない大和の国に住みなれた人にとっては、美しい和歌の浦の景色を見てどれほど感動したであろうか。旅に出

市町川沿いの「芦辺鳴鶴」の万葉陶板

て苦しい目にあいながら、思い出すのは故郷のことであり、この美しい景色を見た感動を故郷にいる人たちのために、どのようにして包み持ち帰ろうか、と思案している。

■市町川沿いの万葉陶板

不老橋が架かる市町川《いちまちがわ》沿いの堤防には、「和歌《わか》の浦十三景《うらじゅうさんけい》」の陶板が嵌め込まれている。霊元天皇《れいげんてんのう》の「州崎浪華《すざきなみはな》」、山部赤人《やまべのあかひと》の「芦《あし》辺《べ》鳴鶴《めいかく》」、藤原卿《ふじわらきょう》の「玉津嶋夏夕《たまつしまかせき》」、仁孝天皇《にんこうてんのう》の「不老橋柳煙《ふろうばしりゅうえん》」、詠み人知らずの「名草山秋月《なぐさやましゅうげつ》」など、和歌の浦周辺の美しい景色が季節に応じて描かれ、万葉歌が添えられた陶板もある。それらを見ていると、時の経過を忘れるような彷彿とした気分にさせられる。

紀州東照宮

市町川《いちまちがわ》に沿って北に進むと、権現山《ごんげんやま》の中腹に紀州東照宮《きしゅうとうしょうぐう》がある。祭神は徳川家康《とくがわいえやす》を神格化した東照大神《とうしょうおおかみ》、紀州徳川藩初代藩主・徳川頼宣《とくがわよりのぶ》を神格した南龍大神《なんりゅうおおかみ》である。元和《げんな》七年（一六二一）、徳川頼宣により、南海道《なんかいどう》の総鎮護《そうちんご》として創建された。

徳川頼宣の紀州入国とともに東照宮の造立が計画されたようで、元和六年（一六二〇）に起工され、元和七年（一六二一）に竣工・遷宮式が行われた。境内は八町四方で、宮山の周囲は五〇町余りである。別当寺は天曜寺《てんようじ》であった。

鳥居をくぐると、両側は低い石垣で区切られた参道がつづいている。参道には、青石が敷き詰められ、その両側に家臣が寄進した石燈籠が建ち並んでいる。参道奥の長い急な一〇八段の「侍坂《さむらいざか》」と呼ばれる石段を登ると、創建当時のままの楼門《ろうもん》（重文）がある。日《にっ》光宮《こうぐう》・守澄法親王《しゅちょうほうしんのう》の筆と伝える「東照宮《とうしょうぐう》」の扁額《へんがく》を掲げる。

天曜寺　元和七年（一六二一）、紀州東照宮の別当寺として天海を開山として創建された天台宗の寺院で、和歌山雲蓋院と称した。後に、紀州徳川家の菩提寺も兼ねた。徳川将軍家及び紀州徳川家の位牌を管理していたが、明治三年（一八七〇）、これらの位牌を別に移し、その後、神仏分離令により廃寺となった。天曜寺跡地に、藩祖・徳川頼宣を祭神とする南龍神社が創建されたが、後に、紀州東照宮に合祀された。

紀州東照宮

楼門をくぐると、斎庭《いつきにわ》の奥の正面に唐門《からもん》（重文）、その左右につづく瑞垣《みずがき》（重文）に囲まれて社殿《しゃでん》（重文）がある。社殿は、桁行《けたゆき》五間、梁行《はりゆき》二間半の拝殿《はいでん》、石《いし》の間《ま》、桁行四間、梁行四間、檜皮葺《ひわだぶき》の本《ほん》殿《でん》（本地堂《ほんじどう》）が一体となった権現造《ごんげんづくり》である。拝殿の軒下の欄間《らんま》には、左甚五郎《ひだりじんごろう》による極彩色の彫刻、本地堂の側壁には、狩野探幽《かのうたんゆう》による襖絵《ふすまえ》が飾られ、これらの装飾から、俗に「紀州《きしゅう》の日光《にっこう》」と称されている。社宝には、平安時代から江戸時代にかけての刀剣一三振、南蛮胴具足《なんばんどうぐそく》、小袖三領《こそでみつえり》などの重要文化財がある。

境内には、市杵島姫命《いちきしまひめのみこと》を祀る弁財天社《べんざいてんしゃ》、宇迦之御魂命《うかのみたまのみこと》を祀る稲荷《いなり》神社《じんじゃ》を合祀する。

和歌浦天満宮

紀州東照宮の西の天神山《てんじんやま》に和歌浦天満宮《わかのうらてんまんぐう》がある。祭神は菅原道《すがわらのみち》真《ざね》である。菅原道真は、筑紫《つくし》の大宰府《だざいふ》へ左遷されたとき、風波を避

和歌浦天満宮

けるために、この和歌の浦に立ち寄り、この天満宮が鎮座する天神山から和歌の浦を望み、二首の歌を詠んだ。その後、康保年間《こうほうねんかん》（九六四～九六八）、村上天皇《むらかみてんのう》の参議《さんぎ》・橘直幹《たちばなのなおもと》が大宰府からの帰途、この地へ立ち寄り、社殿を建立し、道真の霊を勧進したのに始まる。

天正《てんしょう》一三年（一五八五）、豊臣秀吉《とよとみひでよし》の兵火で焼失したが、慶長《けいちょう》九～一一年（一六〇四～一六〇六）、浅野幸長《あさのよしなが》、桑山重晴《くわやましげはる》により再建された。本殿《ほんでん》（重文）は、桁行《けたゆき》五間、梁行《はりゆき》二間の入母屋造《いりもやづくり》、檜皮《ひわだ》葺《ぶき》、桃山時代の建築様式である。楼門《ろうもん》（重文）は、一間一戸門《いっけんいっこもん》の入母屋造、本瓦葺《ほんかわらぶき》の建物で、禅宗様式《ぜんしゅうようしき》が採り入れられている。本殿、楼門には、優美な彫刻が施され、神社建築の最高峰と評されている。

境内には、伊邪那岐命《いざなぎのみこと》、伊邪那美命《いざなみのみこと》を祀る多賀神社《たがじんじゃ》、天照大神《あまてらすおおみかみ》を祀る天照皇大神宮《てんしょうこうたいじんぐう》、天照大神、豊受大神《とようけのおおかみ》を祀る豊受大神宮《とようけだいじんぐう》、菊理姫命《くくりひめのみこと》を祀る白山比売神社《はくさんひめじんじゃ》、宇迦之御魂命《うかのみたまのみこと》を祀る高富稲荷神社《たかとみいなりじんじゃ》を合祀する。

片男波公園

■万葉館

和歌浦天満宮から不老橋まで戻り、道なりに南へ進むと、片男波《かたおなみ》公園《こうえん》に出る。片男波という名称は、赤人の歌にある「潟をなみ」に由来する。公園の入り口近くに万葉館《まんようかん》がある。館内のエントランスに紀伊《きい》万葉植物《まんようしょくぶつ》の立体写真、正面右側に都から有田までの山と植物を詠んだ歌、正面に紀伊万葉地図《きいまんようちず》、中央の円形壁に紀伊国の万葉故地と一〇七首の万葉歌、万葉の時代の年表が展示されている。

陳列ケースには、万葉の時代の食べ物、瓦窯跡《がようあと》や廃寺の軒瓦《のきがわら》、三彩《さんさい》、漆器《しっき》、筆《ふで》、刀子《とす》、木簡《もっかん》、須恵器《すえき》などのほか、『桂本万葉集《かつらぼんまんようしゅう》』や『西本願寺本万葉集《にしほんがんじぼんまんようしゅう》』の古写本、本居宣長《もとおりのりなが》の研究書などの復刻版が展示されている。万葉シアターでは、紀伊国万葉歌《きのくにまんようか》、紀伊国万《きのくにまん》葉《よう》の旅《たび》が上映されている。

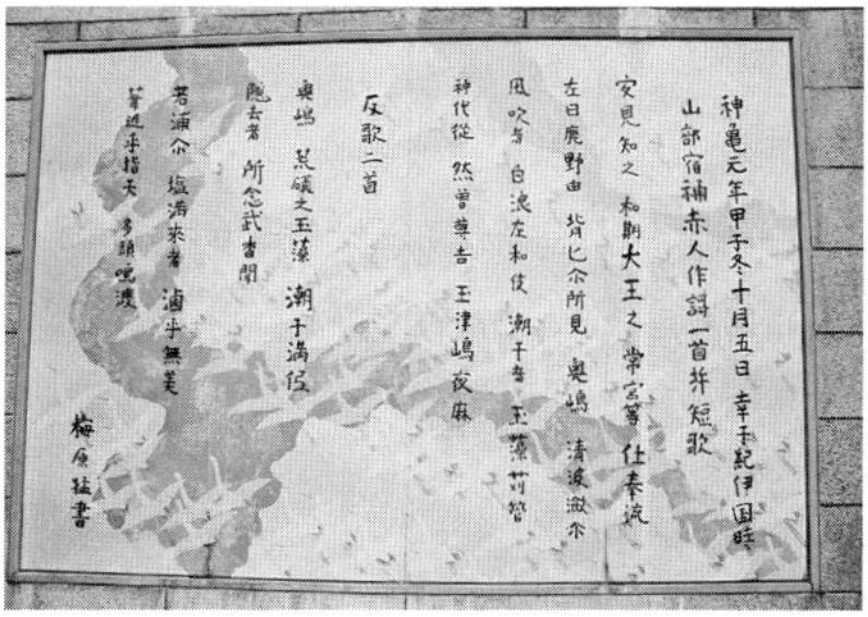

健康館前の万葉大陶板

■健康館前の万葉大陶板

万葉館下の健康館《けんこうかん》入り口の左側の壁面には、高さ約二メートル、幅約三メートルの大きな陶板に、飛翔する鶴の群れが描かれ、山部《やまべの》赤人《あかひと》の「玉津島讃歌三首《たまつしまさんかさんしゅ》」が、次のように漢字で書かれている。この万葉大陶板は、梅原猛《うめはらたけし》氏の揮毫により、平成六年（一九九四）に制作された。

安見知之《やすみしし》　和期大王之《わごおほきみの》　常宮等《とこみやと》　仕奉流《つかへまつれる》　左日鹿野由《さひかのゆ》
背匕尓所見《そがひにみゆる》　奥嶋《おきつしま》　清波潋尓《きよきなぎさに》　風吹者《かぜふけば》　白浪左和伎《しらなみさわき》　潮干者《しほふれば》
玉藻苅管《たまもかりつつ》　神代従《かみよより》　然曽尊吉《しかそたふとき》　玉津嶋夜麻《たまつしまやま》
六・九一七

反歌二首
奥嶋《おきつしま》　荒礒之玉藻《ありそのたまも》　潮干満《しほひみち》

3168番歌の万葉歌碑

伊隠去者《いかくりゆかば》　所念武香聞《おもほえむかも》　　六・九一八

若浦尓《わかのうらに》　塩満来者《しほみちくれば》　潟乎無美《かたをなみ》

葦辺乎指天《あしへをさして》　多頭鳴渡《たづなきわたる》　　六・九一九

横の柱のボタンを押すと、俳優・柴俊夫《しばとしお》氏のこの歌の朗詠を聞くことができる。

■万葉の小路の万葉歌碑

片男波公園の中ほどから南にかけて「万葉《まんよう》の小路《こみち》」と呼ばれる遊歩道があり、これに沿って五基の万葉歌碑がある。入り口から順番に歌碑を紹介する。

まず、最初の歌碑には、次の歌が刻まれている。

1215・1217番歌の万葉歌碑

衣手《ころもて》の　真若《まわか》の浦《うら》の　真砂子地《まなごっち》　一二・三一六八
間無《まな》く時無《ときな》し　あが恋ふらくは

この歌は―（衣手の）、真若の浦の、細かい砂ではないが、絶えず休む間もありません、わたしの焦がれている心は―という意味である。「真砂子地《まなごっち》」までが序詞《じょことば》で、真砂の「マナ」から、間なしの「マナ」を引き起こして、本当に愛する恋人の意味を含めている。同音の「マ」が繰り返された口調によって、胸に秘める恋の苦しさを強調しており、愛の法悦《ほうえつ》の中にあって、ひたすらその愛を永遠に失いたくないという心情がうかがえる。この歌碑は、僧侶・俳人・森寛紹《もりかんしょう》氏の揮毫により、平成六年（一九九四）に建立された。

二番目の歌碑には、次の二首の歌が刻まれている。

玉津島《たまつしま》　よく見ていませ　あをによし　七・一二一五
平城《なら》なる人の　待ち問はばいかに

1213番歌の万葉歌碑

玉津島《たまつしま》　見てし善《よ》けくも　われは無し
都に行きて　恋ひまく思へば　　七・一二一七

一首目の歌は―玉津島を、よく見て来なさい、（あをによし）、奈良にいて、待ち構えている人がいたらどうしますか―という意味で、土地の者が旅行者に呼びかけているような歌である。観海楼《かんかいろう》に立つと、名草山《なぐさやま》と相対して、片男波《かたおなみ》の砂嘴《さし》に抱かれた静かな和歌の浦の風光明媚な景観が広がって見える。この美しい景観をしっかり見て都人に伝えなさいよ、と代弁しているように聞こえる。

二首目の歌は―せっかく玉津島を、見てもいい気持ちになれない。都に戻って、恋しく思うだろうと考えると―という意味である。玉津島を訪れて、その景色の美しさに驚かされた気持ちが率直に表現されている一方で、都へ戻ってから後、この地で抱いた思いにかられることを懸念する心情がうかがえる。この歌碑は、書家・山本真《やまもとま》舟《ふね》氏の揮毫により、平成六年（一九九四）に建立された。

3175番歌の万葉歌碑

三番目の歌碑には、次の歌が刻まれている。

名草山《なぐさやま》　言《こと》にしありけり　わが恋の
千重《ちへ》の一重《ひとへ》も　慰《なぐさ》めなくに　　七・一二一三

この歌は―名草山というのは、言葉だけであった、わたしの苦しい恋心の千分の一も、慰めてくれないのだから―という意味である。『万葉集』には、名前を信じていても、名前どおりにならないことを嘆く歌が数多く見られる。この歌もその一つで、恋の苦しみが慰められると思って名草山を訪ねたが、少しも慰められないで、逆にますます恋の思いが増したと嘆いている。旅に出て恋人と離れて暮らす哀感をしみじみと感じ、独り身を嘆かわしく思っている心情がうかがえる。この歌碑は、画家・稗田一穂《ひえだかずほ》氏の揮毫により、平成六年（一九九四）に建立された。

四番目の歌碑には、次の歌が刻まれている。

1219番歌の万葉歌碑

和歌《わか》の浦《うら》に　袖《そで》さへ濡《ぬ》れて　忘貝《わすれがひ》
拾《ひろ》へど妹《いも》は　忘らえなくに　　一二・三一七五

この歌は―和歌の浦で、袖が濡れるまで、忘れ貝を拾ったのだが、そのようにまでして忘れようとしたあのいとしい娘子は、忘れられないことだ―という意味である。恋をすると、その喜びに心をときめかせる一方で、恋の行く末を案じるのが、恋の恋たる所以である。恋を得た喜びは、同時に、それを失う不安と、失わないようにしようとする焦燥につながる。人目を忍んで、袖を濡らしながら、愛しい人のことを忘れようとして、忘れ貝を拾う悲しい恋に、もだえ苦しんでいる様子がうかがえる。この歌碑は、歌人・木下美代子《きのしたみよこ》氏の揮毫により、平成六年（一九九四）に建立された。

五番目の歌碑には、次の歌が刻まれている。

和歌《わか》の浦《うら》に　白波立ちて　沖つ風

鶴の飛翔のモニュメント

寒き暮《ゆふへ》は　倭《やまと》し思ほゆ　　七・一二一九

この歌は―和歌の浦に、白波が立ち、沖からの風が、寒々と吹く夕方は、大和のことが思われる―という意味である。旅先の和歌の浦で故郷の大和をしみじみ思う心情がうかがえる。この歌に流れる旅の悲愁の響きは、和歌の浦に打ち寄せる波の響きに同調している。この地に宿る旅人にとって、夕方になってますます寂しさが増大したようである。この歌碑は、作家・神坂《こうさか》次郎《じろう》氏の揮毫により、平成六年（一九九四）に建立された。

片男波公園の南端に、赤人の歌の鶴の飛翔をモチーフにしたモニュメントが建っている。そこから南に目を向けると、藤白神社《ふじしろじんじゃ》の杜《もり》、藤白坂《ふじしろざか》などの万葉故地の美しい景観が望める。

片男波公園からもと来た道を戻り、ＪＲ紀勢線《きせいせん》紀三井寺駅《きみいでらえき》に出て散策を終えた。

第二章　住吉コース

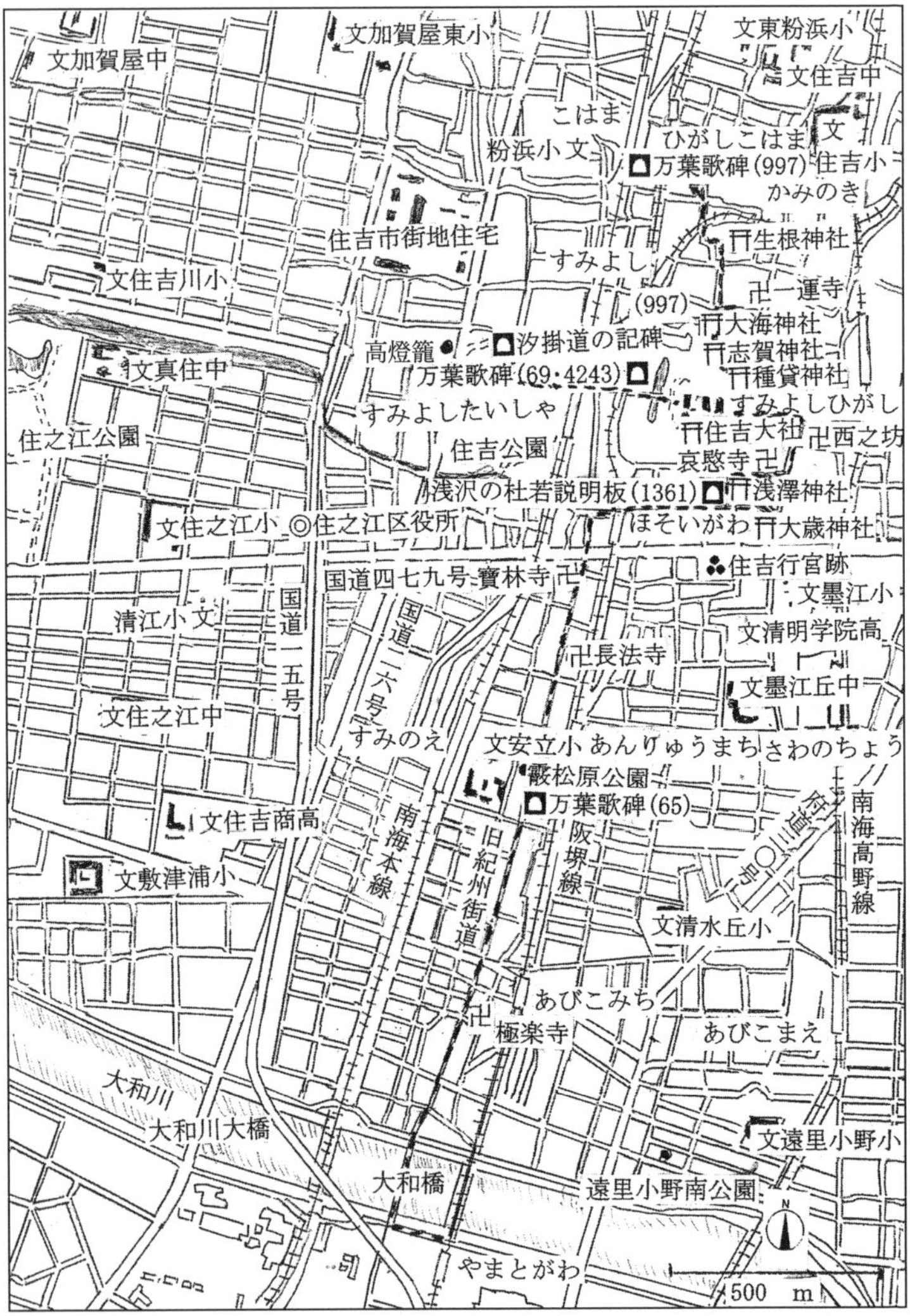
文加賀屋中
文加賀屋東小
文東粉浜小
文住吉中
こはま
ひがしこはま
文
粉浜小文
万葉歌碑(997)
住吉小
かみのき
住吉市街地住宅
生根神社
すみよし
文住吉川小
一運寺
(997)
大海神社
志賀神社
高燈籠
汐掛道の記碑
種貸神社
文真住中
万葉歌碑(69・4243)
すみよしたいしゃ
すみよしひがし
住之江公園
住吉大社
西之坊
住吉公園
哀愍寺
浅沢の杜若説明板(1361)
淺澤神社
文住之江小
住之江区役所
ほそいがわ
大歳神社
国道四七九号
寶林寺
住吉行宮跡
文墨江小
国道一五号
清江小文
国道二六号
文清明学院高
長法寺
文墨江丘中
文住之江中
すみのえ
文安立小
あんりゅうまち
さわのちょう
霰松原公園
万葉歌碑(65)
府道三〇号
南海高野線
文住吉商高
南海本線
旧紀州街道
阪堺線
文敷津浦小
文清水丘小
あびこみち
極楽寺
あびこまえ
大和川
大和川大橋
文遠里小野小
大和橋
遠里小野南公園
N
やまとがわ
500 m

住吉コース

住吉　万葉の時代には、「住吉」は「スミノエ」と訓まれ、「墨吉」「住之江」「墨江」「清江」とも表記された。地名の起源は、『摂津国風土記』に「住吉大神が住むべき国を探していた際、当地に至って『真住み吉し』として社地を定めたという故事による」とされている。中心部に、航海の守護神の住吉大社、そのすぐ西に「住吉の津」があり、遣隋使や遣唐使が出入りする玄関口になっていた。南北朝時代には、後村上天皇の御座所（住吉行宮）が約一〇年間置かれ、南朝の拠点とされていた。

南海本線粉浜《こはま》駅から東南に進むと、生根神社《いくねじんじゃ》、その南に一運寺《いちうんじ》、大海神社《おおうみじんじゃ》、種貸神社《たねかしじんじゃ》がある。その南の荘厳な森の中に、遣唐使が唐への渡航の安全を祈願した住吉大社《すみよしたいしゃ》がある。その西に、「住吉《すみのえ》の浦《うら》」と呼ばれた入り江があり、筑紫や唐への玄関口になっていた「住吉《すみのえ》の津《つ》」があったが、埋め立てられて住吉公園《すみよしこうえん》になっている。その中央部に汐掛道《しおかけみち》が西に直線状に延び、その西端に高燈籠《たかとうろう》がある。その西付近は「出見《いでみ》の浜《はま》」と呼ばれていた。住吉大社まで戻り、境内を抜けて東へ行くと、西之坊《にしのぼう》、その南に浅澤神社《あさざわじんじゃ》、細井川《ほそいがわ》を挟んで大歳神社《おおとしじんじゃ》がある。この付近にはカキツバタが咲く「浅沢小野《あさざわおの》」が広がっていた。細井川に沿って西へ行くと御祓橋《おはらいばし》がある。この橋を通って南北に熊野古道《くまのこどう》、後の旧紀州街道《きゅうきしゅうかいどう》が延びていた。街道を南へ進むと、寶林寺《ほうりんじ》、長法寺《ちょうほうじ》、その先に「霰松原《あられのまつばら》」がある。さらに南へ進むと、大和川の河畔に出る。この付近に「浅香《あさか》の浦《うら》」「浅香《あさかの》潟《かた》」、その西に「得名津《えなつ》」、その北東に「遠里小野《おりおの》」があった。今回は、住吉大社付近のこれらの万葉故地をめぐることにする。

摂津名所圖會　摂津国の通俗地誌。九巻一二冊。京都の町人・吉野屋為八が計画し、編集は俳諧師・秋里籬島、絵は竹原春朝斎が担当。秋里籬島による名所の由来記、竹原春朝斎による俯瞰図を多用した挿絵が特徴。寛政八年（一七九六）～一〇年（一七九八）に刊行された。摂津国の寺社、名所、旧跡の由来、来歴などが、実景の挿絵を添えて記述されている。

住吉の粉浜

■住吉の粉浜

住吉《すみのえ》の粉浜《こはま》は、『摂津名所圖會《せっつめいしょずえ》』には、「或曰《あるいはいは》く、今の中在家村《なかざいけむら》の海辺なり。又粉洲《こす》とも称す」とあり、その所在地は、南海本線粉浜駅付近が比定されている。

粉浜は、古くから歴史に登場する。『日本書紀』崇神天皇《すじんてんのう》六十二年の乙卯《いつぼう》の朔《つきたち》丙辰《へいしん》（二日）の条に、「詔《みことのり》して、『農業は国家の大きな基本である。人民の生きるよりどころである。いま河内《かわち》の狭山《さやま》の埴田《はにた》の水が少ないので、その国の百姓が農事を怠っている。そこで、たくさんの池溝を掘って、人民の農業をひろめなければならぬ』と仰せられた。冬十月に、依網池《よさみのいけ》を造った。十一月に、刈坂池《かりさかのいけ》、反《さか》折池《おりのいけ》を造った」とある。崇神天皇は、依網池、刈坂池、反折池の三つの池を造るとき、住吉の粉浜にあった桑間宮《くわまのみや》に滞在して、池の造営に携わったと伝える。

粉浜という地名の由来については、諸説がある。その一つは、住吉大社の式年遷宮《しきねんせんぐう》のときに使う木材を置く浜で、「木浜《このはま》」と呼ばれていたのが訛って「粉浜《こはま》」になったという説である。他の一つは、住古、この付近から染色に使用する黄色の粉土が産出されていたので、粉土を産出する浜に由来するという説である。黄土《はにう》は、粉浜の少し北の「住吉《すみのえ》の岸《きし》」と呼ばれる一角の大阪市《おおさかし》阿倍野区《あべのく》帝塚山《てづかやま》一丁目付近で発見されている。

『万葉集』巻七に「黄土《はにふ》」は次のように詠まれている。

駒並《こまな》めて　今日《けふ》我《わ》が見つる　住吉《すみのえ》の
岸《きし》の黄土《はにふ》を　万代《よろづよ》に見む　　七・一一四八

この歌は――人々と馬を並べて、今日わたしが見た、住吉の、岸の黄土は絶景だった、いつまでもいつまでも命長らえて、万代の後ま

住吉の岸の黄土　黄土は、『万葉集』に三首の歌が残され、住吉の海の青と松の緑に映える絶景や、旅のしるしに、衣に摺りつけて興じる様子が詠まれている。黄土は、長石、石英などが風化し、微細化すると、灰色のシルトができ、よく緊まったシルト粒子の間に鉄分が流動してくると、黄色の鉄分の層が出来て黄土が生成される。黄土の酸化第二鉄の含有率は約八・〇パーセントで、通常の土の平均的含有率の約二・七パーセントより大幅に上回っており、このため黄色に見える。

住吉の岸の黄土の出土地

で見に来たいものだ―という意味である。住吉の岸の黄土の風景は、万葉人にとっては非常に印象的であったようで、この美景を思うにつけ、それを再び見られるように命を長らえたいと願っている。

　南海本線粉浜駅付近には、住吉大社の西から「ラグーン」と呼ばれる幅五〇～六〇メートルの細長い湾入《わんにゅう》が北へ延びていたといわれ、その岸辺から黄土を産出し、美しい浜を形成していたようである。

　「粉浜」は、中世には、「粉浜村《こはまむら》」と呼ばれていたが、享徳《きょうとく》二年（一四五三）の火災による移住で、今在家村《いまざいけむら》と中在家村《なかざいけむら》に分かれた。当初、いずれも住吉郡《すみよしのこおり》に属していたが、その後、西成郡《にしなりのこおり》へ所属替えになった。江戸時代には、両村とも、大坂三郷《おおさかさんごう》へ米や蔬菜《そさい》を供給する農村地帯になり、紀州街道《きしゅうかいどう》の開通にともなって、街道筋の町として発展した。明治一九年（一八八六）、両村は合併し、古称をとって西成郡《にしなりのこおり》粉浜村《こはまむら》になった。大正一四年（一九二五）、大阪市に編入され、西成区《にしなりく》に所属していたが、その後、住之江区《すみのえく》に編入された。

南海本線粉浜駅南東の万葉歌碑

■南海本線粉浜駅南東の万葉歌碑

南海本線粉浜駅南東の花壇の中に、次の歌が刻まれた万葉歌碑がある。

住吉《すみのえ》の　粉浜《こはま》のしじみ　開《あ》けも見ず
隠《こも》りてのみや　恋ひ渡りなむ
六・九九七

この歌は―住吉の、粉浜で採れるシジミのように、心を打ち明けないで、籠《こ》もってばかりいて、恋続けているべきであろうか―という意味である。天平《てんぴょう》六年（七三四）春三月、聖武《しょうむ》天皇《てんのう》が難波《なにわ》に行幸したときに詠まれた歌で、作者は未詳である。粉浜の美しい景観と人々の奥ゆかしい心情が詠まれている。この歌碑は、国文学者・犬養孝《いぬかいたかし》氏の揮毫により、昭和五九年（一九八四）に建立された。

現在、粉浜駅付近は埋め立てられて市街地になっているので、こ

生根神社の拝殿

の付近でシジミが採れたことは想像できないが、万葉の時代には、住吉大社の西方から北に延びる「ラグーン」と呼ばれる細長い湾入があり、その波打ち際にシジミが生息していたようである。

■生根神社

粉浜駅から南東へしばらく進むと、生根神社《いくねじんじゃ》がある。祭神は少彦名命《すくなひこなのみこと》で、『延喜式《えんぎしき》』神名帳《じんみょうちょう》に載る式内大社に比定され、別名「奥の天神《おくのてんじん》」と呼ばれる。これは、少彦名命が大国主命《おおくにぬしのみこと》の国造りに参加する際、天乃羅摩船《あめのかがみのふね》に乗って現れ「沖の天津神《おきのあまつかみ》」と呼ばれたことに由来するという説、境内の奥にある天満宮《てんまんぐう》に由来するという説がある。「住吉《すみよし》の淡島明神《あわしまみょうじん》」とも呼ばれ、毎年、旧暦の三月三日に「淡島祭《あわしままつり》」が催される。

『式内社《しきないしゃ》の研究《けんきゅう》』には、「生根《いくね》はイクネではなくキネであろう。キネは巫女《みこ》で、住吉の巫女は有名であったことは『梁塵秘抄《りょうじんひしょう》』によっ

生根神社境内の天満宮

て知られている。（中略）当社は、大海神社《おおうみじんじゃ》と同じく住吉大社《すみよしたいしゃ》よりも古いから、始めは大海神社の、後には住吉大社の巫女社《みこしゃ》となったのであろう。住吉大社・大海神社が西面（海の方向）しているのに、当社のみは南面（住吉大社の方向）しているから」とある。

江戸時代には、神宮寺《じんぐうじ》とともに住吉大社の管理下に入り、その摂《せっ》社《しゃ》になっていたが、明治五年（一八七二）、神仏分離令《しんぶつぶんりれい》により、住吉大社から分離独立した。

拝殿《はいでん》は、桁行《けたゆき》五間、梁行《はりゆき》三間の入母屋造《いりもやづくり》、銅板葺《どういたぶき》、千鳥破風《ちどりはふ》・唐《から》破《は》風《ふ》向拝付《こうはいつき》、本殿《ほんでん》は、一間社流造《いっけんしゃながれづくり》、檜皮葺《ひわだぶき》、千鳥破風・唐破風向拝付で、豊臣秀吉《とよとみひでよし》の側室の淀殿《よどどの》が寄進し、慶長《けいちょう》五年（一六〇〇）頃、片桐且元《かたぎりかつもと》が造営奉行となって建立されたと伝える。扉には華麗な彫刻が施されるなど、桃山時代の優美な建築様式が見られる。

本殿左横には、江戸時代に「紅梅殿《こうばいでん》」と呼ばれていた天満宮がある。社殿《しゃでん》は、桁行一間、梁行一間の入母屋造、檜皮葺で、朱塗されている。『住吉松葉《すみよしまつば》大記《だいき》』には、「奥《おく》の天神社《てんじんじゃ》、社内に菅神《すががみ》の尊像《そんぞう》を

生根神社境内の神明穴立石

安置し奉る」とある。社殿には、文明《ぶんめい》一四年（一四八二）、天台法《てんだいほっ》主《す》・融円律師《ゆうえんりっし》が刻んだ菅原道真《すがわらのみちざね》の神像が安置されている。

拝殿東側には、二三個の礎石があり、帆柱観音堂跡《ほばしらかんのんどうあと》と伝える。この堂には、神功皇后《じんぐうこうごう》が朝鮮に出兵したときに乗船していた船の帆柱で刻んだといわれる観音像が祀られていた。

本殿東側には、「神明穴立石《しんめいあなたていし》」がある。少彦名命が海外に行ったとき、浜の石をここに運び、「何首烏《かしゅう》」と刻んだと伝え、霊石とされている。一説には、一夜のうちに、和歌《わか》の浦《うら》から住吉《すみのえ》の浦《うら》に来た妙石《みょうせき》という伝承もある。「何首烏」は、「ツルドクダミ」と訓まれるタデ科の蔓性多年草《つるせいたねんそう》で、根茎《こんけい》から落葉性木質の蔓を伸ばし、からみつく葉は心臓形でとがっている。秋には円錐花穂の無数の小さな白い花を咲かせ、地中にある塊根《かいこん》は、発赤痛《はっせきつう》を伴う皮膚炎、滋養強壮、整腸作用、便秘解消作用などに効能のある漢方薬（カシュウ）として使用されている。

境内には、天浄稲荷社《てんじょういなりしゃ》（祭神・天浄大神《てんじょうおおかみ》）、賽神社《さいじんじゃ》（祭神・八衢《やちまた》

一運寺

比古神《ひこのかみ》、八衢比売神《やちまたひめのかみ》)、種貸神社《たねかしじんじゃ》(祭神・宇賀魂神《うかのみたまのかみ》)、龍王社《りゅうおうしゃ》(祭神・彦龍神《ひこたつのかみ》、姫龍神《ひめたつのかみ》)を合祀する。

住吉大社

■一運寺

生根神社から南に進み、突き当たりで左折して東へ行くと、一運寺《いちうんじ》がある。金龍山《きんりゅうさん》と号する浄土宗の寺で、本尊は阿弥陀如来《あみだにょらい》である。本堂は、桁行三間、梁行四間の入母屋造、鉄筋コンクリート造、本瓦葺、向拝付である。

推古天皇《すいこてんのう》二一年(六一三)、聖徳太子《しょうとくたいし》が四二歳のとき、一夜の夢に、西方の地より天に昇る光を見て、燐然《りんぜん》とする白光に驚き、「あれは何か」と尋ねられたところ、「住吉《すみのえ》の地こそ実に過去七佛転法輪《かこしちぶつてんぽうりん》の処《ところ》」との声がして目覚めた。そこで、この地に七堂伽藍《しちどうがらん》を建立

一運寺境内の赤穂義士の墓

し、磯長山転法輪寺《しながさんてんぽうりんじ》を創建したという。

平安時代には、伝教大師《でんぎょうだいし》（最澄《さいちょう》）、慈覚大師《じかくだいし》（円仁《えんにん》）、弘法大師《こうぼうだいし》（空海《くうかい》）が住吉大社に参籠《さんろう》のとき、この寺で説法したと伝える。その後、荒廃していたが、元永《げんえい》二年（一一一九）、天台宗の西山上人《せいざんしょうにん》が再興した。建久年間《けんきゅうねんかん》（一一九〇～一一九九）、俊乗坊重源《しゅんじょうぼうちょうげん》上人《にん》が宋の国へ渡るとき、この寺に逗留《とうりゅう》して航海の無事を祈願した。

承元年間《じょうげんねんかん》（一二〇七～一二一一）、浄土宗の祖・法然上人《ほうねんしょうにん》が土佐《とさ》の国《くに》より船で都へ帰る途中、嵐に遭遇し、泉州岸和田《せんしゅうきしわだ》へ船が流され、住吉へ漂着したので、船を修理する間、この寺に長く逗留し、民衆の教化に努めた。

その後、後花園院《ごはなぞのいん》の宝徳《ほうとく》二年（一四五〇）、一蓮社光日良公上人《いちれんしゃこうじつりょうこうしょうにん》が圓光大師《えんこうだいし》（法然《ほうねん》）の旧跡として再興し、浄土宗の法性山宝樹院一運寺《ほうせいさんほうじゅいんいちうんじ》に改号した。

文禄《ぶんろく》元年（一五九二）、徳川家康《とくがわいえやす》の命により、幡随意上人《ばんずいいしょうにん》が筑紫に行くとき、この寺に立ち寄り、万代池《まんだいいけ》の龍女《りゅうじょ》を教化し、池の中央

大海神社

に龍王社《りゅうおうしゃ》を建立して祈願したという。元和《げんな》元年（一六一五）、兵火で堂宇を焼失したが、寛永《かんえい》八年（一六三一）、廣誉龍哲和尚《こうよりゅうてつおしょう》が現在の本堂を再建した。

境内には、三基の墓石と無縫塔《むほうとう》からなる赤穂義士《あこうぎし》の墓がある。中央が大石内蔵助《おおいしくらのすけ》、左が子の大石主税《おおいしちから》、右が寺坂吉右衛門《てらさかきちえもん》の墓である。赤穂浪士を資金面で援助した大坂商人・天野屋利兵衛《あまのやりへえ》の子孫がこの寺の近くにあった龍海寺《りゅうかいじ》に建てた赤穂義士の墓の一部を移築したといわれる。

■大海神社

一運寺の南西に大海神社《おおうみじんじゃ》がある。『延喜式《えんぎしき》』神名帳《じんみょうちょう》に、「摂津国《せっつくに》住吉郡《すみよしのこおり》　大海神社《おおうみじんじゃ》二座《にざ》　元名津守氏人神《もとのなつもりのうじびとがみ》」とある式内小社で、祭神は豊玉彦命《とよたまひこのみこと》、豊玉姫命《とよたまひめのみこと》である。しかし、『神名帳考証《じんみょうちょうこうしょう》』には、大綿津見命《おおわたつみのみこと》、玉依姫命《たまよりひめのみこと》、『神祇志料《じんきしりょう》』には、塩土翁命《しおつちのおきなのみこと》、豊《とよ》

大海神社境内の玉の井

玉姫命《たまひめのみこと》、彦火々出見命《ひこほほでみのみこと》とあり、文献により祭神に異同がある。いずれにしても、海幸彦《うみさちひこ》・山幸彦神話《やまさちひこしんわ》に関わりのある神である。

拝殿《はいでん》は、桁行《けたゆき》三間、梁行《はりゆき》二間の神明造《しんめいづくり》、檜皮葺《ひわだぶき》、本殿《ほんでん》（重文）は桁行二間、梁行四間の住吉造《すみよしづくり》、檜皮葺である。

この神社の創建年代は未詳であるが、『住吉松葉大記《すみよしまつばだいき》』には、「大《おお》海社《うみしゃ》は、神代よりの鎮座にして、田裳見宿禰《たもみのすくね》其祖宗《そのそそう》より此神に奉仕れり。神功皇后《じんぐうこうごう》の御時、三大神《さんおおかみ》此地に鎮座し給ふに及んで、田裳見宿禰に勅して三大神を祭る神主《かんぬし》とし給へり。田裳見宿禰其嫡子《そのちゃくし》を以て大海神社を祭らしめ給ふに依りて、嫡男《ちゃくなん》を大領氏《たいりょううじ》と云うなるべし」とある。住吉大社が創建される以前から、住吉大社の宮司の津守氏《つもりのうじ》が氏神を祀っていた。津守氏の嫡男は、「大領氏」と称し、代々、大海神社の社司《しゃし》となり、「津守安必登神《つもりやひとのかみ》」「現人神《あらひとがみ》」と称された。

拝殿の右前には、「玉《たま》の井《い》」と呼ばれる井戸がある。海幸彦・山幸彦の物語には、「山幸彦が海人の館から帰るとき、潮の満干を意のままに操作することができる『潮満珠《しおみつたま》』を授かった」とあり、そ

志賀神社

の潮満珠をこの井戸の底に沈めたと伝える。『大社略記《たいしゃりゃっき》』には、「古来、この付近は、『玉出嶋《たまでしま》』『玉出岸《たまでぎし》』と呼ばれ、萩と藤の名所であった」「神功皇后が凱旋したとき、多くの珍器宝物を庶民に見せたところ」と記され、この神社付近は、「玉出嶋」の旧跡とされている。

大海神社の西方は、往古、崖をなして海に切り立ち、西方に海を望む景勝の地であったといわれ、現在でも、神門の前は坂をなして石段があり、坂の下に市街地が見渡せる。

■志賀神社

大海神社の拝殿に向かって右側に、住吉大社の摂社の志賀神《しがじん》社《じゃ》がある。祭神は、底津少童命《そこつわたつみのみこと》、中津少童命《なかつわたつみのみこと》、表津少童命《うわつわたつみのみこと》で、伊邪那岐命《いざなぎのみこと》が黄泉国《よみのくに》から帰還し、海中で禊祓《みそぎはらい》をしたとき、住吉大神とともに出現した神である。本殿は、桁行三間、梁行二間の切妻

種貸神社

造、本瓦葺である。

■種貸神社

志賀神社の南に種貸神社《たねかしじんじゃ》がある。祭神は倉稲魂命《うかのみたまのみこと》である。拝殿は桁行五・五間、梁行四間の入母屋造、桟瓦葺、本殿は桁行一間、梁行一・五間の切妻造、銅板葺で、拝殿に続いている。

この神社には、往古、稲種《たなしね》を授かって豊作を祈るという風習があった。その後、神から授かった「お種銭《たねせん》」を資本に加えて商売すると、商売の資本が増幅するといわれるようになり、多くの大坂商人が参拝するようになった。

この神社では、参拝者に「種貸人形《たねかしにんぎょう》」を授与している。稲には繁殖させる穀霊が宿っているといわれるので、子授けの神として多くの人々から篤く信仰されている。

住吉大社の西大鳥居

■住吉大社

上町台地の南端に住吉大社《すみよしたいしゃ》がある。祭神は、底筒男命《そこつつのおのみこと》、中筒男命《なかつつのおのみこと》、表筒男命《うわつつのおのみこと》の住吉三神で、神功皇后《じんぐうこうごう》を合祀《ごうし》する。国家鎮護《こっかちんご》、航海安全、禊祓《みそぎはらい》、農耕の神とされ、また、平安時代より和歌の神とされる。

住吉三神の誕生については、『日本書紀』神代上第五段に、「次に海《わた》の底に沈《しず》き濯《すす》ぐ。因《よ》りて生める神を、號《なづ》けて底津少童命《そこつわたつみのみこと》と曰《まう》す。次に底筒男命《そこつつのおのみこと》。又潮の中に潜《かづ》き濯《すす》ぐ。因《よ》りて生める神を、號《なづ》けて中津少童命《なかつわたつみのみこと》と曰す。次に中筒男命《なかつつのおのみこと》。又潮の上に浮き濯《すす》ぐ。因《よ》りて生める神を、號けて表津少童命《うわつわたつみのみこと》と曰す。次に表筒男命《うわつつのおのみこと》。凡《すべ》て九《ここのはしら》の神有《いま》す。其の底筒男命、中筒男命、表筒男命は、是即《これすなは》ち住吉大神《すみのえのおおかみ》なり」とある。

伊邪那岐命《いざなぎのみこと》は、火神《ほのかみ》の出産で亡くなった妻・伊邪那美命《いざなみのみこと》を追い求め、黄泉《よみ》の国《くに》に行ったが、妻を連れて戻ることができず、逆に汚《けが》れ

住吉大社の反橋（太鼓橋）

を受けた。その汚れを清めるために、海に入って禊祓《みそぎはらい》をしたとき、住吉三神の底筒男命、中筒男命、表筒男命が生まれたと伝える。

神功皇后との関わりについては、『日本書紀』神功皇后摂政《じんぐうこうごうせっしょう》元年二月の条に、「表筒男《うわつつのお》、中筒男《なかつつのお》、底筒男《そこつつのお》、三《みはしら》の神、誨《おし》へまつりて曰く、『吾が和魂《にきみたま》をば大津の渟中倉《ぬなくら》の長峡《ながお》に居《ま》さしむべし。便《すなは》ち因《よ》りて往来《ゆきかよ》ふ船を看《みそなは》さむ』とのたまふ。是に、神の教の随《まにま》に鎮め坐《す》ゑまつる。則《すなは》ち平《たひらか》に海《わた》を渡ること得たまふ」とある。神功皇后は、住吉三神の神託《しんたく》のままに、それらの神霊をこの地に鎮め坐えたという。

渟中倉の長峡は、現在の大阪市住吉区の住吉大社の地である。神功皇后が朝鮮出兵から帰国して、三神のお告げのままに、住吉の地に三神を祀ったのが住吉大社の始まりと伝える。神功皇后は、朝鮮に出兵する際に、住吉大神《すみのえのおおかみ》の加護を受け、平定に成功し、国の安定を築くことが出来たので、住吉大神のお告げにより、この地に祀られたという。

住吉大社の第一本宮

阪堺線《はんかいせん》の路面電車通りに面した西大鳥居をくぐって、住吉大社の境内に入ると、その象徴として有名な「太鼓橋」と呼ばれる反橋《そりはし》がある。この石橋は、慶長年間《けいちょうねんかん》（一五九六〜一六一五）、淀殿《よどどの》が奉納したと伝える。反りは、地上界の人の国と天上界の神の国とをつなぐ虹の掛け橋の形を表象しており、この橋を渡って、罪や穢れを祓い清め、住吉大神に参拝するのが習わしという。反橋の架かる池は、住吉大社のすぐ西に南北に延びていた幅約五〇〜六〇メートルのラグーンの名残といわれている。

反橋を渡ると、左側に手水舎《ちょうずしゃ》がある。手水鉢《ちょうずばち》には、うさぎの口から水が注がれている。これは住吉大神が祀られた日が卯《う》の年《とし》の卯《う》の月《つき》の卯《う》の日《ひ》であったことに由来するもので、住吉大社とうさぎの結びつきを象徴している。

その先の一段高い所に角鳥居《かくとりい》がある。住吉の鳥居は、角柱であることが特徴とされる。本殿前にある角柱木製の「住吉鳥居」に倣った様式で立てられているが、角鳥居は貫が柱から出ているため、住

住吉大社の第三本宮（左）と第四本宮

吉鳥居とは区別される。

角鳥居と幸寿門《こうじゅもん》をくぐり、瑞垣《みずがき》に入ると、四つの本宮《ほんぐう》が並んで建っている。第三本宮に向かって右に第四本宮が横に並び、第三本宮から第二本宮、第一本宮が直列に並んで建つ珍しい社殿配置である。第一本宮に底筒男命、第二本宮に中筒男命、第三本宮に表筒男命、第四本宮に神功皇后を祀る。大海原を航行する船団のように並んだこの本宮の配置については、「三社の縦に進むは魚鱗《ぎょりん》の備え、一社のひらくは鶴翼《かくよく》の構えあり、よって八陣《はちじん》の法《ほう》をあらわす」と言い伝えられ、大阪湾の方角を向いて建っている。

本宮は、幣殿《へいでん》、渡殿《わたりでん》、本殿の三つの社殿で構成されている。本殿は、桁行《けたゆき》二間、梁行《はりゆき》四間の切妻造《きりづまづくり》、檜皮葺《ひわだぶき》、妻入りで、回縁《かいえん》と御心《ごしん》柱《ばしら》がない。内側に朱塗《しゅぬり》の板垣《いたがき》、外側に荒垣《あらがき》の二重の瑞垣で囲まれている。礎石上に朱塗の柱を建て、白胡粉塗《しらごふんぬり》の羽目板壁《はめいたかべ》が張られ、床が敷かれた高床式《たかゆかしき》の構造である。妻面は、部材が合掌状《がっしょうじょう》に組まれ、その中央に束《つか》を立てた豕扠首《いのこさす》があり、破風板《はふいた》より懸魚《けぎょ》が下げら

住吉大社の石舞台

れ、棟には両側に二つの千木《ちぎ》、その間に五本の四角堅魚木《しかくかつおぎ》が載せられている。本殿の内部は、手前二間が外陣《げじん》、一段高く造られた奥側二間が内陣《ないじん》で、この建築様式は「住吉造《すみよしづくり》」と呼ばれ、古代の神殿の形式をよく保つものとして、国宝に指定されている。

幣殿（重文）は、第一本宮のみが桁行《けたゆき》五間、梁行《はりゆき》二間で、他の幣殿は桁行三間、梁行二間で、いずれも切妻造、檜皮葺、平入《ひらいり》、千鳥《ちどり》破風《はふ》・唐破風向拝付《からはふこうはいつき》で、桁行二間、梁行一間の渡殿によって幣殿と本殿が接続され、幣殿内の奥に朱塗の住吉鳥居がある。

第一本宮の南側の池の上に舞楽《ぶがく》を奏でる石舞台《いしぶたい》（重文）がある。慶長年間（一五九六～一六一五）、豊臣秀頼《とよとみひでより》が奉納したと伝え、厳島神社《いつくしまじんじゃ》、四天王寺《してんのうじ》の舞台とともに、日本三舞台の一つに数えられている。毎年五月に催される卯之葉神事《うのはしんじ》では、この舞台で雅な舞楽がおごそかに奉納される。

社宝には、幣殿《へいでん》・渡殿、南門、東《ひがし》・西楽所《にしがくしょ》など一四棟（重文）、木造舞楽面《もくぞうぶがくめん》九面（重文）、守家銘《もりけめい》の太刀《たち》（重文）、小野繁慶《おのはんけい》が奉納

住吉大社境内の万葉歌碑

した摂州《せっしゅう》住吉大明神《すみよしだいみょうじん》御宝前銘《ごほうぜんめい》の刀《かたな》（重文）、『住吉大社神代記《すみよしたいしゃじんだいき》』（重文）などがある。

■住吉大社境内の万葉歌碑

反橋の手前の左側に、「住吉《すみのえ》」を詠んだ歌が刻まれた万葉歌碑がある。この歌碑は、古代船を模した形をしており、次の二首が上部に特記され、古代地形図の中に七首、背面に八首、合計一七首の万葉歌が刻まれている。

草枕《くさまくら》　旅ゆく君と　知らませば
岸の黄土《はにふ》に　にほはさましを　　一・六九

住吉《すみのえ》に　斎《いつ》く祝《はふり》が　神言《かむごと》と
行くとも来《く》とも　舟は早けむ　　一九・四二四三

第一首目の歌は、清江娘子《すみのえのをとめ》の作で―（草枕）、旅に出掛けられるあなただと分かっていたら、着物を住吉の岸の黄土で、染めてあげたのに―、第二首目の歌は、民部少輔多治比真人土作《みんぶのせうふたぢひのまひとはにし》の作で―住吉の社で、神を祀っている神官が、神の言葉を告げてくれた通り、行きも帰りも、舟は早く行くことであろう―という意味である。

この歌碑は、平成三年（一九九一）に建立された。今井祝雄《いまいのりお》氏の制作で、歌は明朝活字体で刻まれている。

後者の歌は、天平勝宝《てんぴょうしょうほう》三年（七五一）、遣唐使《けんとうし》派遣《はけん》にあたり、藤原仲麻呂邸《ふじわらのなかまろてい》で送別の宴が催されたときの歌で、航海の安全を祈願したところ、恙《つつが》なく旅を終える旨の御神託《ごしんたく》が出たといっている。

■住吉の大御神

『万葉集』には、第七次、第九次、第一〇次の遣唐使節に関わる

遣唐使　中国の唐に派遣された外交使節。舒明天皇二年（六三〇）、犬上御田鍬らが唐に派遣されたのに始まり、寛平六年（八九四）、菅原道真が任命されるまで、全二〇回計画されたが、四回は中止、二回は朝鮮半島の熊津都督府まで、一回は明州（寧波）までであるので、長安まで行ったのは一三回である。先進文化の輸入、唐の文化を学ぶ留学生・留学僧の運搬、天皇や唐皇帝の勅書の持参などが主な使命。この使節の派遣により、進んだ大陸文化を輸入し、わが国の発展に寄与した。

歌が二十数首見られる。遣唐使《けんとうし》たちは、唐への出発に先立って、住吉大社に奉幣して神託を受け、神霊を船に勧請して旅立った。「天《てん》平《ぴょう》五年（七三三）、入唐使《にっとうし》に贈る歌并せて短歌」と題する次の歌がある。

そらみつ　大和《やまと》の国　あをによし　奈良の都ゆ　おしてる　難波《なには》に下《くだ》り　住吉《すみのえ》の　三津《みつ》に舟乗《ふなの》り　直渡《ただわた》り　日の入る国に　遣《つか》はさる　我が背《せ》の君を　かけまくの　ゆゆし恐《かしこ》き　住吉の　我が大御《おほみ》神《かみ》　舟舳《ふなのへ》に　領《うしは》きいまし　船艫《ふなども》に　み立たしまして　さし寄らむ　磯の崎崎　漕《こ》ぎ泊《は》てむ　泊《と》まり泊《と》まりに　荒き風　波にあはせず　平《たひら》けく　率《ゐ》て帰りませ　もとの朝廷《みかど》に　一九・四二四五

反歌一首

沖つ波　辺波《へなみ》な越しそ　君が舟

遣唐使船　初期の頃の遣唐使船は、だいたい一、二隻で、一隻に八〇～一二〇人が乗り込んでいたが、第八次遣唐使船以降は、四隻が普通で、一隻に一二〇～一五〇人が乗り込んでいた。当時の造船技術は幼稚であったが、船は意外に大きく、長さは約二〇～二五メートル、幅約七～八メートルほどの大きさで、甲板には屋形が二つ設けられ、大使と高官の居住空間になっていた。赤、青、白で彩色され、帆柱は二本で、風のないときには、船腹の両側に五〇～六〇人の漕ぎ手が並んで、櫓を漕いで船を進めた。

漕ぎ帰り来て　津に泊《は》つるまで　一九・四二四六

長歌は―（そらみつ）、大和の国の、（あをによし）、奈良の都から、（おしてる）、難波へ下って、住吉の、三津の湊《みなと》で船に乗り、まっすぐに海を渡って、日の没する方にある唐の国に、遣わされた、わが夫をば、口に出して申すのも、恐れ多い、住吉の、わが大御神が、舟の舳先《へさき》に、鎮座されて、舟の艫《とも》に、お立ちになって、舟が寄航する、磯の崎々ごとに、停泊する、湊ごとに、荒い風や、波に遭わせないようにして、無事に、連れて帰って来て下さい、もとのこの大和の国に―という意味である。

反歌は―沖の波よ、辺の波よ、船を越えないでおくれ、あなたの舟が、漕ぎ帰って来て、三津の湊に泊まる日まで―という意味である。

『続日本紀《しょくにほんぎ》』によると、天平五年（七三三）三月二一日、遣唐大《けんとうたい》使《し》で従四位上の多治比真人広成《たぢひのまひとひろなり》らが天皇に出発の拝謁をし、三月二六日、広成は天皇に別れの拝謁をして、天皇より節刀《せっとう》を授けられ、

多治比真人広成　左大臣嶋の第五子。和銅元年（七〇八）従六位上から従五位下に昇進、同年七月、新羅使を迎える左副将軍になる。霊亀三年（七一七）正五位下、養老三年（七一九）越前守として按察使となり、同四年（七二〇）正五位上、神亀元年（七二四）従四位下、天平三年（七三一）従四位上、同四年（七三二）遣唐大使となる。翌五年（七三三）遣唐大使として拝朝、聖武天皇に辞見して節刀を授かり、難波津から四船で唐へ出航した。天平六年（七三四）、多禰島に帰着、同七年（七三五）、帰京して、無事節刀を返上した。

四月三日、四隻の遣唐使船で住吉の津より出航した。
　この歌は作者未詳の歌であるが、女性の歌らしく、切実に住吉の大神に祈って、夫の航海の無事を願っている心持ちがよく表れている。住吉の大神は、『日本書紀』神功皇后紀に、「新羅出兵《しらぎしゅっぺい》の時《とき》顕現《けんげん》し給うて、皇后の御船《みふね》を守った」と記され、万葉の時代にも、航海の安全を守護する神として篤く信仰されていた。

■住吉の皇神

『万葉集』巻二〇に、「住吉《すみのえ》の皇神《すめかみ》」を詠んだ次の歌がある。

(前略) 大君の　命恐《みことかしこ》み　玉桙《たまほこ》の　道に出で立ち　岡《をか》の岬《さき》　い廻《た》
むるごとに　万度《よろづたび》　顧《かへり》みしつつ　はろはろに　別れし来《く》れば
思ふそら　安くもあらず　恋ふるそら　苦しきものを　うつせみの
世の人なれば　たまきはる　命《いのち》も知らず　海原《うなはら》の　恐《かしこ》き道を

遣唐使船の北路　壱岐、対馬を経て、朝鮮半島の南端から西海岸沿いに北上しながら、山東半島の北端に向かい、そこから上陸して長安に向かうか、あるいは、山東半島を南下して、楚州辺りから運河を利用して、船で長安に行った。このコースは、遣唐使派遣の初期の頃に採用され、「北路」「新羅道」と呼ばれた。七世紀後半から新羅との国交が険悪になったため、利用されなくなった。

島伝《しまづた》ひ　い漕《こ》ぎ渡りて　あり巡《めぐ》り　我《わ》が来るまでに　平《たひら》けく　親《おや》
はいまさね　つつみなく　妻は待たせと　住吉《すみのえ》の　我が皇神《すめかみ》
に　幣奉《ぬさまつ》り　祈り申《まを》して　難波津《なにはつ》に　舟を浮けすゑ　八十《やそ》梶《か》貫《ぬ》き
水手整《かこととの》へて　朝開《あさびら》き　我は漕《こ》ぎ出《で》ぬと　家に告げこそ

二〇・四四〇八

この歌は――（前略）天皇の、仰せが恐れ多いので、（玉桙の）、旅路について、岡の出鼻を、曲がるたびごとに、幾度とも知れぬほど、振り返り振り返りしながら、だんだん遠くへ、別れてきたので、思う胸の内は、安らかでなく、恋慕う胸の内は、苦しいものの、生身の、この世の人であるがゆえに、（たまきはる）、命のほどはどうなるか分からないが、海原の、恐ろしい海路をば、島を伝い伝いして、漕いで渡り、そうして続けて、わたしが帰って来るまでの間、無事で、親たちはいらしてほしい、つつがなく、妻は待っていてくれと、住吉の、わたしが奉る尊い神に、幣を捧げ、お祈り申し上げて、難

遣唐使船の南路　筑紫の那大津を出て、五島列島に渡り、順風好日を待って、そこから一気に東シナ海を渡り、揚子江河口の蘇州付近に接岸する。その後、陸路で楚州まで行き、運河を利用して、洛陽、長安へ行った。このコースは、行程が順調であれば、最少の日数で済むので、奈良朝後期の遣唐使船では、多く利用された。しかし、魔の海といわれた東シナ海を横断するので、危険性が高かった。

波津に、舟を出して海に浮かべ、たくさんの梶をさして、船頭どもを揃えて、朝早く、わたしは漕ぎ出して行ったと、家の人に告げてください——という意味である。この歌から、出航の前に住吉の大神に航海の安全を祈願したことが分かる。

■住吉の現人神

『万葉集』巻六に、「住吉《すみのえ》の現人神《あらひとがみ》」を詠んだ次の歌がある。

大君の　命恐《みことかしこ》み　さし並ぶ　国に出でます　はしきやし　我が背《せ》
の君を　かけまくも　ゆゆし恐《かしこ》し　住吉《すみのえ》の　現人神《あらひとがみ》　舟舳《ふなのへ》に
うしはきたまひ　着きたまはむ　島の崎々《さきざき》　寄りたまはむ
磯《いそ》の崎々　荒き波　風にあはせず　つつみなく　病《やまひ》あらせず
速《すむや》けく　帰したまはね　本の国辺《くにへ》に

六・一〇二〇・一〇二一

遣唐使船の南島路　筑紫の那大津から九州の西海岸を南下して、多禰島、屋久島、奄美大島、徳之島と島伝いに沖縄方面に出て、それより東シナ海を横断し、対岸の揚子江河口に至る、ここから上陸して、陸路で楚州に出て、運河を利用して長安に行くか、陸路で長安に行く。このコースも奈良朝後期から多く利用されたが、東シナ海を横断するので、危険度は南路と変わらなかった。

この歌は―天皇の、仰せに従って、隣り合う、土佐の国へ行かれる、いとしい、わたしの夫を、わたしが申すのも憚《はばか》り多い、住吉の、ご威光のあらたかな神が、船の舳先《へさき》に、鎮座して、着かれる、島の崎々で、寄られる、磯の崎々で、荒い波や、風に遭わせないように、けがもなく、病気もしないで、一刻も早く、帰してください、故郷の国の方へ―という意味である。

この歌は初めの五句を前の一〇一九番歌の反歌として一首とし、あとを長歌として、国歌大観に二首として数えられている変わった形の歌である。題詞に「石上乙麻呂卿《いそのかみおとまろまえつきみ》、土佐国に配《なが》さるる時の歌三首」とあるが、女性の切実な気持ちが詠まれているので、妻が詠んだ歌（短歌を含む）と認められる。この歌からも住吉の大神に夫の航海の安全を祈願したことが分かる。

第九次遣唐使の主な顔ぶれ　天平四年（七三二）八月、第九次遣唐使に任命された主な顔ぶれは、次の通りである。

遣唐大使　多治比真人広成
遣唐副使　中臣朝臣名代
判　官　平群朝臣広成
判　官　田口朝臣養年富
判　官　紀朝臣馬主
判　官　秦忌寸朝元
準判官　大伴宿禰首名

遣唐使船の乗組員　『延喜式』大蔵省の入諸蕃使によれば、遣唐使船の乗組員は次の通りである。入唐大使、副使、判官、録事、知乗船事、訳語、請益生、主神、医師、陰陽師、画師、史生、射手、船師、音声長、留学生、学問僧、傔従、新羅奄美訳語、卜部、雑使、音声生、玉生、鍛生、鋳生、細工生、船匠、柂師、傔人、挟抄、還学僧、水手長、水手。

遣唐使派遣の歌

天平《てんぴょう》四年（七三二）の第九次《だいきゅうじ》遣唐使《けんとうし》では、多治比広成《たぢひのひろなり》が遣唐大《けんとうたい》使《し》、中臣朝臣名代《なかとみのあそみなしろ》が遣唐副使《けんとうふくし》、判官《はんがん》四人、録事《ろくじ》四人らが任命され、同年三月、広成が朝廷に拝礼し、翌閏《うるう》三月、節刀を授けられ、四月三日、四隻の船で唐に向けて出航した。

この出航に先立って、三月一日、遣唐大使の多治比真人広成は、遣唐使の先輩の山上憶良《やまのうえのおくら》の家を訪れ、遣唐使拝命の挨拶をした。これに対し、三日、憶良は次の「好去好来《かうきょかうらい》の歌《うた》一首」と題する長歌一首と短歌二首を贈り、その壮途を祝う餞《はなむけ》とした。

好去好来《かうきょかうらい》の歌《うた》一首

神代《かみよ》より　言ひ伝《つ》て来《く》らく　そらみつ　大和の国は　皇神《すめかみ》の　厳《いつく》
しき国　言霊《ことだま》の　幸《さき》はふ国と　語り継《つ》ぎ　言ひ継がひけり　今の

世の　人もことごと　目《ま》の前《まへ》に　見たり知りたり　人さはに満ちてはあれども　高光《たかひか》る　日の大朝廷《おほみかど》　神《かむ》ながら　愛《め》での盛《さか》りに天《あめ》の下《した》　奏《まを》したまひし　家の子と　選《えら》ひたまひて　勅旨《おほみこと》（反して大命《おおみこと》と云ふ）　戴《いただ》き持ちて　唐《もろこし》の　遠き境《さかひ》に　遣《つか》はされ　罷《まか》りいませ　海原《うなはら》の　辺《へ》にも沖にも　神留《かむづ》まり　うしはきいます　諸《もろもろ》の大御神《おほみかみ》たち　舟舳《ふなのへ》に（反して　ふなのへにと云ふ）　導きまをし天地《あめつち》の　大御神たち　大和の　大国御魂《おほくにみたま》　ひさかたの　天《あま》のみ空ゆ　天翔《あまかけ》り　見渡したまひ　事終《ことを》はり　帰らむ日には　また更に、大御神たち　舟舳《ふなのへ》に　御手《みて》うち掛けて　隅縄《すみなは》を　延《は》へたるごとく　あぢかをし　値嘉《ちか》の岫《さき》より　大伴《おほとも》の　三津《みつ》の浜辺《はまび》に　直泊《ただは》てに　み舟は泊《は》てむ　つつみなく　幸《さき》くいまして　はや帰りませ

五・八九四

反歌

帰国船の相次ぐ遭難　第九次遣唐使の帰国船が東シナ海に入ると、一行はたちまち猛烈な暴風雨に襲われた。大使の多治比広成、吉備真備、玄昉らが　乗船していた第一船は、海上を漂流すること約一カ月の後に、九州の南方の多禰島に漂着した。副使の中臣名代らが乗船していた第二船は、楫を破壊されて漂流し、遠く南海にまで流され、唐土に戻り着き、二年後に帰朝した。判官の平群広成らが乗船していた第三船は、南方地方の崑崙まで流され、土族の襲撃、悪性の熱病などで次々に倒れ、最後に広成ら四人のみが残った。第四船は消息不明となった。

大伴《おほとも》の　三津《みつ》の松原　かき掃《は》きて
我《われ》立ち待たむ　はや帰りませ　　五・八九五

難波津《なにはつ》に　み舟泊《は》てぬと　聞こえ来《こ》ば
紐《ひも》解《と》き放《さ》けて　立ち走《ばし》りせむ　　五・八九六

天平五年三月一日に、良《ら》の宅《いへ》にして対面し、献《たてまつ》るは三日なり。
山上憶良　謹上、大唐大使《だいとうたいし》卿《きやう》記室《きしつ》。

長歌は――神代の時代から、言い伝えられてきたことだが、（そらみつ）、大和の国は　先祖の神様が統治する、立派な国であり、言《こと》霊《だま》が幸いする国だと、語り継ぎ、言い継がれてきた、それは現代の、人もことごとく、目《ま》の当たりに、見て知っている、ところが、人がたくさん、溢れてはいるが、（高光る）、貴い朝廷の中でも、御心《みこころ》のままに、格別に重んぜられ、天下の、政治に携わってきた、名家の

菩提僊那　南インドのバラモン僧で、第九次遣唐大使の多治比広成や理鏡の懇請により来日した。『南天竺波羅門僧正碑並序』には「使人多治比真人広成・学問僧理鏡、其の芳香を仰ぎ、東帰を要請す。僧正其の懇志に感じ、請を辞する所無し」とある。来日して大安寺に住み、天平勝宝三年（七五一）、僧正に任ぜられ、翌年の大仏開眼供養では、聖武天皇の懇請により、開眼道師の大任を果たした。天平宝字四年（七六〇）、五七歳で没した。

防人　『軍防令』によると、防人の定員は三〇〇〇人で、正丁（二一歳から六〇歳までの健康な成年男子）が徴集の対象とされた。任期は三年で、毎年三分の一ずつを交代した。防人に任命されると、国府に集められ、部領使と呼ばれる輸送指揮官が引率して難波に輸送され、一〇〇〇人以上になると、船で大宰府に送られた。難波から大宰府までは、防人司の専使が引率し、大宰府で防人司に付託された。旅費は、本国から難波までは自費で、難波から大宰府までは官費が支給された。任地では、自給のために農耕しながら、防備についた。

子として、あなたをお選びになり、勅旨を、（大命《おおみこと》と読む）捧げ持って、唐国の、遠い果てまで、遣わされ、出掛けられます、海原では、海岸でも沖の方でも、留まって、支配されている、たくさんの、大御神は、舟の舳先《へさき》で、（ふなのへにと読む）案内を申し上げ、天地の、大御神たち、ことに大和の、大国御魂《おおくにのみたま》の神は、（ひさかたの）、天の空を、飛び翔《か》けまわって、ずっと見渡しをされ、務めを終えて、帰朝されるときには、また再び、海原の神々は、舟の舳先に、御手をかけ、まるで墨縄《すみなわ》を、張ったように、（あぢかをし）、値嘉《ちか》の崎《さき》から、大伴《おおとも》の郷《さと》の、三津《みつ》の浜辺《はまべ》に、寄り道もしないで、舟は着くでしょう、何の支障もなく、元気に、早く帰って来て下さい――という意味である。

　反歌の一首目は――大伴の郷の、三津《みつ》の松原《まつばら》を、掃き清めて、わたしは出掛けて待ちましょう、早く帰って来てください――、第二首目は――難波津《なにわつ》に、舟が着いたと、都へ聞こえてきたら、紐を結ぶ間もなく、急いで参りましょう――という意味である。

防人の歌

『万葉集』巻二〇に、「天平勝宝《てんぴょうしょうほう》七歳乙未《いつび》の二月に、相替《あひかは》りて筑《つく》紫《し》に遣《つか》はさるる諸国の防人等《さきもりら》の歌」と題する歌がある。中大兄皇子称制《しょうせい》三年（六六三）、わが国からの援軍は、朝鮮半島の白村江《はくすきのえ》で唐・新羅の連合軍と戦って大敗した。そこで、同四年（六六四）、防備のために、防人《さきもり》が対馬《つしま》、壱岐《いき》、筑紫北部《つくしほくぶ》の海岸に初めて配備された。防人たちは、東国《あづまのくに》の国府《こくふ》に集められ、部領使《ことりづかい》と呼ばれる役人に統率されて難波《なにわ》に下り、難波から専門の送使がこれを宰領《さいりょう》して、船で九州に運び、大宰府《だざいふ》の防人司《さきもりのつかさ》に付託された。

大伴家持《おおとものやかもち》は、兵部少輔《ひょうぶしょうふ》という役にあったので、難波の津で防人を検校《けんぎょう》した。その際、防人の歌を収録し、自らも歌を作った。防人は、家族と別れ、地域集団から引き離されたので、深い別れの悲しみに満ちて故郷を出た。家持は、防人たちに同情を寄せ、次の歌を詠んだ。

防人歌　東国諸国の部領使が防人の作った歌を集めて進上し、難波に赴任していた兵部少輔の大伴家持らが歌を選別して、『万葉集』に収録した。『万葉集』の防人歌は、巻二〇に収められた交替して筑紫に遣わされた東国諸国の防人歌八四首、磐余諸君が「抄写」して家持に贈った昔年の防人歌八首、昔年交替の防人歌一首、巻一四に収められた防人歌五首、の合計九八首である。

防人歌の特徴　『万葉集』巻二〇の防人の歌では、忠君愛国的な歌はきわめて少なく、肉親を思う歌が多い。妻、子、汝徒の別れの歌が二九首、父母との別れの歌が二二首、子と妻の別れの歌が一首ある。妻との別れが強調されるのが一般的であるが、父母との別れの歌が多いのが目立つ。これらの歌では、母と別れるのが辛いという歌は一〇首あるが、父と別れるのが辛いという歌は一首にすぎない。これは母が子供と一緒に暮らす生活形態を反映しているように思われる。

大君の　遠《とほ》の朝廷《みかど》と　しらぬひ　筑紫《つくし》の国は　敵守《あたまも》る　おさへの城《き》そと　聞こし食《を》す　四方《よも》の国には　人さはに　満ちてはあれど　鶏《とり》が鳴く　東男《あづまをのこ》は　出で向かひ　顧《かへり》みせずて　勇みたる　猛《たけ》き軍士《いくさ》と　ねぎたまひ　任《まけ》のまにまに　たらちねの　母が目離《めか》れて　若草の　妻をもまかず　あらたまの　月日数《よ》みつつ　葦《あし》が散《ち》る　難波《なには》の三津《みつ》に　大舟に　ま櫂《かい》しじ貫《ぬ》き　朝なぎに　水手《かこ》整《ととの》へ　夕潮《ゆうしほ》に　梶《かじ》引き折り　率《あとも》ひて　漕ぎ行く君は　波の間《ま》を　い行きさぐくみ　ま幸《さき》くも　早く至りて　大君の　命のまにま　ますらをの　心を持ちて　あり巡《めぐ》り　事し終《を》はらば　障《つつ》まはず　帰り来ませと　斎瓮《いはひへ》を　床辺《とこへ》にすゑて　白たへの　袖《そで》折り返し　ぬばたまの　黒髪敷きて　長き日《け》を　待ちかも恋ひむ　愛《は》しき妻らは

二〇・四三三一

短歌

ますらをの　靫《ゆき》取り負ひて　出でて行けば
別れを惜《を》しみ　嘆きけむ妻　二〇・四三三二

鶏《とり》が鳴く　東男《あづまをとこ》の　妻別れ
悲しくありけむ　年の緒《を》長み　二〇・四三三三

長歌は—天皇の、遠い朝廷としての、（しらぬひ）、筑紫《つくし》の国《くに》は、外敵を防ぐ、鎮めの砦として、お治めになっている、四方の国には、人は多く、満ちてはいるが、（鶏が鳴く）、東国《あずまのくに》の男子は、敵に向かって、身を顧みず、血気にはやって、勇気を出して励む兵士だと、労をいたわられ、その任命にしたがって、（たらちねの）、母の目を離れ、（若草の）、妻の手を枕とせず、（あらたまの）、月日を過ごしつつ、（蘆が散る）、難波の三津で、大船の、両舷に櫂《かい》をいっぱいにさし、朝凪《あさなぎ》の海に、水夫《すいふ》たちに号令し、夕潮に、楫《かじ》を懸命に操《あやつ》り、声を合わせ、漕ぎ行くあなたは、波の間を、押し分けて行き、無事に、

防人歌の国別の収載歌数　『万葉集』への防人歌の国別の収載歌数は次の通りである。遠江国（静岡県西部）七首、相模国（神奈川県）三首、駿河国（静岡県中部）一〇首、上総国（千葉県南西部）一三首、下総国（千葉県北部、茨城県南西部）一一首、常陸国（茨城県）一〇首、上野国（群馬県）四首、下野国（栃木県）一一首、信濃国（長野県）三首、武蔵国（東京都、埼玉県、神奈川県北部）一二首。

住吉の浦の名残を思わせる住吉公園の心字池

早く筑紫に行き着き、天皇の、仰せのままに、立派な男の、猛々しい心を堅持し、任地を歩き廻って、任務が終われば、元気に、帰って来て下さいと、斎瓮《いわいへ》（神酒《みき》を盛るための素焼きの壺）を、寝床の辺りに据え、（白妙の）、衣の袖を裏返して、（ぬばたまの）、自分の黒髪を身の下に敷いて、長い間、待ち焦がれているだろう、愛しい妻たちは―という意味である。

短歌の一首目は―立派な男が、靫《ゆぎ》を背負って、防人となって出掛けて行ったので、別れを惜しんで、嘆いたであろうよその妻よ―。二首目は―（鶏が鳴く）、東国の男と、妻との別れは、さぞ悲しかったであろう、別れている間の年月が長いので―という意味である。

大伴家持は、兵部少輔という身分で防人の事務に携わっていた。この家持と防人の邂逅《かいごう》は、家持自身にとって記念すべきことであった。防人の声を直に聞くことができたからである。人間の哀苦は、身分の上下や階級の相違によって異なるものではない。自己以外の世界や人間に直に接することは、現実感を拡大させ、人間的命題を

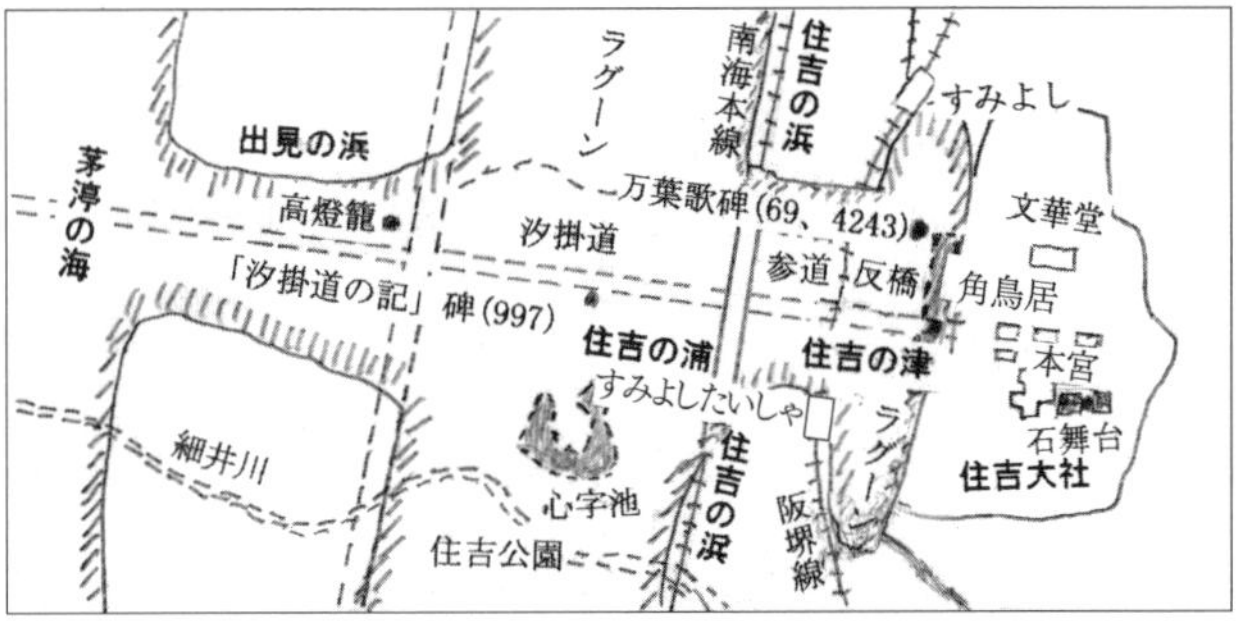

住吉の浦付近の想像地形図

いっそう大切なものにするものである。思いがけない幸運をわが国の文化史にもたらす結果になったように思われる。

住吉の浦

■住吉の浦

裏表紙の折り返しに、「万葉の時代の住吉付近の想像地形図」を示す。上図はこの地形図の「住吉《すみのえ》の浦《うら》」付近を拡大した地形図であり、万葉故地をゴシック体で示す。これらの地形図にみられるように、万葉の時代には、茅渟《ちぬ》の海《うみ》が幅約六〇メートル、高さ約三メートルの砂堆《さたい》によって隔てられて、「住吉《すみのえ》の浦《うら》」を形成し、その南北には幅五〇〜六〇メートルの「ラグーン」と呼ばれる入江が延びていた。「住吉の浦」の東には「住吉《すみのえ》の里《さと》」が広がり、その中央部には「住吉《すみのえ》の津《つ》」と呼ばれた湊があった。その湊の東側には「住吉大《すみよしたい》

住吉公園の汐掛道

社《しゃ》」、その南東には「浅沢小野《あさざわおの》」が広がり、茅渟の海から住吉の津に入る北側の砂堆の南端付近には「出見の浜《いでみのはま》」、南側の砂堆の中ほどの茅渟の海《ちぬのうみ》側に「敷津の浦《しきつのうら》」があった。

北のラグーンの北端付近の東側に「粉浜《こはま》」があり、この浜でシジミが採れたようである。南側のラグーンの東側に白砂青松の浜辺が南へ延び、「霰松原《あられのまつばら》」と呼ばれる松原があった。その南端に「浅香の浦《あさかのうら》」、その西には「得名津《えなつ》」と呼ばれた湊、その東に榛の木が繁る「遠里小野《おりおの》」の原野が広がっていた。

■住吉公園「汐掛道の記」碑（万葉歌碑）

住吉公園の中央に、直線状に西に延びる参道がある。この参道は、往古、浜で清められた神輿《みこし》が通ったので、「汐掛道《しおかけみち》」と呼ばれている。住吉大社の神事の馬場《ばば》として使われていた。

汐掛道の中ほどに、『摂津名所圖會《せっつめいしょずえ》』の汐掛道が刻まれた「汐掛《しおかけ》

住吉公園「汐掛道の記」の碑（万葉歌碑）

道《みち》の記《き》」碑があり、その左下に、次の万葉歌が刻まれている。

すみのえの　こはまのしじみ　開《あ》けも見ず
こもりてのみや　恋ひ渡りなむ　六・九九七

この歌は—住吉の、粉浜《こはま》で採れるシジミのように、心を打ち明けないで、籠もってばかりいて、恋続けているべきであろうか—という意味である。この碑は、平成二年（一九九〇）に建立された。

■住吉の三津

『万葉集』巻一九に、「住吉《すみのえ》の三津《みつ》」を詠んだ次の歌がある。

そらみつ　大和《やまと》の国　あをによし　奈良の都ゆ　おしてる　難波《なには》
に下り　住吉《すみのえ》の　三津《みつ》に舟乗《ふなの》り　直渡《ただわた》り　日の入る国に　遣《つか》はさ

る　我が背《せ》の君を　かけまくの　ゆゆし恐《かしこ》き　住吉《すみのえ》の　我《あ》が大御《おほみ》神《かみ》　舟舳《ふなのへ》に　領《うしは》きいまし　船艫《ふなども》に　み立たしまして（後略）

一九・四二四五

この歌は――（そらみつ）、大和の国の、（あをによし）、奈良の都から、（おしてる）、難波《なにわ》へ下って、住吉《すみのえ》の、三津《みつ》の湊《みなと》で舟に乗り、まっすぐに海を渡って、日の没する唐の国に、遣わされた、あなたをば、口に出して申すのも、恐れ多い、住吉の、わが大御神が、舟の舳先《へさき》に、鎮座されて、舟の艫《とも》に、お立ちになって（後略）――という意味である。

住吉《すみのえ》の三津《みつ》は、「住吉《すみのえ》の津《つ》」とも呼ばれ、住吉大社の西のすぐ傍まで入り込んでいた住吉《すみのえ》の浦《うら》に面した湊《みなと》といわれる。

三津（御津）の浜　現在の大阪市住吉区の住吉大社付近の浜といわれる。『万葉集』には、「大伴の　三津の浜辺」（五・八九四）、「大伴の　三津の松原」（五・八九五）、「難波津に　御船泊てぬ」（五・八九六）とあり、「大伴の三津」と「難波津」は同じ場所で、さらに「難波に下り　住吉の　三津に舟乗り」（一九・四二四五）とあるので、難波津、住吉の三津、大伴の三津は同じ場所とされている。住吉には、住吉大社があるので、神の居場所の津が御津である。

余明軍　古写本系統では「余明軍」、流布本系統では「金明軍」と表記。『日本書紀』持統天皇五年正月の条に「正広肆百済王余禅広」とあり、余氏は百済王系の氏族とされている。余明軍は、大伴旅人の資人(つかさびと)で、大宰帥であった頃から旅人に仕えていたと推測されている。男性とは思えないほど微細で嬋娟(せんけん)とした作風で、民謡風の表現を特徴としており、挽歌のパターンを踏まえた形式性が見られる。『万葉集』には、八首の短歌を収める。

■三津の浜辺

『万葉集』巻七に、「三津《みつ》の浜辺《はまへ》」を詠んだ次の歌がある。

大伴《おほとも》の　三津《みつ》の浜辺《はまへ》を　うち曝《さら》し
寄せ来る浪の　行へ知らずも　　　七・一一五一

この歌は——大伴の、三津の浜辺を、洗うように、打ち寄せて来る波は、だんだん遠くへ行って、行く方が分からなくなってしまう——という意味である。浜辺に立って、海を眺めていると、打ち寄せてきた波が、ザアッと砂をゆすりながら引いていって、どこへ行ったのか分からなくなる、その美しい波の光景と心地よい波の音に、陶酔しきった心境が詠まれている。第一句の「大伴《おほとも》の」は「住吉《すみのえ》の」と同義である。

■住吉の浜

『万葉集』巻三に、「住吉《すみのえ》の浜《はま》」を詠んだ次の歌がある。

標結《しめゆ》ひて　我《わ》が定めてし　住吉《すみのえ》の
浜《はま》の小松は　後《のち》も我《わ》が松　三・三九四

この歌は、余明軍《よのみょうぐん》の作で――標《しめ》を付けて、わたしのものと決めた、住吉の、浜にある小松は、ずっと将来までもわたしの松だ――という意味である。

この歌は、幼い女性を小松に喩えた歌で、「標結ひて」は、女性を独占し、みだりに他人が侵さないように監視することを意味し、将来もその幼い女性は自分のものだ、と幼い恋人を隠して詠っている。住吉《すみのえ》の浜《はま》は、住吉大社《すみよしたいしゃ》の西に入江となっていた住吉《すみのえ》の浦《うら》の海岸である。

住吉の名児の浜の異説　住吉の名児の浜は、一般的には、大阪市住吉区の住吉大社の西にあった住吉の浦の浜とされているが、摂津国菟原郡住吉郷（現神戸市東灘区）の浜とする説もある。『日本書紀』には、「神功皇后が朝鮮出兵の帰途に船が進まなくなり、神託により住吉三神を祀ったのが住吉郡の住吉神社で、この神社が住吉三神鎮祭の根源である」と伝える。この神社は、現在、「本住吉神社」と呼ばれ、その近くの浜辺が名児の浜とする異説がある。

呉織・漢織伝説　『日本書紀』応神天皇の一四年の条に「百済の王、縫衣工女を奉った」、同三七年の条に「呉の王は、工女の兄媛、弟媛、呉織、穴織（漢織）の四人の婦女を与えた」、雄略天皇の一四年の条に「身狭村主青らが、呉国の使者とともに、呉の献上した手末の才伎である漢織、呉織および衣縫の兄媛、弟媛らを率いて、住吉津に停泊した」とある。応神天皇の時代か雄略天皇の時代かはっきりしないが、この時代にわが国へ織物、染色技術が伝来したとされている。

■住吉の名児の浜辺

『万葉集』巻七に、「住吉《すみのえ》の名児《なご》の浜辺《はまへ》」を詠んだ次の歌がある。

住吉《すみのえ》の　名児《なご》の浜辺《はまへ》に　馬立てて
玉拾《ひり》ひしく　常《つね》忘らえず　七・一一五三

この歌は—あの住吉の、名児の浜辺で、馬を留めて、玉を拾ったことが面白かったので、いつも忘れられない—という意味である。

住吉の名児の浜辺の所在地については、『摂津名所圖會《せっつめいしょずえ》』に、「今の日本橋より南、今宮《いまみや》・木津《きづ》・難波村《なんばむら》等の惣名《そうめい》なるべし。大むかし応《おう》神天皇《じんてんのう》の御宇《おんう》、呉人《くれひと》、呉織《くれはとり》・漢織《あやはとり》この浜に着岸せしよりこの名あり。呉人の往来の道を名呉坂《なござか》・名呉原《なごはら》と、『日本紀《にほんぎ》』にあり。今の住吉《すみのえ》海道《かいどう》、いにしへみな海にして住吉浦《すみよしのうら》より続きぬれば、住吉の読合《よみあはせ》の古詠《こえい》多し。前掲の書に住吉にありとしてその所を詳らかにせず。今《いま》

車持千年　笠金村、山部赤人と同時代の万葉歌人であるが、系譜は未詳。藤原不比等の母の出自は車持家で、ともに宮廷の神事に従事していたと推測されているので、千年は藤原家に結びついて、その要請に応えて宮廷詞を務めていたと想像される。千年は行幸歌のみを残しているが、それらの歌は、天皇とその賛美から遠く離れて、恋情を最もあらわに詠むのを特徴としている。『万葉集』には、長歌二首、短歌八首を残す。

時今宮村《どきいまみやむら》より鮮魚を貢《みつぎもの》とするも海辺の遺風《いふう》なるべし。日本橋《にっぽんばし》より南の町を土人長町《どにんながまち》と呼ぶは謬《あやまり》なり。実は名呉町《なごまち》なるべし。また越中《えっちゅう》に同名あり。歌によってこれを捌《わか》つ」とあり、現在の道頓堀《どうとんぼり》の南の今宮《いまみや》、木津《きづ》、難波《なにわ》の総称としている。

「名児」は、「ナゴヤカ」「ナゴム」と同義で、「名児の浜辺」は、波が穏やかな湾や入江の浜と解することができる。住吉の津があったラグーンに面した波が静かな浜辺が想像される。

■住吉の岸

『万葉集』巻六に、「住吉《すみのえ》の岸《きし》」を詠んだ次の歌がある。

白波の　千重《ちへ》に来寄《きよ》する　住吉《すみのえ》の
岸の黄土《はにふ》に　にほひて行かな

六・九三二

この歌は、車持千年《くるまもちのちとせ》の作で―白波が、幾度も幾度も押し寄せ来る、住吉の、岸の黄土で、着物を染めて行こう―という意味である。住吉の岸は、住吉大社の西に入江をなしていた住吉の浦の岸辺で、現在の阪堺線天神《はんかいせんてんじん》ノ森《もり》辺りから住吉大社《すみよしたいしゃ》の南西の霰松原《あられのまつばら》にかけての傾斜地である。白砂青松の浜辺が広がり、岸辺には黄土が露出して黄色く見え、素晴らしい景観をなしていた。『伊勢物語《いせものがたり》』にも、住吉の岸に姫松《ひめまつ》が生えていたことが記されている。

■住吉の里

『万葉集』巻一〇に、「住吉《すみのえ》の里《さと》」を詠んだ次の歌がある。

住吉《すみのえ》の　里行《さとゆ》きしかば　春花《はるはな》の
いやめずらしき　君に逢《あ》へるかも
一〇・一八八六

住吉大社神大記　住吉大社の神官が大社の由来を神祇官に言上した解文。全一巻。天平三年（七三一）の撰。撰者は、神主・下津守宿禰嶋麻呂、遣唐使神主・津守宿禰客人。住吉大社の本殿にご神体に準じるものとして大切に保存されている巻物で、主要部分は、祭神の住吉三神の由来、鎮座について述べた住吉大神顕現次第で、さらに、大社の神域、神宝、眷属神、各領地の四至や由来などを記す。

旋頭歌　奈良時代の和歌の一つの形式。五七七を二回繰り返す六句からなり、頭句（第一句）を再び旋らすことから、「旋頭歌」と呼ばれる。上三句と下三句とで詠み手の立場が異なる歌が多い。五七七の片歌を二人で唱和または問答したことから発生した。『万葉集』には、六二首の旋頭歌が収められ、その中、三五首が『柿本人麻呂歌集』出の歌である。『古事記』『日本書紀』『万葉集』などに作品が見られるが、『万葉集』以後は急速に衰え、『古今和歌集』以降の勅撰和歌集ではまれである。

この歌は―住吉の、里に行ったところ、たまたま、春花のように心が惹かれる、すてきなあなたに逢ったことだ―という意味である。住吉の里は、住吉の浦付近の里で、懐かしい知人とバッタリ出会い、「おや、これは奇遇ですな」という感覚で詠まれている。

『摂津名所圖會《せっつめいしょずえ》』には「住吉《すみのえ》の里《さと》　むかしは神領《じんりょう》広し。北は勝間《こつま》より南は堺《さかい》の津《つ》までもいふ成るべし」とある。これによると、住吉の里は、現在の粉浜《こはま》辺りから堺の北部に至る広い領域であったと思われる。

■出見の浜

『万葉集』巻七に、「出見《いでみ》の浜《はま》」を詠んだ次の歌がある。

住吉《すみのえ》の　出見《いでみ》の浜《はま》の　柴《しば》な刈りそね
娘子《をとめ》らが　赤裳《あかも》の裾《すそ》の　濡《ぬ》れて行《い》かむ見む　　七・一二七四

住吉公園西の高燈籠

この歌は、「旋頭歌《せどうか》」と呼ばれる形式の歌で—住吉の、出見の浜に生えている、柴は刈らないでおくれ、若い女たちが、赤い裳裾《もすそ》を、濡らしながら浜辺を行く姿を柴に隠れて見たいので—という意味である。濡れた赤裳の裾に官能の美しさを感じて、浜を行き来する若い娘子たちの姿を柴に隠れて見たい、と言っている。

出見の浜は『大日本地名辞書《だいにほんちめいじしょ》』に、「住吉森《すみのえのもり》の西に松林あり、細《ほそ》江《え》浅沢《あさざわ》の水、林際《はやしぎわ》を過ぎ海に入る。此辺《このあたり》を出見《いでみ》の浜《はま》と呼ぶ。住吉《すみのえ》の献火高燈籠《けんかたかとうろう》あり」、『摂津名所圖會《せっつめいしょずえ》』に「出見浜《いでみのはま》、社説云住吉松原《しゃせつにいふすみのえまつばら》の直路《ただじ》を出て、海を見る意なれば、今の松原《まつばら》の浜《はま》をいうなるべし。一名長峡浦《いちみょうながをのうら》といふ」とある。

出見の浜は、住吉公園《すみよしこうえん》の西端の住吉《すみのえ》の浦《うら》の入り口付近の幅約五〇〜六〇メートルの海狭部の浜、すなわち、現在の高燈籠より少し西寄りの海峡部の浜といわれている。万葉の時代には、この辺りには、柴が生い茂っていた様子が想像される。浜では若い娘子たちが裳裾

藤原実定の「敷津の浦」の歌が記された高燈籠

を濡らしながら貝を拾っていたようで、若い娘子たちの妖艶な姿を柴の間からこっそり見たい、という心境が詠まれている。

貝拾いについては、『万葉集』巻七に、次の歌がある。

暇《いとま》あらば　拾《ひり》ひに行かむ　住吉《すみのえ》の
岸に寄るといふ　恋忘《こひわす》れ貝《がい》　　七・一一四七

この歌は—暇があったら、拾いに行きたいものだ、住吉の、岸に寄ってくるという、恋忘れ貝を—という意味である。暇があったら忘れ貝を拾いに行きたい、そうすれば、少しは胸にわだかまる恋の苦しさが解消するかもしれない、だが行く間がないので、こんなに恋に苦しんでいるのだ、と嘆いている。

■敷津の浦

『万葉集』巻一二に、「敷津《しきつ》の浦《うら》」を詠んだ次の歌がある。

住吉《すみのえ》の　敷津《しきつ》の浦《うら》の　なのりその
名は告《の》りてしを　逢《あ》はなくも怪《あや》し
一二・三〇七六

この歌は―住吉の、敷津の浦に生えている、ホンダワラが名告藻《なのりそ》といわれるように、自分の名前を告げたのに、逢ってくれないのは不思議だ―という意味である。「なのりそ」は、海藻の「ホンダワラ」で、その名が「な告りそ」と通じるので、『万葉集』の歌には好んで詠まれている。親から告げるなといわれている秘密の名という意味が含まれている。あの人は私に名を告げて、もう私を許したように見せたが、その後、ちっとも逢ってくれないのは変だ、親から注意されたのであろうか、疑念を抱いている。

ホンダワラ　ホンダワラ科ホンダワラ属の海藻の一種で、古くは、ナノリソ（名告藻）とも呼ばれた。日本沿岸の浅場に生育。柔軟質で、葉は披針形で、切れ込みがあるのが特徴。楕円や倒卵形の気泡を有し、浮力を得て流れ藻となる。古くから食用や肥料、正月の蓬莱飾りとして用いられた。和歌の中では、「名」や「名告る」に係る序詞とされた。

西之坊の本堂

　敷津の浦は、出見《いでみ》の浜《はま》の南の砂嘴《さし》の中ほどの大阪湾に面した所とする説が主流であるが、現在の大阪市《おおさかし》住之江区《すみのえく》北加賀屋《きたかがや》、柴谷《しばたに》から南加賀谷《みなみかがや》、北島《きたじま》にかけての辺りという説、同市住吉区北島の敷津浦《しきつうら》小学校《しょうがっこう》付近という説もある。

　明治二九年（一八九六）、南加賀屋新田《みなみかがやしんでん》・北加賀屋新田《きたかがやしんでん》・村上新《むらかみしん》田《でん》・北島新田《きたじましんでん》・柴谷新田《しばたにしんでん》・桜井新田《さくらいしんでん》・嬰木新田《みどりきしんでん》・庄左衛門新田《しょうざえもんしんでん》が合併して敷津村《しきつむら》が成立したが、大正一四年（一九二五）に消滅し、小学校名にかろうじて敷津浦《しきつのうら》の地名を残す。

　住吉区北島一丁目の大和川道《やまとがわみち》と敷津浦小学校南通りの分岐点に高《たか》燈籠《とうろう》があり、下部に藤原実定《ふじわらのさねさだ》の「住吉の　松の岩根を　枕にて　しき津の浦の　月を見るかな」の歌が記されている。

哀愍寺

浅沢小野

■西之坊

高燈籠から住吉大社まで戻り、斎庭《いつきのにわ》を東に抜け、さらに東へ進み、民家の屋根に小さな高燈籠がある十字路で右折すると、西之坊《にしのぼう》がある。和光山《わこうさん》と号する真言宗御室派の寺で、本尊は地蔵菩薩《じぞうぼさつ》である。摂津国八十八箇所巡礼《せっつこくはちじゅうはちかしょじゅんれい》第三十四番札所である。この寺は、住吉大社の社僧寺《しゃそうじ》で、神仏習合《しんぶつしゅうごう》の名残を現在に留めている。

山門の横に「摂州八十八箇所《せっしゅうはちじゅうはちかしょ》」「方除祈願所《ほうよけきがんじょ》　西之坊《にしのぼう》」と刻まれた石標が建つ。本堂は、桁行三間、梁行四・五間の重層宝形造《じゅうそうほうぎょうづくり》、本瓦葺《ほんかわらぶき》、向拝付《こうはいつき》で、正面の扉には、菱形状の格子が施されている。

平安初期の創建と伝えるが、天正年間《てんしょうねんかん》（一五七三～一五九二）の兵火により、資料、由緒古記、宝物などが失われ、その後、寺は衰退したので、詳細は不明である。江戸初期の元和《げんな》三年（一六一七）、

浅澤神社

長尊僧正《ちょうそんそうじょう》により再興され、明治時代初期、神仏混淆《しんぶつこんこう》が禁止されたとき、各坊にあった仏像が集められ、本堂に安置されたという。

本堂の右側に「金神堂《こんしんどう》」と呼ばれる方違社《かたたがいしゃ》があり、神仏習合の名残が見られる。神功皇后《じんぐうこうごう》が住吉の地に住吉三神を祀った際、方位が悪いため、ここで方除《ほうよ》けの祈祷を行ったと伝え、今でも住吉大社の方除け祈願所になっている。

■哀愍寺

西之坊から南へ行くと哀愍寺《あいみんじ》がある。覆護山怜法院《ふくごさんれいほういん》と号する浄土宗の寺で、本尊は阿弥陀如来《あみだにょらい》である。天正《てんしょう》二年（一五七四）、玉念《ぎょくねん》の創建と伝える。本堂は、桁行六間、梁行五間の入母屋造、本瓦葺、向拝付で、堂内に、運慶《うんけい》作と伝える高さ三尺（約〇・九八メートル）の阿弥陀如来立像《あみだにょらいりゅうぞう》を祀る。

哀愍寺の東側に、ちぎり地蔵菩薩像《じぞうぼさつぞう》が祀られている。ちぎりとは、

かきつばた園

女人安産《にょにんあんざん》、水火安全《すいかあんぜん》、諸病消除《しょびょうしょうじょ》、諸願成就《しょがんじょうじゅ》などの十徳を意味し、この地蔵菩薩を祈願するとこれらのご利益があるという。

■浅澤神社

哀愍寺の南に浅澤神社《あさざわじんじゃ》がある。住吉大社の境外末社で、祭神は市杵島姫命《いちきしまひめのみこと》である。「弁天《べんてん》さん」と呼ばれて親しまれ、福の神、女性の作法・芸事の守護神として崇敬されている。

拝殿は、桁行三間、梁行二間の切妻造、桟瓦葺、本殿は、桁行一間、梁行二間の切妻造、銅板葺、全面一間が吹き放しである。境内の北西に高燈籠がある。

毎月最初の辰の日には、種貸神社《たねかしじんじゃ》、楠珺神社《なんくんじんじゃ》、浅澤神社《あさざわじんじゃ》、大歳神社《おおとしじんじゃ》の四社を参拝して廻る「初辰《はったつ》まいり」が催される。この日に参拝すれば、より一層の力、守護が受けられて、商売が発展するといわれ、遠方から多くの人々が訪れる。

浅澤神社拝殿前の「浅沢の杜若」説明板(万葉歌)

神社の周辺の池には、カキツバタが植栽されている。往古、この付近には、多くの池沼があり、この沼地に咲くカキツバタが『万葉集』に詠まれている。境内の柳は、古木ながら枝振りが隆盛で、逞しさが感じられ、見ているとエネルギーを与えてくれるようだ。

■浅澤神社拝殿前の「浅沢の杜若」説明板（万葉歌）

拝殿の前に「浅沢《あさざわ》の杜若《かきつばた》」の説明板があり、その冒頭に次の万葉歌が楷書活字体で書かれている。

住吉《すみのえ》の　浅沢小野《あささはをの》の　杜若《かきつばた》
衣《きぬ》に摺《す》りつけ　着む日知らずも　七・一三六一

この歌は──住吉の、浅沢小野の、カキツバタを、衣に摺り付けるように、美しいあの人を自分のものとして、自分の自由にすることができるのはいつのことやら―という意味である。わたしの好きな女性と一緒になれるのはいつのことか、心が焦がれるばかりだ、という比喩歌である。

■浅沢小野

万葉の時代には、浅澤神社の南に、清水の湧く浅沢池《あさざわいけ》があり、カキツバタやセリが生えた低湿地帯が広がり、「浅沢小野《あさざわおの》」と呼ばれていた。『大日本地名辞書《だいにほんちめいじしょ》』には、「住吉社《すみのえのやしろ》の南に一条の窪地あり、南東依羅池《なんとうよさみのいけ》に連なる、今開きて田と為し細流存す、古歌に浅沢《あさざわ》の野《の》とも沼《ぬま》とも詠ず」、『摂津名所圖會《せっつめいしょずえ》』には、「今の大歳神社《おおとしじんじゃ》・細江《ほそえ》の南のほとり以東の田圃《たんぼ》をいふ」とある。

平安時代以降には、奈良の猿沢《さるさわ》、京都の大沢《おおさわ》と並んで日本三沢《にほんさんさわ》の一つに数えられ、カキツバタの名勝として知られ、とくに、この浅沢池に美しく咲き乱れるカキツバタは、多くの歌人に愛され、『新《しん》

新千載集　二十一代集の一八番目の勅撰和歌集。二〇巻。二条為定の撰。足利尊氏の執奏により、延文元年（一三五六）、後光厳天皇から綸旨がくだり、延文四年（一三五九）に撰進された。歌数約二三六〇首。部立は、春、夏、秋、冬、離別、羇旅、神祇、恋、雑、哀傷、慶賀。二条家の人々の歌が多く、平明な歌風である。

大歳神社

千載集《せんざいしゅう》』『詞花集《しかしゅう》』など多くの歌集に歌が残されている。

昭和の時代に入って、「忘水《わすれみず》」と称されるようになった。忘水とは、ところどころに忘れられたように残された溜まり水のことで、浅沢池は忘れられたように点在する小さな池になった。浅沢池の清水は枯れ、池は埋め立てられて宅地になり、浅澤神社の周囲に池がわずかに残された。

この池には、カキツバタに変わって、明治神宮から花菖蒲《はなしょうぶ》が移植されていたが、平成九年（一九九七）、地元の人たちからの強い要請を受け、細井川《ほそいがわ》の改修工事の一環として、浅沢に新しい水脈が敷かれ、浅澤神社周辺の池が整備され、各地の原種のカキツバタが集められて植栽され、かきつばた園が復興した。

■大歳神社

浅澤神社の南の細井川を挟んで大歳神社《おおとしじんじゃ》がある。祭神は大歳神《おおとしのかみ》

大歳神社境内のおいとしぼし神社（おもかる石）

で、住吉大社の境外末社である。『延喜式《えんぎしき》』神名帳《じんみょうちょう》に「摂津国《せっつのくに》住吉郡《すみのえのこおり》　草津大歳神社《くさつおおとしじんじゃ》」と載る式内社である。拝殿は、桁行三間、梁行二間の切妻造、本瓦葺、向拝付、本殿は一間社春日造、銅板葺である。

大歳神は、素盞嗚命《すさのおのみこと》の御子《みこ》で、穀物の守護神であるので、集金、商売繁盛、家内安全、願望成就にご利益があるといわれ、毎月初めの辰の日に行われる「初辰まいり」では、祈願する人々で賑わう。

本殿横におといしぼし神社がある。「お愛《いと》しぼし」「老年星《おいとしぼし》」「御《おん》年宝祠《としぼし》」と表記され、「おぼっさん」の名称で親しまれている。社殿は一間社流造《いっけんしゃながれづくり》の小さな祠である。地元の古老の伝承では、天から落下した隕石《いんせき》を願いごとの守護神として祀ったのに始まるという。一方、住吉の神主家《かんぬしけ》が住吉大社の分霊を祀ったという説もある。

おいとしぼし神社の前の石柱状の台の上に、「おもかる石」と呼ばれる三個の丸い霊石が置かれている。この石を一度持ち上げた後、願い事を思い浮かべ、もう一度石を持ち上げたとき、軽く感じれば

旧紀州街道の町並み

願い事が叶い、逆に重く感じれば願い事は叶わないという。

霰松原

■旧紀州街道（熊野古道）

大蔵神社から細井川《ほそいがわ》に沿って西に進み、阪堺線《はんかいせん》の線路を横切ると、御祓橋《おはらいばし》がある。この橋を通って南北に延びる道は、万葉の時代の紀《き》伊路《いじ》へ通じる「南海道《なんかいどう》」で、難波行幸の際、霰松原《あられのまつばら》への遊行にも使われた。平安時代には「熊野古道《くまのこどう》」と呼ばれ、上皇や貴族が平安京から熊野詣でをする幹線道路であった。

室町時代には、「紀州街道《きしゅうかいどう》」と呼ばれるようになり、江戸時代には、街道に沿って町並みが次第に形成され、多くの商家が建ち並ぶようになった。『摂津名所圖會《せっつめいしょずえ》』には、小町茶屋《こまちちゃや》が見え、当時の繁栄ぶりを窺うことができる格子戸、虫籠窓《むしこまど》の民家が点在している。

寶林寺

■寶林寺

御祓橋から旧紀州街道に沿って南へ進むと、寶林寺《ほうりんじ》がある。威徳《いとく》山《さん》と号する浄土真宗本願寺派の寺で、本尊は阿弥陀如来《あみだにょらい》である。本堂は、桁行五間、梁行四間の入母屋造、向拝付である。山門は二層で、上層部は梵鐘が吊られた鐘楼となっている。

■長法寺

寶林寺からさらに南へ進むと長法寺《ちょうほうじ》がある。實教山《じっきょうさん》と号する日蓮宗の寺で、本尊は十界曼荼羅《じっかいまんだら》、日蓮上人《にちれんしょうにん》である。本堂は、桁行四・五間、梁行五間の鉄筋コンクリート造、入母屋造、向拝付である。

境内には妙見堂《みょうけんどう》がある。桁行三間、梁行三間の入母屋造、銅板葺、唐破風向拝付で、堂内には妙見菩薩像《みょうけんぼさつぞう》を祀る。

霰松原公園

■霰松原

寶林寺の南に大きな楠が聳える霰松原公園《あられのまつばらこうえん》があり、「霰松原《あられのまつばら》」と刻まれた碑がある。霰松原という名称については、松風が霰を吹き付けるように響いたので、「霰松原」と呼ばれるようになったという説や、『万葉集』に「霰松原」と詠まれたことにより名付けられたという説がある。

『摂津名所圖會《せっつめいしょずえ》』には、「今の安立町《あんりゅうまち》をいふ。昔は皆松原なり。後世安立《こうせいあんりゅう》といふ者これを聞き、町續《まちつづき》とす。尚《なお》残りたる松七本ありける所を又畑となして、字《あざな》を今七本松《いまななほんまつ》といふ。歩王祠前《かちおうやしろまえ》に見えたり」とある。

万葉の時代には、住吉大社付近から堺市の北部までラグーンが延び、白砂の海岸線がつづいて松原を形成し、白砂と松の緑は、四季を通じて素晴らしい景観をなしていた。天皇の難波行幸の際には、従駕した大宮人は、この松原で遊行を楽しんだと想像される。

霞松原公園の万葉歌碑

江戸時代中期まで白砂青松の海岸線をなしていたが、大和川《やまとがわ》の付け替え工事や新田開発で海岸線が遠く西に後退し、現在では、白砂青松の松原の面影は見られない。

■霞松原公園の万葉歌碑

霞松原公園に、次の歌が刻まれた万葉歌碑がある。

霰《あられ》打つ　あられ松原　すみのえの
弟日《おとひ》おとめと　見れど飽かぬかも　一・六五

この歌は、長皇子《ながのみこ》の作で—霰がたばしる、あられ松原の景色は、住吉の、湊の遊女の弟日娘《おとひめ》と一緒に、いくら見ていても見飽きない心地がする—という意味である。この歌碑は、住吉大社宮司・西本《にしもと》基《はじめ》氏（当時）の揮毫により、昭和五五年（一九八〇）に建立された。

霞松原荒神社

■霞松原荒神社

霞松原公園に、玉垣に囲まれて三つの社殿が並んで建つ一角がある。中央が火《ほ》の神《かみ》、竈《かまど》の神を祀る霞松原荒神社《あられのまつばらこうじんしゃ》、左側が商売繁盛の神を祀る金高大明神社《かなたかだいみょうじんしゃ》、右側が商売繁盛、農業、所願成就の神を祀る瀧川稲荷大明神《たきかわいなりだいみょうじん》・榎明神《えのきみょうじん》・朝日明神社《あさひみょうじんしゃ》である。

『住吉松葉大記《すみよしまつばだいき》』には、「三宝荒神《さんぽうこうじん》の社《やしろ》　安立町《あんりゅうまち》にあり。元和年《げんなねん》中《ちゅう》（一六一五～一六二四）、良医半井安立《りょういなからいあんりゅう》此の所に住居してより、諸方病痾《しょほうびょうあ》の輩群居《やからぐんきょ》して終《つい》に村落となれり。故に安立《あんりゅう》を以て号《なづく》とす。荒神の社は猶《なお》その後に出来れり」とあり、この地に三宝荒神社があったようで、これが霞松原荒神社の前身とされている。

■天水分豊浦命神社舊蹟碑

玉垣内の右前に、「天水分豊浦命神社舊蹟《あめのみくまりとようらみことじんじゃきゅうせき》」の石標が建って

天水分豊浦命神社舊蹟碑

いる。天水分豊浦命神社《あめのみくまりとようらのみことじんじゃ》の祭神は、天水分命《あめのみくまりのみこと》、奥津彦命《おくつひこのみこと》、奥津姫命《おくつひめのみこと》で、「霰松原歩王社《あられのまつばらかちおうしゃ》」「荒神社《こうじんしゃ》」と呼ばれていた。創建年代は未詳であるが、江戸時代中期に、並河誠所《なみかわせいしょ》がこの神社を『延喜《えんぎ》式《しき》』神名帳《じんみょうちょう》に載る式内社に比定した。

『摂津国式社愚考《せっつこくしきしゃぐこう》』に、「天水分豊浦命神社《あめのみくまりとようらのみことじんじゃ》、安立町西側老樹《あんりゅうまちにしがわろうじゅ》の下にあり。今歩王宮《いまかちおうのみや》と称す。是往昔《これおうこ》の霰松原《あられのまつばら》なり。然れどもその旧地今の社の東三四歩に古松一株あり。竹藪の中に小祠が存し、居民は大歳岳《おおとしたけ》と号す。是水分神社《これみくまりじんじゃ》の古蹟《こせき》なり」とある。天水分豊浦命神社は、明治四年（一八七二）、住吉大社から独立したが、明治四〇年（一九〇七）、止杼侶伎比売神社《とどろきひめじんじゃ》に合祀された。

■阿弥陀寺

霰松原公園からさらに南へ行くと、阿弥陀寺《あみだじ》がある。正音山来《しょうおんさんらい》迎院《ごういん》と号する浄土宗の寺で、本尊は阿弥陀如来《あみだにょらい》である。安土桃山時代に開山され、文禄《ぶんろく》二年（一五九三）、旭蓮社《ぎょくれんじゃ》の幡譽空智大和尚《ばんよくうちだいおしょう》が中興開山した。以来、太閤秀吉五奉行《たいこうひでよしごぶぎょう》の浅野長政《あさのながまさ》ゆかりの寺になった。本堂は、桁行三間、梁行三間の鉄筋コンクリート造、寄棟造、本瓦葺、向拝付で、二階部分に建っている。

浅香の浦

■浅香の浦

阿弥陀寺からさらに紀州街道を南に進むと、大和川河畔《やまとがわかはん》に出る。大和川の付け替え工事により、浅香《あさか》は分断され、北に大阪市住吉区《おおさかしすみよしく》浅香《あさか》、南に堺市浅香山町《さかいしあさかやまちょう》・東浅香山町《ひがしあさかやまちょう》の地名が残る。

『摂津名所圖會《せっつめいしょずえ》』には、「浅香丘《あさかおか》の西の海をいふ。或云《あるいはい》ふ浅香《あさか》とは『太子伝《たいしでん》』に出でて、淡路國《あわじのくに》より名香《めいこう》を奉る。太子此浦《たいしこのうら》にて香気《こうき》を様《ため》し見給《みたま》ふとぞ」とある。

『摂津志』　『五畿内志』の巻四九～六一の摂津国の部分を指す。『五畿内志』は、正式には『日本輿地通志畿内部』と呼ばれ、江戸時代に編纂された畿内五カ国の地誌。全六一巻。享保一四年（一七二九）から五年の歳月をかけて編纂され、享保二〇～二一年に、大坂・京都・江戸で出版された。

『摂津志《せっつし》』に、「浅香丘《あさかおか》　住吉郡朝堂村《すみのえのこほりちょうどうむら》にあり。林木《りんぼく》緑に繁り、霞が香る。滄海《そうかい》に臨《のぞ》み、遊賞《ゆうしょう》の地《ち》」とある。大和川南岸に松林が繁茂する浅香山《あさかやま》があり、その西方に浅香《あさか》の浦《うら》があったという。

一方、『大日本地名辞書《だいにほんちめいじしょ》』には、「浅香《あさか》、今五箇荘村《いまごかしょうむら》と称す、（中略）浅香浦《あさかうら》は後世地形変《こうせいちけいへん》じ、今此《いまこ》の名なし、蓋《けだ》し堺北荘《さかいきたのそう》の西なる三宝《さんぼう》村《むら》の地、古《いにしえ》は海湾《かいわん》に属す、浅香浦《あさかうら》は此《ここ》に外《ほか》ならず」とある。

万葉の時代には、住吉《すみのえ》の浦《うら》から南に延びるラグーンは、大和川《やまとがわ》を越えて堺市の北部にまで達していたようで、現在の大和川の南の堺市三宝町《さかいしさんぼうちょう》付近に浅香《あさか》の浦《うら》があったという。

『万葉集』巻二に、「浅香《あさか》の浦《うら》」を詠んだ次の歌がある。

夕さらば　潮満《しほみ》ち来《き》なむ　住吉《すみのえ》の
浅香《あさか》の浦《うら》に　玉藻刈《たまもか》りてな　　二・一二一

この歌は、弓削皇子《ゆげのみこ》の作で——夕暮れになったら、潮が満ちてくる

弓削皇子　天武天皇の第六皇子。母は天智天皇の皇女の大江皇女。出生の年代は不明。持統天皇七年（六九三）浄広弐を授けられる。文武天皇三年（六九九）病気により死没。持統天皇の治世下における不安定な立場に背を向けた非俗、孤独な歌人と評される。生死の覚悟の披歴とも見えるが、漂流し、仮泊したときの心持ちを慣用句を使いながら率直に詠むのを歌風とする。『万葉集』には、短歌九首を残す。

堺市三宝町付近（浅香潟）の大和川

だろうから、住吉の、浅香の浦で、潮が満ちて来ないうちに、藻を刈っておこう―という意味である。弓削皇子が異母妹の紀皇女《きのひめみこ》への恋に苦しんで、住吉の浅香の浦をさまよって、遂げられぬ恋を慰めようとした比喩歌である。躊躇していたら、差し障りが出てくるので、人の邪魔が入らないうちに早く結婚を成立させたいという意志が含まれている。

■浅香潟

『万葉集』巻一一に、「浅香潟《あさかがた》」を詠んだ次の歌がある。

往《ゆ》きて見て　来《く》れば恋《こひ》しき　浅香潟《あさかがた》
山越《やまご》しに置きて　宿《い》ねかてぬかも
一一・二六九八

この歌は―出掛けて行って見て、帰って来るともう恋しくなる、

浅香山浄水場付近の大和川

浅香潟、ここから山一つ隔てた所にあるその景色が素晴らしいので、思い出して寝るに寝られないことだ―という意味である。浅香潟の傍に住んでいる恋人に逢いに行って、朝帰って来ると、山の向こうに残して来た人が思い出されて、わたしは眠れないことだ、という意味の比喩歌である。第三句の「浅香潟」は「浅香の浦」である。

■得名津

浅香の浦の北西に得名津《えなつ》があった。『万葉集』巻三に、「得名津」は、次のように詠まれている。

住吉《すみのえ》の　得名津《えなつ》に立ちて　見渡せば
武庫《むこ》の泊《とま》りゆ　出《い》づる舟人《ふなびと》　三・二八三

この歌は、高市黒人《たけちのくろひと》の作で―住吉の、得名津に立って、ずっと見

阪堺線大和川駅付近から遠里小野展望

渡すと、武庫《むこ》の湊《みなと》から、船頭が舟を漕ぎ出すのが見える――という意味である。

得名津は、『摂津名所圖會《せっつめいしょずえ》』に、「榎夏《えなつ》　遠里小野《おりおの》の南、榎津谷《えなつだに》、又榎津寺《またえなつじ》の舊跡《きゅうせき》に礎《いしずえ》あり。住吉社説《すみよししゃせつ》に曰く、住吉六郷《すみのえろくごう》の其一なり。中古榎津村《ちゅうこえなつむら》東に移りて、今は名のみ残りて村民なし。榎津《えなつ》より海潮《うみ》を眺むれば風色真妙《ふうしょくしんみょう》なり。故に榎津《えなつ》の海《うみ》と賞美《しょうび》して古詠《こえい》あり」とある。大阪市住吉区遠里小野《おおさかしすみよしくおりおの》三丁目付近に榎津村《えなつむら》の旧地と考えられる小字名《こあざめい》が残る。

『住吉大社神代記《すみよしたいしゃじんだいき》』には、「朴津水門《えなつのみなと》」という記載があり、住吉大社の南に位置した榎津の湊といわれている。この付近から武庫川《むこがわ》の河口までは、直線距離で約一六キロメートルであるので、歌に詠まれているように、武庫の泊を出入りする船影を遠望することができたようである。

遠里小野南公園

■遠里小野

大和川を遡って行くと、遠里小野橋《おりおのはし》があり、その東側に大和川《やまとがわ》を挟んで、北に住吉区《すみよしく》遠里小野《おりおの》、南に堺市《さかいし》遠里小野町《おりおのちょう》がある。遠里小野は、宝永《ほうえい》元年（一七〇四）の大和川の付け替え工事で分断されたが、万葉の時代には、榛《はり》の木が繁った原野が広がっていたという。『万葉集』巻七に、「遠里小野《おりおの》」は次のように詠まれている。

住吉《すみのえ》の　遠里小野《おりおの》の　ま榛《はり》もち
摺《す》れる衣の　盛《さか》り過ぎ行く　　七・一一五六

この歌は―住吉の、遠里小野の、榛の木の汁で、染めた衣はきれいであったが、その色がだんだんあせてきた―という意味である。年盛りが過ぎていく女性の嘆きを寓する歌である。

遠里小野の地名は、一説には、かつては「ハリノオヌ」や「ウリノ」「瓜生野《うりうの》」と呼ばれ、それが訛り、「遠里小野」に変わったといわれる。一方、南北朝時代に、室町幕府軍と楠木正行軍《くすのきまさつらぐん》が衝突した「瓜生野《うりうの》の合戦《かっせん》」を起源とする説もある。

大和朝廷の頃は、現在よりも海岸線が東にあり、この辺りに「墨《すみ》江津《のえのつ》」とよばれた港が開かれ、難波京《なにわのみやこ》と和泉国府《いずみこくふ》方面《ほうめん》を結ぶ「南海《なんかい》道《どう》」と呼ばれた官道が通っていたことから、遠里小野は交通・物流の中継地であった。

遠里小野は、日本で初めて菜種油《なたねあぶら》を生産していたことでも知られる。菜種油は、江戸時代から明治時代にかけて盛んに生産・販売されていた。榛の実から油を絞って作られた燈油の名産地でもあり、この燈油は住吉大社の神燈《しんとう》に用いられていた。現在、菜種を栽培する農地や榛の木の林は市街地と化し、油生産は廃《すた》れている。

大和川橋を渡って阪堺線大和川駅《はんかいせんやまとがわえき》に出て、今回の散策を終えた。

瓜生野の合戦　正平二年(一三四七)、楠木正行率いる南朝軍と、細川顕氏、山名守時を両大将とする北朝軍が瓜生野(現在の大阪市住吉区遠里小野)で相まみえた戦い。北朝軍の兵力九〇〇〇に対して、楠木正行率いる南朝軍二〇〇〇で、数的に不利だった南朝軍が、敵が四カ所に分散しているのを見て、兵力の少ない自軍を分けては不利だと、当初、五手に分けていた自軍を一手に集め、兵力を集中して戦線を突破、北朝軍を敗走させた。

第三章　明石コース

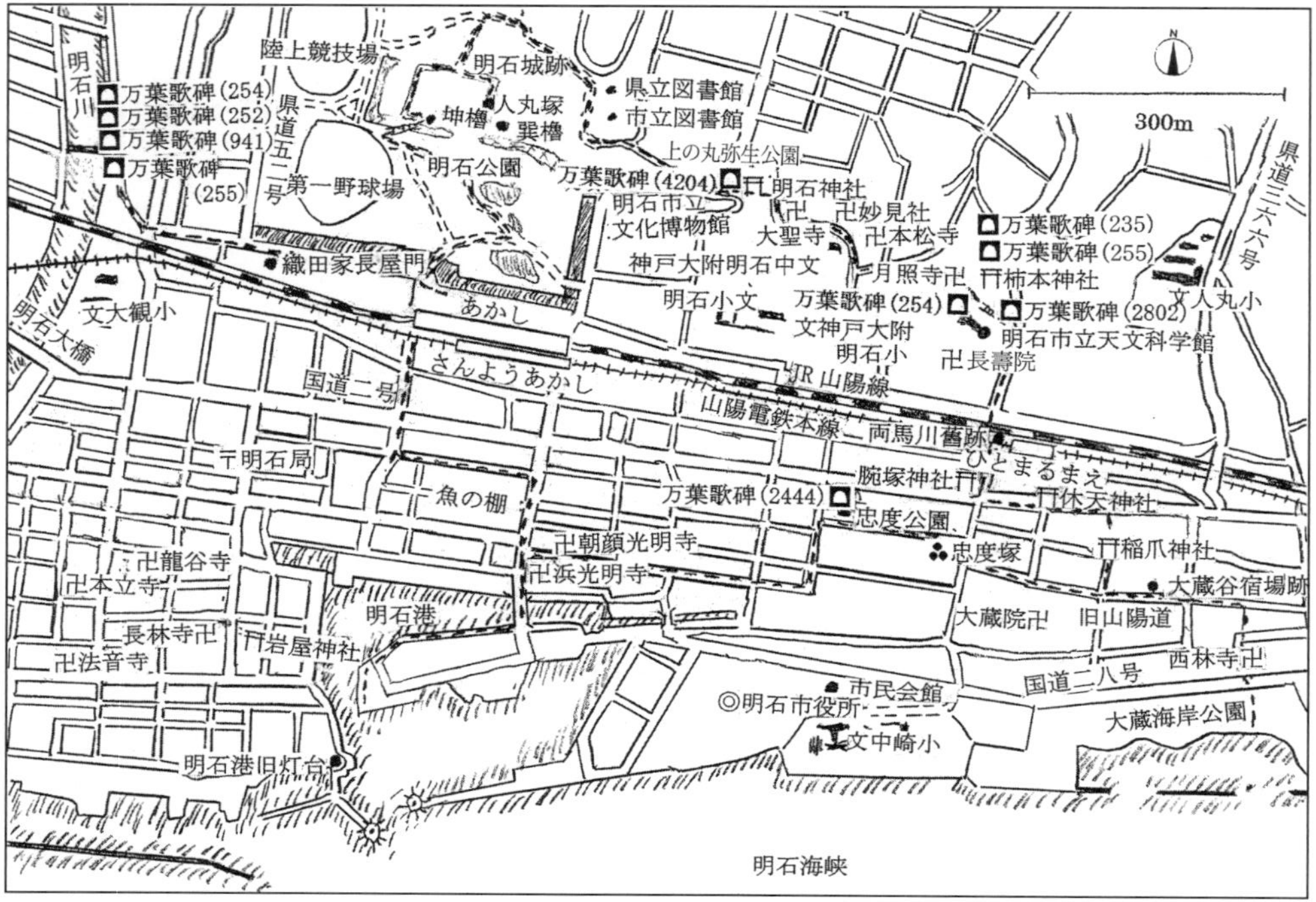
明石川
万葉歌碑(254)
万葉歌碑(252)
万葉歌碑(941)
万葉歌碑(255)
陸上競技場
県道五二号
第一野球場
明石城跡
人丸塚
坤櫓
巽櫓
明石公園
県立図書館
市立図書館
上の丸弥生公園
万葉歌碑(4204)
明石神社
明石市立文化博物館
妙見社
大聖寺
本松寺
神戸大附明石中
月照寺
柿本神社
万葉歌碑(235)
万葉歌碑(255)
万葉歌碑(254)
万葉歌碑(2802)
明石市立天文科学館
人丸小
長壽院
明石小
神戸大附明石小
300m
県道三六六号
織田家長屋門
あかし
大観小
明石大橋
さんようあかし
JR 山陽線
山陽電鉄本線
国道二号
両馬川舊跡
ひとまるまえ
明石局
魚の棚
腕塚神社
休天神社
万葉歌碑(2444)
忠度公園
忠度塚
朝顔光明寺
浜光明寺
龍谷寺
本立寺
稲爪神社
大蔵谷宿場跡
明石港
長林寺
岩屋神社
法音寺
大蔵院
旧山陽道
西林寺
国道二八号
市民会館
◎明石市役所
中崎小
大蔵海岸公園
明石港旧灯台
明石海峡

明石コース

明石　東経一三五度の日本標準時子午線上に位置する兵庫県南部の人口約二九万人、面積約四九平方キロメートルの中核都市。東西に阪神都市圏と播磨臨海地域、海を隔てて淡路と四国を結ぶ、海陸交通の要衝の地にあり、明石海峡を挟んで淡路島を臨む風光明媚な地である。古くは万葉歌人・柿本人麻呂によって多くの歌が詠まれ、人麻呂ゆかりの人丸塚、柿本神社がある。『平家物語』ゆかりの忠度塚、腕塚神社、『源氏物語』ゆかりの朝顔光明寺などもある。

ＪＲ明石駅の北側から明石公園《あかしこうえん》入り口の前を経て西へ行くと、明石川《あかしがわ》に出る。水道管橋の下の河川敷に四基の万葉歌碑がある。明石公園入り口まで戻り、明石城跡《あかしじょうあと》に登り、東側に廻ると、市立文化《しりつぶんか》博物館《はくぶつかん》、その東に上《うえ》の丸弥生公園《まるやよいこうえん》、明石神社《あかしじんじゃ》、大聖寺《だいしょうじ》、本松寺《ほんしょうじ》がある。その東の人丸山《ひとまるやま》に月照寺《げっしょうじ》、柿本神社《かきのもとじんじゃ》、その東の石段を下ると、人丸山公園《ひとまるやまこうえん》、南に市立天文科学館《しりつてんもんかがくかん》、長壽院《ちょうじゅいん》がある。南へ坂を下り、山陽電車人丸前駅下のガードをくぐると、その南に腕塚神社《うでづかじんじゃ》、東へ行くと、休天神社《やすみてんじんじゃ》、その南東に稲爪神社《いなづめじんじゃ》がある。神社の南の旧山陽道を東へ行くと、西林寺《さいりんじ》、その南に大蔵海岸公園《おおくらかいがんこうえん》がある。公園の浜辺に立つと、『万葉集』に詠まれた「明石《あかし》の大門《おおと》」が広がって見える。大蔵海岸公園から山陽道まで戻り、西へ進むと、忠度塚《ただのりづか》、忠《ただ》度公園《のりこうえん》がある。さらに山陽道を西へ進むと、朝顔光明寺《あさがおこうみょうじ》、その南に浜光明寺《はまこうみょうじ》、明石港《あかしこう》がある。今回は、明石海峡を見渡す柿本神社、円照寺を中心に、明石の史跡をめぐりながら、『万葉集』に詠まれた「明石の大門」、柿本人麻呂を偲ぶことにする。

畿内と畿外

■明石

大阪南港から九州方面行の船に乗ると、北に六甲山の山並みが連なり、南に大阪湾の開けた雄大な風景が広がって見える。六甲の山並みが次第に低くなってくると、やがて船は明石大橋《あかしおおはし》の下をくぐり、南に淡路島北端の松帆《まつほ》の浦《うら》、北に明石の町に挟まれた海峡を通過する。海峡を抜けると、北に平坦な播州平野《ばんしゅうへいや》が広がり、遥か西方に家島《いえしま》、小豆島《しょうどしま》が浮かぶ播磨灘《はりまなだ》に入る。

万葉人は、このような風景の変化、感触の異なりを痛切に感じとり、明石の海峡を「明石《あかし》の大門《おおと》」と呼び、大和への海路の玄関口と考えていたようであるが、今でもその感触は変わらない。

明石という地名は、『日本書紀』神功皇后紀《じんぐうこうごうき》に「赤石《あかし》」と出るのが初見である。この地名は、明るいという意味の「明し」に由来す

万葉の時代の瀬戸内海航路　万葉の時代の瀬戸内海航路には、山陽の南岸沿いのコースと四国の北岸沿いのコースがあったが、時代が下るにつれて、後者のコースは利用されなくなった。『万葉集』巻一五に歌を残した遣新羅使は北コースをたどっており、停泊地は次の通りである。大伴の御津→武庫の浦→藤江の浦→印南→神島→長井の浦→風速の浦→長門の浦→麻里布→可太の大島→熊毛の泊→祝島→佐婆の海。

るという説、潮流のある土地に由来するという説、海岸の土が赤い磯に由来するという説など諸説がある。さらに、次のような明石地名伝説もある。

　往古、神出《かんで》雄岡山《おっこやま》（現在の神戸市西区神出町《かんでちょう》）に仲のよい狩人の夫婦が住んでいた。ある日、夫は、小豆島に住む美女と恋に落ちた。以来、夫は、毎日、鹿の背に乗って海を渡り、美女の元に通い続けた。妻はこの夫の姿を見て、悲しみに明け暮れていたところ、ある夜、夫が死ぬ不吉な夢を見た。あくる日、夫が小豆島へ出かけようとしたとき、妻は「災難に遭うかもしれないので、今日は行かないで」と必死に引き止めた。しかし、夫は妻の説得を振り切って、これまでと同様に、鹿の背に乗って出かけていった。ちょうど、林崎《はやしざき》の沖合に差し掛かったとき、丘の上にいた狩人が海を渡る鹿を見つけ、矢を射ると鹿に命中し、夫は鹿とともに溺れ死んだ。この死んだ鹿の血が赤い石になって海中に沈み、これが「赤石《あかいし》」と呼ばれるようになり、訛って「明石《あかし》」の地名になった、と。

古代の船の建造　『日本書紀』崇神天皇一七年の条に、「船は天下の要用なり。今海辺の民、船なくて歩運に苦しむ。諸国に令して船舶を造らしめよ」とあるのが船建造の初見である。応神天皇五年「伊豆国に仰して船を造らせた。その長さ一〇丈、これを海に浮かべて運行させたところ、軽く海に浮いて、速く走るが如くであった。よってその名を枯野とした」とある。さらに、仁徳天皇六二年「遠江の国から、大井川に周囲一〇尋（約二〇メートル）の大木が流れ着いたとの奏上があり、倭直吾子籠を遣わして、船を造り、御用に当てた」とある。

平成二〇年（二〇〇八）、明石の西の林崎の沖合約一三〇メートル、水深約二・五メートルのところで、縦約一メートル、横約一・七メートル、高さ約〇・七メートルの大きさの赤石が発見され、「明石」の地名伝説の「赤石」ではないかと話題になったが、地名発祥に関わる赤石かどうかは明らかになっていない。

■畿内国の西の境界

『日本書紀』大化《たいか》二年（六四六）正月の「改新《かいしん》の詔《みことのり》」の条に、「およそ畿内《きない》は、東は名墾《なばり》の横河《よこがわ》（三重県名張市《なばりし》）まで、南は紀《き》伊の兄《せの》山《やま》（和歌山県伊都郡《いとぐん》かつらぎ町）まで、西は赤石《あかし》の櫛淵《くしぶち》（兵庫県明石市）まで、北は近江の狭々波《さざなみ》の合坂山《おうさかやま》（滋賀県大津市《おおつし》）までを畿《き》内《ない》国とする」とある。

この詔にある畿内国は、大陸の中国の畿内、すなわち、天子《てんし》直轄地《ちょっかつち》の制度を模倣しているといわれるので、東西南北の行政区画

畿内　『日本書紀』大化二年（六四六）正月の条の「改新の詔」に、畿内の範囲が示され、時代によって多少の変遷があるが、八世紀半ば頃までは、大和、山背、河内、摂津、和泉の諸国の総称で、東西約一〇〇キロメートル、南北約八五キロメートルに及ぶ。畿内という概念は、中国の『周礼』によるもので、儒教的な礼の秩序に基づく理念的な世界観である。中国では、「畿」とは、専制君主のいる帝都を意味し、その王域から四方五〇〇里（約二〇〇キロメートル）以内の直轄地を「畿内」と呼んでいた。

を定めたものではなく、大和から四方に向かって出る道筋の境界の地点を定めたものと考えられる。

「赤石の櫛淵」については、『大日本地名辞書《だいにほんちめいじしょ》』では、現在の神戸市垂水区塩屋町と須磨区西須磨との境界をなす堺川《さかいがわ》としている。この境界は、摂津国《せっつのくに》と播磨国《はりまのくに》の境界でもある。

一方、明石海峡を大和の海の入り口とする考え方は、『日本書紀』の記事にも見られる。神功紀元《じんぐうきげん》元年二月の条に、「皇后は、群卿《ぐんけい》および百寮《ももつかさ》を率いて、穴門豊浦宮《あなとのとゆらのみや》に移られた。そうして天皇の遺骸を取り収めて、海路より京へ向かった。そのとき、麛坂王《かごさかのみこ》と忍熊王《おしくまのみこ》は、天皇が崩《かく》れられ、また皇后が西方を討たれ、あわせて皇子を新たに産んだと聞いて、ひそかに謀って、『いま皇后には、御子がおり、群臣はみな従っている。必ず協議して幼い主を立てるであろう。われらは、どうして兄として弟に従うことができよう』といって、偽って天皇のために陵《みささぎ》を造るふりをし、播磨にやって来て、山陵を赤石《あかし》に建てることにした。そうして、船を編成し、淡路嶋に渡って、

夷（鄙） 越前、越中、土佐、筑紫、対馬などの畿内の外側の地域を指す。当時、政治、経済、文化の全てにわたって、都が優れており、周辺に行けば行くほど文化的に遅れているという世界観を前提として、これらの地域は、単なる田舎ではなく、国家統治の及ばない化外の民の土地、儒教的な礼の秩序の末端、王化の及ばない蕃人の土地と考えられていた。「夷」の外側には、一段と王化の行き届かない野蛮な民が住む所として、九州地方の熊襲、隼人、東北地方の蝦夷が位置づけられていた。

その島の石を運んで山陵を造った。そのとき、人ごとに武器を持たせて、皇后が来るのを待った」とある。この陵は、垂水駅の西方にある五色塚古墳《ごしきづかこふん》であるといわれている。

新羅出兵《しらぎしゅっぺい》を終えた神功皇后《じんぐうこうごう》が筑紫《つくし》で生まれた幼子（後の応神天皇《おうじんてんのう》）を伴って帰京しようとした際、麛坂《かごさか》・忍熊王《おしくまのみこ》の二王が皇位を狙い、仲哀天皇《ちゅうあいてんのう》の山陵を築造すると偽称して、石を運ぶために明石海峡を船で塞ぎ、武装して皇后たちを待ち受けたという。このように、明石海峡は、古くから大和への海上交通の玄関口と考えられていた。

■畿内・畿外の意識

大化《たいか》二年（六四六）の「大化《たいか》の詔《みことのり》」以来、さまざまな政治・行政改革が進められ、天武《てんむ》・持統天皇《じとうてんのう》の時代に天皇制《てんのうせい》が確立されるに至って、畿内と畿外の間に様々な格差が生まれ、人々の意識の上でも隔たりが生じるようになった。

五色塚古墳　神戸市垂水区五色山にある前方後円墳。別称「千壺古墳」。兵庫県では最大規模の古墳で、墳丘は三段築成で、墳丘長は一九四メートル。墳丘表面の各段には、円筒埴輪列が巡らされ、各段斜面には、葺石が葺かれている。墳丘周囲には、深い周濠、浅い外部周濠が二重にめぐらされ、濠内には、墳丘くびれ部左右、後円部北東の三カ所に方形の島状遺構を有する。四世紀末から五世紀初頭頃に築造されたと推定され、国の史跡に指定されている。

たとえば、畿内は国家の中心と位置づけられ、軍事的な重要地として武装化の対象にされた。中央官人は、原則として、畿内の地域から登用され、調《ちょう》の品目は物品貨幣的な布だけに限定され、その数量も畿外の半分にされ、庸《よう》の全てを免除されるなど、支配者層の居住地域としての優遇処置がとられた。

これに対して、畿外の諸国については、鄙《ひな》の地として次第に疎外感が生まれるようになった。『万葉集』には、この意識を端的に詠んだ次の歌がある。

天離《あまざか》る　鄙《ひな》に五年《いつとせ》　住まひつつ
都のてぶり　忘らえにけり　　五・八八〇

この歌は、山上憶良《やまのうえのおくら》の作で―（天離る）、地方の田舎に五年、住みつづけ、優美な都風《みやこふう》の立ち居振る舞いも、いつとなく忘れてしまったことだ―という意味である。

神功皇后　仲哀天皇の皇后。『日本書紀』では「気長足姫尊」、『古事記』では「息長帯比売命」と表記。仲哀天皇の熊襲征討に従って筑紫に赴き、そこで天皇が亡くなると、神託に従って朝鮮半島に赴き、新羅と百済を親征した。皇后は凱旋して、筑紫で後の応神天皇を産み、大和に向かったが、明石海峡で、応神天皇の異母兄弟の麛坂王と忍熊王の軍が皇后の軍を迎え撃った。しかし、勝利して無事大和に入った。

織田家長屋門

この歌は、当時の地方官の等しく抱いていた感懐を詠んだもので、この歌に見られるように、勅命《ちょくめい》によって大和を離れ、畿外諸国へ派遣された官人たちは、遠く鄙に住むことに対して疎外感を抱いていた。このため、筑紫の鄙の地から大和へ帰朝するとき、畿内外の境界の「明石《あかし》の大門《おおと》」に達すると、鮮烈な感情の高まりに身の引き締まる思いをしたようである。

明石公園

■織田家長屋門

JR明石駅の北側から西へ進むと、明石公園の正面入り口があり、さらに西へ進むと、織田家長屋門《おだけながやもん》がある。江戸時代初期に明石川河口の西方の船上城下《ふなげじょうか》に建立され、船上城の廃城にともなって、明石藩家老の織田家屋敷の長屋門として移築された。現在、屋敷は

255番歌の万葉歌碑

なく、長屋門のみが残されている。

■明石川河川敷の万葉歌碑

長屋門からさらに西へ進むと、明石川の河畔に出る。水道管橋の手前で河川敷に降りると、橋の下流から上流にかけて、遊歩道に沿って四基の万葉歌碑がある。南から順にそれらを紹介する。

一番目の歌碑には、次の歌が刻まれている。

あまざかる　夷《ひな》の長道《ながち》ゆ　恋くれば
明石の門《と》より　大和島《やまとしま》見ゆ　三・二五五

この歌は、柿本人麻呂《かきのもとのひとまろ》の作で――（あまざかる）、遠い鄙《ひな》の地からの長い旅路を、大和が早く見たいと焦がれながらやって来ると、明石の海峡から、大和の山々が見えた――という意味である。

941番歌の万葉歌碑

二番目の歌碑には、次の歌が刻まれている。

明石潟《あかしかた》　汐干《しほひ》の道を　明日《あす》よりは
下咲《したゑ》ましけむ　家近《ちか》づけば　　六・九四一

この歌は、山部赤人《やまべのあかひと》の作で—明石潟の、潮の引いた道を歩きながら、明日から還幸《かんこう》するので、喜びで心がはずむことだろう、家が近づくので—という意味である。この歌は、神亀《じんき》三年（七二六）、聖《しょう》武《む》天皇《てんのう》が播磨国《はりまのくに》の印南野《いなみの》へ行幸したとき、従駕していた山部赤人が長歌一首と反歌三首を詠んだ反歌の三首目の歌である。

聖武天皇の播磨国への行幸については、『続日本紀《しょくにほんぎ》』に、「神亀三年一〇月七日出発、一〇日印南野邑美《いなみのおうみ》の頓宮《とんぐう》に到着、一九日に難波《なにわ》に帰着」と記す。この行幸には、笠金村《かさのかねむら》も従駕し、長歌二首を残している。

三番目の歌碑には、次の歌が刻まれている。

252 番歌の万葉歌碑

三・二五二

あらたへの　藤江《ふじえ》の浦《うら》に　すずき釣る
白水郎《あま》とか見らむ　旅ゆく吾《われ》を

この歌は、柿本人麻呂の作で―（あらたへの）、藤江の浦で、スズキを釣っている、卑しい身分の漁師だと人は見ていることであろうか、旅路の船に乗って旅をしているこの自分のことを―という意味である。この歌は、題詞に「柿本朝臣人麻呂《かきのもとあそんひとまろ》の羇旅《きりょ》の歌八首」とある歌の四首目の歌で、難波《なにわ》の三津《みつ》の崎《さき》から出発して、敏馬《みぬめ》、淡路《あわじ》の野島と西に海路を取り、明石の西の藤江の浦に至ったときに詠んだ歌である。船で通り過ぎる人麻呂を知らない人が、宮廷歌人ではなく漁師だ、と見ているのではないかと危惧している。

四番目の歌碑には、次の歌が刻まれている。

ともし火の　明石大門《あかしおほと》に　入らむ日や

254番歌の万葉歌碑

こぎ別れなむ　家のあたり見ず　　三・二五四

この歌は、柿本人麻呂の作で――（ともし火の）、明石の海峡に、さしかかる日には、大和ともいよいよ漕ぎ別れることであろうか、家のあたりも見ないので――という意味で、人麻呂が詠んだ八首の歌の中の六首目の歌である。

これらの歌碑は、ほぼ同じ大きさで、地面に馬蹄形《ばていけい》に石組みがなされた中央部に、斜めに背の低い黒御影石《くろみかげいし》が配され、その表面の磨いた部分に歌が刻まれている。平成八年（一九九六）の建立であるが、揮毫者はいずれも未詳である。

明石城武蔵の庭園

■明石公園（明石城跡）

万葉歌碑から来た道を戻り、明石公園《あかしこうえん》の正面入り口の石垣の間から園内に入る。この公園は、国の史跡の明石城跡《あかしじょうあと》を県立公園として整備して、平成一五年（二〇〇三）に公開された。明石城は、別名、「喜春城《きはるじょう》」「錦江城《きんこうじょう》」とも呼ばれ、西国への交通の要衝の地にあるので、徳川幕府《とくがわばくふ》は、西の外様大名《とざまだいみょう》の抑えの城と位置付けていた。

正面入り口には「太鼓門《たいこもん》」と呼ばれる門があった。江戸時代初期から明治時代初期までの約二五〇年間、この門に備えられていた「時打《ときう》ち太鼓《たいこ》」と呼ばれる太鼓を叩いて、城下に時を知らせていた。正面入り口を入った左側の小屋の中に、当時の武士の格好で、太鼓を叩くロボットが据えられ、一刻（二時間）ごとに時を知らせている。

この東に明石城武蔵《あかしじょうむさし》の庭園《ていえん》がある。明石城主・小笠原家《おがさわらけ》に伝わる『清流話《せいりゅうわ》』に、「初代城主《しょだいじょうしゅ》・小笠原忠真《おがさわらただざね》の命を受けた宮本武蔵《みやもとむさし》が、城内に築山《つきやま》、泉水《せんすい》、滝《たき》などを設けた」と伝える庭園である。ひぐら

明石城の坤櫓（左）と巽櫓

し池と乙女池《おとめいけ》の周りに、御茶屋《おちゃや》、鞠《まり》の懸《かか》り、大滝《おおたき》、中滝《なかだき》、中島《なかじま》、あずまやが整備されている。庭園の北側には、明石城の坤櫓《ひつじさるやぐら》（重文）と巽櫓《たつみやぐら》（重文）の二つの櫓、堀、石垣などの美しい城郭跡《じょうかくあと》が見られる。

明石城は、嘉吉《かきつ》元年（一四四一）、赤松満祐《あかまつみつすけ》が明石川河口の西に林城《はやしじょう》を築いたのに始まる。後に、高山右近《たかやまうこん》が入部して、城が改修され、「船上城《ふなげじょう》」と呼ばれるようになった。元和《げんな》三年（一六一七）、豊臣秀吉《とよとみひでよし》のキリシタン追放令で、右近は船上城から追放され、代わって、信州の松本城より国替えになった小笠原忠真《おがさわらただざね》が船上城へ入部した。

二代将軍・徳川秀忠《とくがわひでただ》は、元和三年（一六一七）、西国諸藩《さいごくしょはん》に対する備えとして、明石城の築城を忠真に命令した。元和五年（一六一九）、忠真は、姫路城主・本田忠政《ほんだただまさ》と相談しながら、石垣の工事に着工し、元和六年（一六二〇）、本丸、二の丸、三の丸などの城郭中心部の石垣、その周辺の堀を完成させた。その後、幕府の一国一城政策で廃城となった伏見城《ふしみじょう》、三木城《みきじょう》などの資材を利用して

明石城の天守台

築城が進められ、西の坤櫓は伏見城から、東の巽櫓は明石川河口にあった船上城から移築するなどして、同六年（一六二〇）、築城はほぼ完成された。

明石城は、本丸を中心に、その東側に二の丸、南側に三の丸の主郭が配され、西郭などが取り囲む配置である。本丸には、天守台《てんしゅだい》に五重の天守閣《てんしゅかく》が築かれる予定であったが、天守閣は建設されず、四隅に巽櫓、坤櫓、乾櫓《いぬいやぐら》、艮櫓《うしとらやぐら》が建設された。『日本城郭大系《にほんじょうかくたいけい》』には、「坤櫓《ひつじさるやぐら》が天守閣《てんしゅかく》の代用となっていた」とある。

小笠原氏は、その後、豊前小倉《ぶぜんこくら》に移封となった。その後、大久保《おおくぼ》氏《し》、本多氏《ほんだし》など五家七代によって統治された時代もあったが、天和《てんな》二年（一六八二）、越前大野から松平直明《まつだいらなおあきら》が六万石で入部してからは落ち着き、松平氏一〇代が藩主となり、明治維新まで続いた。

人丸塚

■人丸塚

明石城の天守台の東側に鬱蒼《うっそう》と木が繁る「人丸塚《ひとまるづか》」と呼ばれる一角がある。弘仁《こうにん》二年（八一一）、弘法大師《こうぼうだいし》空海《くうかい》が湖南山《こなんさん》餘《よ》鵜《う》楊柳寺《ようりゅうじ》をこの地に創建したと伝える。仁和年間《にんなねんかん》（八八五〜八八九）、住職・覚証《かくしょう》が柿本人麻呂《かきのもとのひとまろ》の夢のお告げで、人麻呂の霊がこの付近に留まっているのを感得し、調査して、寺の背後の塚が該当すると判断し、そこに人丸社《ひとまるしゃ》を建て、人麻呂を祀ったと伝える。

その後、楊柳寺《ようりゅうじ》は月照寺《げっしょうじ》に改名され、明石城の築城にともなって、月照寺と人丸社はともに人丸山《ひとまるやま》に移され、人丸社は柿本神社《かきのもとじんじゃ》と改名され、祠があった跡地は、人丸塚となり、明石城の鎮守とされた。

なお、この人丸塚については、『明石市史』には、昭和五三年（一九七八）の埋蔵文化財発掘調査で、埋蔵施設の主体部は出土せず、古墳ではなく、無造作に土盛した塚であることが判明した、と記されている。

明石市立文化博物館

■明石市立文化博物館

明石公園の東側に明石市立文化博物館《あかししりつぶんかはくぶつかん》がある。明石の歴史とこの地で培われた文化を紹介する施設である。館内の常設展示室には、「自然環境と人々のくらし」を中心に、約二〇〇万年前からの明石の歴史や産業・文化が八つのテーマに分けられて紹介されている。「明石のあけぼの」コーナーでは、明石市の西八木海岸《にしやぎかいがん》で発掘された明石原人《あかしげんじん》、明石象《あかしぞう》の骨格模型などの展示、人類の起源の紹介があり、「明石城《あかしじょう》と城下町《じょうかまち》」コーナーでは、小笠原忠真《おがさわらただざね》によって「国《くに》堅《がた》めの城《しろ》」として築かれた明石城や宮本武蔵《みやもとむさし》が計画したといわれる町割《まちわ》りが紹介されている。その他、「明石の農業」「明石の漁業」「明石の焼き物」などの展示もある。

常設展示以外にも、貫頭衣《かんとうい》、火おこしなどで弥生人のくらしを体験したり、十二単衣《じゅうにひとえ》や鎧《よろい》を試着したりする体験学習室もある。

上の丸弥生公園の万葉歌碑

■上の丸弥生公園の万葉歌碑

文化博物館の東の高台の上《うえ》の丸弥生公園《まるやよいこうえん》に、次の歌が刻まれた万葉歌碑がある。

わが背子《せこ》が　捧《ささ》げて持てる　厚朴《ほほがしは》
あたかも似《に》るか　青き蓋《きぬがさ》　一九・四二〇四

この歌は、講師僧《こうしそう》・恵行《えぎょう》の作で―わが君が、高く掲げて持っている、ホホガシワ（ホウノキ）は、ちょうど似ていることだ、青い衣笠に―という意味である。この歌を詠んだ講師僧は、大宝《たいほう》二年（七〇二）、朝廷が各国の国分寺《こくぶんじ》に配属した僧官《そうかん》で、国司《こくし》の管下《かんか》にあって、国内の寺院の僧尼を支配した。この歌碑は、平成八年（一九九六）に建立された。文字は活字体で刻まれている。
歌碑の傍には、この歌に詠まれたホウノキが植えられ、秋には赤

明石神社

く紅葉して、美しい彩りを添えている。

　この公園付近は、弥生時代後期《やよいじだいこうき》から古墳時代《こふんじだい》までの遺跡で、「上《うえ》の丸遺跡《まるいせき》」と呼ばれている。弥生時代の貝塚《かいづか》から弥生式土器《やよいしきどき》、骨器《こっき》が、また、古墳時代の遺跡から須恵器《すえき》、土師器《はじき》、蛸壺《たこつぼ》、バイガイ・ハマグリ・サザエなどの貝類、獣骨などが出土している。

■明石神社

　上の丸弥生公園の東に明石神社《あかしじんじゃ》がある。祭神は、徳川家康《とくがわいえやす》、松平直明《まつだいらなおあきら》、松平直常《まつだいらなおつね》、豊受大神《とようけのおおかみ》、金山彦大神《かなやまひこのおおかみ》である。拝殿《はいでん》は、桁行《けたゆき》三間、梁行《はりゆき》二間の入母屋造《いりもやづくり》、鉄筋コンクリート造、スレート葺、本殿は一間社流造《いっけんしゃながれづくり》、銅板葺《どういたぶき》である。

　この神社は、天和《てんな》二年（一六八二）、第九代藩主・松平直常が、明石城内に、父・松平直明、祖父の松平直良《まつだいらなおよし》、高祖父の徳川家康を祀り、松平家の守護社としたのに始まる。一説には、第九代藩主

明石城の時打ち太鼓

・松平直常が家督を継いだ元禄《げんろく》一四年（一七〇一）に創建したという説もある。

当初、明石城内にあったので、一般の人々は参拝することができなかったが、明治四年（一八七一）、廃藩置県《はいはんちけん》によって藩が廃絶されて、この禁制が解かれ、一般の人々も参拝可能になった。明治一九年（一八八六）、明石神社に改号され、人々の崇拝を集めていたが、明治三一年（一八九八）、明石城一帯が御料地《ごりょうち》となったために、移転計画が進められ、二〇年経った大正七年（一九一八）、現在地へ遷座された。このとき、長壽院《ちょうじゅいん》の前にあった護穀神社《ごこくじんじゃ》の豊受大神、金山彦大神が合祀された。

平成七年（一九九五）、阪神・淡路大震災で、社殿や能舞台が半壊し、荒れた状態が続いていたが、平成九年（一九九七）、鉄筋コンクリート造で新社殿が再建された。

拝殿内には、明石城の太鼓門《たいこもん》に置かれ、城下に時を知らせていた時打《ときう》ち太鼓《たいこ》が保存されている。この太鼓の胴体はケヤキで作られ、

大聖寺

直径は二・七メートル、皮の部分の直径は一・八メートルである。歴代城主が命じて行った皮の張り替え修理の記録が、太鼓の胴体の木の部分に墨書銘《ぼくしょめい》として残されているが、皮膜に穴が開き、その姿は痛々しい。

■大聖寺

明石神社の東に大聖寺《だいしょうじ》がある。三国山《みくにさん》と号する日蓮宗の寺で、本尊は壹塔釈迦佛多宝佛《いっとうしゃかぶつたほうぶつ》である。本堂は、桁行三間、梁行四間の入母屋造、銅板葺（一部スレート葺）である。

この寺は、文安《ぶんあん》三年（一四四六）、大要院《たいよういん》の日恵上人《にちえしょうにん》が揖保郡室《いぼぐんむろ》津《つ》（当時）に創建したことに始まる。開基は大覚妙実上人《だいかくみょうじつしょうにん》（大覚《だいかく》大僧正《だいそうじょう》）である。明治四〇年（一九〇七）、寺の衰退と檀家の減少により、現在地に移されて再興され、三国山大聖寺《みくにさんだいしょうじ》に改号された。昭和三一年（一九五六）、日蓮宗から離れ、単立寺院の三国寺と称

妙見社

するようになったが、昭和四七年（一九七二）、日蓮宗の三国山大聖寺に戻された。

寺宝には、日蓮上人《にちれんしょうにん》盆上大曼荼羅《ぼんじょうだいまんだら》、十一面観世音菩薩像《じゅういちめんかんぜおんぼさつぞう》がある。境内には、高さ約五・五メートルの「太平洋戦争明石市被爆犠《たいへいようせんそうあかしひばくぎ》牲者《せいしゃ》無縁之慰霊塔《むえんのいれいとう》」がある。「六角塔《ろっかくとう》」と呼ばれ、その上部に観音像がある。太平洋戦争や明石空襲で犠牲になった人々の霊を供養している。

■妙見社

大聖寺の東に妙見社《みょうけんしゃ》がある。本尊は妙見大菩薩玄武《みょうけんだいぼさつげんぶ》である。拝殿《はいでん》は桁行《けたゆき》三間、梁行《はりゆき》二間の入母屋造《いりもやづくり》、本瓦葺《ほんかわらぶき》で、正面両側に花飾窓《はなかざりまど》がある。本殿《ほんでん》は桁行三間、梁行四間の入母屋造、本瓦葺、向拝付《こうはいつき》で、拝殿背後の高壇にある。境内にはたくさんのツツジが植栽されており、ツツジの名所として知られる。

本松寺

妙見菩薩像《みょうけんぼさつぞう》は、石田光成《いしだみつなり》に仕えた武将・島左近《しまさこん》が崇拝し、守り本尊としていた尊像で、後年、明石藩の家老で、本松寺《ほんしょうじ》の檀徒《だんと》となった島家《しまけ》の末裔《まつえい》の斉藤甚左衛門《さいとうじんざえもん》により、本松寺《ほんしょうじ》に奉納された。それから約七〇年後の江戸時代中頃に、本松寺の守護神として、本松寺の乾《いぬい》（北西）に妙見社が創建され、この像が安置された。周辺の人たちから、天下泰平、国土安穏、所願成就の社として崇敬されている。

島左近は、石田光成の股肱《ここう》となって忠義を尽くした家臣で、慶長《けいちょう》五年（一六〇〇）、関ケ原《せきがはら》の合戦《かっせん》に際し、黒田長政《くろだながまさ》が光成の陣へ攻め込んで来たとき、冑《かぶと》に朱《しゅ》の天衝《てんつき》の立物《たてもの》を付け、溜塗桶皮胴《ためぬりおけがわどう》の鎧《よろい》に浅黄木綿《あさぎもめん》の羽織《はおり》のいでたちで勇戦したが、菅六之介《すがのろくのすけ》の鉄砲隊の銃弾に倒れて戦死した。

■本松寺

妙見社の南東に本松寺《ほんしょうじ》がある。別名、「谷《たに》の妙見《みょうけん》」「萩《はぎ》の寺《てら》」とも呼ばれる。法栄山《ほうえいざん》と号する日蓮宗の寺で、本尊は一塔両尊四菩《いっとうりょうそんよんぼ》薩《さつ》四天王《してんのう》である。慶長《けいちょう》元年（一五九六）、秀吉《ひでよし》の家臣・藤井新右衛《ふじいしんうえ》門《もん》勝介《かつすけ》の寄進により、明石川河口の船上城下《ふなげじょうか》の林崎に「本正寺《ほんしょうじ》」として創建された。開山は、審理院《しんりいん》の日甫上人《にっぽしょうにん》である。貞享《じょうきょう》三年（一六八六）頃、本松寺に改号され、元禄《げんろく》四年（一六九一）、檀家の島左近の末裔の斉藤甚左衛門《さいとうじんざえもん》により現在地に移された。本堂は、桁《けた》行《ゆき》五間、梁行《はりゆき》五・五間の入母屋造《いりもやづくり》、本瓦葺《ほんかわらぶき》、向拝付《こうはいつき》である。

本堂の裏には、宮本武蔵《みやもとむさし》の作と伝える枯池式枯山水庭園《かれいけしきかれさんすいていえん》がある。浅い枯池《かれいけ》の東西二カ所に築山《つきやま》があり、それぞれ大滝、小滝の二つの枯滝を組み、大滝には水分石《みくまりいし》を池中に据えている。池泉は瓢箪型《ひょうたんがた》で、手前に亀出島《かめでじま》がある。谷を渓谷にして枯流《かれなが》れとし、切石橋《きりいしばし》が架けられている。この庭園は、離《はな》れ座敷《ざしき》、書院《しょいん》からの視点を考慮して造られたもので、平面構成を重視して、視点による変化を持たせるよう工夫されている。

境内には、往古、立派な鐘撞堂《かねつきどう》があり、高台にあったために、鐘

一塔両尊四菩薩四天王　日蓮が法華経の仏の世界を文字で表した十界曼荼羅を元にして、その主要な部分を仏像として造形化したもの。南無妙法蓮華経と書かれた題目宝塔が中央にあり、その左右に釈迦如来、多宝如来の二仏を配置し、一塔両尊の左右に上行菩薩・無辺行菩薩・浄行菩薩・安立行菩薩の四菩薩、その周囲に持国天・増長天・広目天・多聞天の四天王を配置したもの。

の音が響き渡ることで有名であったが、第二次世界大戦のときに鐘が供出され、消滅した。また、日蓮上人《にちれんしょうにん》ゆかりのヒガンザクラがある。

月照寺の山門

■月照寺

本松寺の東の人丸山に登っていくと、月照寺《げっしょうじ》がある。人麿山《ひとまろさん》と号する曹洞宗の三木雲龍寺《みきうんりゅうじ》の末寺で、本尊は渡海十一面観世音菩薩《とかいじゅういちめんかんぜおんぼさつ》である。本堂《ほんどう》は、桁行《けたゆき》八間の入母屋造《いりもやづくり》、本瓦葺《ほんかわらぶき》、唐破風向拝付《からはふこうはいつき》である。平成七年（一九九五）の阪神・淡路大震災で倒壊し、平成一〇年（一九九八）に再建された。

山門《さんもん》は、薬医門《やくいもん》で、伏見城《ふしみじょう》の廃城にともなって、二代将軍・徳川《とくがわ》秀忠《ひでただ》が初代明石藩主・小笠原忠真《おがさわらただざね》にその城門《じょうもん》を与えた。忠真は居屋《いや》敷《しき》の曲輪《くるわ》の切手門《きってもん》に使用していたが、明治六年（一八七三）、明石城の廃城にともなって この寺に移された。山門脇の小さな地蔵堂には、止利仏師《とりぶっし》の作と伝える子安千体地蔵《こやすせんたいじぞう》がある。

月照寺の本堂

月照寺は、弘仁《こうにん》二年（八一一）、弘法大師空海《こうぼうだいしくうかい》が「明石《あかし》の岡《おか》」と呼ばれる赤松山《あかまつやま》（現在の明石城跡）に湖南山《こなんさん》餘《よ》鵜《う》楊柳寺《ようりゅうじ》を創建したことに始まる。仁和《にんな》三年（八八七）、この寺の覚証和尚《かくしょうおしょう》は、観世音《かんぜおん》菩薩《ぼさつ》の霊夢《れいむ》を感得し、大和国添上郡《やまとのくにそえがみのこおり》の柿本山広安寺《しほんさんこうあんじ》が廃されたとき、人麻呂《ひとまろ》の念持仏《ねんじぶつ》であった海上波切船上十一面観世音菩薩《かいじょうなみきりせんじょうじゅういちめんかんぜおんぼさつ》を勧請し、奥《おく》の院《いん》にこの尊像を奉祀し、寺号を月照寺と改めた。その後、天正《てんしょう》二年（一五七四）、和尚の夢枕に人麻呂の神霊が現れて、禅定《ぜんじょう》を讃《さん》したので、真言宗から曹洞宗に改宗された。

元和《げんな》七年（一六二一）、明石城の築城に伴って、月照寺の境内が御料地《ごりょうち》になったので、翌八年（一六二二）、月照寺は人丸社《ひとまるしゃ》とともに現在地に移され、延享《えんきょう》元年（一七四四）、山号が人麿山《ひとまろさん》に改められた。明治四年（一八七一）、神仏分離令《しんぶつぶんりれい》により、人丸社は月照寺より分離された。

寺宝には「桜町天皇宸翰及一座短籍《さくらまちてんのうしんかんおよびいちざたんざく》」「三十六歌仙絵及び和歌《さんじゅうろっかせんえおよびわか》式紙《しきし》」がある。

月照寺山門前の万葉歌碑

境内には、目の不自由な人が参拝して七日で開眼したといわれる盲杖桜《もうじょうざくら》、明石第一の清水といわれる亀《かめ》の井《い》、赤穂浪士《あこうろうし》の間瀬《ませ》久太夫正明《きゅうだゆうまさあき》が大石内蔵助良雄《おおいしくらのすけよしお》と参拝したときに手植したと伝える八《やつ》房《ふさ》の梅《うめ》がある。一つの花に八つの実がなることからこの名がある。

■月照寺山門前の万葉歌碑

月照寺山門前に、次の歌が刻まれた万葉歌碑がある。

ともし火の　明石大門《あかしおほと》に　いらむ日や
漕《こ》ぎ別れなむ　家のあたり見ず　　三・二五四

この歌は、柿本人麻呂《かきのもとのひとまろ》の作で―（ともし火の）、明石の海峡に、さしかかる日には、大和ともいよいよ漕ぎ別れることであろうか、家のあたりも見ないので―という意味である。この歌碑は、書家・

柿本神社の神門

池内《いけうち》艸舟《そうしゅう》氏の揮毫により、昭和四八年（一九七三）に建立された。

■柿本神社

月照寺の東に隣接して柿本神社《かきのもとじんじゃ》がある。祭神は、柿本人麻呂《かきのもとのひとまろ》である。学問・文学の神様として崇敬されているのみならず、「人麻《ひとま》呂《ろ》」の名から「ヒトマル」、「火止《ひと》まる」で火除《ひよ》け、「人生《ひとうま》る」で安産の神、人麻呂が愛妻家であったため夫婦和合の神、として人々から篤く信仰されている。

神門《しんもん》は、桁行《けたゆき》三間、梁行《はりゆき》一間の切妻造《きりづまづくり》、鉄筋コンクリート造、拝《はい》殿《でん》は、桁行五間、梁行三間の入母屋造《いりもやづくり》、本瓦葺《ほんかわらぶき》、千鳥破風《ちどりはふ》、唐破風《からはふ》向拝付《こうはいつき》である。その背後の切妻造、銅板葺《どういたぶき》の幣殿《へいでん》に繋がって、桁行三間、梁行二間の流造《ながれづくり》、銅板葺の本殿《ほんでん》がある。

この神社は、社伝によると、仁和《にんな》三年（八八七）、「明石《あかし》の岡《おか》」と呼ばれる赤松山《あかまつやま》（現在の県立明石公園）にあった餘《よ》鵜《う》楊柳寺《ようりゅうじ》の僧・

柿本神社の拝殿

覚証《かくしょう》が、夢の中で、柿本人麻呂の神霊がこの地に留まっているのを感得した。そこで、寺の周辺を調査した結果、寺の裏の古塚が該当地であると推定して、塚の上に人麻呂を祀る人丸社《ひとまるしゃ》を建てたのに始まると伝える。

天正《てんしょう》九年（一五八一）、豊臣秀吉《とよとみひでよし》が「播州明石《ばんしゅうあかし》の人丸《ひとまる》は和歌第一《わかだいいち》の神仙《しんせん》」と認め、新たに開墾した大明石村の田地三〇石を寄進した。元和《げんな》五年（一六一九）、小笠原忠真《おがさわらただざね》の明石城の築城にともなって、同七年（一六二一）、月照寺とともに、現在地に遷座された。しかし、人丸社は旧地に残され、明石城の鎮守とされた。後に、この人丸社は廃絶されたが、本丸跡に人丸塚《ひとまるづか》が残る。

拝殿前には、宝暦《ほうれき》四年（一七五四）銘の一対の狛犬《こまいぬ》がある。本体は砂岩《さがん》、台座は花崗岩《かこうがん》でできており、明石市最古の狛犬といわれる。

社宝には、「後桜町《ごさくらまち》天皇《てんのう》宸翰《しんかん》短籍《たんざく》」「仁孝《にんこう》天皇《てんのう》宸翰《しんかん》及《および》一座《いちざ》短籍《たんざく》」寛文《かんぶん》四年（一六六四）の建立、林春齋《はやししゅんさい》の撰文《せんぶん》による「播州明石浦《ばんしゅうあかしうら》柿本《かきのもと》太夫《だゆう》祠《し》堂《どう》碑《ひ》」、絵馬「森《もり》狙《そ》仙《せん》筆《ひつ》　猿《さる》の図《ず》」などがある。

柿本神社境内（南側）の万葉歌碑

境内には、寛文《かんぶん》四年（一六六四）に、第二代明石藩主・松平信之《まつだいらのぶゆき》が建立した亀《かめ》の碑《ひ》、菅原道真《すがわらのみちざね》を祀る天神社《てんじんじゃ》、竈神《かまどがみ》を祀る三宝荒神社《さんぽうこうじんじゃ》、稲荷大神《いなりおおかみ》を祀る五社稲荷社《ごしゃいなりしゃ》を合祀する。

■柿本神社境内（南側）の万葉歌碑

柿本神社境内（南側）に、次の歌が刻まれた万葉歌碑がある。

天さかる　ひなのなかちゆ　恋ひくれは
明石のとより　やまとしまみゆ　三・二五五

この歌は、柿本人麻呂《かきのもとのひとまろ》の作で――（あまざかる）、遠い鄙《ひな》の地からの長い旅路を、大和が早く見たいと焦がれながらやって来ると、明石の海峡から、大和の山々が見えた――という意味である。都から遠く離れた鄙の地より、瀬戸内海の島々の間を幾日となく旅を続け、よう

柿本神社境内（北側）の万葉歌碑

やく明石《あかし》の大門《おおと》に入り、思い続けあこがれ続けてきた故郷の生駒《いこま》、葛城《かつらぎ》の連山が見えた喜びの心境が詠まれている。この歌碑は、国文学者・書家・尾上八郎《おのえはちろう》（柴舟《さいしゅう》）氏の揮毫により、昭和一〇年（一九三五）に建立された。

■柿本神社境内（北側）の万葉歌碑

この歌碑の北側に、次の歌が刻まれた万葉歌碑がある。

大君《おほきみ》は　神にしませば　天雲《あまくも》の
雷《いかづち》のうへに　いほりせるかも　　三・二三五

この歌は、柿本人麻呂《かきのもとのひとまろ》の作で——わが天皇は、神でいらっしゃるので、天雲の中にいる、あの恐ろしい雷の上に、仮宮を建てていることだ——という意味である。この歌碑は、歌人・金子薫園《かねこくんえん》氏の揮毫に

播州明石浦柿本太夫祠堂碑

より、昭和一八年（一九四三）に建立された。

雷丘《いかづちのおか》は、奈良県明日香村にあるが、訪ねてみると非常に小さな丘であるので、現代人の感覚からすれば、非常に大げさな表現になっているのには驚かされる。ここでは、偉大な存在であった持統天皇《じとうてんのう》が明日香の雷丘に廬《いおり》を造ったのを、天雲の中に鳴りとどろく雷の上にさえ廬を造ったと表現することによって、天皇への絶対的な礼讃をしており、持統天皇の偉大さを表現した人麻呂の想像力に脱帽せざるを得ない。それだけに、この歌碑がこの地にあるのは、いささか場違いの感がするのは否めない。

■播州明石浦柿本太夫祠堂碑

万葉歌碑の北側に、播州明石浦柿本太夫祠堂碑《ばんしゅうあかしうらかきのもとだゆうしどうひ》がある。この碑は、亀（正しくは「ひいき」と呼ばれる龍の子供）の台座に載っているので、通称「亀《かめ》の碑《ひ》」と呼ばれている。双竜が施された碑面に

人丸公園の万葉歌碑

は、人麻呂の由緒が漢文で綴られている。寛文《かんぶん》四年（一六六四）、第二代明石藩主・松平信之《まつだいらのぶゆき》によって建立された。碑文は一気に読み切ると、亀の台座が動きだすといわれるほど難解である。

■人丸公園の万葉歌碑

柿本神社の東の石段を下ると、人丸公園《ひとまるこうえん》がある。公園横の柿本神社の鳥居の傍に、次の歌が刻まれた万葉歌碑がある。

あしびきの　山鳥《やまどり》の尾の　しだり尾の
ながながし夜を　ひとりかもねむ
一一・二八〇二（或本の歌に曰く）

この歌は――（あしひきの）、山鳥の尾が、長々と垂れているように、長い夜を、独りで寝るのだろうか――という意味である。長い秋の夜

明石市立天文科学館

に考えることは、あの日に出会った美しいあなたのことばかりだ。今ごろいったいあなたは何をしているのだろう。他の誰かと閨《ねや》をともにしているのではないだろうか、長い山鳥の尾のように、長い今夜もひとり寂しく眠るのだろうか、と嘆いている。この歌碑は、書家・池内艸舟《いけうちそうしゅう》氏の揮毫により、平成二年（一九九〇）に建立された。

■明石市立天文科学館

人丸公園の南に、明石市立天文科学館《あかししりつてんもんかがくかん》がある。東経《とうけい》一三五度の日《に》本標準時《ほんひょうじゅんじ》子午線《しごせん》「ＪＳＴＭ」の真上に建つ、天文学をテーマとする博物館として、昭和三五年（一九六〇）に開館された。「ＪＳＴＭ」と表示された高さ約五四メートルの時計塔が目を引く。

玄関横には、そこを通る子午線上《しごせんじょう》に漏刻《ろうこく》が設置され、一階には陶板に焼き付けた北半球の星座図、時・宇宙・子午線をイメージしたオブジェがある。二階にはプラネタリウム、天文ホール、三階に

長壽院

は天文・時のギャラリー、子午線のまち・明石などの展示室、四階にはキッズルーム、日時計広場、一三階と一四階には展望室、塔の最上部に天体観測室がある。

展望室から、東に「大和島《やまとしま》」、正面に「明石《あかし》の大門《おおと》」、淡路島の北端に「松帆《まつほ》の浦《うら》」、西に「藤江《ふじえ》の浦《うら》」などの万葉故地の美しい景観が望める。

■長壽院

明石市立天文科学館の南に長壽院《ちょうじゅいん》がある。松巖山《しょうごんさん》と号する浄土宗西山禅林寺派《にしやまぜんりんじは》の寺で、本尊は阿弥陀如来《あみだにょらい》である。寛永《かんえい》四年（一六二七）、空澤養運上人《からさわよううんしょうにん》による開基である。本堂は、桁行《けたゆき》三間、梁行《はりゆき》三間の入母屋造《いりもやづくり》、鉄筋コンクリート造、銅板葺《どういたぶき》である。昭和二〇年（一九四五）の明石大空襲で焼失し、その後再建された。

当初、融国寺《ゆうこくじ》と号する禅宗の寺であったが、享保年間《きょうほうねんかん》（一七一六

〜一七三六)、明石城主の松平家から帰依を受け、長壽院と改め、浄土宗西山派に改宗された。以来、明石藩主の菩提所になった。明治維新の廃藩で、寺勢が衰えて荒廃したが、明治一一年(一八七八)に仮本堂が建立され、明治三三年(一九〇〇)に再興された。

境内には、初代明石藩主・松平直明《まつだいらなおあきら》から第八代・松平斉宣《まつだいらなりこと》までの藩主、奥方、子供など家族を祀る「旧明石藩主松平家廟所《きゅうあかしはんしゅまつだいらけびょうしょ》」がある。第一一代将軍・徳川家斉《とくがわいえなり》の二六男で、第八代明石藩主・松平斉宣とその夫妻の墓は、入母屋造、本瓦葺《ほんかわらぶき》、唐破風《からはふ》向拝付《こうはいつき》の御霊屋《おたまや》の中にある。この御霊屋は、弘化《こうか》二年(一八四五)、第九代明石藩主・松平慶憲《まつだいらよしのり》により建立された。瓦には葵《あおい》の紋が施され、柱間や正面の向拝には龍の彫刻が刻まれ、内部は豪華絢爛に内装されている。

松平斉宣　播磨明石藩の第八代藩主。一一代将軍・徳川家斉の二六男で、一二代将軍・徳川家慶の異母弟。家斉の末息子。同母兄に越前福井藩主となった松平斉善、武蔵川越藩の嫡子の松平斉省がいる。一〇万石の格式の維持と将軍の子であったために、莫大な支出を要し、明石藩の財政難に拍車をかけた。天保一五年(一八四四)、病気で重篤になり、嗣子がなかったので、先代斉韶の嫡子・直憲(後の慶憲)が世嗣に立てられた。享年二〇歳。

両馬川舊跡

明石の大門

■両馬川舊跡

長壽院から南へ坂を下っていくと、JR山陽線のガード下に「両馬川舊跡《りょうまがわきゅうせき》」と刻まれた石標がある。寿永《じゅえい》三年（一一八四）、一の谷の合戦で敗れた平家軍の平忠度《たいらのただのり》は、西に向かって逃げ、この地で源氏の岡部《おかべ》六弥太《ろくやた》忠澄《ただずみ》に追いつかれた。二人は川を挟んで戦い、忠度は右腕を切り落とされて亡くなった。以来、この川は、「両馬川」と呼ばれるようになったが、現在、川は消滅している。

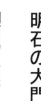

■腕塚神社

JR山陽線のガードをくぐり抜け、駅の南に回ると、腕塚神社《うでづかじんじゃ》がある。祭神は平忠度《たいらのただのり》で、社殿は一間社切妻造《いっけんしゃきりづまづくり》、桟瓦葺《さんかわらぶき》の小さな祠

腕塚神社

である。『平家物語《へいけものがたり》』に「六弥太《ろくやた》がおくればせに馳《は》せ来て、急ぎ馬より飛んで下り、討ち刀を抜いて薩摩守《さつまのかみ》の右腕を臂《ひじ》もとよりふつと打ち落す」とあり、この祠には、源義経《みなもとのよしつね》の家臣・岡部六弥太忠澄《おかべろくやたただずみ》によって打ち落とされた忠度の右腕を祀ると伝える。

平忠度は、平清盛《たいらのきよもり》の弟で、寿永《じゅえい》三年（一一八四）、源平一《いち》の谷《たに》の合戦《かっせん》の守備にあたっていたが、源義経による奇襲攻撃で守備を突破され、忠度は西へ逃走した。しかし、その後を追ってきた源義経の家臣・岡部六弥太忠澄に明石の両馬川で追いつかれて、一騎打ちとなり、忠度は右腕を切り落とされて亡くなった。

■休天神社

腕塚神社から東へ進むと、休天神社《やすみてんじんじゃ》がある。祭神は菅原道真《すがわらのみちざね》である。拝殿《はいでん》は桁行《けたゆき》三間、梁行《はりゆき》二間の入母屋造《いりもやづくり》、本瓦葺《ほんかわらぶき》、本殿《ほんでん》は一間《いっけん》社流造《しゃながれづくり》、銅板葺《どういたぶき》である。境内には、菅原道真が筑紫《つくし》へ配流される

休天神社

途中に腰掛けて休んだといわれる「腰掛石《こしかけいし》」、明石駅家《あかしのうまや》の跡を示す「菅公駐駕驛長宅址《かんこうちゅうがえきちょうたくあと》」と刻まれた石標がある。

菅原道真は、延喜《えんぎ》元年（九〇一）、藤原一族の陰謀により、大宰《だざい》府《ふ》に配流される途次、明石駅家で休憩したとき、駅長が道真の配流を嘆き悲しむのを見て、次の詩を作って駅長に与えたという。

驛長莫驚時變改《えきちょうおどろくことなかれときのかいへんするを》
一栄一落是春秋《いちえいいちらくこれしゅんじゅう》

この漢詩は、「駅長よ、そんなに驚かないでほしい。春に花が咲き、秋に落ち葉になるのは自然の摂理だ。人の世の栄枯盛衰もまた同じだから」という意味である。

延喜《えんぎ》三年（九〇三）、道真が大宰府で没したことを聞いた駅長は、腰掛石の傍に小祠《しょうし》を建て、道真を供養した。その後、第五代明石藩主・松平信之《まつだいらのぶゆき》が、この故事を聞いて、この神社を創建したと伝える。

稲爪神社の神門

■稲爪神社

休天神社の南の国道二号に沿って東へ行くと、稲爪神社《いなづめじんじゃ》がある。『延喜式《えんぎしき》』神名帳《じんみょうちょう》に載る式内社《しきないしゃ》に比定されている。祭神は、大山祇命《おおやまつみのみこと》、面足命《おもだるのみこと》、惶根命《かしこねのみこと》である。古くは、「稲妻大明神《いなずまだいみょうじん》」と称していたが、「稲妻《いなずま》」が転訛して「稲爪《いねづめ》」になったと伝える。

拝殿《はいでん》は、桁行《けたゆき》五間、梁行《はりゆき》二間の入母屋造《いりもやづくり》、銅板葺《どういたぶき》、鉄筋コンクリート造、千鳥破風《ちどりはふ》、唐破風向拝付《からはふこうはいつき》、本殿《ほんでん》は、桁行《けたゆき》三間、梁行《はりゆき》二間の流造《ながれづくり》、銅板葺《どういたぶき》である。楼門《ろうもん》の裏側の蟇股《かえるまた》は、名工・左甚五郎《ひだりじんごろう》の作といわれ、素盞鳴命《すさのおのみこと》が八岐大蛇《やまたのおろち》を退治する様子が刻まれている。この神社の由来については、次の伝承がある。

推古天皇《すいこてんのう》の頃、百済《くだら》より鉄人《てつじん》が八〇〇〇人を率いて来襲した。この討伐を命じられたのが伊与国《いよのくに》の国司《こくし》・越智益躬《おちますみ》であった。益躬は、伊予国の三島神社《みしまじんじゃ》の大山祇命に鉄人の討伐を祈願した後、鉄人の軍隊を誘導し、騙《だま》して明石に上陸させた。すると、稲妻とともに

稲爪神社の拝殿

大山祇命が姿を現し、「鉄人の唯一の弱点である足裏を射よ」と告げた。雷鳴に驚いて落馬した鉄人の足裏を益躬が矢で射抜くと、鉄人を射殺することができた。そこで、益躬は大山祇命に感謝して、この地に社殿を建立し、大山祇命を祀ってこの神社を創建した、と伝える。

天正《てんしょう》六年（一五七八）、織田信長《おだのぶなが》が播州《ばんしゅう》へ進撃したとき、高山《たかやま》右近《うこん》が大蔵谷城《おおくらだにじょう》を攻略した。そのときの兵火で社殿が全焼し、一時、権現山《ごんげんやま》に仮祠《かりほこら》が建てられていたが、寛永《かんえい》一四年（一六三七）、この地に社殿が再建され、仮祠があった場所に、第二代明石藩主・松平光重《まつだいらみつしげ》が熊野《くまの》三社権現《さんしゃごんげん》を勧請して、熊野皇大神社《くまのこうたいじんじゃ》が創建された。

■西林寺

稲爪神社の南に旧山陽道《きゅうさんようどう》、後の西国街道《さいごくかいどう》が通っている。左折して街道に沿ってしばらく東へ進むと、西林寺《さいりんじ》がある。蓮台山《れんだいさん》と号する

西林寺の山門

真宗大谷派の寺で、本尊は阿弥陀如来《あみだにょらい》である。康安《こうあん》二年（一三六二）、空圓上人《くうえんしょうにん》によって天台宗の寺として開山されたが、寛文《かんぶん》四年（一六六四）、浄土真宗に改宗された。本堂は、桁行三間、梁行三間の入母屋造、本瓦葺、向拝付である。

この寺は、第二次世界大戦時に永井荷風《ながいかふう》が疎開していたことで知られる。荷風は、空襲から逃れるため、昭和二〇年（一九四五）六月、この寺の総代の菅原明朗《すがわらあきお》に導かれて、東京から明石に疎開してきたが、明朗の実家が親類縁者でいっぱいであったので、この西林寺に寄宿した。滞在はわずか九日であったが、日記の『断腸亭日乗《だんちょうていにちじょう》』の罹災日録《りさいにちろく》に、当時の明石の様子を次のように細かに記している。

「西林寺は澣岸《かんがん》に櫛比《しっぴ》する漁家《りょうか》の間にあり、書院《しょいん》の縁先より淡路を望む。海波洋々《かいはようよう》マラルメが牧神《ぼくしん》の午後《ごご》の一詩《いちし》を思起《しき》せしむ、江湾一帯《こうわんいったい》の風景古来人《ふうけいこらいひと》の絶賞する処に背《そむ》かず、殊《こと》に余の目をよろこばすものは西林寺の墓地の波打寄《なみうちよ》する石垣《いしがき》の上に在《あ》ることなり」と。

この記述から、第二次世界大戦当時には、西林寺のすぐ南まで海

西林寺の本堂

岸が迫り、美しい明石《あかし》の大門《おおと》の景観が望めたようであるが、現在では、南に広い車道が通り、大蔵海岸《おおくらかいがん》の松林が広がっているので、西林寺から荷風が見た景色は望めない。

『断腸亭日乗』は、大正六年（一九一七）九月一六日から、死の前日の昭和三四年（一九五九）四月二九日までの日記である。詩人の季節感とともに、激動期の世相に対する赤裸々な批判を綴っているので、読み物、近代史の資料として荷風の最大の傑作と評されている。

■大蔵海岸公園

西林寺から南へ行くと、明石海峡《あかしかいきょう》が望める大蔵海岸公園《おおくらかいがんこうえん》に出る。この公園は、長さ約一・五キロメートルの海浜を埋め立てて造られた約三二ヘクタールの公園で、幅約六〇メートル、長さ約六〇〇メートルにも及ぶ砂浜、磯遊びが楽しめる磯浜がある。対岸に淡路島が

大蔵海岸公園

横たえ、その最北端の松帆崎《まつほざき》、東に明石海峡大橋《あかしかいきょうおおはし》が一望できる。

海岸に面する明石海峡の最狭部は、幅約三・六キロメートル、最深部の水深約一〇〇メートルで、眼前には、最速約七ノット（約一三キロメートル／時）に達する激しい潮の流れが見られる。

この流れは、潮の干満によって起こる。満ち潮のときには、太平洋から大阪湾に潮が押し寄せ、明石海峡では播磨灘《はりまなだ》へ流入する西への流れになり、引き潮のときには、大阪湾へ流出する東への流れとなる。この潮流は、月の引力が主因で惹き起こされるので、平均六時間ごとに周期的に流れを東西に転じる。このため、往古、潮の干満に合わせて、西行する船は西流に乗り、東行する船は東流に乗って運航された。

『万葉集』巻七に、この流れの恐ろしさを詠んだ次の歌がある。

荒磯《ありそ》越す　波を恐《かしこ》み　淡路島《あはじしま》
見ずや過ぎなむ　ここだ近きを　　七・一一八〇

大蔵海岸公園の磯浜

この歌は―荒磯を越して打ち寄せる、波の恐ろしさに、淡路島を、見ずに通り過ぎてしまうのであろうか、こんなに近くにあるのに―という意味である。明石海峡を航行中に詠まれたと思われるが、潮の流れが激しくて、淡路島に寄ることができないことを残念がっている。明石《あかし》の大門《おおと》は、万葉人にとっては、魔の海峡であったようで、当時の船は、櫂《かい》や櫓《ろ》を用いた手漕ぎの船であったので、明石海峡の潮流を乗り切ることは容易でなかったようである。

■明石の水門

万葉の時代には、陸路の山陽道《さんようどう》には、官営の駅家《うまや》が整えられていたが、海路の瀬戸内海の沿岸には、官営の水駅《みずうまや》がなく、民間の水駅が設けられていた。難波津《なにわつ》を出発した船は、河尻泊《かわじりのとまり》（現兵庫県《ひょうごけん》尼崎市神崎町《あまがさきしかんざきちょう》）、大輪田泊《おおわだのとまり》（現神戸市兵庫区《こうべしひょうごく》）、魚住泊《うおずみのとまり》（現兵庫県

大蔵海岸公園から明石海峡展望

明石市《あかしし》大久保町《おおくぼちょう》)、韓泊《からのとまり》(現兵庫県姫路市的形町福泊《ひめじしまとがたちょうふくどまり》)、室生泊《むろうのとまり》(現兵庫県たつの市御津町室津《みつちょうむろつ》)の「摂播五泊《せっぱんごはく》」と呼ばれた湊《みなと》に停泊しながら、それぞれを一日の行程として西進した。当時は陸地近くの島伝いに航路が取られていたようで、夜にはこれらの湊に船を舫《もや》って停泊し、明朝の潮のよい状態を待って出航した。

この「摂播五泊」の他に、それほど大きくはないが、河口や入江を利用した湊があったようで、『万葉集』から、敏馬《みぬめ》(現神戸市)、明石川河口《あかしがわかこう》(現兵庫県明石市)、淡路島の岩屋《いわや》(現兵庫県淡路市)などの湊が推察される。『万葉集』巻七には、「明石《あかし》の水門《みと》」を詠んだ次の歌がある。

我が舟は　明石《あかし》の水門《みと》に　漕ぎ泊てむ
沖辺《おきへ》な離《さか》り　さ夜《よ》ふけにけり　　七・一二二九

この歌は——今夜はこの船を、明石の湊に、漕ぎ泊めようではない

明石の浦（明石川河口）

か、そんなに遠く沖辺の方に離れていくな、夜が更けてきたので――という意味である。明石の水門については、明石川河口の船上《ふなげ》付近という説や、その西の林《はやし》、林崎《はやしざき》付近とする説がある。

■明石の浦

『万葉集』巻一五には、「明石《あかし》の浦《うら》」を詠んだ次の歌がある。

（前略）淡路の島は　夕されば　雲居隠《くもゐかく》りぬ　さ夜《よ》ふけて　行く
へを知らに　我《あ》が心《こころ》　明石《あかし》の浦《うら》に　舟泊《と》めて　浮《う》き寝《ね》をしつつ
わたつみの　沖辺《おきへ》を見れば　いざりする　海人《あま》の娘子《をとめ》は　小舟《をぶね》乗《の》
り　つららに浮けり　暁《あかとき》の　潮満《しおみ》ち来《く》れば　葦辺《あしべ》には　鶴鳴《たづな》き渡
る　朝なぎに　舟出《ふなで》をせむと　舟人《ふなびと》も　水手《かこ》も声呼び　にほ鳥《とり》の
なづさひ行けば（後略）　一五・三六二七

野島　淡路市野島の江崎から蟇浦（ひきのうら）にかけての一帯。淡路島北西部に位置し、晴れた日には、家島、小豆島の島影が望める。山裾がそのまま海になだれ入るような険しい海岸線に沿って、棚田や段々畑が拓かれている。『万葉集』巻三の「柿本朝臣人麻呂の羈旅の歌八首」の二五〇〜二五一番歌には、「野島の崎（前）」と詠まれているが、崎というほど海に突き出した場所は見当たらない。『淡路名所圖會』には、海中に「まくりの磯」「まがりの磯」が記されており、強い西風による海蝕作用により、「野島の崎」は消滅したのかもしれない。

この歌は——（前略）淡路島は、夕暮れになったので、雲に隠れてしまった、夜がふけて、行く先も分からないので、（我が心）、明石の浦に、舟を泊めて、水上で寝泊まりしながら、海原の、沖の方を見ると、魚を捕る、漁をしている海人《あま》の娘たちは、小舟を乗り廻して、並んで浮かんでいる、暁の、潮が満ちてくると、葦の生えた海岸には、鶴が鳴き渡っている、朝なぎに、舟出をしようと、船頭も、楫取りも声を合わせて、（にほ鳥の）、ポカポカ浮いていくと（後略）——という意味である。

この歌の題詞に「物に属《つ》けて思ひを発《おこ》す歌一首」とあり、遣新羅《けんしらぎ》使《し》が明石の浦のあたりで、大和に置いてきた妻への思いを詠んだ歌である。

この歌では、明石の浦に船を係留《けいりゅう》して、船中で夜泊をしながら、沖の方を見ると、漁に出た娘たちの小舟が並んで浮かんでいる、夜が明けて潮が満ちてくると、葦が生い茂った海岸を、鶴が鳴きながら渡っていくと、明石の浦ののどかな風景が詠まれている。

明石潟（明石川河口）

■明石潟

『万葉集』巻六には、「明石潟《あかしがた》」を詠んだ次の歌がある。

明石潟《あかしがた》　潮干《しおひ》の道を　明日《あす》よりは
下笑《したゑ》ましけむ　家近付《いへちかづ》けば

六・九四一

この歌は、山部赤人《やまべのあかひと》の作で——明石潟の、潮の引いた道を歩きながら、明日からは、喜びで心ははずむことだろう、家が近づくので——という意味である。

山部赤人は、神亀《じんき》三年（七二六）、聖武天皇《しょうむてんのう》の播磨国印南野《はりまのくにいなみの》への行幸に従駕して、長歌一首と反歌三首からなる天皇讃歌を詠んだ。この歌はその第三反歌である。

野宿もある厳しい播磨への長い旅も終わりに近づき、家に帰ったら家族と何をしようか、雨風を防げる寝床でゆっくり寝られるだろ

大蔵海岸より明石海峡大橋・大和島方面展望

う、などと考えると、自然と心の中でうれしくなり、明るい気持ちになってしまう。赤人は、明日以降、明るくなるその気持ちを「下《した》笑《ゑ》ましけむ」と表現し、旅の同行者の気持ちも代弁している。この歌の「明石潟」は、明石川河口付近の干潟といわれている。

■大和島

大蔵海岸から東を望むと、明石海峡大橋が横たわり、遥か遠方に生駒《いこま》・葛城山系《かつらぎさんけい》の山々が見える。生駒山《いこまやま》、信貴山《しぎさん》と続く山並みは、大和川《やまとがわ》の水路でいったん途切れ、再び二上山《にじょうさん》からせりあがって、葛城山《かつらぎさん》、金剛山《こんごうさん》へと続き、和泉山脈《いずみさんみゃく》を経て加太《かだ》の海岸へ落ちている。万葉人は、この山並みを「大和島《やまとしま》」と呼んだ。筑紫《つくし》方面に下るときには、明石《あかし》の大門《おおと》で大和島を眺めながら、故郷へ別れを告げ、逆に筑紫方面から明石の大門にたどり着いたときには、大和島を見て、やっと故郷に帰れた実感を抱き、故郷に残してきた家族や故郷の人々に会える喜びで胸を躍らせた。
『万葉集』巻二には、「大和島《やまとしま》」は次のように詠まれている。

天離《あまざか》る　鄙《ひな》の長道《ながち》ゆ　恋ひ来れば
明石の門《と》より　大和島《やまとしま》見ゆ　　二・二五五

この歌は、柿本人麻呂《かきのもとのひとまろ》の作で――(あまざかる)、遠い鄙の地からの長い旅路を、大和が早く見たいと焦がれながらやって来ると、明石の海峡から、大和の山々が見えた――という意味である。「大和島」は、懐かしく、気高く、貴い故郷の地として詠まれている。

■淡路島

大蔵海岸公園の対岸に淡路島《あわじしま》が横たえている。大阪湾《おおさかわん》と播磨灘《はりまなだ》を区切る所に位置し、南北約五三キロメートル、東西の最大幅約

「大和島見ゆ」の異伝　二五五番歌は、帰路の歓喜の歌であるが、この歌には、「一本に云ふ、『家のあたり見ゆ』」と異伝が付されている。原文は「家門当見由」となっており、『日本古典文学全集』によれば、「家門」を「ヤド」と読む説もあるが、「家」を「ヤ」と読む例はなく、「ヤ」ならば「屋」の字を使うのが一般的であるという。「家のあたり見ゆ」では、あまりにも日常的な表現になってしまい、本歌の雄渾な人麻呂ぶりには及ばない。

二二キロメートルで、瀬戸内海に浮かぶ島々の中では一番大きい島である。淡路島は、『古事記《こじき》』では「淡道之穂之狭別島《あはじのほのさわけのしま》」、『日本書紀《にほんしょき》』では「淡路洲《あわじしま》」と表記され、日本列島の国産みの神話では、伊邪那岐命《いざなぎのみこと》と伊邪那美命《いざなみのみこと》が日本列島の中で最初に創造した島とされる。

淡路島は、万葉の時代には、皇室、朝廷に贄《にえ》を貢《みつ》ぐ「御食《みけ》つ国《くに》」として大和朝廷の傘下に組み入れられ、多くの海人が住み着いて、朝廷へ隷属し、天皇の食事や儀式用の海産物を奉っていた。『延喜式《えんぎしき》』には、「十日ごとに『雑魚《ざこ》二担半《にたんはん》』を、また、正月三節の料として『雑鮮味物五担《ざっせんあじものごたん》』を『御贄《みにえ》』として献進する」ことが定められている。

『万葉集』巻六には、「御食《みけ》つ国《くに》」を詠んだ次の歌がある。

朝なぎに　梶《かじ》の音聞こゆ　御食《みけ》つ国《くに》
野島《のじま》の海人《あま》の　舟にしあるらし　　六・九三四

御食つ国　飛鳥時代から平安時代まで、皇室・朝廷に穀類以外の食糧、とくに海水産物を中心とした副食物を貢いだ若狭国、志摩国、淡路国をいう。若狭国は、一〇日ごとに「雑魚」、節日ごとに「雑鮮味物」、志摩国は、一〇日ごとに「鮮鰒」「さざえ」「蒸鰒」、節日ごとに「雑鮮味物」、淡路国は、旬料・節料として「雑魚」を納めることが規定されていた。律令制では、租・庸・調の税が各国に課されていたが、それとは別に、海水産物の贄の納付が定められていた。

この歌は山部赤人《やまべのあかひと》の作で―朝の凪《な》いだ海に、梶の音が聞こえる、食料を奉る国の、あの野島からくる海人の、舟であるらしい―という意味である。この歌は、神亀《じんき》三年（七二六）、聖武天皇《しょうむてんのう》が印南野《いなみの》に行幸したとき、天皇に従駕していた山部赤人が詠んだ歌である。海産物が新鮮なうちに天皇のもとへ届けようと、朝早くから漁をする漁民の営みを、天皇の威徳と重ね合わせて詠んでいる。

■松帆の浦

淡路島の最北端の松帆崎《まつほざき》の西に松帆《まつほ》の浦《うら》がある。激しい潮の流れに曝されて石が多い急な傾斜の浜辺があり、松林が半弧を描く入り江が「松帆の浦」といわれ、往古から、潮待ち、風待ちの地とされた。その西の岬には、勝海舟《かつかいしゅう》が設置した徳島藩松帆台場跡《とくしまはんまつほだいばあと》（国史跡）、岬の西方には明治四年（一八七一）に設置された江埼灯台《えさきとうだい》がある。『万葉集』巻六には、「松帆《まつほ》の浦《うら》」を詠んだ次の歌がある。

松帆の浦　淡路市岩屋の淡路島最北端に位置する。付近一帯が松林で覆われているので、「松帆の浦」と呼ばれている。半弧を描くように突き出した松帆崎の西側に小さな入り江があり、その浜辺に漁村の民家が点在している。古来、潮待ち、風待ちの浦として、『万葉集』をはじめ、歌枕の地として数多くの歌に詠まれている。沖合には、たくさんの船が往来し、対岸には、六甲山系の西端に繋がる丘陵と播磨平野ののどかな美しい景色が望める。

名寸隅　「ナキスミ」と訓む。『大日本地名辞書』によると、江井ケ島漁港が古代の魚住の泊で、万葉の名寸隅の船瀬としている。明石の西の藤江から江井ケ島まで、海抜約一〇メートルの海蝕崖が続く。明石原人の腰骨片が発見された西八木海岸もその連なりの江井ケ島寄りにある。
名寸隅は、海蝕崖を断ち切るように、少し海に突き出した地形の所に位置する。聖武天皇が播磨国へ行幸したとき、笠金村がそこから遠望して、淡路の松帆の浦の海人娘子を恋慕った所で、今でも松帆の浦を望む景色はほとんど変わらない。

名寸隅《なきすみ》の　舟瀬《ふなせ》ゆ見ゆる　淡路島《あはじしま》　松帆《まつほ》の浦《うら》に　朝なぎに　玉藻《たまも》
刈《か》りつつ　夕なぎに　藻塩《もしお》焼きつつ　海人娘子《あまをとめ》　ありとは聞けど
見に行かむ　よしのなければ　ますらをの　心はなしに　たわや
めの　思ひたわみて　たもとほり　我《あれ》はそ恋ふる　舟梶《ふねかじ》をなみ
六・九三五

反歌二首

玉藻《たまも》刈る　海人娘子《あまをとめ》ども　見に行かむ
舟梶《ふねかじ》もがも　波高くとも
六・九三六

行き巡《めぐ》り　見とも飽《あ》かめや　名寸隅《なきすみ》の
舟瀬《ふなせ》の浜に　しきる白波
六・九三七

長歌は―名寸隅の、波止場から見える、淡路島の、松帆の浦に、

明石市立天文科学館から明石海峡展望

朝なぎの時分には、玉藻を刈ったり、夕なぎの時分には、藻塩を焼いたりして、評判の美しい海人の娘子が、いるということを聞いているが、それを見に行く、方法がないので、男らしい猛々しい、心持ちをなくしてしまって、女のように、しおれて、浜辺を行きつ戻りつして、わたしは恋慕っている、渡る舟や梶がないので―という意味である。

反歌の一首目は―玉藻を刈る、松帆の浦の海人の娘子たちを、見に行ける、舟や梶があればよいのに、たとえ波が高くとも―、二首目は―あちこちを歩き回って、見ても飽きがこようか、名寸隅の、波止場の浜に、しきりに打ち寄せる白波は―という意味である。

この歌は、題詞に、「三年丙寅《へいいん》の秋九月十五日に、播磨国《はりまのくに》の印南《いなみ》野《の》に幸《いでま》す時に、笠朝臣金村《かさのあそみかねむら》の作る歌一首并《あは》せて短歌」とある。神亀《じんき》三年（七二六）、聖武天皇《しょうむてんのう》が印南野に行幸したとき、天皇に従駕していた笠金村が詠んだ歌である。名寸隅は播磨国魚住《はりまのくにうおずみ》（現兵庫県《ひょうごけん》明石市魚住町《あかししうおずみちょう》）が比定されている。

■粟島

『万葉集』巻七には、「粟島《あわしま》」を詠んだ次の歌がある。

粟島《あわしま》に　漕ぎ渡らむと　思へども
明石の門波《となみ》　いまだ騒けり　　七・一二〇七

この歌は—粟島に、漕ぎ渡ろうと思うのに、明石の瀬戸の波は、今もまだ騒がしい—という意味である。この歌から、粟島は明石からそれほど遠くない位置にあったように想像されるが、明石の周辺には、現在、「粟島」と呼ばれる島はない。『古事記伝《こじきでん》』には、「淡《あわ》路《じ》の西北の方に在る島と見えたり」とあるが、このような島は淡路島の西北の海上には見当たらない。『万葉集』巻三・三五八番歌から、紀伊国《きのくに》の友ケ島《ともがしま》説、阿波国《あわのくに》などとする説もあるが、明石から遠すぎて、所在地は未詳である。

粟島　『万葉集』巻四・五〇九番歌の「丹比真人笠麻呂、筑紫国に下る時に作る歌」から推察すると、粟島は淡路の西にあったと思われるが、現在、それに該当する島は海上に見当たらない。万葉の時代には存在していたが、消滅したという説、林崎から松江の沖約八〇〇～一〇〇〇メートルの所にある水深約一メートルの浅処であるという説などがあるが、所在地は未詳である。

山陽道（西国街道）

■山陽道（西国街道）

大蔵海岸公園から山陽道《さんようどう》（西国街道《さいごくかいどう》）へ戻る。『日本書紀《にほんしょき》』大化《たいか》二年（六四六）の詔勅に、「初めて京師《みやこ》を修め、畿内《きない》、国司《くにのみやつこ》、郡司《こおりのみやつこ》、関塞《せきそこ》、斥候《うかみ》、防人《さきもり》、駅馬《はいま》、伝馬《つたわりうま》を置く」とあり、大化《たいか》の改新《かいしん》に際して、政治・軍事とともに、交通制度も全国的に整備され、山陽道もその頃に建設された。

山陽道は、『延喜式《えんぎしき》』によると、平城京《へいじょうきょう》を出発して、木津川《きづがわ》沿いに北上し、河内国交野郡《かわちのくにかたののこおり》（現大阪府枚方市《おおさかふひらかたし》・交野市《かたのし》）の楠葉駅家《くずはのうまや》を経て、淀川対岸の摂津国嶋上郡《せっつのくにしまかみごおり》（現大阪府高槻市《たかつきし》・島本町《しまもとちょう》）の大原駅家《おおはらのうまや》を経由し、山崎駅家《やまさきのうまや》に至る。山崎駅家から筑前国《ちくぜんのくに》の久爾駅家《くにのうまや》までの山陽道には、五八駅家があり、原則として、三〇里（約一六キロメートル、当時の一里は約五四〇メートル）ごとに駅

駅家　古代の五畿七道の駅道に置かれた駅使通行、宿泊のための施設。原則として三〇里（現在の一六キロメートル）ごとに置かれ、駅長の管理のもと、駅使が必要とする駅馬、乗具、駅子、駅馬を飼育するための厩舎、水飲場、駅長や馬子が業務するための部屋、駅使が休憩や宿泊するための部屋、食事をするための給湯室や調理場、秣・馬具・駅稲・酒・塩などを収納する倉庫などを備えていた。

大蔵谷宿場筋跡

家が設けられた。これは、当時、徒歩で一日五〇里、荷馬車で一日三〇里を移動することを目安にして、三〇里ごとに駅家が設置された。

山陽道は、須磨駅家《すまのうまや》を過ぎると、海岸沿いに進み、播磨国《はりまのくに》へ入った。須磨駅家から明石駅家《あかしのうまや》までは、約一三キロメートルの行程であった。明石駅家は、一説には、現在の兵庫県明石市太寺《あかししたいでら》の太寺廃寺《たいでらはいじ》(現高家寺《こうけじ》)にあったといわれ、高家寺の境内に礎石や塔の基盤が残る。廃寺の西隣に「菅公旅次遺跡《かんこうりょじいせき》」と刻まれた碑があり、菅原道真と明石の駅長《えきちょう》との出会いの伝説が伝わる。

一方、休天神社境内にも「菅公駐駕驛長宅址《かんこうちゅうがえきちょうたくあと》」と刻まれた石標が建てられ、同様の駅長との出会いの伝承があり、明石駅家跡とされているので、駅家の所在地は混沌としている。

大蔵院

■大蔵谷宿場筋跡

稲爪神社から南へ行くと、西国街道《さいごくかいどう》（旧山陽道）に出る。左折して東に進むと、大蔵谷宿場筋跡《おおくらだにしゅくばすじあと》の説明板がある。この街道は、飛鳥時代の山陽道に始まり、江戸時代には西国街道となり、大蔵谷《おおくらだに》は宿場町として栄えた。宝永年間《ほうえいねんかん》（一七〇四～一七一一）の記録では、この付近に約六〇軒の旅籠《はたご》があったと伝え、宿場筋跡付近には、今でも格子戸の民家が点在し、宿場町のわずかな面影を残している。

■大蔵院

山陽道を西に進むと、大蔵院《だいぞういん》がある。見江山《みえさん》と号する臨済宗南禅寺派の寺で、本尊は定朝《じょうちょう》作と伝える聖観世音菩薩である。この寺は、応安三年（一三七〇）の創建で、開山は中巌円月禅師《ちゅうがんえんげつぜんじ》、開基は赤松祐尚《あかまつすけなお》であると伝える。中巌円月禅師は、鎌倉の建長寺、京都の

忠度塚

建仁寺の住職を歴任した僧である。この寺は、播磨合戦のとき、赤《あか》松圓心《まつえんしん》の居城にされたと伝える。墓地の南側には、遺跡「赤松祐尚《あかまつすけなお》夫妻《ふさい》の墓《はか》」と記された標柱が建ち、唐破風《からはふ》の笠を被る赤松祐尚夫妻の墓石がある。墓石に刻まれた夫妻の法号の「見江院《みえいん》」「大蔵院《だいぞういん》」が山号と寺名になったという。

本堂は、桁行六間、梁行四・五間の入母屋造、本瓦葺、向拝付である。境内の祠には、青面金剛《しょうめんこんごう》の石仏が祀られている。境内には、多数の無縁仏の墓標がある。

■忠度塚

大蔵院から西へ進み、突き当たりで右折し、一つ目の筋で左折すると、その先に忠度塚《ただのりづか》がある。両馬川《りょうまがわ》で岡部六弥太忠澄《おかべろくやたただずみ》に討たれて死亡した平忠度《たいらのただのり》の亡骸《なきがら》が埋葬された墓と伝える。

平忠度は、平安時代の平家一門の武将で、平忠盛《たいらのただもり》の六男、平清盛《たいらのきよもり》の異母弟で、治承《じしょう》四年（一一八〇）、正四位下、薩摩守《さつまのかみ》となった。藤原俊成《ふじわらのとしなり》に師事して和歌を学び、優れた歌人としても知られる。平家一門とともに都落ちした後、六人の従者と都へ戻り、俊成の屋敷に赴き、自分の歌が百余首おさめられた巻物を俊成に託したというエピソードが残る。

この塚には、鎌倉時代に近隣の人々により五輪塔《ごりんとう》が建てられ、忠度が供養されるようになったが、後に荒廃した。宝永年間《ほうえいねんかん》（一七〇四～一七一一）、明石藩主・松平忠国《まつだいらただくに》が修復したと伝える。

この塚には、大小二つの石標が建っている。小さい石標には、松平忠国の詠歌「今はたゝのりのしるしに残る石……」が刻まれている。大きい石標は、阪神・淡路大震災で崩壊し、復元されたもので、梁田蛻巌《やなだせいがん》の弔文《ちょうぶん》が復刻されている。

松平忠国　元和六年（一六二〇）、父・信吉の跡を継いで丹波篠山五万石の藩主となり、信吉の代から建設中であった城下町を完成させた。藩の財政には厳格で、元和七年（一六二一）の不作の際には、柿の木も年貢の対象としたため、農民から越訴（おっそ）された。慶安二年（一六四九）、七万石に加増されて播磨明石に転封され、新田開発や掘割の開削などに当たった。万治二年（一六五九）、享年六三歳で死去。

忠度公園の万葉歌碑

■忠度公園の万葉歌碑

忠度塚から西へ進むと、忠度公園《ただのりこうえん》がある。その中央の北側に、次の歌が刻まれた万葉歌碑がある。

白真弓《しろまゆみ》　石辺《いそへ》の山の　常盤《ときわ》なる
命なれやも　恋ひつつをらむ
一一・二四四四

この歌は柿本人麻呂歌集出《かきのもとのひとまろかしゅうで》の歌で――(白真弓)、石がごろごろした浜の、岩がいつまでも変わらないのと同じように、永久の命だというので、いつまでも、恋しく思いつづけている気なのか――という意味である。恋しく思いながら逢わずにいる自分の状態について、いつまでも生きるつもりなのかと、自らを責めている歌である。この歌碑の揮毫者、建立年月は未詳である。

朝顔光明寺

■朝顔光明寺

山陽道まで戻り、さらに西へ行くと、朝顔光明寺《あさがおこうみょうじ》がある。月池山《げっちさん》と号する真宗大谷派の寺で、本尊は阿弥陀如来《あみだにょらい》である。慶長《けいちょう》一五年（一六一〇）、現神戸市西区の福中城内《ふくなかじょうない》に開山された。元和《げんな》五年（一六一九）、明石藩主・小笠原忠真《おがさわらただざね》の命により、現神戸市西区平野町の福中城内から現在地に移された。本堂は、桁行三間、梁行四間の入母屋造、鉄筋コンクリート造、銅板葺、向拝付である。

この地は、光源氏《ひかるげんじ》が明石へ配流されたとき、池に映る月を見て、これを賞し、歌を詠んだと伝える。本堂の内陣《ないじん》の格子天井《こうしてんじょう》には、狩野派《かのうは》の画家・岡田東虎《おかだとうこ》の極彩色の四季の草花が描かれ、椽《たるき》には「秋風に　波や越すらむ　夜もすがら　明石の浦の　月の朝顔」という光源氏の歌が書かれた額が掲げられている。境内には、この歌にまつわる「光源氏月見之池《ひかるげんじつきみのいけ》」の標柱が建ち、水が枯れた「月見《つきみ》の池《いけ》」がある。

浜光明寺

■浜光明寺

朝顔光明寺の南に浜光明寺《はまこうみょうじ》がある。遍照山《へんしょうさん》と号する浄土宗の寺で、本尊は阿弥陀如来《あみだにょらい》である。この寺は、元亨年間《げんこうねんかん》（一三二一～一三二四）、三木郡に眞譽上人《しんよしょうにん》が遍照山光明寺《へんしょうさんこうみょうじ》を創建したのに始まる。三木城主・別所長治《べっしょながはる》が豊臣秀吉《とよとみひでよし》により滅ぼされた後、元和《げんな》三年（一六一七）、明石藩主・小笠原忠真によりこの地に移され、傳應《でんおう》上人《しょうにん》が中興開山した。本堂は、桁行五間、梁行四・五間の入母屋造、本瓦葺、向拝付で、宝暦《ほうれき》元年（一七五一）の再建である。

本堂の左側に、安永《あんえい》八年（一七七九）に建立された平屋建ての書《しょ》院《いん》がある。明治一八年（一八八五）八月九日～一〇日、明治天皇が山口、広島、岡山の三県を巡行されたとき、この書院が駐泊所《ちゅうはくしょ》として使用された。院内には、玉座《ぎょくざ》（厚畳《あつだたみ》）、蚊帳《かや》の釣環《つりわ》、獅子形香《ししがたこう》炉《ろ》、元僧《げんそう》・海雲筆《かいうんひつ》の陶彭澤酩酊《とうほうたくめいてい》の図一幅《ずいっぷく》、大内山小屏風一双《おおうちやましょうびょうぶいっそう》などが保存されている。建物は、天皇の御滞在所であったとは思われな

浜光明寺の書院

いほど荒廃が著しい。

鐘楼には、享保《きょうほう》一四年（一七二九）に鋳造された和鐘《わがね》が懸かる。胴には、四天王四躯《してんのうよんく》、鳳凰《ほうおう》、獅子《しし》などが見事に陽刻され、江戸時代の和鐘の傑作と評されている。

この寺には、幕末に、五稜郭《ごりょうかく》の戦いで降伏した六名が預けられ、明石藩から「御宗家御家来様《おんそうけごけらいさま》」と呼ばれて丁重に扱われた後、赦免《しゃめん》され、徳川家の領地の静岡に赴いたという逸話が残る。

寺宝には、朝鮮伝来の「盂蘭盆経曼荼羅図《うらぼんきょうまんだらず》」がある。墓地には、大洋漁業の創業者・中部磯次郎《なかべいそじろう》の墓《はか》、上野の戦いで松石隊を組織して参加した津田柳雪《つだりゅうせつ》の墓《はか》がある。

■明石港

浜光明寺から南へ行くと、明石港《あかしこう》がある。明石海峡の北側に小さく入り込んだ船溜《ふなだ》まりのような港で、初代明石藩主・小笠原忠真の

明石港

時代に砂浜を掘り下げて造られた。当初は、深さが一メートル足らずであったので、大型船は入港することができなかった。そこで、代々の藩主が武士や町人を使い、徐々に深く掘り下げていった。掘り下げられた時に出た砂を埋め立てて、今の岩屋神社《いわやじんじゃ》や中崎公園《なかざきこうえん》が造られた。

港の入り口の西の防波堤には、明石港旧灯台《あかしこうきゅうとうだい》がある。この灯台は、約三六〇年前の明暦《めいれき》三年（一六五七）、第五代明石藩主・松平《まつだいら》忠国《ただくに》の命によって建築されたもので、日本では一五番目、近畿では四番目に造られた古い灯台である。船溜まりの中には、岩屋へ渡る船の乗り場、魚市場などがある。

古代の明石の湊に関しては、『日本書紀《にほんしょき》』允恭天皇《いんぎょうてんのう》の条に、「赤石《あかし》の海の底に真珠がある。（中略）一人の男がいて、男狭磯《あさし》」とある伝承によって、五世紀以前から赤石に湊らしきものがあったと推測されている。『続日本後紀《しょくにほんこうき》』仁明天皇《にんみょうてんのう》の条に、「淡路国岩屋《あわじのくにいわや》浜《はま》、与播磨国明石浜《あたえるはりまのくにあかしはま》、始置船井渡子《はじめふないとのこをおく》、以備往還《もってそうかんにそなえる》」とあり、初

明石港の旧灯台

めて渡し船と渡し守が置かれ、明石浜と岩屋浜を往還することができるようになったと伝える。

　この古代の明石の湊は、『万葉集』に「明石《あかし》の水門《みと》」と詠まれ、現在の明石港から西へ約一キロメートルの明石川河口付近にあったとするのが一般的である。しかし、『播磨国風土記《はりまこくふどき》』の舟引原《ふなびきはら》の地名起源説話に、「舟を稲美町《いなみちょう》の東北の谷から引き下ろして、川に沿って明石郡《あかしのこおり》の林の湊《みなと》に出た」という記述から、明石川の河口の船上《ふなげ》の西に位置する「林《はやし》の湊《みなと》」という説もある。

　明石港から北へ進み、魚《うお》の棚《たな》の傍を通って、ＪＲ明石駅に出て、今回の散策を終えた。

第四章　二上山コース

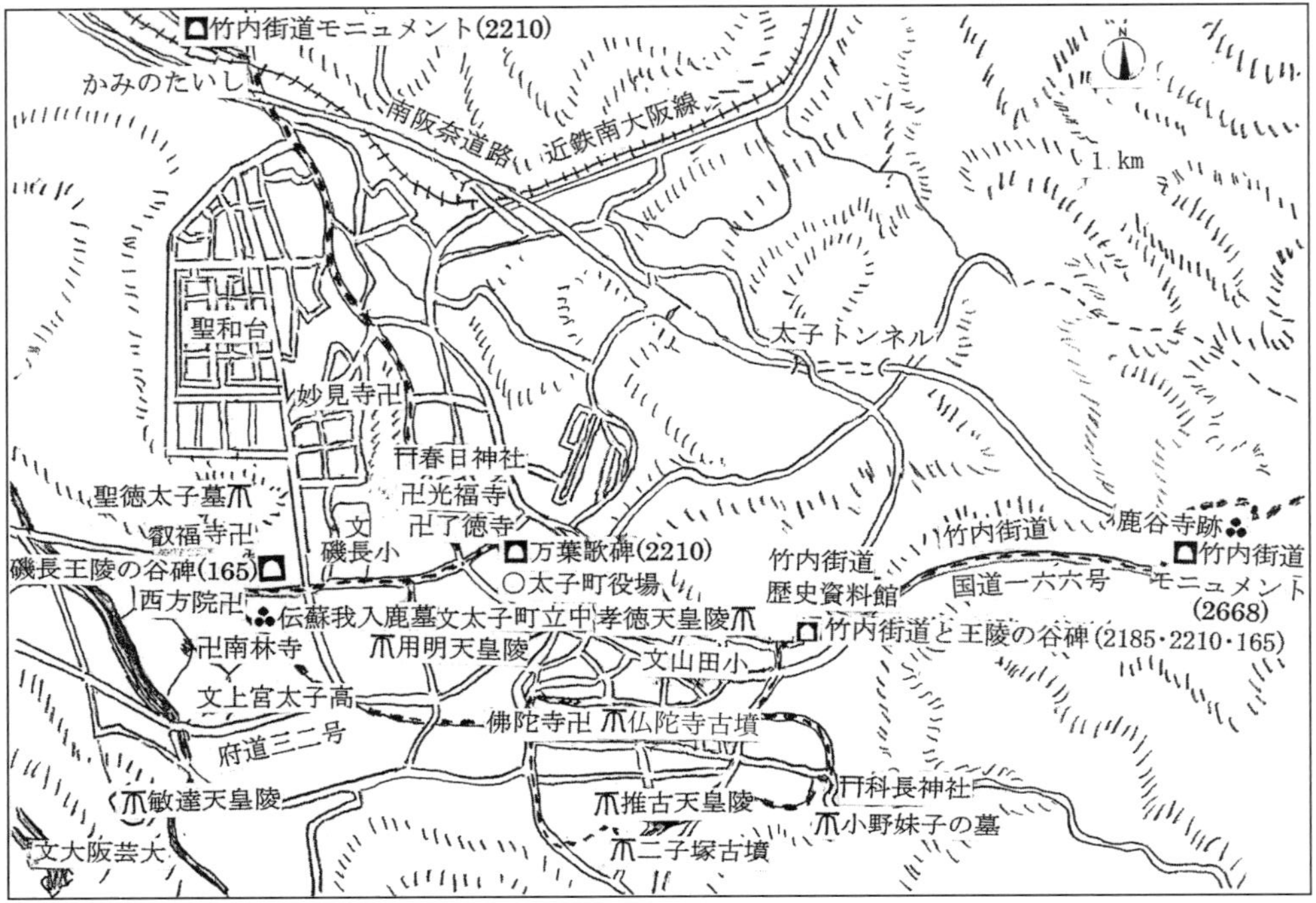

竹内街道モニュメント(2210)
かみのたいし
南阪奈道路
近鉄南大阪線
1 km
聖和台
妙見寺
太子トンネル
春日神社
光福寺
了徳寺
聖徳太子墓
叡福寺
文
磯長小
万葉歌碑(2210)
竹内街道
鹿谷寺跡
竹内街道
モニュメント
(2668)
磯長王陵の谷碑(165)
太子町役場
竹内街道
歴史資料館
国道一六六号
西方院
伝蘇我入鹿墓
文太子町立中
孝徳天皇陵
竹内街道と王陵の谷碑(2185・2210・165)
南林寺
用明天皇陵
文山田小
文上宮太子高
佛陀寺
仏陀寺古墳
府道三二号
科長神社
敏達天皇陵
推古天皇陵
小野妹子の墓
文大阪芸大
二子塚古墳

二上山コース（1）

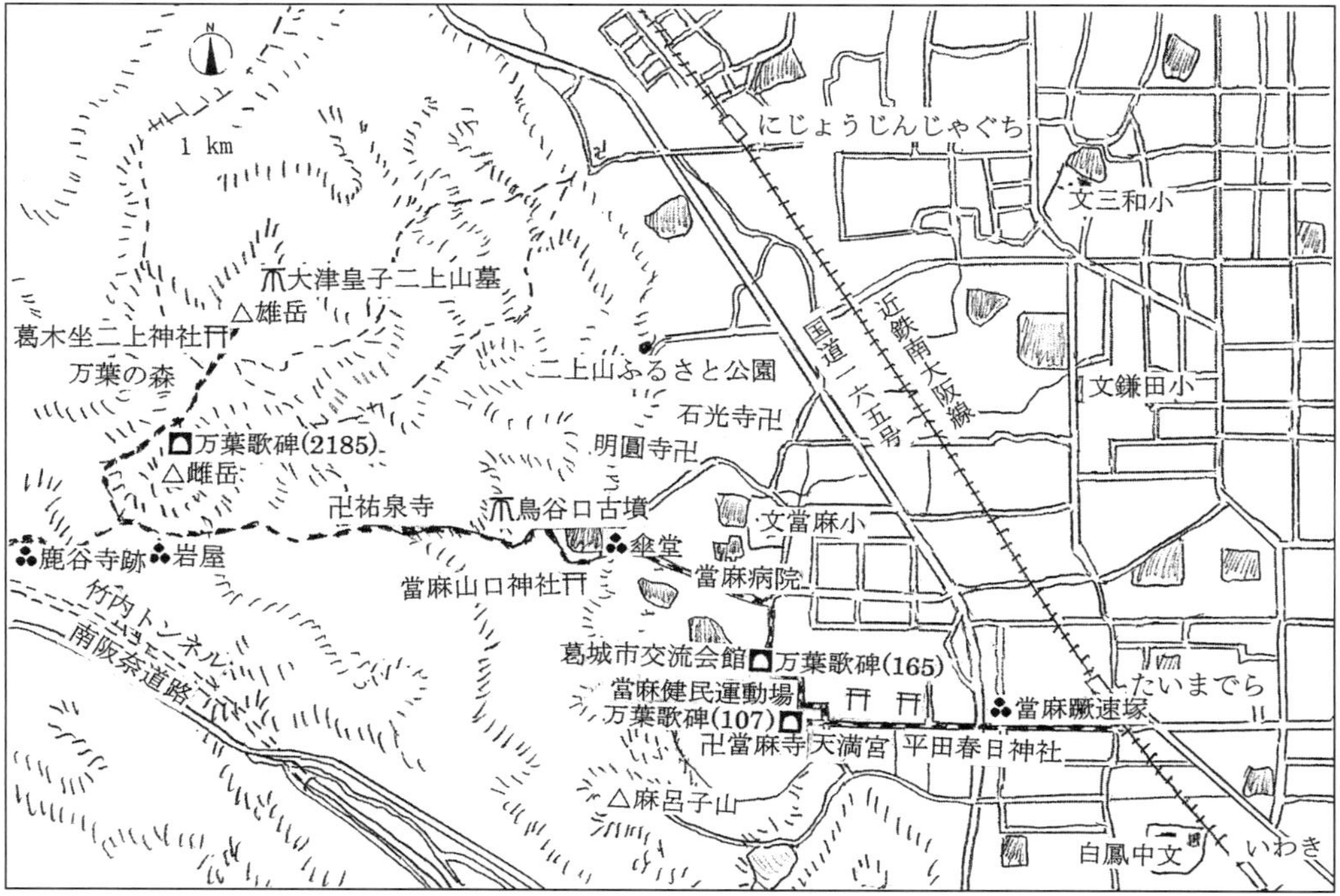
1 km
にじょうじんじゃぐち
文三和小
大津皇子二上山墓
△雄岳
葛木坐二上神社
万葉の森
二上山ふるさと公園
国道一六五号
近鉄南大阪線
文鎌田小
石光寺
明圓寺
万葉歌碑(2185)
△雌岳
祐泉寺
鳥谷口古墳
文當麻小
鹿谷寺跡
岩屋
傘堂
當麻病院
當麻山口神社
竹内トンネル
南阪奈道路
葛城市交流会館
万葉歌碑(165)
たいまでら
當麻健民運動場
當麻蹶速塚
万葉歌碑(107)
當麻寺
天満宮
平田春日神社
△麻呂子山
白鳳中文
いわき

二上山コース（2）

二上山　『万葉集』では「フタカミヤマ」と訓み、現在「ニジョウサン」と呼ばれている。奈良県葛城市當麻（たいま）と大阪府南河内郡太子町の境に位置し、標高五一七メートルの雄岳（おだけ）と標高四七四メートルの雌岳（めだけ）の二峰からなる。往古、この二峰を男女の二神に見立てて「二神山」とも表記された。雄岳頂上には、皇位継承問題で持統天皇によって死に追いやられたといわれる大津皇子の墓、葛木坐二上神社がある。『万葉集』には四首の歌に詠まれ、一つの題詞に記されている。

大阪府《おおさかふ》羽曳野市《はびきのし》にある近鉄南大阪線上《かみ》ノ太子駅《たいしえき》の南は、「河内《かわち》飛鳥《あすか》」と呼ばれ、飛鳥時代の最初の女帝のもとで摂政を執った聖徳太子《しょうとくたいし》（厩戸皇子《うまやどのおうじ》）の墓《はか》をはじめ、太子ゆかりの叡福寺《えいふくじ》、西方《さいほう》院《いん》、用明天皇陵《ようめいてんのうりょう》があり、その東に蘇我倉山田石川麻呂《そがのくらやまだいしかわまろ》の墓《はか》といわれる仏陀寺古墳《ぶっだじこふん》、その南に推古天皇陵《すいこてんのうりょう》がある。その南東には、二《ふた》子塚古墳《ごづかこふん》、その東に、神功皇后《じんぐうこうごう》の誕生地と伝える科長神社《しながじんじゃ》、小野妹《おののいも》子《こ》の墓《はか》がある。科長神社から北へ進み、竹内街道《たけのうちかいどう》に出て、坂を登っていくと、孝徳天皇陵《こうとくてんのうりょう》、竹内街道歴史資料館《たけのうちかいどうれきししりょうかん》がある。その先の鹿《ろく》谷寺跡《たんじあと》登山口《とざんぐち》から二上山《にじょうさん》へ登っていくと、古代石窟寺院《こだいせっくつじいん》の鹿谷寺跡《ろくたんじあと》があり、雄岳《おだけ》の頂上には葛木坐二上神社《かつらぎにいますふたかみじんじゃ》、大津皇子《おおつのみこ》の墓《はか》がある。雄岳から馬の背を経て、雌岳《めだけ》の南側へまわると、石窟寺院跡《せっくつじいんあと》の岩屋《いわや》があり、さらに坂を下ると、祐泉寺《ゆうせんじ》、鳥谷口古墳《とりたにぐちこふん》、當麻山口神社《たいまやまぐちじんじゃ》がある。その先に中将姫《ちゅうじょうひめ》の當麻曼荼羅《たいままんだら》で知られる當麻寺《たいまじ》、相撲の始祖といわれる當麻蹶速《たいまのけはや》の塚《つか》がある。今回は、聖徳太子ゆかりの河内飛鳥、二上山上の大津皇子、當麻寺の中将姫を偲ぶことにする。

「歴史の道　竹内街道」モニュメント

聖徳太子墓

■「歴史の道　竹内街道」モニュメントの万葉歌

近鉄南大阪線上ノ太子駅《かみのたいしえき》北出口の左側の「歴史《れきし》の道《みち》　竹内街道《たけのうちかいどう》」モニュメントの裏に、次の万葉歌が刻まれている。

明日香河《あすかがは》　黄葉《もみちば》流る　葛木《かづらき》の
山の木《こ》の葉は　今し散るらし

一〇・二二一〇

この歌は―この明日香川に、もみじ葉が流れている、向こうの葛城山の、紅葉の木の葉は、今散っているようだ―という意味である。このモニュメントは、昭和六二年（一九八七）に建立された。歌は活字体で刻まれている。

妙見寺

■妙見寺

上ノ太子駅から、南東にしばらく進み、竹内街道を辿ると、妙《みょう》見寺《けんじ》がある。天白山《てんぱくさん》と号する曹洞宗《そうとうしゅう》の寺で、本尊は十一面観世音菩薩《じゅういちめんかんぜおんぼさつ》である。本堂は、桁行《けたゆき》三間、梁行《はりゆき》三間の入母屋造《いりもやづくり》、桟瓦葺《さんかわらぶき》、向拝付《こうはいつき》である。堂内の正面に止利仏師《とりぶっし》の作と伝える十一面観世音菩薩立像、右側に雨宝童子立像《うほうどうじりゅうぞう》、左側に難陀龍王立像《なんだりゅうおうりゅうぞう》を祀る。

この寺は、推古天皇《すいこてんのう》六年（五九八）、蘇我馬子《そがのうまこ》により開基されたと伝える。南北朝時代の動乱の兵火で堂宇を焼失して衰退したが、正保《しょうほう》二年（一六四五）、浄悦《じょうえつ》により再興され、真言宗から曹洞宗に改宗された。明治六年（一八七三）、廃仏毀釈《はいぶつきしゃく》により廃寺となったが、明治一三年（一八八〇）、鎌田誓由《かまたせいゆ》らが再興した。寺宝には、「北辰妙見大菩薩像《ほくしんみょうけんだいぼさつぞう》」「紀吉継墓誌《きのよしつぐぼし》」「采女氏塋域碑《うねめしのえいいきひ》」などがある。

春日神社

■春日神社

妙見寺の南に春日神社《かすがじんじゃ》がある。祭神は、武甕槌命《たけいかづちのみこと》、経津主命《ふつぬしのみこと》、天児屋根命《あめのこやねのみこと》、比売大神《ひめのおおかみ》、誉田別命《ほむだわけのみこと》である。創建年代は未詳であるが、往古、春日仏師《かすがぶっし》がこの地に留まって春日社を建立したのに始まると伝える。拝殿《はいでん》は、桁行《けたゆき》三間、梁行《はりゆき》二間の鉄筋コンクリート造の入母《いりも》屋造《やづくり》、銅板葺《どういたぶき》、唐破風向拝付《からはふこうはいつき》、本殿《ほんでん》は、一間社春日造《いっけんしゃかすがづくり》、銅板葺、唐破風向拝付である。

この地の西部に、太子伽藍《たいしがらん》の鎮守《ちんじゅ》の春日西之宮《かすがにしのみや》があったが、明治四〇年（一九〇七）、神社統合令《じんじゃとうごうれい》により、科長神社《しながじんじゃ》に合祀され、その後、春日神社に再び遷された。

■光福寺

春日神社の南に光福寺《こうふくじ》がある。光福寺は、西宝山《さいほうさん》と号する浄土真《じょうどしん》

太子町役場東の万葉歌碑

宗《しゅうほんがんじは》本願寺派の寺で、本尊は阿弥陀如来《あみだにょらい》である。門前に「見真大師御《けんしんだいしご》舊所《きゅうしょ》」の石標が建つ。本堂は、桁行《けたゆき》四間、梁行《はりゆき》四間の入母屋造《いりもやづくり》、本瓦葺《ほんかわらぶき》、向拝付《こうはいつき》で、前面と両側前半分に一間の縁がある。本堂の前には、見真大師御直弟《けんしんだいしごじきてい》の性覚《せいかく》の墓《はか》がある。

■了徳寺

光福寺の南に了徳寺《りょうとくじ》がある。大昭山《だいしょうさん》と号する真宗興正派《しんしゅうこうしょうは》の寺で、本尊は阿弥陀如来《あみだにょらい》である。本堂は、桁行五間、梁行六・五間の入母屋造、本瓦葺で、前面に一間の縁がある。本堂前には、境内いっぱいに横に枝が広がった松がある。

■太子町役場東の万葉歌碑

了徳寺からさらに南へ進み、府道三二号に出て左折すると、太子《たいし》

用明天皇陵

町役場《ちょうやくば》がある。その東側に、次の歌が刻まれた万葉歌碑がある。

飛鳥川《あすかがわ》　もみち葉《は》流る　葛城《かづらき》の
山の木《こ》の葉は　今し散るらし
一〇・二二一〇

この歌は―この飛鳥川に、もみじ葉が流れている、向こうの葛城山の、紅葉の木の葉は、今散っているようだ―という意味である。この歌碑は、犬養孝《いぬかいたかし》氏の揮毫により、平成七年（一九九五）に建立された。自然石に嵌め込まれた黒御影石《くろみかげいし》に、歌が漢字で刻まれている。

■用明天皇陵

太子町役場から府道三二号に沿って西へ進み、用明天皇陵《ようめいてんのうりょう》の標柱で左折して南へ進むと、天皇陵がある。この陵の正式名称は、河内磯長原陵《こうちのしながのはらのみささぎ》である。『古事記《こじき》』では、陵号を「科長中陵《しながのなかのみささぎ》」と

磐余池辺双槻宮　所在地は詳らかではないが、一説には、現在の桜井市吉備の春日神社付近とされる。『日本書紀』履中天皇二年の条に、「磐余池を造る」とある。磐余は、桜井市西南部の池之内、橋本、阿部から橿原市東池尻町の広い範囲であるが、この地域には、磐余池は現存しない。春日神社の南には吉備池があり、この池の底から寺院跡が発見され、「吉備池廃寺」と名付けられているが、舒明天皇の時代に建立された百済大寺という説もある。

する。『日本書紀《にほんしょき》』には、「用明天皇《ようめいてんのう》二年（五八七）四月、天皇が崩じ、七月に磐余池上陵《いわれのいけのへのみささぎ》に葬り、推古天皇《すいこてんのう》元年（五九三）九月、河内磯長陵《こうちのしながのみささぎ》に改葬《かいそう》」とある。初葬地《しょそうち》の磐余池上陵の所在地は未詳であるが、用明天皇の磐余池辺双槻宮《いわれのいけのべのなみつきのみや》と地名の「池之内」が一致することから、奈良県桜井市池之内付近とする説がある。

東西約六四メートル、南北約六〇メートル、高さ約一〇メートル、幅約六・五メートルの方墳で、天皇陵としては、大陸の影響を受けた最初の古墳であるといわれる。その周囲には空濠がめぐらされ、外周には、高さ約二メートルの堤が設けられている。外堤を含めた規模は、一辺約一〇〇メートルである。古書には、「墳頂に横穴式石室の天井石が露呈している」と記されている。

用明天皇は、欽明天皇《きんめいてんのう》の第四皇子で、和風諡号《わふうしごう》は橘豊日尊《たちばなのとよひのみこと》、諱《いみな》は大兄皇子《おおえのみこ》で、母は蘇我稲目《そがのいなめ》の女《むすめ》・堅塩媛《きたしひめ》である。異母妹の穴《あな》穂部間人皇女《ほべのはしひとのひめみこ》を妃として、厩戸《うまやど》、来目《くめ》、殖栗《えくり》、茨田《まんた》の諸皇子をもうけた。敏達天皇《びだつてんのう》の死去を受けて、敏達天皇一四年（五八五）、磐

叡福寺の聖霊殿（本堂）

余池辺双槻宮で即位し、用明天皇となったが、在位わずか二年目の用明天皇二年（五八七）、磐余の河上での新嘗祭《にいなめさい》の帰途、病に倒れ、双槻宮で没した。死に臨み、仏教への帰依《きえ》を願ったという。

■叡福寺

用明天皇陵から府道三二号まで戻り、さらに西へ進むと、叡福寺《えいふくじ》がある。叡福寺は、磯長山《しながさん》と号する真言宗系の単立の寺で、本尊は如意輪観世音菩薩《にょいりんかんぜおんぼさつ》である。「石川寺《いしかわでら》」「磯長寺《しながじ》」「御願寺《ごがんじ》」「聖霊院《せいれいいん》」とも呼ばれる。さらに、「上之太子《かみのたいし》」とも呼ばれ、大阪府羽曳野市《おおさかふはびきのし》野々上《ののうえ》の野中寺《のなかでら》（中之太子《なかのたいし》）、大阪府八尾市太子堂《やおしたいしどう》の勝軍寺《しょうぐんじ》（下之《しもの》太子《たいし》）とともに、河内三太子《かわちさんたいし》の一つに数えられ、「太子《たいし》まいり」で親しまれている。

推古天皇《すいこてんのう》三〇年（六二二）、聖徳太子《しょうとくたいし》が亡くなると、推古天皇の勅願により、太子の追福、陵墓の守護のために、この寺が建立され

叡福寺の金堂

たと伝える。神亀《じんき》元年（七二四）、聖武天皇《しょうむてんのう》の勅願により、法隆寺《ほうりゅうじ》と同じように、東西に二つの伽藍が整えられた。東の伽藍は、現在の東福院《とうふくいん》を中心に、春日西之宮《かすがにしのみや》を鎮守とする「東福院転法輪寺《とうふくいんてんほうりんじ》」、西の伽藍は、聖徳太子の霊廟《れいびょう》を中心に「叡福寺」が造立された。

平安・鎌倉時代には、空海《くうかい》、親鸞《しんらん》、良忍《りょうにん》、一遍《いっぺん》、日蓮《にちれん》らの高僧が参詣するなど、聖徳太子信仰の霊場として賑わった。戦国時代には、織田信長《おだのぶなが》の兵火により、堂宇のほとんどを焼失したが、慶長《けいちょう》八年（一六〇三）、後陽成天皇《ごようぜいてんのう》の勅願、豊臣秀頼《とよとみひでより》の命により、伊藤左馬頭《いとうさまのかみ》則長《のりなが》が奉行となって再建された。その後、武門、富豪らの篤志により、浄土堂《じょうどどう》、多宝塔《たほうとう》、金堂《こんどう》など十余の建物が次第に建立され、中世には、多門院《たもんいん》、東福院《とうふくいん》、薬師院《やくしいん》、中之坊《なかのぼう》、文殊坊《もんじゅぼう》、長蔵坊《ちょうぞうぼう》、阿迦井《あかい》坊《ぼう》などの塔頭《たっちゅう》が整備された。

本堂の聖霊殿《しょうりょうでん》（重文）は、「太子堂《たいしどう》」とも呼ばれ、堂内の中央に聖徳太子十六歳像《しょうとくたいしじゅうろくさいぞう》、脇侍に広目天像《こうもくてんぞう》、多聞天像《たもんてんぞう》を祀る。

金堂は、桁行《けたゆき》五間、梁行《はりゆき》四間の入母屋造《いりもやづくり》、本瓦葺《ほんかわらぶき》で、享保《きょうほう》一七

叡福寺の多宝塔

年（一七三二）の再建である。堂内には、中央に如意輪観世音菩薩像、脇侍に不動明王像《ふどうみょうおうぞう》、愛染明王像《あいぜんみょうおうぞう》を祀る。

浄土堂は、慶長二年（一五九七）、尾張《おわり》の伊藤加賀守秀盛《いとうかがのかみひでもり》による再建である。堂内には、阿弥陀如来像《あみだにょらいぞう》、観世音菩薩像《かんぜおんぼさつぞう》、勢至菩薩像《せいしぼさつぞう》の阿弥陀三尊像《あみださんぞんぞう》を祀る。弘法大師《こうぼうだいし》が参籠したときの折拝の姿を模写したものといわれる。

多宝塔（重文）は、承応《じょうおう》元年（一六五二）、江戸の三谷三九郎《みたにさんくろう》による再建である。堂内には、東面に釈迦如来像《しゃかにょらいぞう》、文殊菩薩像《もんじゅぼさつぞう》、普賢《ふげん》菩薩像《ぼさつぞう》、西面に金剛界大日如来像《こんごうかいだいにちにょらいぞう》を安置する。四天柱《してんばしら》には四天王像《してんのうぞう》を描く。

鐘楼《しょうろう》は、肘木《ひじき》、木鼻《きばな》の絵模様が聖霊殿のそれらと類似しているので、一七世紀を下らない造立と推定されている。山門の道を隔てて隔夜堂《かくやどう》がある。堂内には、平安時代末期の作と伝える石造《いしづくり》阿弥陀《あみだ》如来坐像《にょらいざぞう》を祀る。南大門《なんだいもん》は昭和三三年（一九五八）の再建で、当時の総理大臣・岸信介《きしのぶすけ》氏の揮毫による「聖徳廟《しょうとくびょう》」の扁額《へんがく》を掲げる。

叡福寺山門下の「磯長王陵の谷」碑

その他に、上《かみ》の御堂《みどう》、御影堂《みえいどう》、念仏堂《ねんぶつどう》、見真大師堂《けんしんだいしどう》、弘法大師《こうぼうだいし》堂《どう》、客殿《きゃくでん》、聖光明院《せいこうみょういん》など多数の堂宇、さらに、日蓮聖人参籠記念《にちれんしょうにんさんろうきねん》塔《とう》、久邇宮邦彦王《くにのみやくにひこおう》遺髪塔《いはつとう》などがある。

寺宝には、「法華経八軸《ほっけきょうはちじく》」「文殊菩薩画像《もんじゅぼさつがぞう》（重文）」「推古天皇御尊《すいこてんのうごそん》影《えい》」「伝聖徳太子御衣《でんしょうとくたいしぎょい》」「伝新羅《でんしらぎ》より献上の幡《はた》の切《きれ》」「聖徳太子御絵《しょうとくたいしごえ》伝八幅《でんはちふく》」「馬上太子像《ばじょうたいしぞう》」「舎利器《しゃりき》」「高尾連牧人《たかおのむらじまきひと》の墓誌《ぼし》（重文）」などがある。

■「磯長王陵の谷」碑の万葉歌

叡福寺山門下横の駐車場西端に「磯長王陵《しながおうりょう》の谷《たに》」碑があり、次の万葉歌が刻まれている。

うつそみの　人にあるわれや　明日よりは
二上山《ふたがみやま》を　弟世《いろせ》とわが見む　　二・一六五

聖徳太子墓

この歌は、大伯皇女《おおくのひめみこ》の作で—この世に生きる、人であるわたしは、明日からは、せめてあの二上山を、弟として眺めよう—という意味である。大伯皇女が弟を失って、一人悲しんでいる様子が目に浮かんでくる。この歌碑は、平成三年（一九九一）に建立された。歌は活字体で刻まれている。

■聖徳太子墓

叡福寺の北の一段高いところに二天門《にてんもん》があり、その背後に「叡福《えいふく》寺北古墳《じきたこふん》」と称する聖徳太子墓《しょうとくたいしのはか》がある。石室の奥に母の穴穂部間人《あなほべのはしひとの》皇女《ひめみこ》、前方右側に聖徳太子《しょうとくたいし》、左側に妃の膳部菩岐々美郎女《かしわでのほききみのいらつめ》の棺が安置されている。聖徳太子、母、妃の三人の棺が一つの石室に一緒に納められていることから、「三骨一廟《さんこついちびょう》」と呼ばれている。

兆域《ちょういき》は周囲約一九一メートル、直径約五〇メートル、高さ約一〇

聖徳太子墓の全景

メートルの円墳である。羨道《せんどう》は、長さ約七・三メートル、幅約一・八メートル、高さ約一・九メートルで、玄室《げんしつ》は長さ約五・五メートル、幅約三・三メートル、高さ約三・三メートルで、精巧な切石で構築された横穴式石室《よこあなしきせきしつ》である。

聖徳太子の和風諡号《わふうしごう》は上之宮厩戸豊聡耳尊《かみつみやうまやどのとよとみみのみこと》で、豊耳聡聖徳《とよとみみのしょうとく》、豊聡耳法大王《とよとみみのりのおおきみ》、法主王《のりのぬしのおおきみ》の名号を持つ。父は用明天皇《ようめいてんのう》、母は穴穂《あなほ》部間人皇女《べのはしひとのひめみこ》である。推古天皇《すいこてんのう》元年（五九三）、皇太子となって摂政《せっしょう》を執り、四天王寺《してんのうじ》の建立、斑鳩宮《いかるがのみや》の造立、冠位十二階《かんいじゅうにかい》の制定《せいてい》、十七条憲法《じゅうしちじょうけんぽう》の制定《せいてい》、小野妹子《おののいもこ》らの隋《ずい》への派遣などの事績を残し、推古天皇三〇年（六二二）、斑鳩宮で薨じた。

『万葉集』には、次の歌を残す。

家《いへ》ならば　妹《いも》が手《て》まかむ　草枕《くさまくら》
旅に臥《こ》やせる　この旅人《たびと》あはれ　　三・四一五

西方院

この歌は―家にいたなら、妻の手を枕としているのであろうが、旅に出て病で倒れている、この旅人が気の毒だ―という意味である。もしも家であったなら、妻の手枕のうちに看病してもらえただろうが、旅の途中で倒れ、行路死人《こうろしにん》になって行き倒れているのは痛ましいことだ、という太子の慈悲深い心がうかがえる。

題詞に「上宮聖徳皇子《かみつみやしやうとこのみこ》、竹原井《たかはらのゐ》に遊出《い》ます時に、龍田山《たつたやま》の死人を見て悲傷《かなし》びて作らす歌一首」とあり、聖徳太子が竹原井へ遊出されたとき、その途中の龍田山で行路死人を見て、悲しんで詠んだ歌である。

■西方院

叡福寺の南に西方院《さいほういん》がある。南向山《なんこうさん》と号する浄土宗知恩院派《じょうどしゅうちおんいんは》の寺で、正式名称は南向山法楽寺喜多院《なんこうさんほうらくじきたいん》と称し、新西国三十三カ所第八番札所である。本尊は、聖徳太子の作と伝える阿弥陀如来像《あみだにょらいぞう》、恵心《えしん》僧都《そうず》の作と伝える十一面観世音菩薩像《じゅういちめんかんぜおんぼさつぞう》である。

本堂は、桁行《けたゆき》四間、梁行《はりゆき》五間の入母屋造《いりもやづくり》、本瓦葺《ほんかわらぶき》、向拝付《こうはいつき》で、前面に一間の縁がある。

右側の柱に「上宮皇太子侍女三尼公剃髪《かみつみやこうたいしじじょさんにこうていはつ》」の札を掲げる。聖徳太子の死後、その乳母であった蘇我馬子《そがのうまこ》の娘の月益姫《つきますひめ》、小野妹子《おののいもこ》の娘の日益姫《ひますひめ》、物部守屋《もののべのもりや》の娘の玉照姫《たまてるひめ》の三人が剃髪《ていはつ》して仏門に入り、聖徳太子の墓前に法楽寺《ほうらくじ》を建立して、聖徳太子作の阿弥陀如来像を祀って冥福を祈ったのに始まると伝える。寛永《かんえい》一六年（一六三九）、衰退して荒廃していた寺を蓮誉寿正尼《れんよじゅしょうに》が中興し、寺号が西方院に改められた。墓地には、この三人の乳母の墓と伝える三基の石塔、境内には、十三重層塔《じゅうさんじゅうそうとう》、鐘楼《しょうろう》、観音堂《かんのんどう》、納骨堂《のうこつどう》がある。

■伝蘇我馬子塚

西方寺から民家の間を東に進むと、伝蘇我馬子塚《でんそがのうまこのつか》がある。塚には、

乙巳の変　皇極天皇四年（六四五）、中大兄皇子と中臣鎌足（後の藤原鎌足）が組んで、飛鳥板蓋宮（あすかいたぶきのみや）の大極殿で、大臣の蘇我入鹿（そがのいるか）を誅殺し、ついで入鹿の父の蝦夷（えみし）を自尽させ、蘇我氏本宗家を滅ぼし、政治権力を奪取した政変。その結果、皇極天皇が退位し、孝徳天皇が即位して、天皇の宮を飛鳥から難波宮に遷し、公地公民の制、班田収受の法、租庸調の制度、国郡制度、東国国司派遣などの政治改革を断行し、天皇を中心とした制度を確立することに繋がった。

伝蘇我馬子塚

高さ約一・九メートルの凝灰岩《ぎょうかいがん》を六石積んだ多層塔《たそうとう》が建っている。

皇極天皇《こうぎょくてんのう》四年（六四五）、中大兄皇子は、中臣鎌足らと謀って、飛鳥板蓋宮で大臣・蘇我入鹿を誅殺し、その父・蝦夷を自尽させ、政権を奪取した。この事件は「乙巳《いっし》の変《へん》」と呼ばれている。『日本書紀』推古天皇《すいこてんのう》三十四年（六二六）の条に、「大臣薨《みまか》りき。仍《よ》りて桃原《ももはら》の墓《はか》に葬《ほうむ》りき」、舒明天皇即位前紀《じょめいてんのうそくいぜんき》に、「蘇我の氏の諸族等　悉《ことごと》に集まりて、嶋《しま》の大臣のために墓を造り」とあり、馬子《うまこ》の墓を大規模に造ったと伝える。現在、この桃原の墓は奈良県明日香村《ならけんあすかむら》の石舞《いしぶ》台古墳《たいこふん》とする説が有力視されている。

　このため、この塔を馬子の墓とするには少し疑問が残る。しかし、太子町《たいしちょう》は、蘇我氏との繋がりが深いこと、蘇我氏系の皇族の墳墓が多いことなどを考慮すると、全面的に否定することはできない。馬子の墓でなく、供養塔《くようとう》と考えたほうが妥当かもしれない。

佛陀寺

推古天皇陵

■佛陀寺

伝蘇我馬子塚から東へしばらく進むと、高台に佛陀寺《ぶっだじ》がある。盛《せい》光山《こうさん》と号する浄土真宗本願寺派の寺で、本尊は阿弥陀如来《あみだにょらい》である。本堂は、桁行五間、梁行四間の入母屋造、本瓦葺、向拝付である。江戸時代後期の火災で、寺の資料を焼失しているので、由来などは不明である。

この寺には、見真大師《けんしんだいし》が法隆寺《ほうりゅうじ》での仏学を研究していたとき、聖徳太子墓《しょうとくたいしのはか》を参籠することを思い立ち、この寺に立ち寄り、聖徳太子墓の大乗木《だいじょうぼく》（クスノキ）で、約三寸の阿弥陀如来を彫像して、この寺に下賜されたという伝承があり、その像が秘蔵されている。

境内には、弘法大師《こうぼうだいし》が腰掛けたと伝える苔むした椅子形の腰掛椅子《こしかけいす》がある。

仏陀寺古墳（蘇我倉山田石川麻呂の墓）

■仏陀寺古墳（蘇我倉山田石川麻呂の墓）

佛陀寺の東側に隣接して仏陀寺古墳《ぶっだじこふん》がある。一辺の長さ約一〇メートル、高さ約一・三メートルの方墳で、墳丘はほとんど崩れた状態になっており、長さ約一・九メートルの屋根形をした横口式石槨《よこぐちしきせっかく》が露出している。

この古墳は、一説には、蘇我倉山田石川麻呂《そがのくらやまだいしかわまろ》の墓《はか》といわれ、『河内名所圖會《かわちめいしょずえ》』には、「山田麻呂塚《やまだまろづか》」と記されている。蘇我倉山田石川麻呂は、蘇我倉麻呂《そがのくらまろ》の子で、入鹿《いるか》は従兄弟《いとこ》にあたる。皇極天皇《こうぎょくてんのう》四年（六四五）、飛鳥板蓋宮《あすかいたぶきのみや》の大極殿《だいごくでん》で、中大兄皇子《なかのおおえのおうじ》と中臣鎌足《なかとみのかまたり》が共謀して、入鹿の誅滅を謀ったとき、上奏文《じょうそうぶん》を読んだが、声が乱れて手が震えたと『日本書紀《にほんしょき》』に伝える。

大化《たいか》五年（六四九）、蘇我臣日向《そがのおみひなた》は、石川麻呂が謀反を起こそうとしていると中大兄皇子に讒言《ざんげん》した。このため、石川麻呂は、中大兄皇子の追討を受ける破目になり、難波から二子《ふたご》、法師《ほうし》、赤猪《あかい》を連

推古天皇陵

れて、建立中の大和の山田寺《やまだでら》へ逃げ帰った。山田寺は追討軍に取り囲まれ、石川麻呂は孝徳天皇《こうとくてんのう》の勅使に虚実を審問された。しかし、石川麻呂は、これに応じず、天皇に直接対面して事の事実を話したいといったが、受け入れられなかった。長男の興志《こごし》は兵を集めて防戦しようとしたが、石川麻呂は人心の道を説いてこれを許さず、長男、妻子、隋身者八人とともに自害して果てた。その後、石川麻呂が冤罪《えんざい》であることが分かり、孝徳天皇は慚愧《ざんき》哀歎《あいたん》したという。この事件は、中大兄皇子の謀略という説がある。

■推古天皇陵

佛陀寺から南へしばらく進むと、推古天皇陵《すいこてんのうりょう》がある。正式名称は、磯長山田陵《しながのやまだのみささぎ》で、竹田皇子《たけだのみこ》との合葬陵である。墳丘は高さ約一八メートルの台地の端に位置し、東西約六三メートル、南北約五八メートル、高さ約一二メートルの東西に長い三段築成《さんだんちくせい》の方墳で、東北隅が削られている。墳丘の東側と南側には、幅八～九メートルの空濠がある。

『日本書紀《にほんしょき》』には、「遺詔《いちょく》により推古天皇《すいこてんのう》を竹田皇子《たけだのおうじ》の陵《みささぎ》に葬る」とのみ記し、陵名が記されていない。『古事記《こじき》』には、「御陵は大野《おおの》岡上《おかのうえ》にあり、後に科長大陵《しながのおおみささぎ》に遷す」とある。

内部には、二つの横穴式石室《よこあなしきせきしつ》がある。『諸陵説《しょりょうせつ》』所引の「田中《たなか》貞昭《さだあき》の記《き》」には、「石室《せきしつ》の広さ方一丈五、六尺、上下四方は盤石《ばんじゃく》で畳み、精巧に磨《みが》いた石棺《せっかん》二基が左右に列び、右を推古天皇《すいこてんのう》、左を竹田皇子《たけだのおうじ》」という実見談が記されている。

推古天皇の和風諡号《わふうしごう》は豊御食炊屋姫尊《とよみけかしきやひめのみこと》、諱《いみな》は額田部皇女《ぬかたべのひめみこ》で、父は欽明天皇《きんめいてんのう》、母は蘇我稲目《そがのいなめ》の娘・堅塩媛《きたしひめ》である。敏達天皇《びだってんのう》五年（五七六）、前皇后の広姫《ひろひめ》の死没を受けて、異母兄の敏達天皇の皇后になったが、敏達天皇一四年（五八五）、天皇と死別した。

用明天皇《ようめいてんのう》二年（五八七）、天皇が没すると、倉梯柴垣宮《くらはししばがきのみや》で泊瀬部《はつせべの》皇子《みこ》が即位して崇峻天皇《すしゅんてんのう》となった。しかし、蘇我馬子が政権を握っ

諸陵説　文久三年（一八六三）に谷森善臣により著された天皇陵の調査書。谷森善臣は、江戸時代後期から明治時代にかけて活躍した国学者。三条西家の侍臣で、幼名は種松、後に松彦、大和介と呼ばれた。天皇陵の調査に参加して、修築に尽力し、皇陵史料の渉猟を志した。『諸陵説』の外、『諸陵徴』を著し、慶応三年（一八六七）、『山陵考』（全四巻）をまとめた。

冠位十二階　推古天皇一一年(六〇三)に制定された最初の冠位制度で、この制定により、人材登用の道が開かれた。徳、仁、礼、信、義、智という儒教の徳目からとった六種類の冠を大小に分けて計十二階とし、個人の朝廷内での地位を示した。天皇が臣下のそれぞれに冠（位冠）を授け、冠の色の違いで身分の高下を表した。前代の氏姓制度と異なり、氏ではなく、個人に対して与えられ、世襲の対象にならなかった。

ていたので、天皇は馬子に不満を覚え、馬子と対立するようになった。崇峻天皇五年（五九二）、馬子は東漢駒《やまとのあやのこま》に命じて天皇を暗殺させ、即日、倉梯岡陵《くらはしおかのみささぎ》に埋葬し、額田部皇女を推して、飛鳥の豊浦宮《とゆらのみや》で即位させ、推古天皇を擁立した。女性として初めての天皇の誕生である。

推古天皇元年（五九三）、推古天皇は、一九歳の厩戸皇子《うまやどのおうじ》（聖徳《しょうとく》太子《たいし》）を皇太子に立て、摂政《せっしょう》を執らせた。聖徳太子は、新羅出兵《しらぎしゅっぺい》、冠位十二階《かんいじゅうにかい》の制定《せいてい》、十七条憲法《じゅうしちじょうけんぽう》の制定《せいてい》、小野妹子《おののいもこ》を遣隋使《けんずいし》とした隋《ずい》との対等外交の樹立、『天皇記《てんのうき》』『国記《こっき》』などの国史編纂《こくしへんさん》、法隆寺《ほうりゅうじ》の建立など、内治外交の両面で画期的な事業を行い、さらに、法隆寺に象徴される飛鳥文化《あすかぶんか》の花を開いた。推古天皇三〇年（六二二）、聖徳太子が没し、その後、蘇我氏への対応に苦慮したが、推古天皇三六年（六二八）、皇嗣《こうし》を定めないまま七五歳で世を去った。『万葉集』には歌は残していないが、四一五番歌の題詞に名を残す。

二子塚古墳

■二子塚古墳

推古天皇陵から北東へ進むと、二子塚古墳《ふたごづかこふん》（国史跡）がある。金剛山脈からつづく丘陵の終端に位置し、二つの方墳がつながった珍しい形の双方墳《そうほうふん》である。当初、双円墳《そうえんぷん》とみられていたが、昭和三一年（一九五六）の再調査により、二つの方墳をつないだ双方墳であることが確認された。

墳丘の規模は、全長約六一メートル、幅約二三メートル、東墳丘は高さ約四・六メートル、西墳丘は高さ約六メートルで、ほとんどが盛土で構築され、葺石《ふきいし》や埴輪《はにわ》は存在しない。この古墳は、先に造られた横穴式石室《よこあなしきせきしつ》が狭いため、新たに同形の墳墓をつないで合葬墳《がっそうふん》にしたと推定されている。

石室は横穴式《よこあなしき》で、花崗岩質《かこうがんしつ》の自然石で構成され、側壁は二、三段の積石《つみいし》で造られ、その隙間には漆喰《しっくい》で塗り固めた痕跡が残っている。漆喰を使うのは、百済《くだら》の墓の影響といわれ、当時としては、かなり新しい工法である。入り口はそれぞれの墳丘の南東に位置するが、石室は墳丘と直角の北西から南東に向いており、北丘の石室は露出している。

羨道《せんどう》は短く、玄室《げんしつ》も小形で、内部には本来の家形石棺《いえがたせっかん》がもっている縄掛突起《なわかけとっき》が全くない退化した蒲鉾形《かまぼこがた》の家形石棺《いえがたせっかん》が安置されているので、この古墳はかなり後期の築造であるとみられ、大化《たいか》二年（六四六）に「薄葬令《はくそうれい》」が出された七世紀後半の築造であると推定されている。埋葬者は不明であるが、地元では、推古天皇《すいこてんのう》と竹田皇子《たけだのみこ》の合葬墳《がっそうふん》であるという言い伝えがある。

古くから盗掘されていたので、ほとんど遺物らしいものは発掘されていない。

家形石棺　古墳時代から飛鳥時代に見られる石棺の一種で、身は刳抜式または組合式の箱形、蓋石は屋根形の石棺である。蓋石の四方の傾斜部に断面が長方形の縄掛突起がある。古墳時代の終末期には、身に格狭間を施したり、縄掛突起に蓮華文を彫ったりしたものも見られる。地域色が強く、三系統に分類される。九州系の家形石棺は、身の短辺に横口が付くのを特徴とする。畿内系は、六世紀に九州の舟形石棺の影響下に成立し、多くは横穴式石室に置かれた。出雲系は、身の長辺に横口が付くのを特徴とする。

科長神社

科長神社

■科長神社

二子塚古墳からしばらく東へ進むと、科長神社《しながじんじゃ》がある。『延喜《えんぎ》式《しき》』神名帳《じんみょうちょう》に載る式内社《しきないしゃ》で、別名「秋大明神《あきのだいみょうじん》」と称する。創建年代は未詳であるが、元は二上山上《にじょうさんじょう》に鎮座し、「二上権現《にじょうごんげん》」と称していたが、暦仁《りゃくにん》元年（一二三八）、現在地に遷座され、江戸時代までは「八社大明神《はっしゃだいみょうじん》」と称していた。祭神は、風の神の級長津彦命《しなつひこのみこと》、級長津姫命《しなつひめのみこと》であったが、明治四一年（一九〇八）から素盞嗚命《すさのおのみこと》をはじめ一五神が祀られるようになった。

境内には、二上神社《ふたかみじんじゃ》、琴平神社《ことひらじんじゃ》、稲荷神社《いなりじんじゃ》、神功皇后《じんぐうこうごう》の両親の気長宿禰王《おきながのすくねのみこ》、葛城高額姫命《かずらきのたかぬかひめのみこと》を祀る恵比須神社《えびすじんじゃ》を合祀する。

社宝には、神功皇后が使用したといわれる兜があり、この神社の社地は、神功皇后の誕生地と伝える。この神社と神功皇后との関わりについては、『式内社調査報告《しきないしゃちょうさほうこく》』に、次のように記されている。

「当社は、級長戸辺命《しなとべのみこと》（級長津彦命《しなつひこのみこと》）を祀る古社として発祥し、級長がシナガと訓ぜられ、磯長という地名を生み、磯長から息長が導き出されて、神功皇后《じんぐうこうごう》御《ご》降誕生地伝説《こうたんじょうちでんせつ》を生むに至ったのではあるまいか。また、藤原頼孝《ふじわらよりたか》が二上権現《にじょうごんげん》を遷座させたときに、藤原氏《ふじわらし》の祖先神《そせんしん》（天児屋根命《あめのこやねのみこと》、武甕槌命《たけみかづちのみこと》、経津主命《ふつぬしのみこと》）を勧請し、科長神社なる旧社名を抑えて、八社大明神の神号を称得させたのであろう」と。

この説によると、祭神の級長戸辺命の「級長」から「息長」が導き出され、神功皇后(息長帯比売命《おきながたらしひめのみこと》)の誕生地伝説を生んだ、という。

■小野妹子の墓

科長神社の南に隣接した小高い丘の上に小野妹子《おののいもこ》の墓《はか》がある。小野妹子は、聖徳太子の守り本尊の如意輪観世音菩薩《にょいりんかんぜおんぼさつ》の守護を託さ

科長（磯長）　科長神社の建つ地は、磯長盆地といわれ、風が長い盆地に下ることから、「息長」と呼ばれ、転じて「科長」と呼ばれるようになったという。息長氏は、鉄の文明を伝えた渡来系の氏族であったといわれ、この地は砂鉄の採取地であったとの説がある。息長は「シナガ」と読めることから、息長氏の支配地であり、息長氏の子孫の気長宿禰王と葛城高額姫の間に、この社地で神功皇后が生まれたという伝承がある。科長神社には、神功皇后の三韓出兵の伝説に由来する舟形だんじり二基がある。

小野妹子の墓

れ、坊を建てて、朝夕、仏前に花を供えていた。これが華道の池《いけの》坊《ぼう》の起こりになったとされることから、現在、この墓は池坊によって管理されている。

　小野妹子は、推古天皇一五年（六〇七）、通事《つうじ》・鞍作福利《くらつくりのふくり》らとともに、聖徳太子によって遣隋使《けんずいし》として隋《ずい》に派遣された。このとき、妹子は「日出《ひのい》づる処《ところ》の天子《てんし》、書《しょ》を日没《ひのぼっ》する処《ところ》の天子《てんし》に致《いた》す。恙《つつが》なきや」という隋とわが国との対等関係を主張する国書を持参し、煬帝《ようだい》の不興をかった。しかし、煬帝は敵対していた高句麗《こうくり》を牽制するためには、わが国と手を結ぶのが得策と判断し、妹子に返書を与えるとともに、推古天皇一六年（六〇八）、妹子の帰国に際して、裴世《はいせい》清《せい》と下客《しもべ》一二人を使者としてわが国に遣わした。同年、隋使・裴世清の帰国とともに、小野妹子は、再び大使として隋に派遣され、学生・倭漢福因《やまとのあやのふくいん》、高向玄理《たかむこのくろまろ》ら四人、学問僧・日文《にちぶん》（旻《みん》）、南淵請《みなぶちのしょう》安《あん》ら四人が随《したが》った。妹子は翌年帰国したが、その後の消息は『日本書紀』に記されていない。

竹内街道沿いの格子戸の民家

■竹内街道

小野妹子の墓からしばらく北へ進み、左折して西へ行き、集落の半ばで右折して北へ進むと、竹内街道《たけのうちかいどう》に出る。『日本書紀《にほんしょき》』推古天《すいこてん》皇《のう》二十年の条に、「難波《なにわ》から飛鳥京《あすかきょう》までの間に大道《だいどう》を設けた」とある。竹内街道は、古代のこの飛鳥道《あすかみち》（横大路《よこおおじ》）を整備して造られた江戸時代の街道で、堺市《さかいし》（難波の港）から東へ延びて、二上山《にじょうさん》の南麓の竹内峠《たけのうちとうげ》を越えて、奈良県葛城市《ならけんかつらぎし》の長尾神社《ながおじんじゃ》付近に至る総長約二六キロメートルのわが国最古の国道である。長尾神社からは古代の横大路を経て、初瀬街道《はっせかいどう》（伊勢街道《いせかいどう》）に繋がっている。飛鳥時代には、遣隋使《けんずいし》や留学僧《りゅうがくそう》が往来して、大陸から中国や朝鮮の文化をもたらす飛鳥文化の動脈であった。

孝徳天皇陵

■孝徳天皇陵

竹内街道に沿って坂を登っていくと、左側に孝徳天皇陵《こうとくてんのうりょう》がある。孝徳天皇陵は、「大阪磯長陵《おおさかのしながのみささぎ》」と称し、江戸時代には、地元では「北山陵《きたやまのみささぎ》」「うぐいすの陵《みささぎ》」と呼んでいた。『日本書紀《にほんしょき》』『延喜《えんぎ》式《しき》』ともに、陵号《りょうごう》の「阪」を「坂」とする。墳丘は、直径約四〇メートル、高さ約七メートルの山腹に位置する円墳で、西南に面している。

『延喜式《えんぎしき》』諸陵寮《しょりょうりょう》には、「河内国石川郡《かわちのくにいしかわのこほり》に在り、兆域《ちょういき》東西五町、南北五町、守戸三烟《しゅこさんえん》」とあり、遠陵《えんりょう》としている。元禄《げんろく》の山陵探索《さんりょうたんさく》の際、孝徳天皇陵と称する陵が現在の大阪府羽曳野市古市《おおさかふはびきのしふるいち》にあったが、現陵に改められた。

陵墓に関連して、孝徳天皇は、大化《たいか》二年（六四六）の大化改新《たいかのかいしん》の詔《みことのり》の中で、「廼者《このごろ》わが民《おほみたから》の貧《まず》しく絶《とも》しきこと専墓《たくめ》を営《つく》るに由る。ここにその制《せい》を陳《の》べて尊《そん》と卑《ひ》とを別《わか》たしむ」として、王《みこ》以下小智《しょうち》以上の身分を五段階にわけ、それぞれの墓の規模や使役人《しえきにん》の数を制限した、いわゆる、「薄葬令《はくそうれい》」と呼ばれる法律を制定した。

　この陵は、山麓の自然の地形を利用して造られた規模の小さい陵であるので、薄葬令を遵守《じゅんしゅ》して造られたと思われる。この法律により、豪族の権威の象徴であった大規模古墳から離れて、新しい寺院の建設に移り変わり、氏族制度《しぞくせいど》から律令制度《りつりょうせいど》へ移行していったのは興味深い。

　孝徳天皇の和風諡号《わふうしごう》は天万豊日尊《あめのよろずとよひのみこと》、皇極天皇《こうぎょくてんのう》の同母弟で、諱《いみな》は軽皇子《かるのみこ》、父は敏達天皇《びだつてんのう》の孫で押坂彦人大兄皇子《おしさかのひこひとおおえのおうじ》の子の茅渟王《ちぬのおおきみ》、母は欽明天皇《きんめいてんのう》の孫の吉備姫王《きびつひめのおおきみ》である。皇極天皇四年（六四五）、飛鳥《あすか》板蓋宮《いたぶきのみや》で蘇我入鹿《そがのいるか》が誅殺された乙巳《いっし》の変《へん》が起こると、軽皇子は皇極天皇の譲位を受けて即位し、孝徳天皇となった。中大兄皇子《なかのおおえのおうじ》を皇太子とし、年号を大化《たいか》に改めて、同年末に難波長柄豊碕宮《なにわのながらのとよさきのみや》に遷都した。中大兄皇子の同母妹の間人皇女《はしひとのひめみこ》を皇后としたが、それ以前に、阿倍小足媛《あべのおたらしひめ》との間に有間皇子《ありまのみこ》をもうけていた。

　白雉《はくち》四年（六五三）、中大兄皇子は、都を飛鳥に戻すことを天皇

難波長柄豊碕宮　現在の大阪市中央区法円坂のＮＨＫ大阪放送局の南に遺構が残る。皇極天皇四年（六四五）の乙巳の変後に、中大兄皇子らにより、大化改新の改革の中で計画的に企画・造営され、白雉三年（六五二）に完成した。回廊で囲まれた東西約一八五メートル、南北約二〇〇メートルの区画に天皇の住む内裏があり、南門の左右に八角形の楼閣状の建物が存在した。その南に東西約三六メートル、南北約一九メートルの大極殿、その南に朝堂院が並んでいた。

竹内街道歴史資料館

に提案したが、聞き入れられなかったので、孝徳天皇を一人残して、間人皇后以下、皇弟《こうてい》、公卿大夫《くぎょうたいふ》、百官人《ひゃっかんにん》を率いて飛鳥川辺宮《あすかかわべのみや》に遷った。一人残された天皇は、これが原因で、白雉五年（六五四）、難波の宮で病死した。

■竹内街道歴史資料館

孝徳天皇陵からさらに竹内街道《たけのうちかいどう》を東へ登っていくと、竹内街道歴史資料館《れきししりょうかん》がある。この資料館は、平成五年（一九九三）、ふるさとづくりの一環として、竹内街道が整備されたときに建設された。館内の第一展示室には、竹内街道の歴史のパネル展示、マジックビジョンによる竹内街道の歴史に関する映像展示、第二展示室には、太子町の歴史、考古、民俗などの資料が展示され、往古の街道の概要を知ることができる。

「竹内街道と王陵の谷」碑

■「竹内街道と王陵の谷」碑の万葉歌

竹内街道歴史資料館からさらに坂を登っていくと、国道一六六号の傍に道の駅「近《ちか》つ飛鳥《あすか》の里《さと》・太子《たいし》」がある。「なみはや国体」があった平成九年（一九九七）に大阪で二番目の道の駅として開設された。この先の竹内街道は、風鼻橋交差点《かぜはなはしこうさてん》から国道一六六号と同じ道を辿《たど》るようになる。

交差点の手前の灌木の中に、鉄筋コンクリート造の「江戸時代《えどじだい》の竹内街道《たけのうちかいどう》」と「竹内街道《たけのうちかいどう》と王陵《おうりょう》の谷《たに》」碑があり、後者の碑に、次の三首の万葉歌が記されている。

大坂《おほさか》を　吾《わ》が越え来《く》れば　二上《ふたがみ》に
黄葉《もみちば》流る　時雨《しぐれ》ふりつつ　一〇・二一八五

飛鳥川《あすかがは》　黄葉《もみちば》流る　葛城《かづらき》の

山の木《こ》の葉は　今し散るらむ　一〇・二二一〇

うつそみの　人なる吾や　明日よりは
二上山《ふたがみやま》を　弟世《いろせ》と我が見む　二・一六五

一首目の歌は――大坂を、わたしが越えて来ると、二上山に、紅葉が空に流れている、時雨が降りつづいて――、二首目の歌は――この明日香川に、もみじ葉が流れている、向こうの葛城山の、紅葉の木の葉は、今散っているようだ――、三首目の歌は、大伯皇女《おおくのひめみこ》の作で――この世に生きる、人であるわたしは、明日からは、せめてあの二上山を、弟として眺めよう――という意味である。

■「歴史の道　竹内街道」モニュメントの万葉歌

竹内街道の坂をさらに登っていくと、万葉の森案内所があり、そ

王陵の谷　太子町の磯長谷には、敏達・用明・推古・孝徳天皇陵と、聖徳太子墓の五つの御陵が集まっており、「王陵の谷」と呼ばれ、梅の花のように位置することから「梅鉢御陵」とも呼ばれている。五世紀頃、磯長谷に渡来人が住みつき、耕地の開発が進められた。六世紀に入ると、急速に勢力をのばした蘇我氏の領地となり、蘇我本宗家の興隆が続く間、歴代の天皇の陵墓が次々と造営され、この地は「王陵の谷」と呼ばれるようになった。

二上山鹿谷寺跡登山口のモニュメント

の先に、二上山鹿谷寺跡《にじょうさんろくたんじあと》登山口《とざんぐち》がある。登り口に建つ「歴史の道竹内街道」モニュメントの裏に、次の万葉歌が刻まれている。

二上《ふたがみ》に　隠《かく》らう月の　惜しけども
妹が手本《たもと》を　離《か》るるこのころ
一一・二六六八

この歌は――二上山に、隠れていってしまう月のように、残り惜しいことだが、愛しいあの娘の手枕を、しないこの頃だ――という意味である。このモニュメントは、昭和六二年（一九八七）に建立された。歌は活字体で刻まれている。

「隠らう」は、隠れて見えないのではなくて、隠れてゆく月、「手枕」は、お互いの手を枕に寝る、共寝のことである。二上山に隠れてゆく月を見ながら、ふっと呟《つぶや》いたような歌である。昨夜、二上山に沈む月を見て、しばらく愛しい人と共寝をしていないことを惜しんでいる。

鹿谷寺跡

二上山

■鹿谷寺跡

鹿谷寺跡登山口から雌岳《めだけ》への山道をたどると、鹿谷寺跡《ろくたんじあと》（国史跡）がある。凝灰岩《ぎょうかいがん》の岩盤を掘り込んで造られた大陸風の石窟寺院《せっくつじいん》跡《あと》である。山の中腹を南北に約一〇メートル削り開いて平坦地が造られ、その北側に、地山をそのまま彫り残して造ったと思われる十三重石塔《じゅうさんじゅうせきとう》がある。塔の東には、岩壁を穿《うが》って造られた石窟《せっくつ》があり、その内部に如来三尊仏坐像《にょらいさんぞんぶつざぞう》が線彫《せんぼ》りされている。

西側の岩壁にも、東面して浮き彫りされた仏の立像一体があるが、像名を判別することができないほど剥落《はくらく》が著しい。南方の崖下の小平地にも、東側の断崖に沿って、高さ約一・五メートルの方尖碑状《ほうせんひじょう》の小塔《しょうとう》が地山から彫り出され、その傍に仏の立像一体がある。

小平地の下の平らなところから、奈良時代の陶質土器《とうしつどき》、埴質土器《しょくしつどき》

二上山

が出土したことから、ここに僧坊《そうぼう》があったと推定されている。

この寺跡には、石仏《せきぶつ》を彫った石窟《せっくつ》と石塔《せきとう》があるので、大陸の石窟《せっくつ》寺院《じいん》を模して造られた白鳳時代《はくほうじだい》の仏教遺跡《ぶっきょういせき》といわれている。中国大陸には、敦煌《とんこう》や龍門《りゅうもん》に数多くの石窟寺院が見られるが、わが国ではこの周辺のみにしか分布しておらず、珍しい仏教遺跡といえる。

■二上山

二上山《にじょうさん》は、大阪府南河内郡太子町《おおさかふみなみかわちぐんたいしちょう》と奈良県葛城市當麻《ならけんかつらぎしたいま》の境界に位置し、標高約五一七メートルの雄岳と標高約四七四メートルの雌岳《めだけ》の二峰からなる。大和盆地の南東に位置する三輪山《みわやま》に対峙《たいじ》して、大和盆地の西端に端正な姿で聳えている。第三紀に活動した瀬戸内火山帯に属するトロイデ型の火山である。この山から石器に用いられたサヌカイト、建築材の松香石《しょうこうせき》、研磨用《けんまよう》の金剛砂《こんごうしゃ》の原料の柘榴石《ざくろいし》などを産出する。万葉人は二上山の二つの峰を男女の二神に見立て

雌岳頂上の日時計

「二神山《ふたがみやま》」と呼んでいた。

鹿谷寺跡から雌岳にかけての一帯は「万葉《まんよう》の森《もり》」と呼ばれる公園になっており、雌岳の西側に展望台がある。そこから西麓を見下ろすと、先ほど散策してきた太子町の寺社、古墳、その遥か遠方には大阪湾、淡路島、四国の美しい景観が展望される。雌岳の北側に回り、雌岳の山頂に登っていくと、頂上には日時計がある。

二上山は、飛鳥から難波へ至る交通の要衝の地にあるので、万葉人は、この山を越えて頻繁に往来したようで、『万葉集』に数多くの歌を残しており、それらの中に次の歌がある。

紀伊道《きぢ》にこそ　妹山《いもやま》ありといへ　玉くしげ
二上山《ふたがみやま》も　妹《いも》こそありけれ　七・一〇九八

この歌は—紀伊道には、妹山という名高い山があるといわれているが、（玉くしげ）、大和の二上山にも、男山と女山が並んでいて、妹山《いもやま》もあるよ—という意味である。紀伊道に妹山があるというが、それにも増して、大和には素晴らしい二上山の妹山（雌岳）があるよと、誇らしげに詠んでいる。

大坂をわが越え来れば
二上に黄葉流る
時雨ふりつつ

雌岳山頂の万葉歌碑

■雌岳山頂の万葉歌碑

雌岳山頂に、次の歌が刻まれた万葉歌碑がある。

大坂《おほさか》を　わが越え来れば　二上《ふたがみ》に
黄葉《もみちば》流る　時雨《しぐれ》ふりつつ　一〇・二一八五

この歌は—大坂を、わたしが越えてくると、二上山に、紅葉が空に流れている、時雨が降りつづいて—という意味である。この歌碑は、平成三年（一九九一）に環境庁（当時）と奈良県によって建立された。揮毫者は未詳である。

葛木坐二上神社

■葛木坐二上神社

雌岳の頂上から馬《うま》の背《せ》を経て雄岳に登っていくと、頂上に葛木坐《かつらぎに》二上神社《いますふたがみじんじゃ》がある。祭神は、豊布都霊命《とよふつのみたまのみこと》、大国御魂命《おおくにみたまのみこと》である。創建年代は未詳である。拝殿は、桁行一間、梁行一間の切妻造、銅板葺で、本殿はなく、玉垣に囲まれて神木《しんぼく》が植栽され、古代信仰の名残が見られる。この神社の横に、二上白玉《ふたがみしらたま》、稲荷大神《いなりおおかみ》の石標が建っている。

二上山は、往古、二上山からの流水の恩恵を受ける山麓の十数カ村（岳郷）の人々から、「岳《たけ》の権現《ごんげん》さん」と呼ばれて親しまれ、神奈備山《かむなびやま》として山麓から拝まれていたが、いつの頃からか祠《ほこら》を山頂に建てて、山の神霊を奉拝するようになったという。

江戸時代まで、當麻寺《たいまでら》がこの神社の別当寺《べっとうじ》を務め、當麻寺の真言方が年預《ねんよ》となり、修復などは葛下一郡《かつげいちぐん》の村々によって行われるなど、神仏習合期《しんぶつしゅうごうき》には、この神社は當麻寺と密接な関係を持っていたが、

大津皇子二上山墓

明治初年の神仏分離令《しんぶつぶんりれい》で、當麻寺と切り離された。

■大津皇子二上山墓

葛木坐二上神社の先に、大津皇子二上山墓《おおつのみこふたがみやまのはか》がある。明治九年(一八七六)、大津皇子二上山墓と治定された。墳丘《ふんきゅう》は直径約一一メートル、高さ約三・四メートルの円墳で、裾部《すそぶ》は石積みされ、周囲に柵がめぐらされている。『万葉集』巻二・一六五番歌の大伯皇女《おおくのひめみこ》の歌の題詞に「大津皇子《おおつのみこ》の屍《しかばね》を葛城《かつらぎ》の二上山《ふたがみやま》に移《うつ》し葬《ほうむ》る」とあるので、大津皇子の遺体は、当初、別の地に埋葬されていたが、後に、二上山に移葬されたようである。

大津皇子は、天武天皇《てんむてんのう》の第三皇子で、母は天智天皇《てんぢてんのう》の皇女・大田皇女《おおたのひめみこ》、姉は二歳年上の大伯皇女《おおくのひめみこ》である。『日本書紀《にほんしょき》』には、「能弁《のうべん》で学才《がくさい》あり、文筆《ぶんぴつ》の才能《さいのう》を発揮《はっき》したので、詩賦《しふ》の興《おこり》は大津《おおつ》より始まった」とある。草壁皇子《くさかべのみこ》に次いで重要な地位にあったが、朱鳥《しゅちょう》元年

(六八六)、天武天皇が崩じた直後に、謀反の疑いをかけられて捕らえられ、訳語田《おさだ》の舎《いえ》で自害させられた。この事件は、一説には、鸕野讃良皇女《うののさららのひめみこ》(後の持統天皇《じとうてんのう》)が自分の子供の草壁皇子を天皇に擁立するために謀略を企てた罠である、といわれている。

大津皇子は、『万葉集』に四首の短歌、『懐風藻《かいふうそう》』に四編の詩を残す。『万葉集』には、死に直面して詠んだ次の歌がある。

ももづたふ　磐余《いはれ》の池に　鳴く鴨を
今日のみ見てや　雲隠《くもかく》りなむ　　三・四一六

この歌は――(ももづたふ)、磐余の池で、鳴いている鴨も、今日で見納めだ、これを限りとして、自分は死んでいくことであろう――という意味である。今まさに人生への限りない希望が無惨に打ち砕かれて、無念の死を遂げようとしている皇子の辞世歌《じせいか》である。磐余の池で無心に鳴く鴨は、幼少からこれまで見馴れた風景である。し

懐風藻　天平勝宝三年(七五一)に成立した現存するわが国最古の漢詩集。一巻、撰者未詳。作者は、大友皇子から葛井広成までの六四人で、天皇をはじめ、川島皇子、大津皇子、葛野王、僧・智蔵・弁正、石上乙麻呂らの諸臣。一二〇首の漢詩を収める。作風は、中国大陸、とくに六朝詩の影響が大きいが、初唐の影響も見られる。序文には、天智天皇の時代には、多くの詩編があったが、滅尽したこと、近江朝の安定した政治による平和が詩文の発達を促し、多くの作品を生んだことを記す。

かし、今日のそれは、自分の目に映る人生最後の鴨である。自分はこの日限りだ、という生への執着の思いがひしひしと伝わってくる。

岩屋

■岩屋

雄岳《おたけ》の頂上から馬《うま》の背《せ》を経て雌岳《めだけ》の南西まで戻り、鹿谷寺跡《ろくたんじあと》登山《とざん》道《どう》を分け、雌岳の南側に回ると、岩屋《いわや》（国史跡）の道標がある。道標にしたがって山道を少し下ると、樹齢約一〇〇〇年といわれる岩《いわ》屋杉《やすぎ》が倒れて横たわっている。その奥に、「岩屋《いわや》」と呼ばれる大小二つの石窟からなる石窟寺院跡《せっくつじいんあと》がある。

大きい石窟は、開口約七メートル、奥行約四メートル、高さ約六メートルである。内部には、岩盤を彫り残して造られた三層石塔《さんそうせきとう》がある。北壁面の上層部には、坐像《ざぞう》の中尊《ちゅうそん》と立像《りゅうぞう》の両脇侍《りょうわきじ》の三尊像《さんぞんぞう》が浮き彫りされている。小さい石窟《せっくつ》は、開口、高さともに約一メートル、幅約二・五メートルである。これらの石窟の基壇《きだん》には、鎌倉時

祐泉寺

代から江戸時代にかけてのたくさんの石塔《せきとう》、石仏《せきぶつ》が並んでいる。
この石窟には、中将姫《ちゅうじょうひめ》がハス糸で當麻曼荼羅《たいままんだら》を織ったという伝説がある。天平宝字《てんぴょうほうじ》七年（七六三）、横佩右大臣《よこはぎうだいじん》・藤原豊成《ふじわらとよなり》の娘《むすめ》・中将姫《ちゅうじょうひめ》が、大和の當麻寺《たいまでら》に入って中将法如尼《ちゅうじょうほうにょに》と号し、観無量寿経《かんむりょうじゅきょう》によって阿弥陀如来《あみだにょらい》が司る極楽浄土《ごくらくじょうど》の図相《ずそう》を表したつづれ織りの掛《かけ》物《もの》をハス糸で織ったという。

■祐泉寺

岩屋から檜林の中を東へ下っていく。檜林に囲まれた清涼感たっぷりの山道だ。所々に湧き水の水飲み場があり、喉を癒やしてくれる。やがて、祐泉寺《ゆうせんじ》に出る。祐泉寺は、比叡山延暦寺末の天台宗の寺で、本尊は釈迦牟尼仏《しゃかむにぶつ》で、永延《えいえん》二年（九八八）、性空上人《しょうくうしょうにん》による開創である。その後、何回か変遷したが、大正六年（一九一七）、梅田無定師《うめだむじょうし》により現在地に再興された。

鳥谷口古墳

本堂は、桁行三間、梁行三間の入母屋造、桟瓦葺、向拝付の民家風の建物である。堂内には、中央に釈迦牟尼《しゃかむに》仏像《ぶつぞう》、脇侍に観世音菩《かんぜおんぼ》薩像《さつぞう》、勢至菩薩像《せいしぼさつぞう》を祀る。

■鳥谷口古墳

祐泉寺からさらに坂を下っていくと、鳥谷口古墳《とりたにぐちこふん》がある。一説には、大津皇子《おおつのみこ》の遺体は、当初、この古墳に埋葬され、その後、二上山《にじょうさん》の山頂へ移葬されたといわれる。

墳丘は、一辺の長さ約七・六メートル、高さ約二・一メートルの方墳で、二上から南東に延びる尾根の先端に築かれている。底石《そこいし》や北側の側壁《そくへき》には、凝灰岩《ぎょうかいがん》の家形石棺《いえがたせっかん》の蓋石《ふたいし》の未完成品を利用するなど、特異な造り方がなされている。南側に横口式石槨《よこくちしきせっかく》の開口部《かいこうぶ》が見える。石槨《せっかく》は、長さ約一・八メートル、幅約〇・四メートル、高さ約〇・七メートルの規模で、土葬したとは思えないほどの小空間で

當麻山口神社

ある。石棺《せっかん》は、組み合わせ式の家形石棺で、周辺から須恵器《すえき》、土師器《はじき》が出土し、七世紀後半に築造されたと推定されている。石槨が鉄筋コンクリート造の構造物で覆われ、古墳の雰囲気を壊している。

當麻寺

■當麻山口神社

鳥谷口古墳からさらに坂を下っていくと、當麻山口神社《たいまやまぐちじんじゃ》がある。任寿《にんじゅ》三年（八五三）の創建と伝え、『延喜式《えんぎしき》』神名帳《じんみょうちょう》に載る式内社で、大和山口神社《やまとやまぐちじんじゃ》一〇社の一つに数えられている。祭神は、大山祇命《おおやまつみのみこと》、天津彦彦火瓊瓊杵命《あまつひこひこほのににぎのみこと》、木花之佐久夜比売命《このはなのさくやひめのみこと》である。本来の祭神は、大山祇命であったと考えられるが、いつの頃からか他の夫婦二神を合祀するようになった。拝殿《はいでん》は、桁行《けたゆき》八間、梁行《はりゆき》四間の切妻造《きりづまづくり》、桟瓦葺《さんかわらぶき》、本殿《ほんでん》は、桁行三間、梁行二間の流造《ながれづくり》、銅板葺《どういたぶき》、

傘堂

千鳥《ちどり》・唐破風《からはふ》向拝付《こうはいつき》である。

『大和志《やまとし》』には「新宮大明神《しんぐうだいみょうじん》」、『大和名所圖會《やまとめいしょずえ》』には「熊野新宮《くまのしんぐう》」とある。『高津宮司家文書《こうづみやつかさけぶんしょ》』の當麻村付近古図《たいまむらふきんこず》には、當麻寺境内に山口神社跡が記されている。『延喜式《えんぎしき》』神名帳頭注《じんみょうちょうとうちゅう》には、「當麻山口《たいまやまぐち》。人皇《にんのう》五十五代文徳天皇仁寿《もんとくてんのうにんじゅ》三年祭之《これまつる》。夏四月。冬十一月。並上申日祭之《ならびにうえにもうすひにこれまつる》」、『三代実録《さんだいじつろく》』には、「貞観《じょうがん》元年（八五九）九月八日風雨祈願《ふううきがん》のため勅使《ちょくし》を参向《さんこう》させ、幣帛《へいはく》を奉る」とある。

本殿の左右に麻呂子皇子《まろこのみこ》（當麻皇子《たいまのみこ》）と當麻津姫《たいまつのひめ》を祀る摂社の當麻都比古神社《たいまつひこじんじゃ》、境内に末社の春日若宮神社《かすがわかみやじんじゃ》を併祀する。

■傘堂

當麻山口神社の横の大池《おおいけ》の東側に傘堂《かさどう》がある。一辺約〇・四二メートルの角柱一本の上に、一辺約一・八メートルの方形の傘が載った構造で、宝形造《ほうぎょうづくり》、本瓦葺《ほんかわらぶき》の屋根の頂上には、宝珠盤《ほうじゅばん》が載せられている。その全体的な形が唐傘《からかさ》に似ていることから、「傘堂《かさどう》（唐傘《からかさ》堂《どう》）」と呼ばれている。

『西国三十三所名所圖會《さいごくさんじゅうさんしょめいしょずえ》』には、「領主・本多侯《ほんだこう》の菩提を弔うために、農民が建て、霊碑《れいひ》が納められた」と記されている。傘堂は、江戸時代初期の延宝《えんぽう》二年（一六七四）、郡山藩主・本多政勝《ほんだまさかつ》の菩提を弔うために、郡奉行《こおりぶぎょう》の吉弘統家《よしひろのりいえ》とこの地域の農民たちが建立した「影堂《えいどう》」「位牌堂《いはいどう》」である。本多政勝は、水飢饉に苦しむ農民の救済のために、大池の築造の願主となって工事に尽力したので、付近の農民たちによって、三〇〇年以上も、政勝の菩提《ぼだい》がこの供養塔で弔われている。

当初、堂内に梵鐘《ぼんしょう》が掛けられ、阿弥陀如来像《あみだにょらいぞう》が本尊として安置されていたが、現在、本尊の阿弥陀如来像は浄土宗の石光寺《せっこうじ》に、梵鐘は浄土真宗本願寺派の明円寺《みょうえんじ》に保管されている。

この傘堂には、三度参拝すると、長患いもせず、下《しも》の世話にもならず、ぽっくり安楽死するという「ぽっくり信仰」が伝わる。

本多政勝　徳川四天王の随一といわれた本多平八郎忠勝の孫で、本多忠朝の次男。寛永一六年（一六三九）、姫路城の城主から松平忠明と交替して郡山城主となる。禄高一五万石に長男勝行の部屋住料四万石を加えて一九万石で、郡山では江戸時代を通じて最高の禄高。政勝自身は「鬼内記」とか「大内記」といわれたほどの豪勇の士で、藩政も活力に溢れていたといわれる。

うつそみの人なる
我や明日よりは
二上山を弟世と
我が見む
大伯皇女

葛城市交流会館前の万葉歌碑

■葛城市交流会館前の万葉歌碑

傘堂から坂を下り、當麻山口神社の一の鳥居の手前で右折して、南へ行くと、葛城市交流会館前の植え込みの南端に、次の歌が刻まれた万葉歌碑がある。

うつそみの　人なる我や　明日よりは
二上山《ふたがみやま》を　弟世《いろせ》と我が見む　　二・一六五

この歌は、大伯皇女《おおくのひめみこ》の作で――この世に生きる、人であるわたしは、明日からは、せめてあの二上山を、弟として眺めよう――という意味である。この歌碑は、書家・堀江彦三郎《ほりえひこさぶろう》氏の揮毫により、昭和五九年（一九八四）に建立された。

この歌には、一人きりの弟に寄せる大伯皇女の万感の思いが込められている。伊勢から都に戻ったものの、たった一人「うつそみ」

に残された皇女は、もう弟に会うことはかなわなかった。幽明界を異にした弟への思いを、墓所である二上山《にじょうさん》を眺めることでしか果たし得ない嘆きが涙を誘う。弟に対して本当に愛情がこもった、しかも仲のよかった弟との間を引き裂かれた皇女の悲痛な思いがひしひしと伝わってくる。

■當麻健民運動場前の万葉歌碑

葛城市交流会館から當麻《たいま》健民《けんみん》運動場《うんどうじょう》に沿って坂を下っていくと、広場の前に、次の歌が刻まれた万葉歌碑がある。

あしひきの　山のしづくに　妹《いも》待つと
我《われ》立ち濡《ぬ》れぬ　山のしずくに　　二・一〇七

この歌は、大津皇子《おおつのみこ》の作で――（あしひきの）、山の梢から落ちる

大伯皇女　大来皇女とも記す。大海人皇子（後の天武天皇）と大田皇女の間の子。大津皇子の同母姉。斉明天皇七年（六六一）、百済救援のための征西の途次、備前国の大伯の海の船上で誕生。天武天皇二年（六七三）、一三歳のとき伊勢の斎宮に選ばれ、天武天皇三年（六七四）に伊勢に下向。朱鳥元年（六八六）、天武天皇の崩御に伴って斎宮の任を解かれて帰京。大宝元年（七〇一）、四一歳で死去。

當麻健民運動場前の万葉歌碑

しずくに、愛しいあなたが来るのを待つために、こんなに長い間立っていたので、わたしは濡れましたよ、山のしずくに――という意味である。この歌碑は、国文学者・犬養孝《いぬかいたかし》氏の揮毫により、昭和六三年（一九八八）に建立された。

この歌の題詞に「大津皇子、石川郎女《いしかわのいらつめ》に贈る御歌一首」とある。ずいぶん待たせて、やっと現れた郎女に向かって、ごらんよ、こんなにも濡れたじゃないか、と不平を言いながら、そのくせ、目はやっと逢えた喜びに輝いている情景が目に浮かぶ。

■當麻寺

健民運動場から少し東へ行くと、當麻寺《たいまでら》の北門に出る。當麻寺の石垣に沿ってカギ状に進むと、東大門《ひがしだいもん》がある。當麻寺は、推古天皇《すいこてんのう》二〇年（六一二）、用明天皇《ようめいてんのう》の第三皇子・麻呂古親王《まろこしんのう》が、兄・聖徳《しょうとく》太子《たいし》の教えにより、河内国交野郡山田郷《かわちのくにかたのこおりやまだごう》に草創した萬法蔵院禅林寺《まんほうぞういんぜんりんじ》

當麻寺の東大門

に始まる。天武天皇《てんむてんのう》一〇年（六八一）、麻呂古親王の孫の當麻眞人《たいまのまひと》国見《くにみ》が、瑞夢により、役行者《えんのぎょうじゃ》が修行した当地へ移し、當麻寺と改称し、當麻氏の氏寺として整備した。

この寺は、高野山真言宗《こうやさんしんごんしゅう》と浄土宗《じょうどしゅう》の両宗兼帯《りょうしゅうけんたい》で護持される珍しい寺である。創建当時には、弥勒菩薩《みろくぼさつ》を本尊として、金堂、講堂を中心に三論宗《さんろんしゅう》を奉じ、密教化《みっきょうか》が進められた。しかし、平安時代後期に浄土信仰《じょうどしんこう》が活発になり、綴織當麻曼荼羅図《つづれおりたいままんだらず》（国宝）を本尊として、曼荼羅堂《まんだらどう》、奥院《おくのいん》を中心に極楽浄土の信仰の拠点として発展した。『當麻曼荼羅縁起《たいままんだらえんぎ》』には、「天武天皇《てんむてんのう》九年（六八〇）に着工し、同一三年（六八四）には、金堂、講堂、千手堂《せんじゅどう》、東西両塔《とうざいりょうとう》が完成し、高句麗《こうくり》の恵灌《えかん》が導師《どうし》となり落慶法要《らっけいほうよう》があった」と伝える。

東大門（仁王門）から中央の東西軸線に沿って、鐘楼、金堂、講堂、本堂が建ち並び、左手奥には、東西二つの三重塔があり、境内には数多くの塔頭《たっちゅう》がある。中之坊《なかのぼう》、不動院《ふどういん》、竹之坊《たけのぼう》、西南院《さいないん》、松室《まつむろ》院《いん》が高野山真言宗に、また、念仏院《ねんぶついん》、護念院《ごねんいん》、奥院《おくのいん》、千仏院《せんぶついん》、来迎《らいごう》

當麻寺の鐘楼

院《いん》、極楽院《ごくらくいん》、宗胤院《そいにん》、紫雲院《しうんいん》が浄土宗に所属する。

東大門を入ると、正面に鐘楼があり、白鳳時代《はくほうじだい》に鋳造されたわが国最古の梵鐘《ぼんしょう》が懸けられている。総高約一・五六メートルの丈長の姿形の鐘で、無銘であるが、わが国の梵鐘中で、最も時代の遡る遺品の一つとされている。上帯《じょうたい》には鋸歯文《のこはもん》、下帯《かたい》には忍冬唐草文《にんどうからくさもん》があり、龍頭《りゅうず》の意匠は背が高い独特のものである。

その先の左側に中之坊がある。平安時代には、當麻寺には四十余の僧坊があったが、中之坊は、それらの中で最古の筆頭塔頭《ひっとうたっちゅう》であった。當麻寺の開創の際、役行者《えんのぎょうじゃ》が金堂前で熊野権現《くまのごんげん》を勧請《かんじょう》し、その出現した場所に自身の道場を開いたことに始まる。その後、中将姫《ちゅうじょうひめ》の師の別当・實雅上人《じつがしょうにん》が住房《じゅうぼう》とし、「中院《ちゅういん》」を開創し、代々別当の住房として受け継がれた。平安時代には、弘法大師が中之坊の實弁《じつべん》を弟子として真言密教《しんごんみっきょう》を伝え、以後、真言宗の霊場になった。

奈良時代に、實雅上人が女人禁制《にょにんきんせい》を解き、中将姫を迎え入れ、姫は剃髪《ていはつ》して「中将法如《ちゅうじょうほうにょ》」の戒名《かいみょう》を授かった。このため、中之坊の

中之坊の本堂（中将姫剃髪堂）

本堂は、「中将姫剃髪堂《ちゅうじょうひめていはつどう》」とも呼ばれ、「導《みちび》き観音《かんのん》」の信仰が篤い祈願所として親しまれている。

　中将姫は、寺宝の綴織當麻曼荼羅図《つづれおりたいままんだらず》の制作者として知られる。奈良時代、藤原豊成《ふじわらのとよなり》の家に生まれ、五歳で母を亡くし、継母に育てられた。姫の美貌と才能に嫉妬した継母は、家臣に姫を殺害するよう命じたが、家臣は姫を殺さず、和州の雲雀山《ひばりやま》に隠した。三年後に狩りに来た父と再会し、奈良に連れ戻されたが、世の無常を知り、仏道に精進した。一〇〇〇巻の写経を達成したとき、二上山に沈む夕日に極楽浄土の光景を見て、それに引かれて行った先が當麻寺で、實雅上人により女人禁制が解かれて、一七歳で出家した。その後、老尼の「蓮《はす》の茎《くき》を集めよ」というお告げを受け、集めた茎から取り出した糸を井戸で清めると、五色に染まった。すると、若い女性が現れて、姫の作業を手伝ってくれ、一夜で五色《ごしき》の曼荼羅《まんだら》を織り上げた。これは「綴織當麻曼荼羅図」と呼ばれる阿弥陀浄土変相図《あみだじょうどへんそうず》で、法如《ほうにょ》があの日の夕空の中に見た輝かしい極楽浄土が表わされている。

中之坊の香藕園

境内には、国史跡および名勝指定の回遊式庭園《かいゆうしきていえん》の「香藕園《こうぐうえん》」がある。鎌倉時代に造園が始まり、桃山時代に完成したが、江戸時代に後西天皇《ごさいてんのう》を迎えるために、第四代将軍の茶道指南役であった片桐《かたぎり》石州《せきしゅう》により、隣接する茶室・双塔庵《そうとうあん》（丸窓席《まるまどせき》）（重文）とともに改修された。大和郡山の慈光院《じこういん》、吉野の竹林院《ちくりんいん》の庭とともに、大和三名園の一つに数えられている。庭園入り口に、「中将姫誓《ちゅうじょうひめちか》い の石《いし》」「役行者加持水《えんのぎょうじゃかじすい》の井戸《いど》」がある。庭の中央に「心」の字をあしらった心字池《しんじいけ》があり、東塔が借景となっている。飛び石、枯滝石組《かれたきいしぐ》み、鶴と亀の石組み、苔むした茶室・双塔庵が自然の中に溶け込むように美しく調和し、三重塔が水面に映し出された光景は、日頃の喧騒さを忘れさせてくれる。

後西天皇が滞在した書院は、こけら葺《ぶき》の情緒豊かな建築で、「御《ご》幸《こう》の間《ま》」「鷺《さぎ》の間《ま》」「鶴《つる》の間《ま》」などからなる。張《は》り壁《かべ》や襖絵《ふすまえ》は、江戸初期の大家・曽我二直菴《そがにちょくあん》の筆による楼閣《ろうかく》・山水《さんすい》・花鳥《かちょう》の名画である。

當麻寺の金堂（左）、講堂（右）、本堂（中央）

本堂は、「曼荼羅堂《まんだらどう》」と呼ばれる。桁行《けたゆき》七間、梁行《はりゆき》六間の寄棟《よせむね》造《づくり》、本瓦葺《ほんかわらぶき》である。天平期に造立された千手堂《せんじゅどう》（内陣《ないじん》）に、平安時代末期に礼堂《らいどう》（外陣《げじん》）が付けられて拡張された。堂内の中央に、扁平な六角形の漆塗《うるしぬ》りの當麻曼荼羅厨子《たいままんだらずし》（国宝）が置かれ、その中に本尊の浄土曼荼羅絹本著色掛幅《じょうどまんだらけんぽんちゃくしょくかけふく》（文亀曼荼羅図《ぶんきまんだらず》）（重文）が掛けられている。一六世紀初頭、伝法橋慶舜《でんほうきょうけいしゅん》が、中将姫が感得して蓮糸を染めて織りあげた「綴織當麻曼荼羅図《つづれおりたいままんだらず》」を模写して造ったと伝え、西方極楽浄土《さいほうごくらくじょうど》の壮麗さを表した「観経浄土変相図《かんぎょうじょうどへんそうず》」である。須《しゅ》弥壇《みだん》の上には、平安時代初期の木造十一面観世音菩薩像《もくぞうじゅういちめんかんぜおんぼさつぞう》（重文）、宿院仏師・源三郎によって室町時代に造られた中将姫坐像《ちゅうじょうひめざぞう》、裏板曼《うらいたまん》荼羅《だら》、當麻寺本堂信仰資料《たいまでらほんどうしんこうしりょう》がある。

金堂は、桁行五間、梁行四間の入母屋造《いりもやづくり》、本瓦葺で、寿永《じゅえい》三年（一一八四）の再建、正中《しょうちゅう》三年（一三二六）の修理である。堂内には、白鳳期《はくほうき》の塑造漆箔《そぞうしっぱく》の弥勒菩薩坐像《みろくぼさつざぞう》（国宝）、白鳳期の大陸的風貌の乾漆四天王立像《かんしつしてんのうりゅうぞう》（重文）、木造吉祥天像《もくぞうきっしょうてんぞう》（重文）、藤原期の

當麻寺の西の三重塔

木造不動明王立像《もくぞうふどうみょうおうりゅうぞう》を祀る。金堂前の覆屋《おおいや》の中に、わが国最古の石《いし》燈籠《どうろう》（重文）がある。凝灰岩製《ぎょうかいがんせい》で、火袋《ひぶくろ》は木で造られ、後補されている。

講堂《こうどう》は、桁行《けたゆき》七間、梁行《はりゆき》四間の入母屋造《いりもやづくり》、本瓦葺《ほんかわらぶき》で、金堂に次ぐ建立であったが、平安時代末期に焼失し、乾元《けんげん》二年（一三〇三）の再建である。堂内中央に、本尊の阿弥陀如来坐像《あみだにょらいざぞう》（重文）を安置する。藤原時代《ふじわらじだい》の丈六仏《じょうろくぶつ》で、定朝様式《じょうちょうようしき》を伝える美しい像である。脇には、珍しい弘仁時代《こうにんじだい》の妙幢菩薩立像《みょうどうぼさつりゅうぞう》（重文）、藤原時代の阿弥陀如来坐像（重文）、藤原時代の地蔵菩薩像《じぞうぼさつぞう》（重文）などを安置する。

東の三重塔《さんじゅうのとう》（国宝）は、高さ約二三・二メートル、本瓦葺である。初層《しょそう》は中央間《ちゅうおうま》が広く採られた方三間《ほうさんげん》で、板唐戸《いたからと》で囲まれ、二、三層は柱間《はしらま》が二間の珍しい構造である。相輪《そうりん》は青銅製《せいどうせい》で八輪《はちりん》しかなく、水煙《すいえん》は魚骨式意匠《ぎょこつしきいしょう》の独特のものである。建立年代は未詳であるが、奈良時代に建立されたと推定されている。

西の三重塔《さんじゅうのとう》（国宝）は、高さ約二四・八メートル、全層《ぜんそう》方三間、

奥院の浄土庭園

本瓦葺である。相輪《そうりん》は八輪、水煙は唐草模様《からくさもよう》で構成された方形の先端に宝珠状《ほうじゅじょう》の火焔《かえん》を配した形である。造立年代は未詳であるが、東塔より新しい建築様式であり、平安時代初期の造立と推定されている。

奥院《おくのいん》は、浄土宗知恩院《じょうどしゅうちおんいん》の奥之院《おくのいん》として建立された寺で、圓光大師《えんこうだいし》(法然上人《ほうねんしょうにん》)二十五霊場第九番札所で、浄土宗の大和本山《やまとほんざん》として、多くの人々から篤く信仰されている。本尊は圓光大師である。応安《おうあん》三年(一三七〇)、知恩院の第一二世誓阿普観上人《せいあふかんしょうにん》が、後光厳天皇《ごこうごんてんのう》の勅許《ちょっきょ》を得て開創した「往生院《おうじょういん》」に始まると伝える。寺宝には、「圓光大師像《えんこうだいしぞう》(重文)」「蓮華倶利迦羅龍蒔絵経箱《れんげくりからりゅうまきえきょうばこ》(国宝)」「紙本《しほん》著色法然上人行状絵巻《ちゃくしょくほうねんしょうにんぎょうじょうえまき》(重文)」「押出銅造三尊像《おしだしどうぞうさんぞんぞう》(重文)」がある。

鐘楼門《しょうろうもん》(重文)は、正保《しょうほう》四年(一六四七)の建立で、その西に浄土庭園《じょうどていえん》がある。石彫「くりから龍《りゅう》」を中心に、右側に現世を表現した渓流があり、スロープの上に、阿弥陀如来《あみだにょらい》の石像を中心に、十三重石塔《じゅうさんじゅうせきとう》や数多くの石仏《せきぶつ》が並び、阿弥陀仏の姿を映す宝池《たからいけ》、

西南院の庭園

八〇種、約五〇〇〇株のボタンなどからなる浄土の世界が広がっている。

西南院《さいないん》は、當麻寺がこの地に移されたとき、坤《ひつじさる》（裏鬼門）の守《まも》り神寺院《がみじいん》として開創されたことに始まる。本尊は十一面観世音菩薩《じゅういちめんかんぜおんぼさつ》（重文）で、聖観世音菩薩像《せいかんぜおんぼさつぞう》（重文）、千手観世音菩薩像《せんじゅかんぜおんぼさつぞう》（重文）を祀る。弘仁《こうにん》一四年（八二三）、弘法大師《こうぼうだいし》が留錫《りゅうしゃく》し、曼荼羅堂《まんだらどう》にて、「いろは歌《うた》」を想念《そうねん》したと伝える。関西花《かんさいはな》の寺《てら》第二一番霊場である。

境内には、江戸時代初期に造られ、中期に一音法印《いちおんほういん》によって改造された池泉回遊式庭園《ちせんかいゆうしきていえん》がある。山裾に樹木が植栽され、心字池《しんじいけ》の中央に出島《でじま》（亀島《かめしま》）、その東側に鶴島《つるしま》の石組みが配され、西塔が借景となっている。心字池の水面に映る西塔の姿は、柔らかな味わいがあり、心を和ませてくれる趣がある。その周辺には、シャクナゲ、ボタン、アジサイ、ハギ、紅葉などが植栽され、いつ訪れても開花が楽しめる。池の傍には、水琴窟《すいきんくつ》が妙なる音を響かせており、心を和らげ、無我の境地に誘われる雰囲気が漂っている。

天満宮

■天満宮

東大門の東に天満宮《てんまんぐう》がある。祭神は菅原道真《すがわらのみちざね》である。拝殿は、桁行五間、梁行二間の切妻造《きりづまづくり》、桟瓦葺《さんかわらぶき》、本殿は一間社春日造《いっけんしゃかすがづくり》、銅板葺《どういたぶき》である。この神社では、七月二五日に當麻天神講《たいまてんじんこう》が営まれる。天神信仰の講によるもので、毎年頭屋《とうや》を二軒選び、古い注連縄《しめなわ》をはずして新しいものに付け替えられる。注連縄は、天神講の家の中に悪霊が入ってこないよう、家族の安全を祈って掲げられる。

■平田春日神社

天満宮の先に平田春日神社《ひらたかすがじんじゃ》がある。祭神は天児屋根命《あめのこやねのみこと》である。拝殿は桁行五間、梁行二間の切妻造、桟瓦葺、本殿は一間社春日造、銅板葺、安政《あんせい》三年（一八五六）の建造である。

當麻蹶速塚

■當麻蹶速塚

平田春日神社からさらに東へ進むと、當麻蹶速塚《たいまけはやづか》がある。石の鳥居の奥に五輪塔《ごりんとう》、鳥居《とりい》の横に當麻蹶速《たいまのけはや》の像《ぞう》を刻む石碑が建つ。わが国の相撲の開祖といわれる當麻蹶速《たいまのけはや》の墓《はか》とされるが、『當麻町史《たいまちょうし》』には「當麻真人国見《たいままひとくにみ》の墓《はか》」とある。當麻八郎為信《たいまはちろうためのぶ》の墓《はか》、役人の墓という説もある。五輪塔の様式から、鎌倉時代の建立と推定されている。當麻蹶速については、『日本書紀《にほんしょき》』垂仁天皇《すいにんてんのう》の条に、次の伝説があり、これがわが国の相撲の始まりといわれている。

「この地に當麻蹶速《たいまのけはや》という力の強い男がいて、常日頃から『この世で自分と互角に力比べができるものはいない。そのような人物がいたら、ぜひ、その人物と力比べをしたい』と豪語していた。そこで、天皇は、出雲国から勇士として評判の野見宿禰《のみのすくね》を呼び寄せ、捔力《すまひ》で対戦させた。その結果、當麻蹶速は、腰骨を蹴り折られて命を失った。野見宿禰は、蹶速の所有していた土地を褒美に貰った」と。

相撲館（けはや座）

■相撲館（けはや座）

當麻蹶速塚の傍に、「けはや座」と呼ばれる相撲館《すもうかん》がある。相撲の開祖・當麻蹶速《たいまのけはや》を顕彰し、市民の文化および心の向上、観光の拠点としての地域振興・活性化を図ることを目的として、平成二年（一九九〇）に開館された。

館内には、本場所と同じサイズの土俵、土俵の真上には相撲の取組が見られる映像装置、独自のミニ映画「けはや物語」の上映、土俵の周辺には、様々な大相撲関連の資料、グッズなどが展示されている。二階の壁際には力士、相撲の歴史に関する展示もある。

當麻蹶速塚から近鉄南大阪線当麻寺駅《たいまでらえき》に出て今回の散策を終えた。

第五章　葛城古道コース

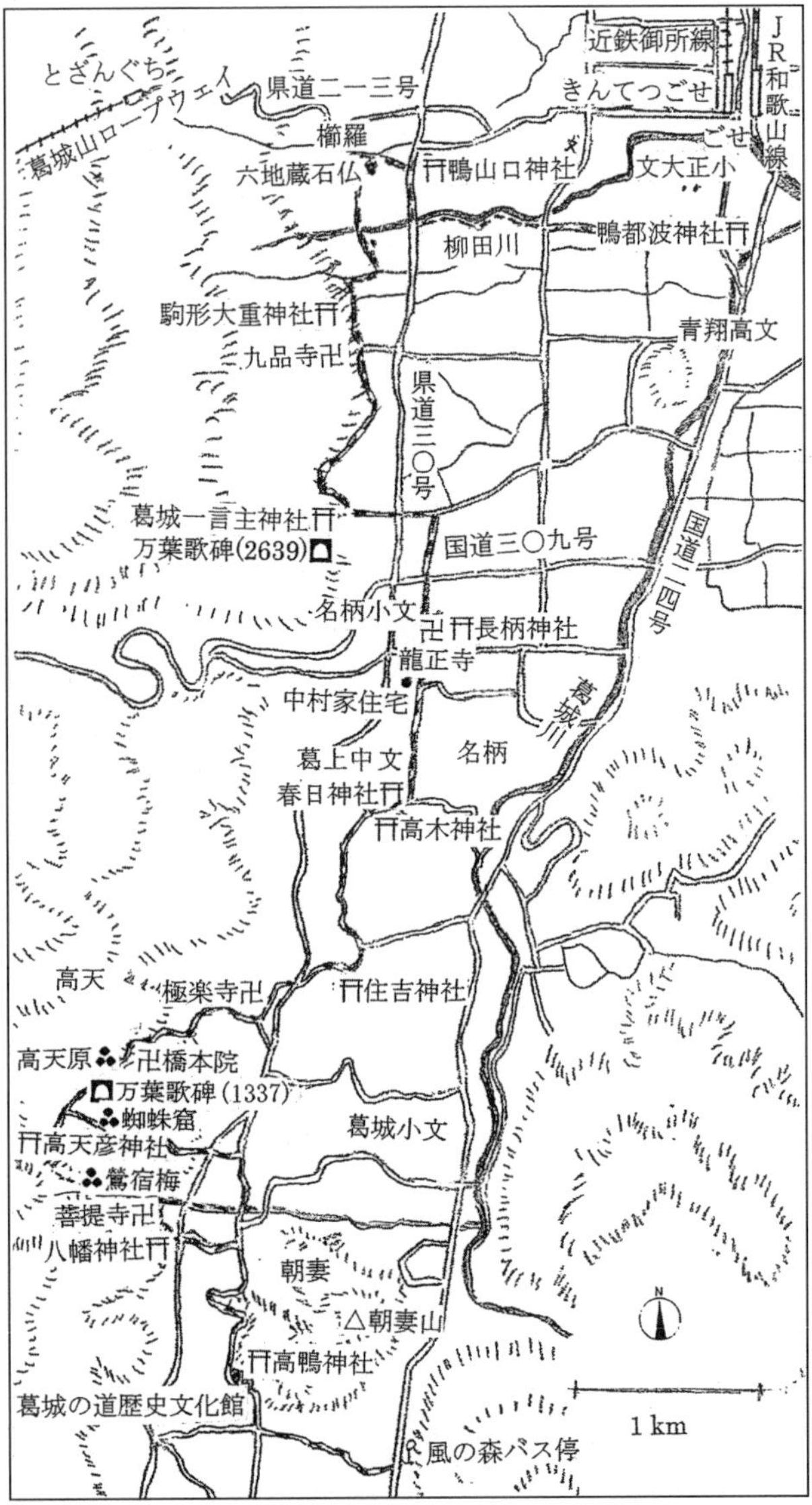

近鉄御所線
JR和歌山線
きんてつごせ
ごせ
とざんぐち
葛城山ロープウェイ
県道二一三号
櫛羅
六地蔵石仏
鴨山口神社
文大正小
鴨都波神社
柳田川
駒形大重神社
九品寺
青翔高文
県道三〇号
葛城一言主神社
万葉歌碑(2639)
国道三〇九号
国道二四号
名柄小文
長柄神社
龍正寺
中村家住宅
葛城川
葛上中文
名柄
春日神社
高木神社
高天
極楽寺
住吉神社
高天原
橋本院
万葉歌碑(1337)
蜘蛛窟
高天彦神社
鶯宿梅
葛城小文
菩提寺
八幡神社
朝妻
朝妻山
高鴨神社
葛城の道歴史文化館
1 km
風の森バス停

葛城古道コース

奈良県御所市の近鉄御所駅《ごせえき》前から奈良交通新宮《しんぐう》行きの特急バスに乗り、風《かぜ》の森《もり》バス停で下車する。西側の坂を登っていくと、鴨氏の氏神であった高鴨神社《たかかもじんじゃ》がある。その北の高台の道をたどると、『万葉集』に詠まれた朝妻《あさづま》の集落があり、その先で左折して急な坂を登っていくと、八幡神社《はちまんじんじゃ》がある。その北の谷沿いの道を下り、谷の北側の坂道を登り返すと、葛城氏の祖先を祀る高天彦神社《たかまひこじんじゃ》、その北に国史跡の「高天原《たかまはら》」、その東に橋本院《はしもといん》があり、檜林の中の急な山道を下ると、極楽寺《ごくらくじ》がある。さらに坂を下っていくと、ひなびた格子、白壁の民家が並ぶ名柄《ながら》の集落があり、中心部に長柄神社がある。集落の北端の鳥居で左折し西へ進むと、願い事を一言だけ叶えてくれるといわれる葛城一言主神社《かつらぎひとことぬしじんじゃ》、その北に高丘宮跡《たかおかのみやあと》、九品寺《くぼんじ》、駒形大《こまがたおお》重神社《しげじんじゃ》がある。坂を下って左折し、北へ進むと六地蔵《ろくじぞう》があり、右折して東へ行くと、鴨山口神社《かもやまぐちじんじゃ》、鴨都波神社《かもつばじんじゃ》があり、その北に近鉄御所駅がある。今回は、この鴨・葛城氏の本貫の地、高天原の伝承地をめぐり、万葉の朝妻、高天（高間）を偲ぶことにする。

葛城　大和盆地の南西部に位置する葛城山の東麓の一帯で、現在の御所市、葛城市の辺り。古代豪族の葛城氏の本拠地といわれ、第二代綏靖天皇の高丘宮（たかおかのみや）跡伝承地、葛城一言主神社がある。仁徳天皇の皇后・磐之媛が生まれ育った地とも伝える。桜井市の三輪山周辺や天理市、奈良市の佐紀と並ぶ巨大古墳群が集中する地域でもある。このため、応神天皇前後の天皇と葛城氏は、極めて深い縁戚関係があり、古代王朝の発祥の地とする説もある。

高鴨神社

高鴨神社

■高鴨神社

近鉄御所駅前《きんてつごせえきまえ》からバスで風の森まで行く。バス停の西の緩やかな坂を登っていくと、高鴨神社《たかかもじんじゃ》がある。『延喜式《えんぎしき》』神名帳《じんみょうちょう》に、「高鴨《たかかも》阿治須岐託彦根命《あじすきたかひこねのみこと》神社《じんじゃ》 四座《よんざ》」と記載される式内社《しきしゃない》に比定されている。「高鴨大明神《たかかもだいみょうじん》」「佐味宮《さみのみや》」とも称す。

『大和名所圖會《やまとめいしょずえ》』には、「高鴨阿治須岐神社《たかかもあぢすきじんじゃ》 神通寺村《じんづうじむら》にあり。佐《さ》味荘六村《みしょうろくそん》の氏神とす。『神名帳』に、及び『三代実録《さんだいじつろく》』に出ず。神《じん》宮寺《ぐうじ》あり。一名金剛寺《いちみやうこんごうじ》。此寺《このてら》に大般若経《だいはんにやきょう》あり。跋《ばつ》に曰《いは》く、施入大和《せにふやまとの》国葛上郡高鴨大明神云々《くにかつらかみごほりたかかもだいみょうじんうんぬん》」とある。

この神社は、全国に分布する鴨《かも》（加茂《かも》）神社《じんじゃ》の総本社で、京都の上賀茂神社《かみがもじんじゃ》、下鴨神社《しもがもじんじゃ》は、この神社の祭神の分祀である。

祭神は、阿遅志貴高日子根命《あぢしきたかひこねのみこと》、下照姫命《したてるひめのみこと》、天稚彦命《あめのわかひこのみこと》、多紀理《たぎり》

燈籠型の石垣

毘売命《ひめのみこと》である。

阿遅志貴高日子根命は、「迦毛之大御神《かものおおみかみ》」とも称する。大己貴命《おおなむちのみこと》の子で、大御神《おおみかみ》の一神として、葛城《かづらぎ》の加茂《かも》の神奈備《かむなび》に座し、国譲りで活躍したといわれる。大御神と讃えられる神は、天照大御神《あまてらすおおみかみ》（天照大神）、伊邪那岐大御神《いざなぎのおおみかみ》、迦毛之大御神《かものおおみかみ》の三柱で、死んだ神も甦らせるほどの神力を持つといわれている。

『続日本紀《しょくにほんぎ》』淳仁天皇天平宝字《じゅんにんてんのうてんぴょうほうじ》八年（七六四）の条に、「庚子《こうし》（七日）、復高鴨神《またたかかものかみ》を大和国葛 上 郡《やまとのくにかづらきのかみのこほり》に祀る。高鴨神は、法臣円興《ほふしんゑんこう》・弟中衛将監従五位下賀茂朝臣田守《おとちゅうゑのしやうげむかものあそみたもり》ら言《まう》さく、『昔、大泊瀬天皇《おおはつせのすめらみこと》葛城山《かづらぎやま》に獵《かり》したまひし時、老人《おきな》有りて、毎《つね》に天皇と相逐《あひお》ひて獲《えもの》を争ふ。天皇怒《いか》りて、その人を土佐国《とさのくに》に流したまふ。先祖《さきつおや》の主《つかさど》れる神《かみ》化《くゑ》して老夫《おきな》と成り、爰《ここ》に放逐《はうちく》せらる』とまうす。是《ここ》に、天皇乃《すなは》ち田守《たもり》を遣《つかは》して、これを迎えて本処《ほんしょ》に祀《まつ》らしむ」とあり、淳仁天皇がこの地に高鴨の神を祀ったとしている。

一方、この神社は、弥生時代中期に、鉱脈の上の「神気《しんき》」が出て

高鴨神社の東宮

いるところに、鴨氏が氏神を祀ったのに始まるという説もある。「カモ」は、「カミ」と同源で、「カモス」という言葉から派生し、「気」が放出している様子を表す。このため、この神社は、病気平癒、初《はつ》宮《みや》、大祓《おおはらい》など、甦《よみがえ》りの神として篤く信仰されている。

拝殿《はいでん》は、桁行《けたゆき》三間、梁行《はりゆき》二間の入母屋造《いりもやづくり》、桟瓦葺《さんかわらぶき》、吹《ふ》き放《はな》し、本《ほん》殿《でん》（重文）は、桁行三間、梁行二間の流造《ながれづくり》、檜皮葺《ひわだぶき》、唐破風付《からはふつき》で、軒下は極彩色に塗られている。天文《てんもん》一二年（一五四三）の再建である。

この神社付近は、鴨氏の発祥の地で、大和地方における鴨氏の本拠地といわれる。ここから鴨氏が奈良盆地に進出したとき、葛城川《かつらぎがわ》と柳田川《やなぎだがわ》の合流地点の「水垣《みずがき》」と呼ばれる地に移った一族が鴨都波《かもつば》神社《じんじゃ》、葛城川中流左岸の東持田《ひがしもちだ》の「御歳山《みとしやま》」に移った一族が葛木御《かつらぎみ》歳神社《としじんじゃ》をそれぞれ祀った。このため、高鴨神社は「上鴨社《かみかもしゃ》」、葛木御歳神社は「中鴨社《なかかもしゃ》」、鴨都波神社は「下鴨社《しもかもしゃ》」と呼ばれている。

境内には、東宮《とうぐう》と西宮《せいぐう》を併祀する。東宮の祭神は、天照大神《あまてらすおおみかみ》、天児屋根命《あめのこやねのみこと》、住吉大神《すみよしのおおかみ》で、社殿は、寛文《かんぶん》一二年（一六七二）の建立

高鴨神社の西宮

である。西宮の祭神は、多紀理毘売命《たぎりひめのみこと》、塩治彦命《えんやひこのみこと》、瀧津彦命《たきつひこのみこと》で、社殿は、貞享《じょうきょう》二年（一六八五）の建立である。さらに、境内には、八幡神社、一言主神社《ひとことぬしじんしゃ》など一八の摂社、末社を併祀する。社宝には、「大般若経《だいはんにゃきょう》六〇〇巻」「十六善神画像《じゅうろくぜんしんがぞう》」「千躰仏画像《せんたいぶつがぞう》」などがある。

拝殿下の右側の石垣には、燈籠が埋め込まれたように見える石組みがある。拝殿前には、一対の石燈籠がある。右側の石燈籠下の天邪鬼《あまのじゃく》は口を開き、左側の天邪鬼は歯を食いしばって重みに耐えている様子が印象的だ。

この神社は、ニホンサクラソウが保存・植栽されていることで知られる。約五百余種、約二千数百株が栽培され、四月下旬から五月上旬に素晴らしい開花が見られる。

葛城の道歴史文化館

■葛城の道歴史文化館

高鴨神社の西に葛城《かつらぎ》の道歴史文化館《みちれきしぶんかかん》がある。葛城の道を啓蒙し、その優れた歴史や自然の景観を守る拠点にすることを目的として開館された。

館内には、葛城の道を紹介する展示室、休憩ラウンジ、集会室などがある。大和朝廷が成立する以前の神話や古代王朝の足跡を理解したり、日本人の心の琴線に触れる優しい葛城山の容姿や、その麓に広がる田んぼの風景を味わったりすることができるなど、実際に葛城古道《かつらぎこどう》を歩くときの手引きや情報が得られる。

■朝妻・朝妻山

歴史文化館から北へ進むと、朝妻《あさづま》の集落がある。『日本書紀《にほんしょき》』仁《にん》徳天皇《とくてんのう》二十二年の条に、「天皇、皇后に語りて曰《のたま》はく、『八田皇女《やたのひめみこ》を納《めしい》れて将《まさ》に妃《みめ》とせむ』とのたまふ。時に皇后聴《うけゆる》さず。爰《ここ》に天皇歌《みうたよみ》して、皇后に乞《こ》ひて曰《のたま》はく、（中略）天皇、又歌《またみうたよみ》して曰《のたま》はく、『朝嬬《あさづま》の　避介《ひか》の小坂《をさか》を　片泣《かたな》きに　道行《みちゆ》く者《もの》も　偶《たぐ》ひてぞ良《よ》き』、皇后、遂《つひ》に聴《ゆる》さじと謂《おもほ》して、故《かれ》、黙《もだ》して亦答言《またかへりごとまう》したまはず」とある。天皇が八田皇女を妃にしたいと皇后にいったが、皇后は聴き入れず、天皇が「朝嬬の避介の小坂」の歌を詠んで、「二人並んで行く道づれがあるのがよい」といったが、皇后は、黙って答えなかったという、天皇と皇后の不仲のエピソードが記されている。

また、『日本書紀』天武天皇《てんむてんのう》九年の条には、「朝嬬に幸《いでま》す。因《よ》りて大山位《だいせんのくらゐ》より以下《しもつかた》の馬を長柄社《ながらのやしろ》に看《みそなは》す。乃《すなは》ち馬的射《うまゆみい》させたまふ」とある。さらに、『新撰姓氏録《しんせんしょうじろく》』には、「応神天皇《おうじんてんのう》十四年に、功智王《くうちのおおきみ》と弓月王《ゆづきのおおきみ》が来朝し、大和の朝津間《あさづま》の腋上《わきがみ》の地を賜り、居住した」とある。

允恭天皇《いんぎょうてんのう》の「雄朝津間稚子宿禰《おあさづまわくごのすくね》」という諱《いみな》も「朝妻」という地名に因《ちな》んでいるという説がある。

朝妻造氏　渡来系氏族で、氏名は大和国葛上郡朝妻の地名にもとづく。一族には、神護景雲二年（七六八）に従五位下に叙せられた朝妻造綿売、承和元年（八三四）に外従五位下となった朝妻造清主がいる。『元興寺伽藍縁起并流記資財帳』には、推古天皇四年（五九六）に完成した飛鳥寺の塔の「作金人」であった阿沙都麻首未沙乃の名が記され、朝妻造氏の祖先といわれる。

朝妻山

『続日本紀《しょくにほんぎ》』元正天皇《げんしょうてんのう》養老《ようろう》四年の条に、「十二月己卯《きぼう》朔《つきたち》己亥《きがい》（二十一日）、詔《みことのり》して、春宮坊《しゅんぐうぼう》少属《せうぞく》少初位上《せうしょいじょう》朝妻《あさづま》金作《かなつくりの》大歳《おほとし》と、同じき族《うがら》の河麻呂《かはまろ》との二人は、弁《あは》せて男女《をとこをみな》の雑戸《ざふこ》の籍《しゃく》を除《のぞ》きて、大歳《おほとし》に池上君《いけのうへのきみ》の姓を、河麻呂《かはまろ》に河合君《かはいのきみ》の姓を賜ふ」、『新撰《しんせん》姓氏録《しょうじろく》』大和国諸蕃《やまとのくにしょばん》には、「朝妻造《あさづまのみやつこ》として、韓国《からくに》の人、都留使主《つるのつかのおみ》より出《い》づ」とある。

朝妻の地名にちなむ氏族として朝妻氏《あさづまし》がおり、飛鳥寺の塔の作金《さくきん》人《にん》であった阿沙都麻首未沙乃《あさづまのおびとみさの》、官人の朝妻造綿売《あさづまのみやつこわため》らは、この地を本貫《ほんがん》としたと伝える。このように、朝妻は、早くから渡来人の居住地とされ、葛城氏がその移住に関与していたという説もある。

「朝妻」の地名の起源は不明であるが、「アサ」は崩崖《ほうがい》、浅く水をかぶる湿地、「ツマ」は末端、何々の間を意味するという説がある。

『万葉集』巻一〇に、「朝妻山《あさづまやま》」を詠んだ次の歌がある。

今朝《けさ》行《ゆ》きて　明日《あす》は来《こ》むと　云子鹿丹《いふこかに》

朝妻山《あさづまやま》に　霞たなびく　　一〇・一八一七

この歌は、柿本人麻呂歌集出《かきのもとひとまろかしゅうで》の歌で、第三句の「云子鹿丹」は難訓で、「云ふ子かに」と訓むと—朝になると出かけて、また明日も来ましょうと、言って出かける女という名の、朝妻山に、霞が懸かっている—という意味である。朝妻山の所在地については、金剛山とする説、金剛山の端山《はやま》とする説、高天山《たかまやま》（白雲峰《はくうんほう》）とする説、朝妻の山とする説、などがある。

『大和名所圖會《やまとめいしょずえ》』には、「朝妻山《あさづまやま》　朝妻村《あさづまむら》の上《かみ》にあり。金剛山《こんごうさん》より其坂路《そのはんろ》を避介《ひけ》の小坂《こさか》といふ。名区《めいく》なり。『日本紀《にほんぎ》』に出ず。朝嬬行宮《あさづまのあんぐう》、天武帝《てんむてい》ここに幸《みゆき》す」とある。

つづいて、「朝妻《あさづま》」を詠んだ次の歌がある。

児《こ》らが名に　かけの宜《よろ》しき　朝妻《あさづま》の
片山崖《かたやまぎし》に　霞たなびく　　一〇・一八一八

朝妻寺跡　朝妻の集落の南側で白鳳期の川原寺式の系統を汲む七弁複弁蓮華文軒丸瓦、重弧文軒丸瓦、巨勢寺式の系統を汲む十弁複弁蓮華文軒丸瓦、偏行唐草文軒平瓦などの瓦が出土し、朝妻寺跡といわれ、昭和初期まで礎石があったといわれるが、現在、所在不明。金堂跡と推定される基壇が発見されている。朝妻氏の氏寺とする説、『上宮聖徳法王帝説』に記される「葛木寺」に比定する説がある。

八幡神社

この歌は、柿本人麻呂歌集出の歌で―あの娘の名に、付けたらよいと思われる、朝妻にある、山の崖の辺に、霞が懸かっている―という意味である。

■八幡神社

歴史文化館から北へ進み、伏見の集落の中ほどで左折して、民家の間の急な坂を登っていくと、正面に銅板葺《どういたぶき》の明神鳥居《みょうじんとりい》がある。一〇三段の長い石段を登り、神門をくぐると、八幡神社《はちまんじんじゃ》の社殿がある。祭神は、応神天皇《おうじんてんのう》、天児屋根命《あめのこやねのみこと》、天照大神《あまてらすおおみかみ》である。社地は、応神《おうじん》・仁徳天皇《にんとくてんのう》の時代に、金剛山の東麓で割拠していた葛城氏の邸宅跡といわれる。

拝殿《はいでん》は桁行《けたゆき》七間、梁行《はりゆき》二間の切妻造《きりづまづくり》、桟瓦葺《さんかわらぶき》で、中央が二層になっている。本殿《ほんでん》は桁行三間、梁行二間の流造《ながれづくり》、銅板葺、唐破風《からはふ》向拝付《こうはいつき》で、その両側に一間社流造《いっけんしゃながれづくり》、銅板葺の二棟の社殿が並立

菩提寺

して建っている。中央の社殿に応神天皇、右側の社殿に天児屋根命、左側の社殿に天照大神を祀る。一番古い棟札には、天正《てんしょう》四年（一五七六）の銘があり、桃山時代の建築様式の特徴が見られ、極彩色に塗られていた形跡が残る。本殿の扉の内側には、金箔地に鷹が二面、花が四面の日本画が描かれている。

境内には、若宮八幡社《わかみやはちまんしゃ》、十二神社《じゅうにじんじゃ》、高良神社《こうらじんじゃ》、弁財天社《べんざいてんしゃ》、槌神社《つちじんじゃ》、金村神社《かなむらじんじゃ》、聖神社《ひじりじんじゃ》を合祀する。明治四一年（一九〇八）、朝妻の八幡神社、春日神社《かすがじんじゃ》、僧堂の稲荷神社《いなりじんじゃ》、天照皇神社《あまてらすのすめらじんじゃ》、五百家《いうか》の八幡神社、林の林神社が合祀された。

■菩提寺

八幡神社から北へ進むと、菩提寺《ぼだいじ》がある。伏見山と号する高野山真言宗の寺で、本尊は十一面観世音菩薩《じゅういちめんかんぜおんぼさつ》である。本堂は桁行二間、梁行二間の宝形造《ほうぎょうづくり》、銅板葺《どういたぶき》で、堂内の中央に本尊の十一面観世音

泰澄大師　奈良時代の修験道の僧。一四歳のとき出家し、法澄と名乗る。越智山に登り、十一面観世音菩薩を念じて修行を積み、大宝二年（七〇二）文武天皇から鎮護国家の法師に任じられた。養老元年（七一七）越前国の白山に登り、妙理大菩薩を感得し、白山を開山。養老六年（七二二）、元正天皇の病気平癒を祈願し、その功により神融禅師の号を賜る。天平九年（七三七）に流行した疱瘡を収束させた功により、称徳天皇の即位の折、泰澄（たいちょう）に改名。

菩薩像、その周囲に秘仏の毘沙門天像《びしゃもんてんぞう》、法起菩薩像《ほっきぼさつぞう》、神変大菩薩像《しんぺんだいぼさつぞう》を祀る。山門には仁王像《におうぞう》が祀られている。

この寺は、奈良時代に行基《ぎょうき》が菩提院《ぼだいいん》を建て、仏法を広めたのが始まりといわれる。光仁天皇《こうにんてんのう》は、仏教興隆のために、勅《みことのり》を出して、この郡の三町の田を施入《せにゅう》した。白山《はくさん》の泰澄大師《たいちょうだいし》、高野山の弘法大師《こうぼうだいし》もこの寺で参籠修行したといわれ、当時は子院三十余坊が建ち並んで、「伏見千軒《ふしみせんけん》」と称せられるほど繁栄を極めていた。貞和年間《じょうわねんかん》（一三四五〜一三五〇）、兵火でほとんどの堂宇を焼失したが、貞《じょう》享年間《きょうねんかん》（一六八四〜一六八八）、本堂、仁王堂《におうどう》が復興された。明治以降かなり荒廃していたが、昭和二七年（一九五二）、本堂が改築され、昭和五九年（一九八四）、仁王門《におうもん》が再建された。

蜘蛛窟

高天原

■蜘蛛窟

菩提寺から坂を下り、車道で左折して北へ進み、高天彦神社《たかまひこじんじゃ》の標識で左折して、急な坂を登っていく。山道の両側に天をつくような老杉の並木がつづいている。それを抜けると、右側に「蜘蛛窟《くものいわや》」と書かれた小さな表示板がある。それに従って山道を少し東へ行くと、「蜘蛛窟」と刻まれた石標がある。この蜘蛛窟には次の伝承がある。『大和名所圖會《やまとめいしょずえ》』に、「俗伝《ぞくでん》に、いにしへ此地《このち》に土蜘蛛《つちぐも》ありて、御《み》門御悩《かどごなう》ありしゆゑ、勅使《ちょくし》を立たさせこれを滅《ほろ》ぼし、かの窟《いわや》に築《きず》き籠《こ》めたまひしとなり」とある。往古、千本の足を持つ土蜘蛛が住んでいた。天皇はその土蜘蛛の存在に悩んでいたので、勅使がこの地にやって来て、字猿伐《あざさるち》から矢を射て土蜘蛛を殺した。その矢が落ちたところが「矢《や》の段《だん》」、土蜘蛛を高天原神社の傍に埋めたところが

鶯宿梅

「蜘蛛塚《くもづか》」、すなわち「蜘蛛窟」と呼ばれている。

■鶯宿梅

蜘蛛窟からもとの道まで戻ると、その先の十字路の角に鶯宿梅《おうしゅくばい》がある。

『大和名所圖會《やまとめいしょずえ》』に、「『古今秘抄《こきんひせう》』に曰《いは》く、孝謙天皇《かうけんてんわう》の御宇《ぎょう》大和《やまとの》国《くに》高天寺《たかまでら》に僧あり。彼弟子《かのでし》に少童《わらは》ありしが、或時《あるとき》空《むな》しくなる。師《し》の僧《そう》嘆《なげ》く事《こと》甚《はなはだ》深《ふか》し。しかりといへども、月日《つきひ》を送りて愁《うれひ》を忘れけり。かくして次《つぎ》の年《とし》、鶯《うぐひす》来《きた》りて梅《うめ》が枝《え》に鳴《な》く、其声《そのこえ》きけば『初陽毎朝《しょやうまいてう》来《らい》　不相還本栖《ふそうけんほんせい》』と囀《さへづ》る。これを文字《もんじ》に寫《うつ》し見れば歌なり。初陽《はつはる》の朝毎《あしたごと》には　来《き》たれども　あはでぞ還《かへ》る　本《もと》の栖《すみか》に(毎年春になると、あなたに会うために梅の木にやって来ますが、あなたは私のことを忘れてしまって、見向きもしてくれません。仕方なくもとの住処に帰るのです)」

高天彦神社

往古、高天原にあった高天寺《たかまでら》で修行していた小僧が若死にしたので、その師が嘆き悲しんでいると、庭の梅の木にウグイスがやって来て、ホーホケキョではなく、この歌を囀った。そこで、この梅の木は、「鶯宿梅」と呼ばれるようになった、という。

■高天彦神社

鶯宿梅の西に高天彦神社《たかまひこじんじゃ》がある。「彦沢権現《ひこさわごんげん》」とも称する。祭神は高皇産霊命《たかみむすびのみこと》、市杵島姫命《いちきしまひめのみこと》、菅原道真《すがわらのみちざね》である。『延喜式《えんぎしき》』神名帳《じんみょうちょう》に載る神名大社《じんみょうたいしゃ》で、月次《つきなみ》、相嘗《あいなめ》、新嘗《にいなめ》には、官幣《かんぺい》を預かったといわれる。『新抄格勅符抄《しんしょうかくちょくふしょう》』には、「宝亀《ほうき》一〇年（七七九）、大和国《やまとのくに》内に神《かん》戸《べ》を四戸所有」、『後日本紀《ごにほんぎ》』には、「延暦《えんりゃく》二年（七八三）、井上内《いがみない》親王《しんのう》の願いにより四時幣帛《しじへいはく》に預かった」とある。

『大和名所圖會《やまとめいしょずえ》』には、「高天彦神社《たかまひこじんじゃ》　高天村《たかまむら》にあり。今彦沢権現《いまひこさわごんげん》と称す。北窪《きたくぼ》・極楽寺村《ごくらくじむら》の氏神《うぢがみ》とす。『神名帳』『続日本紀《しょくにほんぎ》』『三代《さんだい》

白雲峰

実録《じつろく》』に出《い》ず」、『和州旧跡幽考《わしゅうきゅうせきゆうこう》』には、「仁明天皇承和《にんみょうてんのうじょうわ》六年大和国《やまとのくに》葛上郡従三位高天彦神《かつじょうぐんじゅうさんいたかまひこのかみ》を名神《みやうじん》とし給ふ」とある。

　高皇産霊命《たかみむすびのみこと》（高御産巣日神《たかみむすびのかみ》）は、『古事記《こじき》』神話の中段に、「高木《たかぎの》神《かみ》」、別名「高天彦神《たかまひこのかみ》」の名でしばしば登場し、「天地初《あめつちはじ》めて発《ひら》けし時、高天原《たかまのはら》に成れる神の名は、天之御中主神《あめのなかぬしのかみ》、次に高御産巣日神《たかみむすびのかみ》、次に神産巣日神《かみむすびのかみ》、この三柱《みはしら》はみな独神《ひとりがみ》となりまして身を隠し給ひき」とあり、高天原に成った造化三神《ぞうかさんしん》の一柱《ひとはしら》とされている。「むす」は「苔むす」の「むす」と同じで、生成を意味する言葉であり、「び」は日、火のことで、つまり、宇宙の生成力を神格化した神である。

　この神社のご神体は、社殿後方の円錐形をした白雲峰《はくうんほう》（標高六九四メートル）である。社殿は、桁行《けたゆき》三間、梁行《はりゆき》二間の流造《ながれづくり》、桟瓦葺《さんかわらぶき》（向拝部分《こうはいぶぶん》が銅板葺《どういたぶき》）である。檜の古木に囲まれて神々しい雰囲気が漂っている。

　高天彦神《たかまひこのかみ》は、葛城氏《かつらぎうじ》の祖神とされ、葛城氏が祖神の「高天彦神」を祀ったのがこの神社の起源とされる。この神社の背後に聳える金《こん》剛山《ごうさん》は、高天彦神の山霊そのものとされていたので、往古、「高天《たかまの》原山《はらやま》」と呼ばれていた。

葛城氏は、葛城襲津彦命《かつらぎそつひこのみこと》を祖とし、弥生時代中期に葛城・金剛山の東麓の高地に住み、狩猟と畑作に従事し、高皇産霊命を信仰していた。やがて、御所北部《ごせほくぶ》の平地で水稲農業をしていた鴨氏《かもし》を征服し、葛城王朝《かつらぎおうちょう》を樹立し、平群《へぐり》、巨勢《こせ》、蘇我《そが》などへも勢力を拡大した。葛城襲津彦の娘・磐之媛《いわのひめ》は、仁徳天皇《にんとくてんのう》の后妃《こうひ》になり、また、葛城襲津彦の子・葦田宿禰《あしだのすくね》の娘・黒比売命《くろひめのみこと》は、履中天皇《りちゅうてんのう》の后妃になるなど、大王《だいおう》の后妃として子女を嫁がせ、大王家の外戚《がいせき》として勢力を伸ばし、やがて、雄略《ゆうりゃく》・履中《りちゅう》・反正《はんぜい》・允恭《いんぎょう》・仁賢《にんけん》・顕宗《けんぞう》・清寧《せいねい》などの大王を輩出した。

高天寺　高天寺は、金剛山の麓にあって、最盛期には草庵五六坊があった。いつの代からか分からないが、頽廃して、江戸時代には、わずかに三間四面の正堂一宇と僧舎六院になった。正堂には、十一面観世音菩薩像と釈迦如来像が安置されていた。その傍らに遍照院という草庵があって、庭の前に、孝謙天皇の御宇にウグイスがやって来て和歌を詠じたと伝える梅の木があった。

高天原

■高天原

高天彦神社付近から北の台地は、「高天原《たかまはら》」と呼ばれ、高天彦神社から少し北へ行くと、「史跡　高天原」の石標がある。高天原は、一般的には、『古事記《こじき》』の神話に出る神々が住む天上界《てんじょうかい》にあるが、この地は、天照大神《あまてらすおおみかみ》の子・天忍穂耳命《あめのおしほみみのみこと》に高皇産霊命《たかみむすびのみこと》の娘の栲幡《たくはた》千々姫《ちぢひめ》が嫁ぎ、その子の瓊々杵命《ににぎのみこと》が高天原から降臨したところとされる。葛城氏は、氏族の本拠地のこの台地を神々が集まる場所と考え、「高天原」と名付けたという。

■高天原の万葉歌碑

高天原に、次の歌が刻まれた万葉歌碑がある。

葛城《かづらぎ》の　高間《たかま》の草野《かやの》　はや知りて

高天原の万葉歌碑

標《しめ》刺《さ》さましを　今そ悔《くや》しき　　七・一三三七

この歌は—葛城の、高間にある萱野ではないが、一番先に標をつけた人となるように、あの人を早く知って、標をすればよかった、もう取り返しがつかないので今は悔しい—という意味である。この歌碑は、書家・中野南風《なかのなんぷう》氏の揮毫により、昭和六一年（一九八六）に建立された。

高天（高間）は、奈良期から見える地名で、金剛山の東側の中腹から山頂に至る地域である。当地は、葛城地方で最も高所にあるので、高天という地名が付いたという説もある。このため、金剛山のことを「葛城山《かつらぎさん》」「高天山《たかまやま》」とも称している。

皇祖《こうそ》・高皇産霊命は、自分の孫であり、天照大神の孫にも当たる天津彦彦火瓊瓊杵命《あまつひこひこほのににぎのみこと》を高天原から地上に降ろし、葦原中国《あしはらのなかくに》を統治させようとしたという神話も伝えられる。

■葛城山

高天山の背後には葛城山《かつらぎさん》が聳えている。葛城山は、御所市《ごせし》と大阪府千早赤阪村《ちはやあかさかむら》の境にある標高九六〇メートルの山である。葛城山の名称は、かつて金剛山《こんごうさん》を含む名称として用いられ、古くは「戒那《かいな》山《やま》」「篠峰《しのみね》」「天神山《てんじんやま》」とも呼ばれた。

『和州巡覧記《わしゅうじゅんらんき》』には、「篠峰《しのみね》の南にあり。篠峰より猶《なほ》高き大山也《おほやまなり》。是金剛山也《これこんごうさんなり》。山上に葛城の神社有。山上より一町西の方に金剛山の寺あり。転法輪寺《てんぽうりんじ》と云。六坊有《ろくぼうあり》。山上は大和《やまと》なり。寺は河内《かはち》に属せり。婦人は此山《このやま》に上る事許さず。(中略)此山に登れば、大和、河内、摂津《せっつ》、其外諸国眼下《そのほかしょこくがんか》に見ゆ」とある。

『大和名所圖會《やまとめいしょずえ》』には、「葛城山《かつらぎやま》　葛上《かつらのかみ》・忍海《おしみ》・葛下三郡《かつらしもさんぐん》の西に連なり、嶺の西は河州《かしう》に隷《およ》ぶ。第一峯《だいいちぽう》を高天山《たかまやま》といふ。又金剛山《またこんがうせん》とも呼ぶ。高さ三百丈《さんびゃくぢゃう》、山頂に寺院あり。山脈東《さんみゃくひがし》に出でて、高天《たかま》村高天山《むらたかまやま》にあり。『日本紀《にほんぎ》』に曰く、斉明天皇《さいめいてんわう》元年五月、竜《りゅう》にのり

高天原　「タカアマハラ」「タカアマノハラ」「タカノアマハラ」「タカマノハラ」「タカマガハラ」などの訓があり、読み方は定まっていない。『古事記』に含まれる日本神話および祝詞において、天津神が住んでいる場所をいう。その所在地については、考えること自体が無意味であるという作為説、神々の住む天上あるいは天上より高い宇宙とする天上説、奈良県御所市高天、宮崎県高千穂町、熊本県山都町、岡山県真庭市、群馬県上野村、茨城県多賀郡などの実在の土地とする地上説がある。

葛城山

て虚空《こくう》をかけるものあり。容貌《かたち》中華人《もろこしびと》に似《に》て、青《あお》き油《あぶら》ぎぬの笠をき、かつらぎの岳《たけ》より出《い》でて胆駒山《いこまやま》に馳《は》せ行《ゆ》き、午《うま》の時《とき》には住吉《すみよし》の松嶺《まつのみね》の上より、西に向かひて馳《は》せ去《さ》りけり。又曰《またいは》く、天武天皇《てんむてんわう》九年二月、葛城山《かつらぎやま》に麟角《りんかく》あり。角《つの》のもとは二枝《ふたまた》にして、末合《すゑあ》うて宍《しし》あり。宍の上に毛生《けお》ひたり。毛の長さ一寸、即《すなはち》異《こと》なるを以《もっ》てこれを献《たてまつ》る。又曰《またいは》く、同御宇《おなじぎょう》白鳳《はくほう》十三年、葛城に四足《しそく》の鶏《にはとり》あり」とある。

『万葉集』には、「葛城山《かつらぎやま》」は次のように詠まれている。

春柳《はるやなぎ》　葛城山《かづらぎやま》に　立つ雲の
立ちても居《ゐ》ても　妹《いも》をしそ思ふ　　一一・二四五三

この歌は、柿本人麻呂《かきのもとのひとまろ》の作で―葛城山に、立っている雲ではないが、立っていても座っていても何かにつけて、愛しい人のことばかりが思い出される―という意味である。

橋本院の本堂（観音堂）

■橋本院

高天原の万葉歌碑から東へ少し下った所に、橋本院《はしもといん》がある。橋本院は、宝宥山《ほうゆうさん》高天寺《たかまでら》橋本院《はしもといん》と号する高野山真言宗の寺で、本尊は十一面観世音菩薩《じゅういちめんかんぜおんぼさつ》である。この観音像は、高さ約五・四メートルの木彫の巨像で、左手に水瓶《すいびょう》、右手に錫杖《しゃくじょう》を持つ長谷寺式《はせでらしき》の像で、高天寺本堂より移したという。「生《い》かせ命《いのち》の本像《ほんぞう》」として広く信仰を集めている。寺伝によれば、橋本院の前身は高天寺で、次の縁起を伝える。

養老《ようろう》二年（七一八）、行基《ぎょうき》が高天山《たかまやま》へ登拝のためこの地を訪れたとき、霊地であると感じて一精舎《いちしょうじゃ》を建てた。一心に冥応《めいおう》して祈っていると、光を放ち香気が漂う十一面観世音菩薩を感得《かんとく》した。行基はこの霊応《れいおう》を深く感じて、祈念しつづけたので、人々はこの行基の姿に感動して、「高天上人《たかまのしょうにん》」と呼んで尊敬した。元正天皇《げんしょうてんのう》は、この功《く》徳《どく》を聞いて、行基に寺地を与え、高天寺の開創を許可し、行基は、

橋本院の庫裡

堂宇を建て、十一面観世音菩薩像を刻んで祀ったという。

天平《てんぴょう》一七年（七四五）、聖武天皇《しょうむてんのう》が発病したとき、この寺で病気平癒を祈願したところ、病気が完全に治癒したので、天皇より「宝《ほう》宥山《ゆうさん》」の山号が授与された。

孝謙天皇《こうけんてんのう》は、鑑真和上《がんじんわじょう》を住職に任命して、深く帰依したので、「高天千軒《たかませんげん》」と呼ばれる格式の高い大寺院となり、金剛転法輪寺《こんごうてんほうりんじ》七坊の一つとして、石寺《いしでら》、朝原寺《あさはらでら》と共に権威を誇った。後に、葛城修《かつらぎしゅ》験宗《げんしゅう》の根本道場となり、役小角《えんのおづの》（役行者）らが修行した。

元弘《げんこう》の変《へん》（一三三一年）後、高天寺の僧・高天行秀《たかまぎょうしゅう》が南朝を支援したので、北朝方の畠山基国《はたけやまもとくに》、高師直《こうのもろなお》らにより、ことごとく堂宇が焼き払われ、その後約三五〇年間、寺は衰亡の一途をたどった。

三条西公条《さんじょうにしきんえだ》は、天文《てんぶん》二二年（一五五三）、この地を訪れ、『吉野《よしの》詣記《もうでき》』に、「これよりうへは乗物かなわざるよし申せしかば、まことに山ぶしの姿にて、かつらぎのみね金剛山へと心ざしけれ」と記している。延宝《えんぽう》五年（一六七七）、住職・頼勇《らいゆう》が高天寺の一子院の

橋本院の瞑想の庭

一つであった橋本院を復興し、今日に至っている。

本堂は、桁行《けたゆき》三間、梁行《はりゆき》三間の寄棟造《よせむねづくり》、桟瓦葺《さんかわらぶき》の観音堂《かんのんどう》で、堂内には、本尊の十一面観世音菩薩像《じゅういちめんかんぜおんぼさつぞう》をはじめ、聖観世音菩薩像《せいかんぜおんぼさつぞう》、薬師《やくし》如来像《にょらいぞう》、大威徳明王像《だいいとくみょうおうぞう》、釈迦涅槃図《しゃかねはんず》を祀る。大師堂は、山門のすぐ左脇にあり、弘法大師像《こうぼうだいしぞう》を祀る。境内には、厄除修行大師尊像《やくよけしゅぎょうだいしそんぞう》、厄除十三仏《やくよけじゅうさんぼとけ》が安置されている。

境内には、「瞑想《めいそう》の庭《にわ》」と呼ばれる庭がある。一～三月にはロウバイ、ツバキ、四～五月にはツバキ、サクラ、ボタン、シャクヤク、フジ、六～八月にはユリ、アジサイ、ハス、九～一〇月にはヒガンバナ、シュウメイギク、秋の山野草、一一～一二月にはカンザクラ、モミジなど、四季折々の草木の花々の開花が楽しめる。西に聳える金剛山や葛城山、手前の白雲峰が背景となって、「瞑想の庭」に咲くこれらの四季折々の花をいっそう引き立てている。

極楽寺の本堂

■極楽寺

橋本院から急な山道を下っていくと、極楽寺《ごくらくじ》がある。仏頭山法眼院《ぶっとうさんほうげんいん》と号する浄土宗知恩院派の寺で、本尊は阿弥陀如来《あみだにょらい》で、開基は興福寺《こうふくじ》の一和上人《いちわしょうにん》である。古い地名をもって「吐田《はんだ》の極楽寺《ごくらくじ》」とも呼ばれている。

本堂は、桁行《けたゆき》六間、梁行《はりゆき》七間の入母屋造《いりもやづくり》、本瓦葺《ほんかわらぶき》、向拝付《こうはいつき》の堂々とした建物である。桃山時代の建築様式が見られ、軒下の透かし彫りの蟇股《かえるまた》は見事である。山門は楼門形式《ろうもんけいしき》で、二階部分に梵鐘《ぼんしょう》が懸けられている。この寺の由来については、次の故事がある。

この寺を開基した一和上人は、奈良・興福寺の座主《ざす》（貫主）を務め、学徳に秀でたことで広く知られる僧であった。名利《みょうり》を嫌い、静かに修行に専念できる場所を求めていたとき、毎夜、金剛山の東に光が見られた。そこで、不思議に思い、その場所を探したところ、光を放つ場所に阿弥陀仏《あみだぶつ》の頭を発見した。この地こそ有縁《うえん》の地と定

極楽寺全景

めて、天暦《てんりゃく》五年（九五一）、草庵《そうあん》を結び、仏頭《ぶっとう》を本尊として法眼院《ほうげんいん》を創建した。

南北朝時代には、楠木正成《くすのきまさしげ》の祈願寺となり、河内《かわち》、金剛《こんごう》、吉野《よしの》の要所となった。その約三〇〇年後、浄土宗第三祖・良忠上人《りょうちゅうしょうにん》の弟子・林阿上人《りんなしょうにん》が寺に入り、広く念仏の布教を行い、中興開山した。

本堂の左側には、桁行三間、梁行三間の入母屋造《いりもやづくり》、銅板葺《どういたぶき》、唐破《からは》風向拝付《ふこうはいつき》の大得堂《だいとくどう》がある。堂内には、霊仏と仰がれる天得如来絵像《てんとくにょらいえぞう》を祀る。この絵像については、次の伝承がある。

今から約七〇〇年前、佐田村《さたむら》に隠れ住んでいた北面の武士・十河《そごう》図書行光《ずしょゆきみつ》が金剛山で狩りをしたが、その日は全く獲物がなかった。夕方になって、ようやく一頭の鹿を見つけ、矢を放とうとしたが、鹿を見失ってしまった。そこに行者が現れ、生命の大切さ、仏の教えの尊さを説き、如来の姿を描いた一巻の巻物を行光に与えて、姿を消した。驚いた行光が目を上げると、はるか西方の雲の上に行者の姿があった。行光は感激して拝むと、鉦《しょう》が落ちてきた。行光は、この不

住吉神社

思議な出来事に感動して、頭を剃って出家し、授かった巻物を自宅に祀った。この巻物の絵像は、「天得如来《てんとくにょらい》」と呼ばれ、それから二〇年後、夢のお告げを受けて、この天得如来を極楽寺に奉納した、と。

名柄

■住吉神社

極楽寺から北へ進み、南郷の集落に入ると、住吉神社《すみよしじんじゃ》がある。祭神は、上筒男命《うわつつのおのみこと》、中筒男命《なかつつのおのみこと》、底筒男命《そこつつのおのみこと》、息長帯比売命《おきながたらしひめのみこと》である。拝殿は桁行五間、梁行二間の入母屋造《いりもやづくり》、桟瓦葺《さんかわらぶき》、本殿は一間社春日造《いっけんしゃかすがづくり》、銅板葺《どういたぶき》で、棟に千木《ちぎ》と鰹木《かつおぎ》を載せる。正面は鳥居につづく瑞垣《みずがき》、側面と背後は白い塀で囲まれている。白鳳年間《はくほうねんかん》に難波《なにわ》の住吉大社《すみよしたいしゃ》の分霊を勧請したのが始まりと伝える。拝殿左側の檜にキツツキの巣、前面におかげ燈籠がある。

高木神社

■高木神社

住吉神社から井戸の集落に入ると、高木神社《たかぎじんじゃ》がある。祭神は高木《たかぎの》神《かみ》（高御産霊命《たかみむすびのみこと》）である。拝殿は桁行八間、梁行二間、切妻造《きりづまづくり》、桟《さん》瓦葺《かわらぶき》の割拝殿《わりはいでん》、本殿は一間社春日造《いっけんしゃかすがづくり》、銅板葺《どういたぶき》である。

■春日神社

高木神社の先に春日神社《かすがじんじゃ》がある。祭神は天児屋根命《あめのこやねのみこと》である。拝殿は桁行三間、梁行二間の切妻造《きりづまづくり》、桟瓦葺、本殿は一間社春日造《いっけんしゃかすがづくり》、銅《どう》板葺《いたぶき》の小さな社殿である。

■名柄

春日神社から名柄街道《ながらかいどう》（旧高野街道《きゅうこうやかいどう》）に沿って進むと、美しい格《こう》

名柄の町並み

子戸《しど》の民家が並ぶ名柄《ながら》の集落に入る。『日本書紀《にほんしょき》』天武天皇《てんむてんのう》九年の条には、「朝嬬《あさづま》に幸《いでま》す。因《よ》りて大山位《だいせんのくらゐ》より以下《しもつかた》の馬を長柄社《ながらのやしろ》に看《みそなは》す。乃《すなは》ち馬的射《うまゆみい》させたまふ」とある。水越川《みずこしがわ》と百百川《ももかわ》の間に位置し、古来、高野山への参詣、金剛山への登山の人たちの宿場として栄えた。

「名柄」は、古くは、「長江《ながえ》」と表記したといわれ、「長江」の「江」が「柄」となり、音読して「ナガラ」、さらに「名柄」の文字に変じたといわれる。「長江」は緩やかに長い葛城山の尾根を意味する。「ナガラ」の語源は、「ナガシ」で、急斜面の扇状地帯《せんじょうちたい》を意味する古語である。

街道の両側には、堂々とした造りの大和棟《やまとむね》の民家、ひなびた格子戸の家、白壁の美しい家々が建ち並び、近世にタイムスリップしたような錯覚にとらわれる。

中村家住宅

■中村家住宅

名柄の集落の中ほどに中村家住宅《なかむらけじゅうたく》（重文）がある。中世、吐田城《はんだじょう》主《しゅ》であった吐田越前守《はんだえちぜんのかみ》の子孫・中村正勝《なかむらまさかつ》が居住した代官屋敷の跡である。

切妻段造、本瓦葺の建物で、慶長年間《けいちょうねんかん》（一五九六〜一六一五）の建立である。南側に土間があり、土間の南側前面の伴部屋《ともべや》は道路に面しているが、これより前面北側は建物を一間後退させて、釘抜門《くぎぬきもん》と塀が造られ、床上部は二列三室の六間取《ろくまどり》である。農家建築に近い建て方で、江戸時代初期の民家造を今に伝え、歴史的価値の高い建物として国の文化財に指定されている。

■長柄神社

中村家住宅の先の名柄街道《ながらかいどう》と水越街道《みずこしかいどう》の交差点の東に長柄神社《ながらじんじゃ》

長柄神社

がある。『延喜式《えんぎしき》』神名帳《じんみょうちょう》に「葛上郡《かづらかみのこほり》十七座の一つ」とある式内社で、祭神は、下照姫命《したてるひめのみこと》で、俗に「姫《ひめ》の宮《みや》」と称する。一説には、八重事代主命《やえことしろぬしのみこと》という。創建年代は未詳であるが、長柄首《ながらのおびと》が祖神を祀ったのに始まるといわれる。この地は『日本書紀《にほんしょき》』神武即位前紀《じんむそくいぜんき》の「臍見《ほそみ》の長柄《ながら》の丘岬《おかさき》」の地に比定されている。また、『春日神社文書《かすがじんじゃもんじょ》』の応永《おうえい》二五年（一四一八）の伴田庄注進文《はんだしょうちゅうしんもん》に記される「ナカラノミヤ」は、この神社に該当するといわれる。

『日本書紀』天武天皇《てんむてんのう》九年の条に、「朝嬬《あさづま》に幸《いでま》す。因《よ》りて大山位《だいせんのくらゐ》より以下《しもつかた》の馬《うま》を長柄社《ながらのやしろ》に看《みそなは》す。乃《すなは》ち馬的射《うまゆみい》させたまふ」と記され、天武天皇が長柄神社で流鏑馬《やぶさめ》を催したと伝える。『姓氏録《しょうじろく》』には、「名柄首《ながらのおびと》。天乃八重事代主神《あめのやえことしろぬしのかみ》の後《あと》なり」とある。

本殿は、一間社春日造《いっけんしゃかすがづくり》、檜皮葺《ひわだぶき》、丹塗《にぬり》で、細部に禅宗様式《ぜんしゅうようしき》が見られ、県指定文化財になっている。向拝《こうはい》は、垂木《たるき》がない珍しい造りで、軒の裏板には、美しい雲竜《うんりゅう》の彩画が描かれている。手水屋《ちょうずや》は朝原寺《ちょうげんじ》からの移築である。境内には、八坂神社《やさかじんじゃ》、一言主神社《ひとことぬしじんじゃ》などを合祀する。

龍正寺

■龍正寺

名柄街道と水越街道の交差点の東北角に龍正寺《りゅうしょうじ》がある。大帳山朝原院《だいちょうさんちょうげんいん》と号する浄土宗の寺で、本尊は阿弥陀如来《あみだにょらい》である。本堂は桁行四間、梁行四間の入母屋造、本瓦葺、向拝付である。

■葛城一言主神社

名柄街道を北に進み、突き当たりで左側の鳥居をくぐって参道を西へ進むと、葛城一言主神社《かつらぎひとことぬしじんしゃ》がある。『延喜式《えんぎしき》』神名帳《じんみょうちょう》に載る式内《しきない》大社《たいしゃ》で、祭神は一言主大神《ひとことぬしのおおかみ》、稚武命《わかたけのみこと》である。一説には、八重事代《やえことしろ》主命《ぬしのみこと》という。

『大和名所圖會《やまとめいしょずえ》』には、「当社は『延喜式《えんぎしき》』神名帳《じんみゃうちょう》に出《い》づ。一言《ひとこと》主神《ぬしのかみ》は孔雀明王《くじゃくみゃうおう》と号《がう》す。葛城神《かつらぎのかみ》ともいふ是《これ》なり。抑《そもそも》一言主神《ひとことぬしのかみ》は一説に、大穴六道尊子味鉏高彦根命《おほあなむちのみことのこあぢすきたかひこねのみこと》か。葛城山《かつらぎやま》の東下高宮岡上《ひがしふもとのたかみやのおかのへ》

葛城一言主神社の参道

にむかへて鎮《しづ》め奉《たてまつ》る」とある。

事代主命《ことしろぬしのみこと》は、一種の宣拓《せんたく》の神であるが、この神社では、一言の願いを叶えてくれる神とされている。このため、この神社は、吉事《よごと》や凶事《まがごと》の願いも一言だけ聞いてくれる「いちごんさん」「いちこんじさん」という愛称で呼ばれて、近隣住民の篤い信仰がある。

この一言主神については、『今昔物語《こんじゃくものがたり》』に、「役行者《えんのぎょうじゃ》が、修行のため葛城山と吉野の金峯山《きんぷせん》の間に岩橋を架けるため、諸神を集めて架橋工事をしたとき、一言主神は顔が醜かったので、昼は働かず夜しか働かなかったために、石橋がなかなか完成しなかった。そこで、役行者は怒って、近くの小川の傍の大木に一言主大神を縛り付けた」という故事を伝える。

この神社の創建年代については諸説があり、詳らかではない。『日本書紀《にほんしょき》』『古事記《こじき》』によれば、「雄略天皇《ゆうりゃくてんのう》四年の春、天皇が葛城山で狩りをしていたとき、天皇と同じ姿をした神が現われた。天皇が『お前は何者だ』と問いかけると、『私は善事《よごと》も悪事《まがごと》も一言で言

葛城一言主神社の拝殿

い放つ神、葛城の一言主大神である』といった。そこで、天皇はこの神を奉斎《ほうさい》した」と記されており、この記述に従うと、この神社の創建年代は、雄略天皇四年になる。

『三代実録《さんだいじつろく》』には、「貞観《じょうがん》元年（八五九）従二位《じゅうにい》を賜う。同年九月幣《ぬさ》を奉《たてまつ》りて雨風を祈られる」、また、『延喜式』には、「名神大社《みょうじんたいしゃ》・祈年《きねん》・月次《つきなみ》・相嘗《あいなめ》・新嘗《にいなめ》の案上官幣《あんじょうかんぺい》、祈雨《きう》の祭《まつり》に預かる。正暦《しょうりゃく》五年（九九四）中臣氏人《なかとみのうじびと》を遣わして幣帛《へいはく》を奉《たてまつ》り、疫疾放火《えきしつほうか》に祈らしむ」とある。

さらに、『和州旧跡幽考《わしゅうきゅうせきゆうこう》』には、「雄略天皇《ゆうりゃくてんのう》四年、天皇かづらき山に狩し給ふ時、一言主神出て天皇とともに箭《や》をはなち轡《くつばみ》をならべてかりし給ふ。天皇大瞋給《おおいにいかりたま》ふて神を土佐国《とさのくに》にうつし奉《たてまつ》らる。その後、天平宝字《てんぴょうほうじ》八年、従五位上高賀茂朝臣等奏《じゅうごいじょうたかかもあそみらをそう》して、葛城山の東下《ひがしのふもと》、高宮岡上《たかみやのおかのへ》にむかへて鎮奉《しずめたてまつ》る」とあり、この神社の創建年代は、天平宝字八年（七六四）としている。

拝殿《はいでん》は、桁行《けたゆき》六間、梁行《はりゆき》二間の入母屋造《いりもやづくり》、桟瓦葺《さんかわらぶき》、唐破風向拝付《からはふこうはいつき》

葛城一言主神社の乳銀杏

である。天文《てんぶん》一九年（一五五〇）、兵乱のため拝殿と楼門を焼失したが、慶応《けいおう》三年（一八六七）、一般の寄進により、拝殿が再建された。本殿《ほんでん》は、桁行三間、梁行二間の流造《ながれづくり》、銅板葺《どういたぶき》である。長禄《ちょうろく》三年（一四五九）、下総国守谷城主《しもふさのくにもりやじょうしゅ》・相馬弾正胤広《そうまだんじょうたねひろ》（平将門《たいらのまさかど》の子孫）による再建である。

境内には、祓戸社《はらえどしゃ》、稲荷社《いなりしゃ》、市杵島姫社《いちきしまひめしゃ》、天満社《てんまんしゃ》、住吉社《すみよししゃ》、八幡社《はちまんしゃ》、神功皇后社《じんぐうこうごうしゃ》を合祀する。

石段の左側には、災いをもたらす黒蛇《くろへび》を役行者《えんのぎょうじゃ》が調伏《ちょうふく》し、その上に亀の形をした石を置いたという「亀石《かめいし》」と呼ばれる石がある。石から水が流れ落ちており、この水で身を清めると、ご利益があるといわれている。

境内には、樹齢一二〇〇年といわれる高さ約四〇メートルの「乳銀杏《ちちいちょう》」と呼ばれるイチョウの大木、『日本書紀《にほんしょき》』神武天皇紀《じんむてんのうき》に記される土蜘蛛《つちぐも》を埋めて供養したと伝える蜘蛛塚《くもづか》、松尾芭蕉《まつおばしょう》の『笈《おい》の小文《こぶみ》』に因んだ芭蕉の句碑がある。

葛城一言主神社境内の万葉歌碑

■葛城一言主神社境内の万葉歌碑

拝殿の横に、次の歌が刻まれた万葉歌碑がある。

葛城《かづらき》の　襲津彦真弓《そつびこまゆみ》　荒木《あらき》にも
頼《たの》めや君が　わが名告《の》りけむ　　一一・二六三九

この歌は——葛城の、襲津彦が弓に拵《こしら》えた檀《まゆみ》の木の、荒木のように、頼りにする気であなたは、わたしの名を人に告げたのでしょう——という意味である。万葉の時代には、恋人の名をみだりに他人に告げることは、強い禁忌事項とされていた。それを破って、あえてわたしの名を人に告げたあなたは、本当にわたしをそんなに頼もしいと思ってくれているのですか、と疑っている。この歌碑は、国文学者・桜井満《さくらいみつる》氏の揮毫により、平成五年（一九九三）に建立された。

綏靖天皇高丘宮趾

■綏靖天皇高丘宮趾

一言主神社から北へ行くと、「綏靖天皇高丘宮趾《すいぜいてんのうたかおかのみやあと》」の石標がある。この地は、綏靖天皇が高丘宮《たかおかのみや》を営んだところとされている。『日本《にほん》書紀《しょき》』綏靖天皇《すいぜいてんのう》元年の条に、「葛城《かづらぎ》に都を作る。是《これ》を高丘宮《たかおかのみや》といふ」、『古事記《こじき》』に「神沼名河耳命《かむぬなかはみみのみこと》（綏靖天皇）、高丘宮に坐しまして、天の下治らしめしき。此の天皇、師木県主《しきのあがたぬし》の祖、河俣毘売《かはまたひめ》を娶《めと》して生みませる御子《みこ》、師木津日子玉手見命《しきつひこたまでみのみこと》」とあり、綏靖天皇は葛城に宮を営んだようであるが、その所在地は、諸説があり、確定していない。

『古事記』仁徳紀《にんとくき》には、襲津彦《そつひこ》の娘の磐之媛《いわのひめ》が「我が見が欲し国は、葛城高宮《かつらぎのたかみや》、我家《わぎへ》のあたり」という歌を詠んだとあり、この地は、磐之媛が生まれ育った所と伝える。

『日本書紀』推古天皇《すいこてんのう》三十二年の条には、「冬十月癸卯《きぼう》の朔《つきたち》に、大臣は、阿墨連《あずみのむらじ》、阿倍臣摩侶《あべのおみまろ》の二人の臣《まえつきみ》を遣わして、天皇に、『葛城県《かづらぎのあがた》は、私のもともとの居住地であり、その県にちなんで姓名を名のっております。そこで永久にこの県を賜って、私の封県《よさせるあがた》としたいと思います』と申し上げた。しかし、天皇は（中略）お聞き入れにならなかった」とあり、蘇我氏《そがし》の居住地とされている。

さらに、『日本書紀』皇極天皇《こうぎょくてんのう》元年の条には、「この歳、蘇我大《そがのおお》臣蝦夷《おみえみし》は、みずからの祖先の廟《びょう》を葛城の高宮に立て、八佾《やつら》の舞《まい》を行った」とあり、皇極天皇の時代まで宮があり、蘇我氏の廟があったようである。

『和州旧跡幽考《わしゅうきゅうせきゆうこう》』には、「高丘宮《たかおかのみや》　帝王編年曰《ていおうへんねんいわく》、葛上郡《かづらかみのこほり》。村老《むらのおきな》申《まほ》す、一言主の社のほとり。人皇《にんなう》二代《にだい》綏靖天皇元年正月、都《みやこ》を葛城《かづらぎ》に遷《うつ》され高丘宮《たかおかのみや》と名づけ給ふ」とある。

綏靖天皇は、神武天皇《じんむてんのう》の第三子、第二代の天皇で、神武天皇の没後、長兄の手研耳命《たぎしみみのみこと》を討って即位し、葛城高丘宮《かつらぎたかおかのみや》に宮を定め、母の妹の五十鈴依媛《いすずよりひめ》を皇后とした、と伝える。

葛城襲津彦　曽津毘古、沙至比跪とも表記する。仁徳天皇の皇后の磐之媛の父。四世紀後半から五世紀前半に大和葛城地域で活躍した豪族の葛城氏の祖とされる。『日本書紀』神功皇后紀には、襲津彦が新羅王の人質、微叱旱岐（みしこち）の見張りとして新羅に使わされたが、対馬で新羅王の使者に騙され、微叱旱岐に逃げられ、怒った襲津彦が蹈鞴津（たたらつ）から草羅城（さわらのさし）を攻撃して、捕虜を連れ帰ったとある。

九品寺

鴨山口神社

■九品寺

高丘宮趾の北に九品寺《くほんじ》がある。奈良時代に、聖武天皇《しょうむてんのう》の詔《みことのり》により行基《ぎょうき》が開基したと伝える。戒那山《かいなさん》と号する浄土宗知恩院派の寺で、本尊は阿弥陀如来《あみだにょらい》（重文）である。創建年代は不明であるが、行基が草庵を結んだのに始まり、空海《くうかい》がこの辺りに戒那千坊《かいなせんぼう》を開いた。永禄年間《えいろくねんかん》（一五五八～一五七〇）、観誉弘誓《かんよぐぜい》によって浄土宗に改宗された。中世には、この一帯で勢力をふるっていた楢原氏《ならはらし》の菩提寺《ぼだいじ》となり、境内には一族の墓がある。浄土庭園では、春にはサクラ、夏にはハス、秋にはヒガンバナが咲くなど、四季折々の開花が楽しめる。

この寺は、本堂の裏山に「千躰石仏《せんたいせきぶつ》」と呼ばれる数多くの石仏があることで知られる。これらの石仏は、どれ一つとして同じ顔のも

九品寺の千躰石仏

のはない。この石仏群は、寺伝によると、南北朝時代に、この地を支配していた豪族・楢原氏が南朝方《なんちょうかた》について北朝方《ほくちょうかた》と戦ったとき、戦死した人たちの霊を慰めるために、村人が奉納した、といわれる。一方、ある時期、集落内にあった石仏を寺に集めたという説、一〇〇年ほど前、裏山の地中で一六〇〇体ないし一七〇〇体の数の石仏が出土したのを集めた、という説もある。

■駒形大重神社

九品寺の北に駒形大重神社《こまがたおおしげじんじゃ》がある。『延喜式《えんぎしき》』神名帳《じんみょうちょう》に載る式内社で、祭神は、葛城稚犬養連網田《かつらぎのわかいぬかいのむらじあみた》、滋野貞主命《しげののさだぬしのみこと》である。葛城稚犬養連網田は、皇極天皇《こうぎょくてんのう》三年（六四四）、中臣鎌足《なかとみのかまたり》の推挙により、蘇我入鹿《そがのいるか》を誅する役に指名され、翌四年（六四五）の乙巳《いっし》の変《へん》で、飛鳥板蓋宮《あすかいたぶきのみや》の大極殿《だいごくでん》において、入鹿を斬った人物の一人とされる。『大和史料《やまとしりょう》』には、「葛木犬養神《かつらぎいぬかいのかみ》、『大重《おおしげ》』は『犬養《いぬかい》』の誤りで、

駒形大重神社

犬養氏の祖神を祀る」とある。しかし、天明《てんめい》四年（一七八四）の『楢原村村鏡《ならはらむらそんきょう》』には、「享禄《きょうろく》五年（一五三二）、米田俊久《よねだとしひさ》が茂野社《しげのしゃ》を建立し、楢原氏の始祖・滋野貞主《しげのさだぬし》が祀られた」と記され、諸説が入り乱れている。

往古、駒形神社《こまがたじんじゃ》と大重神社《おおしげじんじゃ》は、別々の所に祀られていたが、明治四〇年（一九〇七）に合祀され、駒形大重神社になった、という。

■六地蔵石仏

駒形大重神社の北の櫛羅《くじら》の集落の北西の角に六地蔵《ろくじぞう》がある。向かって右から、天上道《てんじょうどう》（日光菩薩《にっこうぼさつ》）、人間道《にんげんどう》（除蓋障菩薩《じょがいしょうぼさつ》）、修羅道《しゅらどう》（持地菩薩《じじぼさつ》）、畜生道《ちくしょうどう》（宝印菩薩《ほういんぼさつ》）、餓鬼道《がきどう》（宝珠菩薩《ほうじゅぼさつ》）、地獄道《じごくどう》（壇《だん》陀菩薩《だぼさつ》）である。

伝承によれば、村人は、仏教の六道をもって衆生《しゅじょう》を救うという仏法の精神に照らし、極楽浄土《ごくらくじょうど》を願って、六地蔵を彫って、安位川《あいがわ》の

六地蔵石仏

少し上流に祀り、大災害から村の家々や身を守ろうとしたが、室町時代に発生した土石流によって、現在の場所に流された、という。

この石仏がある珍しい地名の「櫛羅《くじら》」については、「クシ」は奇《き》、すなわち霊異の力を表す古語で、「ラ」は接尾語であるので、「櫛羅」は霊異の神を意味するという説がある。一方、「クシラ」は、鴨山口の神威を崇めた聖地をさす「奇邑《くしむら》」であるという説、さらに、「クジ・クジラ」は、砂丘、小丘などの地形、崩地を意味する地形語とする説もある。いずれにしても、古代から中世にかけて、安位川の洪水により、この地がたびたび土石流に襲われていたので、「崩れ」が地名の語源になったと考えるのが妥当のように思われる。

近世には、延宝《えんぽう》八年（一六八〇）、永井氏《ながいし》がこの地に入部して、一万石の新庄藩《しんじょうはん》の定府大名《じょうふだいみょう》となり、八代続いた。この頃、「倶尸《くじ》羅《ら》」「具尸良《くじら》」「久進羅《くじら》」と表記されていたが、文久《ぶんきゅう》三年（一八六三）、藩主・永井直幹《ながいなおもと》が倶尸羅村《くじらむら》に陣屋を設けたので、倶尸羅藩《くじらはん》が成立し、現在の字に改められた。

■鴨山口神社

六地蔵で右折して東へ行くと、鴨山口神社《かもやまぐちじんじゃ》がある。朝廷に皇居の用材を献上する山口祭を司った由緒深い神社で、祭神は、大山祇《おおやまづみの》命《みこと》、大日霎貴命《おおひるめのみこと》、御霊大神《みれいおおかみ》、国常立命《くにとこたちのみこと》である。祈雨祭《きうさい》、祈年祭《きねんさい》の神で、『三代実録《さんだいじつろく》』には、「風雨を祈るために奉幣《ほうへい》された」と記されている。

『延喜式《えんぎしき》』神名帳《じんみょうちょう》には、「大和地方には、鴨《かも》、巨勢《こせ》、飛鳥《あすか》、石寸《いわれ》、忍坂《おさか》、長谷《はせ》、畝傍《うねび》、耳成《みみなし》、夜支布《やぎう》、伊古麻《いこま》、大坂《おおさか》、當麻《たいま》、吉野《よしの》、都祁《つげ》の山口十四社《やまぐちじゅうよんしゃ》」と記され、この神社が山口神社の本社とされている。

『大和名所圖會《やまとめいしょずえ》』には、「倶尸羅村高鴨山《くじらむらたかかもやま》にあり。松一株あり。樹下に小祠《しょうし》あり。土人《どじん》云ふ。樹頭に時々聖灯《せいとう》あらはる」とある。

往古、現在地よりも西の古代豪族の鴨氏が盤踞《ばんきょ》していた猿目垣内《さるめかきのうち》の高鴨山《たかかもやま》（岸野山）に鎮座していた小祠がこの神社の前身で、天災

櫛羅藩　江戸時代に大和国葛上郡櫛羅に陣屋を置いた譜代極小藩。永井氏は、延宝八年（一六八〇）、葛上、葛下、忍海の三郡で一万石を与えられ、新庄藩が発足し、定府大名となった。文久三年（一八六三）、倶尸羅（くじら）村に陣屋を設けたので、櫛羅藩となった。家中屋敷、町屋敷の町割を実施し、城下町の建設を進めたが、明治四年（一八七一）の廃藩置県で廃藩となり、櫛羅県になった。

鴨山口神社

により山が崩れ、現在地に遷されたという。

拝殿《はいでん》は、桁行《けたゆき》五間、梁行《はりゆき》二間、入母屋造《いりもやづくり》、桟瓦葺《さんかわらぶき》、本殿《ほんでん》は、一間《いっけん》社春日造《しゃかすがづくり》、檜皮葺《ひわだぶき》で、殿内には、木造大䨄貴命坐像《もくぞうおおなむちのみことざぞう》（重文）、木造《もくぞう》御霊大神坐像《ごりょうおおかみざぞう》（重文）を祀る。これらの像は、室町時代に造られた一木造の彩色像である。

境内には、春日神社《かすがじんじゃ》、天照皇大宮《あまてらすのすめらのおおみや》、桜木社《さくらぎしゃ》、天満神社《てんまんじんじゃ》、椿山《ちんざん》神社《じんじゃ》、金刀比羅神社《こんぴらじんじゃ》、八幡神社《はちまんじんじゃ》を併祀する。

■鴨都波神社

鴨山口神社から東へしばらく進むと、国道二四号に面して鴨都《かもつ》波神社《ばじんじゃ》がある。鴨都波神社は、『延喜式《えんぎしき》』神名帳《じんみょうちょう》に「鴨都波八重《かもつばやえ》事代主命神社《ことしろぬしのみことじんじゃ》 二座《にざ》」と記される式内社に比定されている。「葛城《かつらぎ》賀茂社《かもしゃ》」「下津賀茂社《しもつかもしゃ》」「加茂明神《かもみょうじん》」「鴨《かも》の宮《みや》」「葛木鴨社《かつらぎかもしゃ》」とも呼ばれる。祭神は、積羽八重事代主命《うわやえことしろぬしのみこと》（事代主命《ことしろぬしのみこと》）、下照姫命《したてるひめのみこと》で、建御名方命《たけみなかたのみこと》、大物主櫛玉命《おおものぬしのくしだまのみこと》を配祀する。高鴨神社《たかかもじんじゃ》（上鴨社《かみかもしゃ》）、葛木御歳神社《かつらぎみとしじんじゃ》（中鴨社《なかかもしゃ》）に対して、「下鴨社《しもかもしゃ》」とも呼ばれる。周辺の人々からは、「えびす神」と呼ばれ、商売繁盛の神として篤く信仰されている。

事代主命は、大国主命《おおくにぬしのみこと》の子であるので、この神社は、「大神神社《おおみわじんじゃ》の別宮《べつぐう》」とも称される。また、古くから鴨氏が信仰していた神であるので、この神社は事代主命の信仰の本源とされている。下照姫命については、創建当初は、事代主命の妹の高照姫命《たかてるひめのみこと》が祀られていたが、後の世に、下照姫命と混同された、とする説もある。

この神社の創建年代は、未詳であるが、『姓氏録《しょうじろく》』には、「崇神天《すいじんてん》皇《のう》の詔《みことのり》で、大田田根子命《おおたたねこのみこと》の孫・大賀茂都美命《おおかもつみのみこと》が葛城《かつらぎ》の加茂《かも》に事代《ことしろ》主命《ぬしのみこと》を奉斎《ほうさい》し、賀茂君《かものきみ》の氏《うじ》を賜わり、大神神社《おおみわじんじゃ》の別宮《べつぐう》」と記され、崇神天皇の時代に大賀茂都美命が創建したと伝える。

往古、この神社は、「鴨弥都波神社《かもみつはじんじゃ》」と称していたといわれる。社名の「みつは」は「水端《みずはな》」を意味するので、「鴨《かも》の水端《みずはな》の神《かみ》」と

賀茂（鴨）氏　大物主命の子の大田田根子命の孫・大賀茂都美命を始祖とする三輪氏族に属する地祇系氏族。大和国葛上郡鴨（現在の奈良県御所市）を本拠地とする。姓は君であったが、天武天皇の時代に朝臣を賜る。大賀茂都美命は、鴨の地に事代主命を祀る神社を建てたことから、賀茂君の姓を賜った。御所市鴨神の地にある高鴨神社の祭神の事代主命や阿遅志貴高日子根命（賀茂大御神）は、賀茂氏が祀った神であると考えられている。

鴨都波神社の拝殿

する説もある。この神社は、葛城川《かつらぎがわ》と柳田川《やなぎだがわ》が合流する地点に位置することと、本殿の西側に井戸があること、などがこの根拠になっている。

拝殿《はいでん》は、桁行《けたゆき》三間、梁行《はりゆき》二間の入母屋造《いりもやづくり》、本瓦葺《ほんかわらぶき》、千鳥破風《ちどりはふ》、千鳥《ちどり》破風《はふ》向拝付《こうはいつき》、本殿《ほんでん》は、桁行三間、梁行二間の流造《ながれづくり》、銅板葺《どういたぶき》、千鳥破風、唐破風《からはふ》向拝付《こうはいつき》である。

境内の西側鳥居の傍に稲荷社《いなりしゃ》、拝殿横に三つ並んで天神社《てんじんしゃ》、猿田《さるた》彦神社《ひこじんじゃ》、火産霊神社《ほむすびじんじゃ》、他に祓戸社《はらえどしゃ》、神農社《しんのうしゃ》、八坂神社《やさかじんじゃ》、笹神社《ささじんじゃ》を併祀する。

鴨都波神社より近鉄御所駅に出て、今回の散策を終えた。

第六章　吉野・宮滝コース

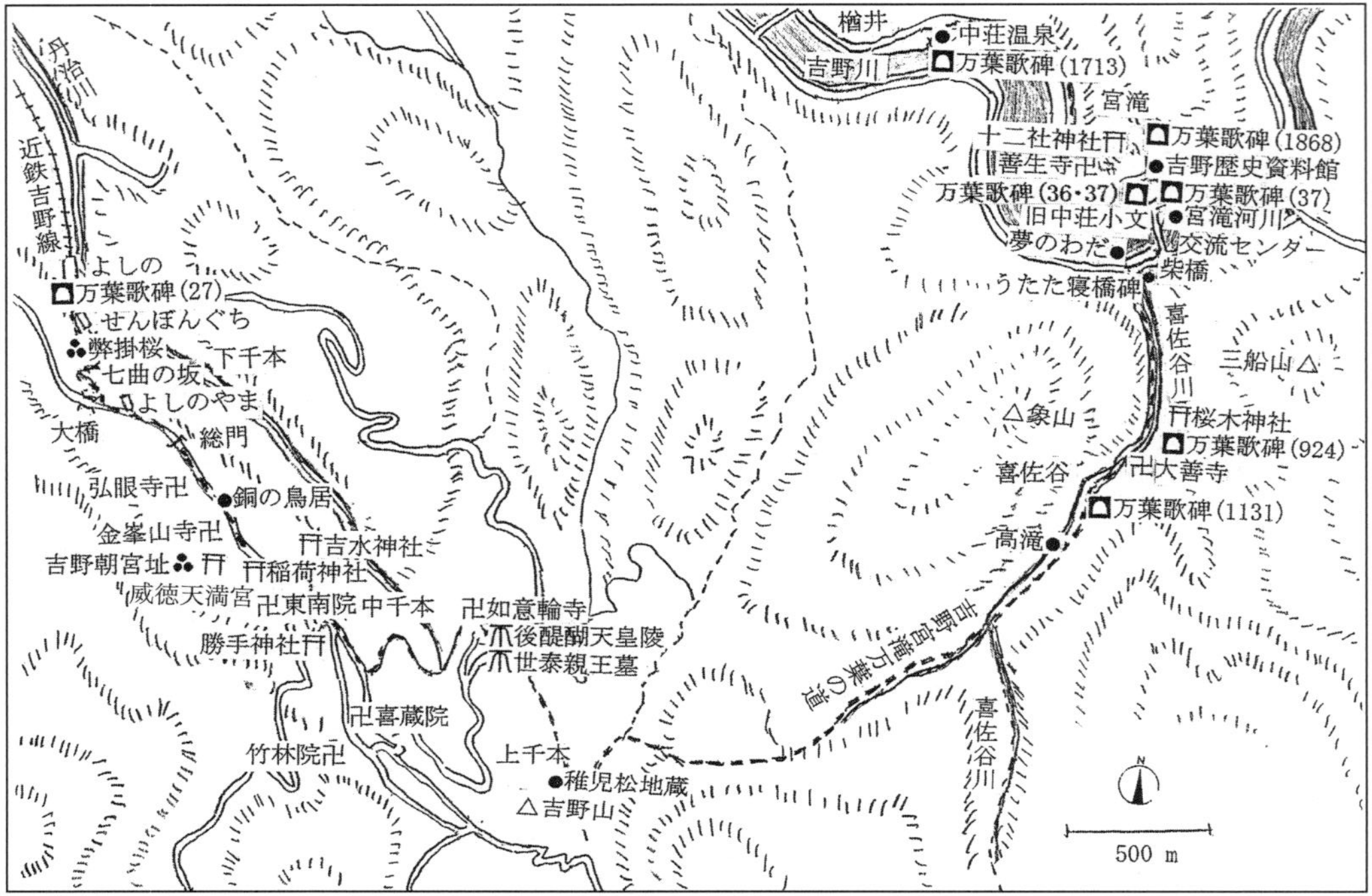

丹治川
近鉄吉野線
よしの
万葉歌碑(27)
せんぼんぐち
弊掛桜
下千本
七曲の坂
よしのやま
大橋
総門
弘眼寺卍
銅の鳥居
金峯山寺卍
吉野朝宮址
吉水神社
稲荷神社
威徳天満宮
卍東南院
中千本
勝手神社
卍如意輪寺
後醍醐天皇陵
世泰親王墓
卍喜蔵院
竹林院卍
上千本
稚児松地蔵
△吉野山
吉野宮滝万葉の道
喜佐谷川
500 m
高滝
万葉歌碑(1131)
卍大善寺
万葉歌碑(924)
桜木神社
喜佐谷
△象山
三船山△
喜佐谷川
うたた寝橋碑
柴橋
夢のわだ
旧中荘小文
宮滝河川交流センター
万葉歌碑(36・37)
万葉歌碑(37)
善生寺卍
吉野歴史資料館
十二社神社
万葉歌碑(1868)
宮滝
吉野川
万葉歌碑(1713)
中荘温泉
樋井

吉野・宮滝コース

吉野　古くは「芳野」「美吉野」とも表記。吉野という地名は、普遍的なもので、「よい野」、すなわち、吉野川流域の広域を指したもので、最も狭くは吉野山を指す。吉野の自然の特徴は、水量豊かな吉野川と檜の木立に覆われた吉野山である。『万葉集』では、大和国にありながら「吉野の国」とある。宮滝には吉野離宮跡があり、応神・雄略・天武・持統・文武・元正・聖武天皇が行幸し、特に、持統天皇は、在位中に、三一回も行幸した。

　奈良県吉野町の近鉄吉野線吉野駅から七曲の坂を登ると、「吉野山」の尾根道に出る。この道は、蔵王堂を経て、「吉野山」から山上ケ岳の大峰山寺につづいている。総門《そうもん》、銅《かね》の鳥居《とりい》、蔵王堂《ざおうどう》、吉野朝宮址《よしのちょうみやあと》、吉水神社《よしみずじんじゃ》、東の谷を隔てて如意輪寺《にょいりんじ》、後醍醐天皇《ごだいごてんのう》塔尾陵《とうのおのみささぎ》などがある。如意輪寺の南の山道を登り、稚児松地蔵《ちごまつじぞう》を経て峠を越え、通称「吉野宮滝万葉の道《よしのみやたきまんようのみち》」と呼ばれる喜佐谷《きさだに》の山道を下る。爽やかな風に吹かれて、鳥の声や「象の小川《きさのおがわ》（喜佐谷川《きさだにがわ》）」のせせらぎの音を聞きながら進む素敵な道だ。喜佐谷の集落を抜けると、紅葉や檜の大木に囲まれて桜木神社《さくらぎじんじゃ》がある。その少し先で、喜佐谷川は「吉野川《よしのがわ》」と合流する。この辺りは、『万葉集』では、「夢《いめ》のわだ」と詠まれている。上流の柴橋《しばはし》を渡ると、「吉野離宮跡《よしのりきゅうあと》」がある。「吉野川」は、柴橋の上流で、奇形の切り立った岩盤の間を流れ、青く淀んだ流れと岩盤のコントラストが美しい景観をなしている。今回は、この「吉野山」から宮滝に至る「吉野宮滝万葉の道」をたどり、万葉の「吉野」を偲ぶことにする。

吉野駅前の万葉歌碑

七曲

■吉野駅前の万葉歌碑

近鉄吉野駅前に、次の歌が刻まれた万葉歌碑がある。

よき人の　よしとよく見て　よしと言ひし
吉野よく見よ　よき人よく見　一・二七

この歌は、天武《てんむ》天皇《てんのう》の作で—昔のよき人が、吉野をつくづくと見て、よい所だといって、吉野と名付けた、お前たちもよく見るがよいぞ—という意味である。この歌碑は、国文学者・犬養孝《いぬかいたかし》氏の揮毫により、平成五年（一九九三）に建立された。

吉野は、大海人皇子《おおあまのおうじ》にとって、天武天皇元年（六七二）、ここで挙兵して、東国を経て大津宮へ攻め入り、大友皇子《おおとものおうじ》を自害に追い込

七曲の坂

んで、壬申《じんしん》の乱《らん》を勝ち抜いた出発点として忘れられない土地である。大海人皇子は、飛鳥に凱旋して、飛鳥岡本宮《あすかおかもとのみや》へ入り、天武天皇二年(六七三)、飛鳥浄御原宮《あすかきよみがはらのみや》で即位して天武天皇になった。

即位後の天武天皇の頭痛の種は、後継者問題であった。天皇は、天武天皇八年(六七九)、草壁《くさかべ》・大津《おおつ》・高市《たけち》・河嶋《かわしま》(川島)の四人の皇子と天智天皇《てんぢてんのう》の忍壁《おさかべ》・志貴《しき》(施基)の二人の皇子を伴って吉野を訪れ、彼らに千年の後まで互いに助け合い、争わないことを誓わせた。これが「吉野《よしの》の盟約《めいやく》」である。この歌は、その後で詠まれた歌で、「よし」が八回も繰り返され、盟約を成立させ、後継者問題にひと区切りがついた安堵感と喜びが溢れ、いにしえのよき人のように、六人の皇子たちもよき人であれ、と願う気持ちがうかがえる。

■七曲の坂

近鉄吉野駅南の吉野ケーブルの千本口駅《せんぼんくちえき》の横から、七曲《ななまがり》の坂《さか》を登

七曲の坂からの展望

る。坂の周辺は、「下千本《しもせんぼん》」と呼ばれる桜の名所である。たくさんのアジサイも植栽されており、六月中旬から七月上旬にかけて見事な開花が見られる。

『大和名所圖會《やまとめいしょずえ》』には、「七曲　是《これ》より多武峯《たふみね》の行路《かうろ》なり。『巡覧記《じゅんらんき》』に曰く、吉野山へ登るには、六田《むだ》より入るが本道《ほんみち》なり。吉野へ行く人は、かならず先此道《まづこのみち》より入るべし。飯貝《いかひ》の方よりも吉野の町へ登るそれはわき道なり。本道《ほんみち》にもわき道にも童《わらはべ》ども桜の実生《みばえ》を多く持ち出でて、ゆきゆきの人に売る。是《これ》むかしよりのならひにて、蔵王権現《ざおうごんげん》の御愛樹《ごあいじゅ》となん云ひ伝へける。日本《にほん》が花七曲《はなななまがり》の坂《さか》などを過ぎ行くに、もろ人桜苗《ひとさくらなえ》をもとめ、爰《ここ》にうゑて権現《ごんげん》に奉《たてまつ》る」とある。

吉野の桜千本《さくらせんぼん》の由来については、役小角《えんのおづぬ》が金峯山《きんぷせん》で修行して、金《こん》剛蔵王大権現《ごうざおうだいごんげん》を感得し、桜の木で蔵王権現像《ざおうごんげんぞう》を彫って、蔵王堂《ざおうどう》に祀った。このため、桜の木が神木《しんぼく》とされ、蔵王権現に祈願する際には、桜の苗を寄進するのが最善の供養とされる風習が起こり、平安時代の頃から多くの桜が植栽されるようになった、といわれる。

幣掛桜

■幣掛桜・幣掛神社

七曲の坂を登っていくと、「御車返《みくるまがえ》しの桜《さくら》」と呼ばれる幣掛桜《しでかけざくら》がある。この名は、江戸時代に、後水尾天皇《ごみずのおてんのう》がこの桜のあまりの美しさに、乗っていた牛車《ぎっしゃ》を引き返させて、桜をわざわざ見に行った、という故事に由来する。一重と八重の花が混じって咲く珍しい桜である。周囲のヤマザクラより遅れて咲くので、下千本《しもせんぼん》の桜が散る頃、見ごろを迎える。桜の根元には、吉野のご神水が湧いている。

その横に幣掛神社《しでかけじんじゃ》がある。祭神は水神の速秋津比売命《はやあきつひめのみこと》で、吉野八《よしのはっ》社明神《しゃみょうじん》の一つである。山上参《さんじょうまい》りの入り口に位置するので、登山の安全を祈願する神社として親しまれている。

『大和名所圖會』には、「四手掛神祠《しでかけのやしろ》　七曲《ななまがり》のふもとにあり。『吉《よし》野紀行《のきこう》』四手《しで》かけの明神ををがみて『芳野山《よしのやま》花のゆふしでかけまくもかしこき神の心をぞしる』」とある。

傍には、幣掛行者堂《しでかけぎょうじゃどう》、幣掛地蔵尊《しでかけじぞうそん》がある。

大橋

■大橋

七曲の坂を登りつめたところに、朱塗の大橋《おおはし》がある。この橋は、竹林院《ちくりんいん》前の天王橋《てんのうはし》、水分神社《みくまりじんじゃ》横の丈《たけ》の橋《はし》（現在消滅）とともに、吉野三橋の一つに数えられていた。鎌倉時代末期に、大塔宮護良親《おおとうのみやもりながしん》王《のう》が吉野城《よしのじょう》に立て籠もったとき、北条軍の攻撃を防ぐために、吉野山の尾根通を横切るように掘り下げて塹壕《ざんごう》を造り、そこに短い橋を架けた、という。吉野城は、吉野山一帯の寺院が防御陣地の性格があったので、それらを指して山城《やましろ》といわれた。

その後、荒廃したが、豊臣秀頼《とよとみひでより》の寄進によって再興された。橋の親柱《おやばしら》の擬宝珠《ぎぼし》に「豊富朝臣秀頼卿《とよとみのあそみひでよりきょう》御建立《ごこんりゅう》奉行《ぶぎょう》建部《たてべ》内匠頭《たくみのかみ》光重《みつしげ》、慶《けい》長《ちょう》九年（一六〇四）甲辰《きのえたつ》十一月吉日《きちじつ》、大工《だいく》三条《さんじょう》藤原朝臣《ふじわらのあそみ》宗兵衛《むねひょうえの》尉国次作《じょうくにつぐさく》」の銘があり、「豊臣」を「豊富」と誤記しているところが面白い。現在、この擬宝珠は、吉野山ビジターセンターに保管されている。

総門（黒門）

金峯山寺

■総門（黒門）

大橋から通称「黒門坂《くろもんざか》」を登っていくと、黒塗りの総門《そうもん》がある。別名「黒門《くろもん》」と呼ばれ、金峯山寺《きんぷせんじ》の総門で、関所の役割を果たしていた。城郭建築の構造様式の高麗門《こうらいもん》で、二本の鏡柱《かがみばしら》と内側の二本の控柱《ひかえばしら》で構成され、鏡柱の上に冠木《かぶき》を渡して、小さな切妻屋根《きりづまやね》を被せ、鏡柱と内側の控柱の間にも小さな切妻屋根が被せられている。

吉野山が最も栄えた頃、金峯山寺の周辺やその上方に約五〇近い数の塔頭《たっちゅう》があり、この門はその寺域の総門であった。往古、吉野を訪れた公家《くげ》・大名《だいみょう》は、この門から寺域に入るとき、下馬《げば》して通過したという。昭和六〇年（一九八五）、金峯山寺本堂の大屋根の大修理に併せて改修された。

弘願寺

■弘願寺

総門の先に弘願寺《こうがんじ》がある。来迎山《らいごうさん》と号する高野山真言宗《こうやさんしんごんしゅう》の寺で、本尊は阿弥陀如来《あみだにょらい》である。正元《しょうげん》二年（一二六〇）の作で、眉間寺《みけんじ》の本尊であったが、廃寺になったので、この寺に移された、という。本堂は、桁行《けたゆき》四間、梁行《はりゆき》四間の重層切妻造《じゅうそうきりづまづくり》、鉄板葺《てっぱんぶき》である。この寺は、往古、金峯山寺の末寺の「上《うえ》の坊《ぼう》」であった。

弘願寺の本堂横に、一間社流造《いっけんしゃながれづくり》、銅板葺《どういたぶき》の地蔵堂《じぞうどう》がある。堂内には、「歯がため関屋地蔵尊《せきやじぞうそん》」と呼ばれる石造地蔵菩薩像《いしづくりじぞうぼさつぞう》を祀る。全長約一・二メートル、幅約〇・六メートルで、顔がやや大きく、目はやや細めで、かすかな笑みをたたえている。舟形光背《ふながたこうはい》、半肉彫《はんにくぼり》で、永正《えいしょう》一二年（一五一五）の造立である。結縁衆《けちえんしゅう》が法華経千部《ほっけきょうせんぶ》を読誦した記念に、現世の安穏、極楽往生を願って造立した、と伝える。この地蔵は、除災、招福、病難消除、とりわけ、歯の健康祈願、入れ歯供養の歯固《はがた》め地蔵《じぞう》として篤く信仰されている。

銅の鳥居

■銅の鳥居

　弘願寺から南へ進むと、銅《かね》の鳥居《とりい》（重文）がある。この鳥居は、高さ約八・二メートル、柱間《はしらま》約七・四メートル、柱径約一・一メートルの銅製で、聖武天皇《しょうむてんのう》が東大寺《とうだいじ》の大仏を鋳造したとき、余った銅で造られた、と伝える。安芸《あき》の宮島《みやじま》の朱塗《しゅぬり》の鳥居《とりい》、大阪の四天王寺《してんのうじ》の石《いし》の鳥居《とりい》とともに、日本三大鳥居の一つに数えられている。宝《ほう》永《えい》六年（一七〇九）、火災にあって類焼して損傷したが、正徳《しょうとく》元年（一七一一）に復興された。

　この鳥居は、金峯山《きんぷせん》の第一門で、「発心門《ほっしんもん》」と称されている。金峯山とは、吉野から山上ケ岳《さんじょうがだけ》に至る総称で、この間に、発心《ほっしん》、修行《しゅぎょう》、等覚《とうかく》、妙覚《みょうかく》の四つの門があり、その最初の門である。鳥居の正面には、弘法大師《こうぼうだいし》の真筆《しんぴつ》と伝える「発心門」の扁額を掲げる。これは、この鳥居が俗界と浄域の結界に位置するので、この門は、仏道修行《ぶつどうしゅぎょう》を発心し、菩提心《ぼだいしん》を起こすところとされ、修行者は、ここで俗界を離れ、修行の心を奮い立たせた。

■金峯山寺

銅の鳥居からさらに黒門坂を登っていくと、金峯山寺《きんぷせんじ》がある。金峯山寺は、国軸山《こくじくさん》と号する金峯山修験本宗《きんぷせんしゅげんほんしゅう》の総本山で、本尊は蔵王《ざおう》権現《ごんげん》である。白鳳年間《はくほうねんかん》に、役行者《えんのぎょうじゃ》（神変大菩薩《しんぺんだいぼさつ》）が金峯山に入り、修行を重ねたところ、修験道独特の金剛蔵王大権現《こんごうざおうだいごんげん》を感得《かんとく》し、この姿を桜の木に刻んで、山上ケ岳《さんじょうがたけ》の大峰山寺《おおみねさんじ》本堂と吉野山の蔵王堂に祀ったのに始まる、と伝える。

明治五年（一八七二）、明治政府により修験道《しゅげんどう》が禁止され、金峯山寺は廃寺となったが、明治一九年（一八八六）、天台宗の寺として復興され、昭和二三年（一九四八）、金峯山修験本宗が立宗され、その総本山となって、今日に至っている。

『大和名所圖會《やまとめいしょずえ》』には、「六田《むだ》より攀《よ》ぢ登る事凡《ことおおよそ》三十六町。本堂

役小角（役行者）　「えんのおづの」「えんのおづぬ」「えんのおつの」と訓む。飛鳥時代から奈良時代にかけての呪術者。修験道の開祖とされる。舒明天皇六年（六三四）に大和国葛城上郡茅原に生まれ、一七歳のとき、元興寺で孔雀明王の呪法を学び、その後、葛城山（現在の金剛山、葛城山）で山岳修行を行い、熊野や大峰の山々で修行を重ねた。吉野の金峯山で金剛蔵王大権現を感得し、修験道の基礎を築いた。

蔵王権現、仏量《ぶつりょう》二丈八尺、脇侍左観世音《わきじひだりかんぜおん》、千手《せんじゅ》、二丈四尺、右弥《みぎみ》勒《ろく》、二丈二尺、役行者遺像《えんのぎょうじゃいぞう》を安置す。是当山《これとうざん》の開基《かいき》なり。其外観音《そのほかかんのん》堂《どう》・講堂《かうどう》・僧舎《そうしゃ》四十一区、吉水院《きっすいいん》、実城院《じつじょういん》は倶《とも》に後醍醐帝《ごだいごてい》の行宮《あんぐう》なり。大塔《だいたう》の址《あと》は、本堂の西に礎石《そせき》あり。承暦《じょうりゃく》三年十一月、金峯山《きんぷせん》の塔供養《とうくよう》の事『釈書《しゃくしょ》』に見えたり。又蔵王権現《またざおうごんげん》に定朝《ぢゃうてふ》が調進《てうしん》せし狛《こま》犬《いぬ》、殿《でん》の上に咬《か》み合《あ》ひて、大床《おおゆか》より落ちたりと『盛衰記《せいすゐき》』にかきたりける」とある。

金峯山寺には、仁王門《におうもん》、二天門《にてんもん》の二つの門があった。吉野熊野修《よしのくまのしゅ》験道《げんどう》には、本山派《ほんざんは》（天台宗聖護院《てんだいしゅうしょうごいん》）と当山派《とうざんは》（真言宗三宝院《しんごんしゅうさんぽういん》）があり、その入峰順路が異なっていた。本山派は熊野から吉野へと北へ進む「順峯《じゅんぷ》」であったのに対し、当山派は吉野川の六田《むた》の渡《わた》しから熊野へと南に向かう「逆峯《ぎゃくふ》」をとっていた。このため、蔵王堂を挟んで南北に二つの門が設けられていたが、現在、北の仁王門のみが残る。

仁王門（国宝）は、三間一戸《さんげんいっこ》の入母屋造《いりもやづくり》、本瓦葺《ほんかわらぶき》の二重門で、軒

修験道　日本古来の山岳信仰と外来の仏教・道教、儒教が習合し、さらには、密教などの要素も加味されて確立された独特の宗教。霊山に命や神霊が宿るとして、深山幽谷で厳しく修行することによって、超自然的な能力「験力（げんりき）」を得て、衆生を救済することを目的としている。山岳で修行して、迷妄を払い、験徳を得て、呪術宗教的な活動を行う人を「修験者」、または、山に伏して修行する姿から「山伏」と呼んでいる。

金峯山寺の仁王門

先は二間の繁垂木《しげたるき》、柱は総円柱《そうえんちゅう》、組み物は上下両層とも三手先斗栱《みてさきときょう》である。正面の中央には、低い板蟇股《いたかえるまた》の上に双斗《そうと》を載せる。正平《しょうへい》三年（一三四八）、足利尊氏《あしかがたかうじ》の執事・高師直《こうのもろなお》の兵火で焼失したが、康正《こうしょう》元年（一四五五）に再建された。

仁王門の両側には、高さ約五・七メートルの金剛力士像《こんごうりきしぞう》がある。この像は、延元《えんげん》三年（一三三八）、大仏師《だいぶっし》・法橋康成《ほうきょうこうせい》が胤舜《いしゅん》、良円《りょうえん》らを率いて造立した。像内には、約一二〇年後の康正二年（一四五六）、南都絵所《なんとえどころ》により彩色された墨書銘《ぼくしょめい》がある。

蔵王堂《ざおうどう》（国宝）は、金峯山寺の本堂で、桁行《けたゆき》七間、梁行《はりゆき》八間の入母屋造《いりもやづくり》、檜皮葺《ひわだぶき》、高さ約二七・二メートルの堂々とした建物で、東大寺の大仏殿に次ぐ棟高《むねだか》である。現在の蔵王堂は、康正元年（一四五五）に再建された建物を天正《てんしょう》一九年（一五九一）と昭和六年（一九三一）に修理したものである。堂内の中央に金剛蔵王権現《こんごうざおうごんげん》像《ぞう》（重文）、右側に観世音菩薩像《かんぜおんぼさつぞう》、左側に弥勒菩薩像《みろくぼさつぞう》を安置する。三体とも悪魔降伏の権現像といわれる。

金峯山寺の蔵王堂

寺宝には、「金剛蔵王権現立像《こんごうざおうごんげんりゅうぞう》（重文）」「聖徳太子立像《しょうとくたいしりゅうぞう》（重文）」「蔵王権現立像《ざおうごんげんりゅうぞう》（重文）」「金銅五鈷鈴《こんどうごこれい》（重文）」「二天立像《にてんりゅうぞう》」「釈迦如来立像《しゃかにょらいりゅうぞう》」「阿難《あなん》・伽葉尊者立像《かようそんじゃりゅうぞう》」「役行者像《えんのぎょうじゃぞう》」「前鬼《ぜんき》・後鬼像《こうきぞう》」「板絵著色廻船入港図額《いたえちゃくしょくかいせんにゅうこうずがく》（重文）」「金銅装笈《こんどうそうおい》（重文）」「大和国金峯山経塚出土品（国宝）」「風鐸《ふうたく》」「童子立像（重文）」「青銅大燈籠（重文）」などがある。

蔵王堂前の石の柵内の四カ所に、何代目か不明であるが、「四本桜」と称する若い桜の木があり、次の伝承がある。

元弘《げんこう》三年（一三三三）、後醍醐天皇《ごだいごてんのう》の皇子の大塔宮護良親王《おおとうのみやもりながしんのう》が鎌倉幕府の大軍によって攻められて、吉野山に立て籠もったとき、この蔵王堂を本陣としたが、陥落に際して、ここで最後の酒宴を開いた。そのとき陣幕を張った柱跡に桜が植えられた、という。

蔵王堂南の石段横に、「村上義光公忠死之所《むらかみよしみつこうちゅうしのところ》」と刻まれた石標があり、ここに二天門があったといわれ、次の伝承がある。

元弘三年（一三三三）、北条氏の軍勢が攻めてきたとき、大塔宮

威徳天満宮

の家来・村上孝四郎義光が、大塔宮の鎧兜を身につけて、身代わりとなって二天門に駆け上がって立て籠もり、追い詰められて、腹を一文字にかき切って壮烈な最期を遂げた。大塔宮は、このすきに勝《かつ》手神社《てじんじゃ》横の谷を抜け、高野山へ落ち延びた、という。

蔵王堂の正面に、文明《ぶんめい》三年（一四七一）銘の青銅大燈籠（重文）がある。浄祐《じょうゆう》・妙久禅尼《みょうきゅうぜんに》の二人の尼僧が寄進したもので、室町時代の秀作と評されている。この燈籠に、「法要のとき明かりを灯すために必要な御油田《ごゆでん》七反も合わせて寄進した」との陽刻《ようこく》がある。法燈を灯す油を生産するための田畑まで寄進したことに感服させられる。

■威徳天満宮

蔵王堂の右手前に威徳天満宮《いとくてんまんぐう》がある。祭神は菅原道真《すがわらのみちざね》である。『大和名所圖會《やまとめいしょずえ》』には、「本堂の右にあり。即《すなはち》北野《きたの》天満宮《てんまんぐう》にてま

稲荷神社

します。天慶《てんぎやう》四年八月一日、日蔵上人金峰山《にちぞうしやうにんきんぷぜん》の岩窟《いはや》にして、威徳《いとく》太政天《だじやうてん》の臨幸《りんかう》にあひ奉《たてまつ》り、神勅《しんちよく》にしたがひて菅神《くわんじん》の御住所《おんすみか》に至り、種々《くさぐさ》の神語《しんご》を蒙《かうぶ》り、我名《わがな》を唱《とな》へて厚く尊信《そんしん》せば、われかならず擁護《ようご》すべしと示現《じげん》ありて、上人《しやうにん》は金峰山《きんぷせん》に帰り、当社《たうしや》を造立《ざうりふ》し、威徳天《ゐとくてん》神宮《じんぐう》と鎮《しづ》め奉《たてまつ》りしこと『釈書《しやくしよ》』に見えたり」とある。

この神社は、竹林院《ちくりんいん》の前身の椿山寺《ちんざんじ》で出家した日蔵道賢《にちぞうどうけん》によって、天慶四年（九四一）に創建された。拝殿はなく、社殿は三間社《さんけんしや》流造《ながれづくり》、檜皮葺《ひわだぶき》で、軒下には、極彩色の絵模様が描かれている。

■稲荷神社

蔵王堂南の石段下の左側に稲荷神社《いなりじんじや》がある。祭神は倉稲魂命《うかのみたまのみこと》で、「後醍醐天皇導《ごだいごてんのうみちび》きの稲荷《いなり》」と呼ばれ、次の伝承がある。

後醍醐天皇は、密かに京都の花山院《かざんいん》を抜け出し、吉野を目指したが、途中道に迷った。そのとき、ある稲荷神社の前で、「ぬば玉の

吉野朝宮址（南朝妙法殿）

暗き闇路《やみじ》に　迷うなり　我に貸さなむ　三《みつ》のともし灯」と詠んだ。すると、一群の紅の雲が現れ、吉野への臨幸《りんこう》の道を照らして、天皇を導き、延元《えんげん》元年（一三三六）、吉野山の行宮《あんぐう》に無事着くことができた。天皇を導いた雲は、金《かね》の御岳《みたけ》（吉野山）の上空で消えた。その後、天皇が助けてもらった稲荷の神を吉野に勧請したのがこの神社の始まり、という。

吉野朝宮址

■金輪王寺（吉野朝宮址）

蔵王堂西の一段低い突き出た台地に、「吉野行在所《よしのあんざいしょ》」の石標があり、その奥に「吉野朝宮址《よしのちょうみやあと》」と刻まれた標柱がある。往古、この台地には、大小二〇にも及ぶ寺院があり、その中で最も大きな寺院の実城寺《じつじょうじ》が、後醍醐天皇の吉野宮に選ばれ、金輪王寺《きんりんのうじ》に改められた。

南北朝時代　建武三年（延元元年）（一三三六）から明徳三年（元中九年）（一三九二）に至る南北朝併立の時代。建武三年八月、足利尊氏が持明院統の光明天皇を擁立すると、後醍醐天皇は、一二月吉野に逃れ、南北両朝の併立状態に入った。南朝は、北畠親房をはじめとする抗戦派と、室町幕府に不満を持つ一部の公家、武家、寺社勢力に支えられて、後醍醐・後村上・長慶・後亀山天皇の四代にわたり、吉野に拠って延命した。明徳三年、後亀山天皇が北朝の後小松天皇に譲位する形で、両朝が合体して終結。

『大和名所圖會《やまとめいしょずえ》』には、「蔵王堂の乾《いぬい》のかた三町ばかりにあり。又は金輪寺《きんりんじ》ともいふ。建武《けんむ》三年より後醍醐天皇皇居《ごだいごてんわうくわうきょ》に定められ、北朝《ほくてう》と南朝《なんてう》と相わかれ、年号も両朝よりぞ出されける」とある。

後醍醐天皇は、足利幕府により京都の花山院《かさんいん》に幽閉されていたが、延元《えんげん》元年（一三三六）、吉野に脱出した。初め、吉水院《きっすいいん》を行宮《あんぐう》としたが、手狭のため、蔵王堂西の実城寺を居宮《きょぐう》とし、寺名を金輪王寺に改めた。これが南北朝時代の始まりである。後醍醐天皇は、権力を奪回して、京都へ帰還することを願っていたが、その願いは果たせず、延元四年（一三三九）、この地で没した。

その後、南朝は、後村上《ごむらかみ》・長慶《ちょうけい》・後亀山天皇《ごかめやまてんのう》の三代、五六年つづいたが、明徳《めいとく》三年（一三九二）、後亀山天皇が京都に赴いて神木を譲渡し、南朝が解消される形で、南北朝が統合された。これは、「明徳《めいとく》の和約《わやく》」と呼ばれている。

江戸時代になって、徳川家康が金輪王寺の名を没収して、下野《しもつけの》国日光《くににっこう》に輪王寺《りんのうじ》を建立した。このとき、金輪王寺の名称を元の実城

東南院の多宝塔

寺に戻し、輪王寺の管理下とした。しかし、明治時代になって、廃寺となり、その跡地に南朝妙宝殿が建立され、皇居公園《こうきょこうえん》になった。

■東南院

蔵王堂の南に東南院《とうなんいん》がある。大峯山《おおみねさん》と号する金峯山修験本宗《きんぷせんしゅげんほんしゅう》の別格本山《べっかくほんざん》で、本尊は役行者《えんのぎょうじゃ》（神変大菩薩《しんぺんだいぼさつ》）である。役行者の霊蹟札所《れいせきふだしょ》で、山上ケ岳《さんじょうがだけ》頂上にある大峯山五護持院《おおみねさんごごじいん》の一つである。金峯山寺の古い塔頭《たっちゅう》の一つで、金峯山寺を開山するとき、中心となる伽藍から巽《たつみ》（東南）の方向に当たるところに、一山《いちざん》の安泰と興隆を祈願して建立された。本堂は、桁行三間、梁行三・五間の入母屋造、本瓦葺、向拝付である。堂内の中央に役行者大菩薩像《えんのぎょうじゃだいぼさつぞう》、その両側に不動《ふどう》明王像《みょうおうぞう》、金剛蔵王大権現像《こんごうざおうだいごんげんぞう》を祀る。

　本堂の左側に多宝塔《たほうとう》がある。この多宝塔は、明治初年まで、紀州《きしゅう》国海草郡《こくかいそうぐん》（現海南市）紀美野町《きみのちょう》の八幡神宮境内にあったが、昭和

吉水神社

一二年（一九三七）、この地へ移築された。正面の鰐口《わにぐち》には、永禄《えいろく》七年（一五六四）の銘がある。塔内には、鎌倉時代の作と伝える大《だい》日如来《にちにょらい》坐像《ざぞう》、毘沙門天像《びしゃもんてんぞう》、不動明王像《ふどうみょうおうぞう》を祀る。境内に、芭蕉の句碑がある。

東南院は、宿坊としても歴史が古く、寛治《かんじ》六年（一〇九二）、白《しら》河上皇《かわじょうこう》が金峯山に参詣されたとき、この院を宿坊としたと伝える。

■吉水神社

東南院前の鳥居をくぐると、「従是吉水院《これよりきっすいいん》」の石標があり、その先に吉水神社《よしみずじんじゃ》が鎮座する。祭神は後醍醐天皇《ごだいごてんのう》で、楠木正成《くすのきまさしげ》、宗信法《そうしんほう》印《いん》を合祀し、勝手神社《かってじんじゃ》を併祀する。白鳳時代に役行者が建立した吉水院が前身である。明治四年（一八七一）、吉水神社に改名することを政府に申し出たが、政府は後醍醐天皇を祀る神社を別に造ることを望み、許可されなかった。明治六年（一八七三）、後醍醐天皇

吉水神社書院の玉座の間

社にすることが許可され、明治八年（一八七五）、吉水神社に改名された。

『大和名所圖會《やまとめいしょずえ》』には、「蔵王堂《ざわうだう》の少《すこ》し先《さき》の町《まち》より左二町計《ひだりにちゃうばかり》下《した》にあり。当院《たうゐん》も後醍醐帝《ごだいごてい》の行宮《あんぐう》にして、建武《けんぶ》元年二月の遺券《ゐけん》呈文《ていぶん》あり。又正平《またしゃうへい》・弘和《こうわ》・元中《げんちう》・明徳《めいとく》の年間に賜《たま》ふ所の綸旨《りんじ》に及《およ》び、越智《おち》・筒井順慶《つつゐじゅんけい》等《ら》の願文《ぐわんもん》あり。抑此寺《そもそもこのてら》の草創《さうさう》は、役行者《えんのぎゃうじゃ》山上修行《さんじゃうしゅぎゃう》の時、姑息《こそく》の庵室《あんしつ》なり。其後醍醐《そのごだいご》の聖宝尊師《しゃうぼうそんし》も、ここに蹤《あと》をとどめ給ふ。加之《しかのみならず》源平兵乱《げんぺいひゃうらん》には、源義経《みなもとのよしつね》・弁慶《べんけい》もここに蟄《ちっ》し、軍議《ぐんぎ》を謀《はか》る事三年《ことみとせ》に及《およ》べり。其居席今《そのきょせきいま》に破壊《はゑ》せず、庭前《ていぜん》には駒《こま》の足蹤《あしあと》・武蔵坊《むさしばう》が力釘《ちからくぎ》、今にその形《かたち》を遺《のこ》す」とある。

吉水院は、後醍醐天皇が、延元《えんげん》元年（一三三六）、吉野に潜幸《せんこう》したとき、宗信法印の援護を受けて、一時的な居所としたところである。その後、源義経が京都の鞍馬《くらま》を逃れて、金峯山寺の力を頼って、吉水院に潜伏した。前庭には、義経の馬蹄跡《ばていあと》、弁慶《べんけい》の力石《ちからいし》などが残る。さらに、豊臣秀吉《とよとみひでよし》が吉野で花見をしたとき、本陣を構えた。前

豊臣秀吉の吉野の花見　文禄三年（一五九四）、徳川家康、宇喜多秀家、前田利家、伊達政宗らのそうそうたる武将、茶人、連歌師たち総勢五〇〇〇人を連れて、吉野の花見にやってきて、吉水院に滞在した。しかし、三日間雨にたたられ、同行の聖護院の僧・道澄に「雨が止まなければ吉野山に火をかけて即刻下山する」と伝えた。道澄はあわてて吉野全山の僧たちに晴天祈願をさせた。すると、翌日には雨が嘘のように晴れ上がり、盛大に豪華絢爛な花見を催すことができた。

庭から「一目千本桜《ひとめせんぼんざくら》」、中庭から蔵王堂の絶景が望める。

　社殿の右側に、桁行《けたゆき》八間、梁行《はりゆき》五間半の入母屋造《いりもやづくり》、檜皮葺《ひわだぶき》の書院《しょいん》（重文）がある。「義経潜居《よしつねせんきょ》の間《ま》」には、西と南に二間ずつ床《とこ》の間《ま》があり、その西南隅には、室町時代初期の建築様式の「弁慶思案《べんけいしあん》の間《ま》」がある。東側には、二間半の上段《じょうだん》の間《ま》、その上の北端には、床と並んでそれと同じ幅の違棚《ちがいだな》、反対の南側には、花頭窓《かとうまど》がある。「玉座《ぎょくざ》の間《ま》」は、後醍醐天皇《ごだいごてんのう》が居住した桃山様式の部屋で、一〇畳の下段《げだん》の間《ま》と五畳の上段の間からなる。上段の間には大小二つの床の間、東側全体には付書院《つけしょいん》、その反対側には違棚《ちがいだな》、その北側にも南面して違棚がある。

　社宝には、天皇の死後、後村上天皇《ごむらかみてんのう》が吉水院に奉安した「後醍醐天皇像《ごだいごてんのうぞう》」「伝後醍醐天皇宸翰《でんごだいごてんのうしんかん》の御消息紙本墨書《ごしょうそくしほんぼくしょ》（重文）」「伝義経所用色々威腹巻《でんよしつねしょよういろいろおどしはらまき》（重文）」「木製漆塗高坏《もくせいうるしぬりたかつき》」「竹文台硯箱《たけふみだいすずりばこ》」「青磁大花瓶《せいじだいかびん》」「水戸光圀公御書《みとみつくにこうごしょ》」などがある。

勝手神社

■勝手神社

藤尾坂に戻ると、少し先に勝手神社《かってじんじゃ》がある。『大和名所圖會』には、「道《みち》の右《みぎ》にあり。大宮《おおみや》・若宮《わかみや》の二社ありて、吉野八神《よしのはちじん》の内《うち》なり。祭神は愛髪命《うけのりかみのみこと》にして、天孫臨降《てんそんりんかう》の時、三十二神相《あい》そひてあまくだりす。是護国後見《これごこくうしろみ》にくだりたまふ三十二神なり。『六十四神式《ろくじゅうよんしんしき》』に曰く、愛髪命は勝手大明神《かってだいみやうじん》なりとぞ。又文治《またぶんじ》元年、静法楽《しずかほうらく》の舞《まい》をかなでし装束《しやうぞく》、ならびに源義経《みなもとのよしつね》の鎧《よろひ》など、宝蔵《ほうざう》にをさまれり。『巡覧記《じゅんらんき》』曰く、此装束《このしやうぞく》・鎧等《よろひなど》は正保《しやうほう》の火災に焼失したりとぞ」とある。

この神社は、金峯山の入り口に位置するので、「吉野山口神社《よしのやまぐちじんじゃ》」とも称する。祭神は、『大和名所圖會』では、愛髪命とされているが、現在、主祭神が天之忍穂耳命《あめのおしほみみのみこと》で、大山祇命《おおやまつみのみこ》、木花咲耶姫命《このはなさくやひめのみこ》、久久能智命《くくのちのみこと》、苔蟲命《こけむしのみこと》、萱野比売命《かやのひめのみこと》を配祀する。金峯山の神、水源を養う神、夷国退治《いこくたいじ》、魔障降伏の軍神で、吉野八明神の一つに数えられている。

本殿は、一間社流造《いっけんしゃながれづくり》、檜皮葺《ひわだぶき》の三社が並立した水分社式《みくまりしゃしき》の優美な建物であった。慶長《けいちょう》九年（一六〇四）、豊臣秀頼《とよとみひでより》が改築したが、正保元年（一六四四）に焼失し、翌二年に再建された。明和《めいわ》四年（一七六七）に再度焼失し、その後再建されたが、平成一三年（二〇〇一）、不審火で焼失し、高壇《こうだん》のみが残る。

この神社には、次の伝承がある。文治《ぶんじ》元年（一一八五）の暮れ、吉野山で涙ながらに義経と別れた静御前《しずかごぜん》が、吉野山中をさまよい歩くうちに、山僧に捕らえられ、勝手神社の神前で、心ならずも法楽《ほうらく》の舞《まい》を繊妍《せんけん》な姿で舞わされた。

さらに、天武天皇が吉野宮に滞在したとき、神前で琴を弾くと、五色の雲に乗って天女が現れ、袖を翻して吉兆《きっちょう》の舞《まい》を舞った、と。

吉野八明神

金精明神：吉野金峯神社
牛頭天王社：廃絶
子守明神：吉野水分神社
芝明神：八大竜王社
勝手明神：勝手神社
井光明神：井光神社八幡宮
威徳天神：威徳天満宮
幣掛明神：幣掛神社

如意輪寺の本堂（如意輪堂）

如意輪寺

吉水神社の東の谷を隔てた塔尾山《とうのおさん》の中腹に如意輪寺《にょいりんじ》がある。塔尾《とうのお》山椿花院《さんちんかいん》と号する浄土宗の寺で、本尊は後醍醐天皇の信仰が篤かったといわれる如意輪観世音菩薩《にょいりんかんぜおんぼさつ》である。この寺は、本堂（如意輪《にょいりん》堂《どう》）、多宝塔《たほうとう》、御霊殿《ごりょうでん》、幽香楼《ゆうかろう》、報国殿《ほうこくでん》、宝蔵《ほうぞう》、鐘楼《しょうろう》、庫裡《くり》で構成される。

『大和名所圖會』には、「勝手社《かってのやしろ》より坤《ひつじさる》の谷にあり。本尊は如意《にょい》輪観世音《りんくわんぜおん》なり。後醍醐帝御自作《ごだいごていごじさく》の木像、其御厨子《そのみづし》の扉に吉野より熊野までの画図《ぐわづ》あり。其上《そのうえ》に後醍醐帝宸翰《ごだいごていしんかん》にて御讃《ごさん》の詩《し》あり。又御《またお》手馴《てな》れ給ひし硯箱《すずりばこ》あり。画図《ぐわづ》は巨勢金岡《こせかなをか》が筆《ふで》となり」とある。『和州旧跡幽考《わしゅうきゅうせきゆうこう》』には、「塔尾山如意輪寺《とうのおさんにょいりんじ》は本尊如意輪観音菩薩《ほんぞんにょいりんかんのんぼさつ》也《なり》。御厨子《みづし》の扉に吉野より熊野迄の画図《ぐわづ》あり」とあり、その後に、後醍醐天皇の宸筆《しんぴつ》の讃《さん》が記されている。

この寺は、延喜年間《えんぎねんかん》（九〇一～九二三）、日蔵道賢上人《にちぞうどうけんしょうにん》が開基し、

如意輪寺の多宝塔

後醍醐天皇が吉野に行宮《あんぐう》を定めたとき、勅願寺《ちょくがんじ》となったと伝える。その後、廃寺同様になったが、慶安《けいあん》三年（一六五〇）、文誉鉄牛《ぶんよてつぎゅう》上人《しょうにん》が本堂を改修して、真言宗に転宗し、後醍醐天皇陵の守護を勤めた。本堂は、桁行五間、梁行四間の寄棟造《よせむねづくり》、銅板葺《どういたぶき》、向拝付《こうはいつき》の優雅な建物で、「如意輪堂」と呼ばれている。

この寺には、楠木正行《くすのきまさつら》の辞世歌《じせいか》が刻まれた扉が保存され、次の伝承がある。

正平《しょうへい》三年（一三四八）、楠木正行が足利尊氏《あしかがたかうじ》軍とまみえた四條畷《しじょうなわて》の戦《たたか》いの前に、一族一四三人とともに参詣し、髻《たぶさ》を仏前に納め、最後の戦いになると覚悟して、寺の正面の扉に鏃《やじり》で、辞世歌「かえらじと　かねておもへば　梓弓　なき数に入る　名をぞとどむる」と記して出陣した、という。

寺宝には、「木造金剛蔵王権現立像《もくぞうこんごうざおうごんげんりゅうぞう》（重文）」「阿弥陀如来立像《あみだにょらいりゅうぞう》」がある。蔵王権現を祀る厨子《ずし》には、扉に巨勢金岡《こせかなおか》の筆と伝える「吉《よし》野大曼荼羅図《のだいまんだらず》」、その上に後醍醐天皇宸筆《ごだいごてんのうしんぴつ》の七言律詩《しちごんりっし》の讃《さん》が書かれ

世泰親王墓

ている。その他、「楠木正成公兜割の刀《くすのきまさしげこうかぶとわりのかたな》」「後醍醐天皇御使用高杯《ごだいごてんのうごしようたかつき》」「大涅槃図《だいねはんず》」がある。

後醍醐天皇塔尾陵

■世泰親王墓

如意輪寺の東側の石段を登っていくと、世泰親王墓《ときやすしんのうのはか》がある。『吉野名勝誌《よしのめいしょうし》』には、「この墓は楠木正行《くすのきまさつら》の髻塚《たぶさづか》であり、実際の墓は如意輪寺近くの『児童松《ちごまつ》』という場所にある」との古老の伝承を載せている。

世泰親王は、長慶天皇《ちょうけいてんのう》の皇子とされているが、後亀山天皇《ごかめやまてんのう》の皇子という説もあり、混同している。事績については未詳であり、わずかに、『新葉和歌集《しんようわかしゅう》』哀傷《あいしょう》・一三八九—一三九〇の贈答歌と詞書《ことばがき》とによって、親王の名を知ることができる。

後醍醐天皇塔尾陵

■後醍醐天皇塔尾陵

世泰親王墓からさらに石段を登っていくと、後醍醐天皇《ごだいごてんのう》塔尾《とうのお》陵《みささぎ》がある。『大和名所圖會』には、「如意輪寺《にょいりんじ》の後ろにあり。後醍醐天皇、南朝延元《なんてうえんげん》三年八月九日より御不予《ごふよ》の御事《おんこと》ありけるが、次第におもらせ給ひ、終《つひ》に同じ十八日丑刻《うしのこく》に崩《ほう》じ給ひき。蔵王堂《ざわうどう》の艮《うしとら》なる林の奥に円丘《ゑんきう》たかくつきて、北向《きたむき》に葬《かく》し奉《たてまつ》り」とある。

『和州旧跡幽考』にも同様の記載があり、つづいて「楠正行御廟《くすのきまさつらごべう》に詣《まう》でて、討死《うちじに》の御暇乞《おんいとまごひ》などゝなげき申て、如意輪寺《にょいりんじ》の過去牒《くわこちゃう》に、楠正行《くすのきまさつら》、同正時《おなじくまさとき》、同将監《おなじくしゃうげん》（後略）」とある。

天皇は、吉野で権力奪回を目指したが、思い叶わず無念のうちに、延元四年（一三三九）に崩御《ほうぎょ》し、この地に葬られた。「魂魄《こんぱく》は常に北闕《ほっけつ》の天《てん》を望《のぞ》まん」との遺言に基づいて、御陵は遥かに京都を望むように北向きに造られており、南朝哀史が偲ばれる。

稚児松地蔵

■稚児松地蔵

如意輪寺から吉野山に登っていくと、稚児松地蔵《ちごまつじぞう》がある。往古、松葉《まつば》という名の子供がこの付近で不慮の事故で死んだので、その両親が子供の霊を弔うために、この地に石造地蔵菩薩像《せきぞうじぞうぼさつぞう》を祀ったという。

■吉野の山

稚児松地蔵の西に吉野山《よしのやま》の頂上があり、この付近は「上千本《かみせんぼん》」と呼ばれている。吉野の山は、『万葉集』では、「吉野《よしの》の山《やま》」「吉野《よしの》の岳《たけ》」「御金《みかね》の岳《たけ》」「水分山《みくまりやま》」「高城《たかぎ》の山《やま》」「青根《あおね》ケ峯《がみね》」「耳我嶺《みみがみね》」「耳我《みみが》山《やま》」と詠まれ、『旧事本紀《きゅうじほんぎ》』には、「茅淳県大陶祇女《ちぬのあがたおおすえつみのむすめ》　随糸尋人《なるがまにひとたずね》　入吉野山《よしのやまにはいり》　留三諸山《みもろやまにとどまる》」とあり、これが吉野山の初見とされる。

吉野山の尾根の中心に金峯山寺《きんぷせんじ》が位置し、その尾根には、堂塔《どうとう》伽《が》

吉水神社から吉野山展望

藍《らん》が建ち並び、門前町が発達した。中世には、金峯山寺は武装勢力を保有し、最強の要害を誇った。後醍醐天皇はこれを頼って南朝《なんちょう》行宮《あんぐう》をこの地に置いた。

『万葉集』には、「吉野《よしの》の山《やま》」は次のように詠まれている。

山のまゆ　出雲《いづも》の児《こ》らは　霧《きり》なれや
吉野《よしの》の山《やま》の　嶺《みね》にたなびく　　三・四二九

この歌は、柿本人麻呂《かきのもとのひとまろ》の作で――（山のまゆ）、出雲《いづも》の娘子《おとめ》は、霧になってしまったのであろうか、吉野の山の、嶺に煙が長くたなびいている――という意味である。溺死した出雲の娘子を吉野に火葬したときに柿本人麻呂が詠んだ歌である。

吉野宮滝万葉の道

象の小川

■象の小川

稚児松地蔵から峠を越えて喜佐谷川《きさだにがわ》に沿って下る。この道は、通称「吉野宮滝万葉《よしのみやたきまんよう》の道《みち》」と呼ばれ、鳥の囀りやせせらぎの音を聞きながら進む素敵な道だ。喜佐谷川は、『万葉集』には「象《きさ》の小川《おがわ》」と詠まれ、登山道の中ほどに「象の小川」の標識が建っている。

『大和名所圖會《やまとめいしょずえ》』には、「象小川《きさのおがわ》　水源青根岳《すいげんあをねがたけ》よりながれて、外象《ときさ》橋《ばし》を過ぎ、吉野川《よしのがは》に入る」とある。青根ケ峰《あおねがみね》付近に源を発し、北流して、吉野町喜佐谷《よしのちょうきさだに》で吉野川に注ぐ里川で、全長約三・九キロメートルである。「キサ」は、ギザギザした木目のように蛇行する状態を意味する語で、象牙文《ぞうげもん》が木目に似ているため、象という文字を「キサ」と義訓《ぎくん》した、といわれている。

『万葉集』には、「象《きさ》の小川《おがわ》」は次のように詠まれている。

象の小川（喜佐谷川）

昔見し　象《きさ》の小川《おがわ》を　今見れば
いよよ清《さや》けく　なりにけるかも
三・三一六

この歌は、大伴旅人《おおとものたびと》の作で—昔見た、この象の小川を、今来て見ると、昔よりもますます川の音が清々《すがすが》しく、なっていることだ—という意味である。大伴旅人は、大宰府《だざいふ》の長官として筑紫《つくし》に下ったが、神亀《じんき》三年（七二六）、聖武天皇《しょうむてんのう》の吉野行幸に従駕《じゅうが》して吉野を訪れたときこの歌を詠んだ。標識の傍には、小さな祠があり、その背後には、「高滝《たかたき》」と呼ばれる約一〇メートルの滝があり、周囲の檜林に清らかな音を響かせている。

『万葉集』には、「象《きさ》の小川《おがわ》」を詠んだ次の歌もある。

わが命《いのち》も　常にあらぬか　昔見し
象《きさ》の小川《おがわ》の　行きて見むため
三・三三二

象の小川の標識

この歌も大伴旅人の作で―私の命は、いつまでもあってほしいものだ、昔見た、吉野のあの象の小川に、行ってみたいので―という意味である。聖武天皇の吉野行幸から数年後の神亀五年（七二八）、大伴旅人は大宰帥《だざいのそち》となって大宰府に赴任した。六〇歳を過ぎた老年であったので、天離《あまざか》る鄙《ひな》の地で過ごす旅人にとって、大和に寄せる思いは、ひとしおであった。かつて行幸に従駕した吉野を恋しがって、行幸のときに見た象の小川を再び見たい。このために、長生きしたい、と願っている。しかし、旅人は、天平《てんぴょう》二年（七三〇）、大《だい》納言《なごん》になって帰京したものの、翌年、象の小川を訪ねることなく、六七歳で空しくこの世を去った。

■象山

象の小川の中ほどの東側に、象山《きさやま》がある。標高約四〇〇メートル

象山

の山で、『大和名所圖會《やまとめいしょずえ》』には、「喜佐谷村上方《きさたにむらかみつかた》にあり。『八雲御《やくもみ》抄《せう》』に曰く、象山《きさやま》、象中山《きさのなかやま》ともいふ。みよし野に近きといふなり。象山は名所にあらずといふ」とある。

『万葉集』には、「象山《きさやま》」は次のように詠まれている。

み吉野の　象山《きさやま》のまの　木末《こぬれ》には
ここだも騒《さわ》く　鳥の声かも　　六・九二四

この歌は、山部赤人《やまべのあかひと》の作で―吉野の、象山に茂る木の、枝先の方では、なんとまあたくさんの、鳥の鳴き騒ぐ声が聞こえてくることだ―という意味である。上の句の「の」の音の重用によって、吉野という大地名から、次第に象山の小さな木々の梢《こずえ》に焦点を絞り、最後に、鳥の声を深い詠嘆として詠みあげていく技法は素晴らしく、自然詠《しぜんえい》の代表作と評されている。

■象の中山

『万葉集』には、「象《きさ》の中山《なかやま》」と詠んだ次の歌がある。

大和には、鳴きてか来《く》らむ　呼子鳥《よぶこどり》
象《きさ》の中山《なかやま》　呼びそ越ゆなる　一・七〇

この歌は、高市黒人《たけちのくろひと》の作で——大和には、わたしの思いを告げにもう鳴いて来ているだろうか、呼子鳥が、象の中山を、鳴きながら越えている声が聞こえる——という意味である。高市黒人が持統天皇《じとうてんのう》の吉野宮《よしののみや》への行幸に従駕《じゅうが》したときに、大和に残してきた家族を偲んで詠んだ歌である。

呼子鳥は、「カッコウ」といわれ、その鳴き声が「吾子《わがこ》」と聞こえることから、この呼子鳥に子を呼ぶ自分自身の想いを託して詠んでいる。この歌の「象の中山」は「象山」に比定されている。

高市黒人　持統・文武天皇に仕えた宮廷歌人とされるが、詳細な閲歴は不明。柿本人麻呂とほぼ同年代、あるいはやや後の年代の歌人と推定されている。作品は、いずれも旅に関わる歌であり、ほとんどの歌に地名が詠み込まれているので、地方の風俗民謡を採集する「采詞官」とする説もある。歌風は、枕詞が詠み込まれたものがなく、枕詞意識が希薄であることを特徴とし、旅先における孤愁、不安を詠んだ抒情性に富む点に特質がある。『万葉集』には、短歌のみ一八首を残す。

三船の山

■三船の山

喜佐谷川を挟んで象山に対峙して三船《みふね》の山《やま》がある。標高は約四八七メートルの低い山である。『大和名所圖會《やまとめいしょずえ》』には、「菜摘里《なつみのさと》の東南《ひがしみなみ》にあり。外《そと》よりこれを見れば、かたち船の如《ごと》し。坂路甚険《さかみちはなはだけわ》し」、『大和志《やまとし》』には、「御船山《みふねやま》 在菜摘村東南《なつみむらのなんとうにあり》、望之如船坂《これをのぞむとふねのごとしさか》甚険《はなはだけわし》」とある。

『万葉集』には、「三船《みふね》の山《やま》」は次のように詠まれている。

滝の上の　三船《みふね》の山《やま》に　居《い》る雲の
常にあらむと　わが思はなくに　　三・二四二

この歌は、弓削皇子《ゆげのみこ》の作で——吉野川の急流のほとりにある、三船の山に、かかっている雲が、いつまでも変わらずにあろうとは、わたしは思わないことだ——という意味である。三船の山にかかる雲が、

喜佐谷の万葉歌碑

いつの間にか消えてなくなるように、わたしの命も残り少ないだろうかと、この先の人生を悲観して詠んでいる。

三船の山は、吉野の山から滝のように流れ落ちる象の小川の西側に、象山に対峙して、青々とした美しい山容を見せているが、頂上に鉄塔が建てられ、景観を損ねている。

■喜佐谷の万葉歌碑

喜佐谷《きさだに》の山間を抜け出すと、眼前に喜佐谷の集落が広がっている。眼前が急に明るくなり、これまで檜林の中をくぐり抜けてきたことを改めて実感する。山間を抜け出したところに、次の歌が刻まれた万葉歌碑がある。

皆人《みなひと》の　恋ふるみよしの　今日《けふ》見れば
うべも恋ひけり　山川清《やまかわきよ》み　七・一一三一

大善寺

この歌は—皆の人が、恋慕う吉野の景色を、今日はじめて見ると、恋慕うのはもっともなことだ、こんなにも山と川の景色が清々しい—という意味である。この歌碑は、国文学者・上野誠《うえのまこと》氏の揮毫により、平成二二年（二〇一〇）に建立された。

■大善寺

喜佐谷の集落のはずれに大善寺《だいぜんじ》がある。大善寺は、浄土宗の寺で、本尊は阿弥陀如来《あみだにょらい》である。本堂は、桁行四間、梁行四間の入母屋造、桟瓦葺、向拝付である。集落のはずれにひっそりと建つ無住職の寺で、集落の人たちによって大切に守られている。

「虎に翼」の碑

桜木神社

■「虎に翼」の碑

喜佐谷の集落を抜けると、桜木神社《さくらぎじんじゃ》がある。神社の前の川岸に、「虎《とら》に翼《つばさ》」の碑がある。『日本書紀《にほんしょき》』の「虎《とら》に翼《つばさ》を着《つ》けて放《はな》てり」の文字が刻まれている。この碑は、国文学者・上野誠《うえのまこと》氏の揮毫により、平成二三（二〇一一）年に建立された。

『日本書紀』によると、天智天皇《てんぢてんのう》は、最期の時が近づく中で、大《おお》海人皇子《あまのおうじ》を枕元に呼んで、後事を託した。しかし、大海人皇子は、「皇位《こうい》は皇后《こうごう》に、政事《まつりごと》は大友皇子《おおとものおうじ》に任せなさい。自分は天皇のために仏道に励みます」といって、直ちに出家して、妻の鸕野讃良皇女《うののさららのひめみこ》らを連れて、逃げるように吉野に向かった。このとき、「虎に翼を着けて放すようなものだ」という人もあった、という。この言葉は、実力のある人が野に放たれたので、後に何か重大事件が起こりそう

桜木神社

なことを予測している。この言葉の通り、その後、壬申《じんしん》の乱《らん》という古代最大の内乱が勃発した。

■桜木神社

喜佐谷川に屋形橋構造《やかたばしこうぞう》の木末橋《こぬればし》が架かっている。この橋を渡ると、桜木神社《さくらぎじんじゃ》がある。この神社の創建年代は未詳である。『和州巡覧記《わしゅうじゅんらんき》』には、「桜木神社《さくらぎじんじゃ》　宮滝《みやたき》より五町ばかり、芳野《よしの》へ帰る道側《みちのそば》也《なり》。左の橋を越えて行けば小山有り。林あり。其内《そのうち》に小社あり。是《これ》桜木《さくらぎ》の宮《みや》なり、其前《そのまえ》に流るゝ水を象《きさ》の小川《おがわ》と云ふ。名所也《めいしょなり》」とある。

祭神は大己貴命《おおなむちのみこと》、少彦名命《すくなひこなのみこと》、天武天皇《てんむてんのう》である。祭神の大己貴命、少彦名命は、往古から、医薬の神として信仰が篤く、初代紀州藩主・徳川頼宣《とくがわよりのぶ》は、たびたび病気平癒を祈願に参拝した、と伝える。

拝殿は、桁行《けたゆき》三間、梁行《はりゆき》二間の入母屋造《いりもやづくり》、桟瓦葺《さんかわらぶき》、吹き放し、本殿は、桁行三間、梁行二間の流造《ながれづくり》、檜皮葺《ひわだぶき》、千鳥破風付《ちどりはふつき》である。

境内には、倉稲魂命《うかのみたまのみこと》、奥津彦命《おくつひこのみこと》、奥津姫命《おくつひめのみこと》を祀る稲荷神社《いなりじんじゃ》がある。

この神社の社名は、天武天皇がまだ「大海人皇子《おおあまのおうじ》」と呼ばれていた頃、天智天皇《てんぢてんのう》の子・大友皇子《おおとものおうじ》の伏兵に攻められたとき、この地にあった大きな桜の木の陰に身を潜めて、危うく難を逃れた、という故事に由来する。天皇として即位した後にも、天武天皇は吉野に行幸したときには、わざわざこの神社に参拝した、という。

現在、この故事にまつわる桜の大木はないが、斎庭《いつきのにわ》には大きな檜の神木があり、その前を流れる喜佐谷川には、檜や紅葉が覆い被さって美しい景観をなし、心を和ませてくれるような落ち着いた雰囲気が漂っている。休憩所の椅子に座って耳を澄ますと、象の小川の水の音に調和して小鳥の鳴き声が聴かれ、まるで神仙境にいて心が洗われているような感じがする。

大友皇子　天智天皇の長子。母は伊賀采女宅子娘。博学多通、文武の才幹あり、『懐風藻』には、沙宅紹明らの亡命百済人を賓客としたとあり、詩二篇をとどめる。天智天皇一〇年（六七一）、史上初の太政大臣に任じられ、天皇の崩御後、近江朝廷の中心となったが、天武天皇元年（六七二）、壬申の乱で叔父・大海人皇子の軍と戦い、瀬田川の決戦で敗れ、山前（やまざき）で縊死。享年二五歳。明治三年（一八七〇）、明治天皇が弘文天皇と追諡。

桜木神社境内の万葉歌碑

■桜木神社境内の万葉歌碑

社殿の右側に、次の歌が刻まれた万葉歌碑がある。

み吉野の　象山《きさやま》のまの　木末《こぬれ》には
ここだも騒《さわ》く　鳥の声かも
六・九二四

この歌は、山部赤人《やまべのあかひと》の作で—吉野の、象山に茂る木の、枝先の方では、なんとまあたくさんの、鳥の鳴き騒ぐ声が聞こえてくることだ—という意味である。吉野という大きな領域から、象山という小さな地域に絞り、さらにそこに生える木という点に焦点を合わしているので、そこで鳴き叫ぶ鳥の声が一層心に響いてくるようだ。この歌碑は、工芸家で歌人の鹿児島寿蔵《かごしまとしぞう》氏の揮毫により、昭和四七年（一九七二）に建立された。

桜木神社の木末橋

■うたた寝橋跡

喜佐谷川が吉野川に注ぐ手前に、うたた寝橋《ねばし》の石標がある。この橋については、次の伝承がある。

源義経《みなもとのよしつね》が吉野山へ落ちのびてきたとき、疲れ果てて宮滝にたどり着いた。そこには「象《きさ》の小川《おがわ》」に架けられた屋形屋根《やかたやね》の橋があった。義経は、橋の上から清らかな音を立てて流れる象の小川の風景に見とれているうち、この橋の上でうとうとまどろんだ。以来、この橋は「うたた寝橋」と呼ばれるようになった、と。

桜木神社の参道の橋は、現在「木末橋《こぬればし》」と呼ばれているが、「うたた寝橋」の伝承のイメージを再現して造られたといわれている。

柴橋より吉野川下流展望

宮滝

■吉野川

桜木神社からさらに坂を下っていくと、吉野川《よしのがわ》に出る。吉野川は、紀ノ川のうち奈良県内を流れる部分をいう。奈良県と三重県の境をなす台高山脈《だいこうさんみゃく》に源を発し、V字形の谷を形成して、西北へ曲流し、吉野町立野《よしのちょうたての》から下流では西南西へ、さらに、中央構造線《ちゅうおうこうぞうせん》に沿って西に流れ、五條市《ごじょうし》を経て和歌山県に入り、「紀ノ川」に名前を変えて、紀伊水道《きいすいどう》に注ぐ、全長約一三六キロメートルの一級河川である。『大和名所圖會』には、栄山寺《えいざんじ》前を下る筏《いかだ》が描かれており、この筏流しは昭和時代初期まで行われていた。

吉野川については、『日本書紀《にほんしょき》』神武東征《じんむとうせい》に、「天皇は八咫烏《やたのからす》に導かれて吉野に入り、吉野河の河尻に至った」、『古事記《こじき》』雄略段《ゆうりゃくだん》に、「雄略天皇《ゆうりゃくてんのう》が吉野川の浜で童女《どうじょ》に出会った」とある。

柴橋より吉野川上流展望

『万葉集』には、持統天皇の吉野行幸に従駕した柿本人麻呂《かきのもとのひとまろ》、弓削皇子《ゆげのみこ》らが、一四首の吉野川の情景を詠んだ歌が残されている。

見れど飽かぬ　吉野《よしの》の川《かは》の　常滑《とこなめ》の
絶ゆる事なく　またかへり見む　　一・三七

この歌は、柿本人麻呂の作で—何度見ても見飽きない、吉野の川の、滑らかな水苔《みずごけ》がなくならないのと同じように、いつまでも絶えることなく、幾度も見にやって来よう—という意味である。

また、「芳野河《よしのがは》」と詠んだ次の歌がある。

芳野河《よしのがは》　行く瀬の早み　しましくも
淀むことなく　ありこせぬかも　　二・一一九

この歌は、弓削皇子の作で—吉野川を、流れていく瀬が早いように、ちょっとの間でも、途絶えることがなく、逢ってくれないのか—という意味である。

さらに、「能野川《よしのがは》」と詠んだ次の歌がある。

能野川《よしのがは》　いはど柏《かしは》と　常磐《ときは》なす
我《われ》は通《かよ》はむ　万代《よろづよ》までに　七・一一三四

この歌は—吉野川の、岩の上に成長する苔のように、いつまでも変わりなく、わたしは通いたい、千年といわず万年までも—という意味である。

「与之努河波《よしのがは》」と詠んだ次の歌もある。

もののふの　八十氏人《やそうぢひと》も　吉野川《よしのがは》（与之努河波《よしのがは》）
絶ゆることなく　仕へつつ見む　一八・四一〇〇

弓削皇子　天武天皇の第六皇子。母は天智天皇の皇女の大江皇女。長皇子の同母弟。『懐風藻』には、高市皇子が没した後、草壁皇子の遺子の軽皇子の立太子決定の会議で、葛野王の意見に反対しようとして、葛野王に叱責されたとある。出世・死没年代は不明。持統天皇の治世下では不安定な立場にあり、これに背を向けた非俗、孤独な歌人とされる。平明、線の細い抒情歌が多い。『万葉集』には、九首の短歌を納める。

この歌は、大伴家持《おおとものやかもち》の作で―たくさんの氏人に属する、官人たちも、吉野川が　絶える時がないようにいつまでも、天皇にお伴をして、見に来ることであろう―という意味である。

■夢のわだ

喜佐谷川が吉野川に注ぐ合流点に大きな岩がある。この岩の周辺の深淵が「夢《いめ》のわだ」と呼ばれている。吉野川は、この付近では、水中の泡を水面に漂わせてゆったりと流れている。『懐風藻《かいふうそう》』に、吉田連宜《きったのむらじよろし》が「今日夢淵上《きょうゆめのわだのほとり》、遺響千年流《いきょうせんねんにながる》」と詠んでいるように、夢のわだは、大宮人にとっては、一種の神仙境《しんせんきょう》と考えられていたようだ。『万葉集』には、「夢《いめ》のわだ」は次のように詠まれている。

我《わ》が行きは　久《ひさ》にはあらじ　夢《いめ》のわだ
瀬にはならずて　淵《ふち》にしありこそ
三・三三五

柿本人麻呂　経歴は未詳。作歌年代の明らかなものは、持統称制三年四月に薨じた日並皇子（草壁皇子の別名）の殯宮のときの歌からで、最後は石見国の地方官として石見に下り、鴨山で没したとされる。宮廷歌人として優れた献呈歌を詠んだほか、私的にも秀作を多く残した。作風は、雄大な構想力と洗練された修辞を備え、伝統と独創の調和は万葉屈指の歌人と評されている。『万葉集』には、人麻呂作歌として、長歌一八首、短歌六六首、人麻呂歌集所出として、長歌二首、短歌三二八首、旋頭歌三五首を残す。

夢のわだ

この歌は、大伴旅人《おおとものたびと》の作で―私の筑紫《つくし》滞在は、長いことではあるまい、あこがれの夢のわだは、そんな僅かな間に、浅瀬にならないで、淵のままであっておくれ―という意味である。

大伴旅人が大宰帥《だざいのそち》となって筑紫へ赴任したのは、神亀《じんき》五年（七二八）であった。赴任して間もなく、愛妻を失い、失意の中で都から遠い田舎に身を置いていたので、大和への望郷の思いはひとしおであったと思われる。聖武天皇《しょうむてんのう》の吉野行幸に従駕したときに見た吉野宮滝《よしのみやたき》の光景は鮮烈で、幽邃神仙《ゆうすいしんせん》の景趣が忘れ難い魅力になっていたようで、遠く都から離れた大宰府《だざいふ》の地で望郷の念に駆られている。それだけ吉野川は大宮人にとって大きな魅力になっていた。

■滝の河内

柴橋の上流の大岩盤付近は、「滝《たき》の河内《かふち》」と呼ばれている。岩盤の表面には、小石が渦巻いて造られた「甌穴《おうけつ》」と呼ばれる窪みが幾

吉野川の大岩盤

つも見られ、太古には、大奔湍《だいほんたん》をなしていたことを物語っている。万葉の時代には、今よりは遥かに水量が多く、この付近では、吉野川は、この巨岩の上を激湍《げきたん》となって流れていたようである。

『万葉集』には、「滝《たき》の河内《かふち》」は、「滝之河内《たきのかふち》」と「滝乃河内《たきのかふち》」の二つの表記があり、「滝之河内」は次のように詠まれている。

山高み　白木綿花《しらゆふはな》に　落ち激《たぎ》つ
滝《たき》の河内《かふち》（滝之河内《たきのかふち》）は　見れど飽《あ》かぬかも　　六・九〇九

この歌は、笠金村《かさのかなむら》の作で――山が高くて急勾配のせいか、白木綿《しらゆふ》で造った花のような、泡を立てて岩に激突して飛び散る、滝の河内は、いくら見ても飽きないことだ――という意味である。

吉野川付近に定住する人たちにとっては、別に感興のない川でも、奈良の都からはるばるやって来た大宮人にとっては、緑の山間を流れ下って、岩に飛び散る奔湍《ほんたん》は、まるで白木綿の花のように美しく、

岩盤上の甌穴

新鮮な驚きとなって、水の動きとともに、心を躍らせないではいられなかったようだ。

■たぎつ河内

『万葉集』には、「たぎつ河内《かふち》」は、「多芸津河内《たぎつかふち》」「多芸都河内《たぎつかふち》」の二つの表記があり、いずれも「水が湧きかえり、さか巻き流れる流域」の意で、「多芸津河内《たぎつかふち》」は次のように詠まれている。

山川《やまかは》も　依《よ》りて仕ふる　神《かむ》ながら
たぎつ（多芸津《たぎつ》）河内《かふち》に　舟出《ふなで》するかも　　一・三九

この歌は、柿本人麻呂《かきのもとのひとまろ》の作で―山や川も、心服して天皇に仕えている、神であるがままに、渦巻き流れる急流の流域に、舟を漕ぎだして舟遊びをなさることだ―という意味である。

この歌の左注に、「右、日本紀《にほんぎ》に曰《いは》く、『三年己丑《きちう》の正月、天皇吉野宮に幸《いでま》す。八月、吉野に幸す。四年庚寅《かういん》の二月、吉野宮に幸す。五月、吉野宮に幸す。五年辛卯《しんばう》の正月、吉野宮に幸す。四月、吉野宮に幸す』といふ。未《いま》だ詳《つばひ》らかに何《いづ》れの月に従駕《おほみとも》にして作る歌なるか知らず」とある。

「四年」は、持統称制《じとうしょうせい》四年（六九〇）で、この年には他に八月、一〇月、一二月の三回、また、「五年」は持統天皇五年（六九一）で、この年には六月、七月、一〇月に吉野宮へ行幸している。この左注に一部の吉野宮への行幸が示されているように、持統天皇は、称制・在位中に合計三一回も吉野宮へ行幸している。このように、吉野宮へ何回も行幸したので、さすがの『万葉集』の編者も、この歌がいずれの行幸のときに詠まれたのか分からないといっているのは面白い。

柿本人麻呂の任務　持統天皇は、称制・在位していた一一年余りの期間に、吉野宮へ三一回行幸したのをはじめ、伊勢、紀伊ほか、高安城、腋上陂、初瀬、高宮、多武峯、吉隠、二槻宮など、数多く行幸した。これに対して、柿本人麻呂の行幸従駕歌は、二組の吉野讃歌と、雷丘行幸のときの短歌一首にすぎない。このため、柿本人麻呂は、持統天皇に直属して、天皇讃歌を詠ずることが主要な任務であったとは思われない。学識と歌才が認められ、官人としての任務に就き、ときに歌作を行っていたように思われる。

宮滝遺跡の石標

■吉野の滝

『万葉集』には、「吉野《よしの》の滝《たき》」と詠んだ次の歌もある。

隼人《はやひと》の　瀬戸《せと》の巌《いはほ》も　鮎《あゆ》走る
吉野《よしの》の滝《たき》に　なほしかずけり　　六・九六〇

この歌は、大伴旅人《おおとものたびと》の作で—隼人の、瀬戸の大岩も、鮎の走る、吉野の滝には、やはり及ばない—という意味である。大伴旅人が大宰帥として大宰府に赴任していたとき、隼人《はやと》の瀬戸《せと》を訪れて、吉野の滝を回想して詠んだ歌である。隼人の瀬戸は、北九州市門司区和《め》布刈《かり》北端《ほくたん》と下関市壇之浦町《だんのうらちょう》との間の「早鞆《はやとも》の瀬戸《せと》」、鹿児島県長島町と阿久根市の間の「黒之瀬戸」の二説があり、風光明媚なこの海峡も、吉野の滝の美しさにはとても及ばない、といっている。

■吉野宮・吉野離宮

吉野宮《よしののみや》・離宮《りきゅう》の所在地については、土屋文明《つちやぶんめい》氏の下市秋津説《しもいちあきつせつ》、吉《よし》野《の》大淀町説《おおよどちょうせつ》、森口奈良吉《もりぐちならきち》氏の東吉野村の丹生川上社《にうかわかみしゃ》の境内地説《けいだいちせつ》、川上村大滝説《かわかみむらおおたきせつ》、阪口保《さかぐちたもつ》氏の中荘小学校《なかしょうしょうがっこう》（平成一九年閉校）付近の宮滝説《みやたきせつ》などがある。しかし、吉野川の右岸の宮滝遺跡《みやたきいせき》の発掘調査によって、複数期にわたる建物群の遺構、瓦、土器などが出土し、この旧中荘小学校付近に吉野宮・離宮があったとする説が有力になっている。

吉野歴史資料館《よしのれきししりょうかん》の『吉野のあゆみと文化』によれば、「吉野宮」と「吉野離宮」は区別されている。飛鳥時代の行宮《あんぐう》は「吉野宮」と呼び、吉野歴史資料館の下の国道一六九号と資料館への侵入路が交差する辺りに、長廊状建物《ちょうろうじょうたてもの》、苑池《えんち》などで構成される「吉野宮」があったとしている。これに対して、奈良時代の行宮は「吉野離宮」と呼び、吉野宮に隣接した西側の吉野川寄りに、瓦葺きの建物が建ち並

大伴旅人　大伴安麻呂の長男、大伴家持・書持の父。『万葉集』には、大伴旅人とは出ず、大伴卿と見える。多比等、淡等とも表記される。和銅三年（七一〇）左将軍、翌年従四位下、和銅七年（七一四）迎新羅使、中務卿、中納言を経て、養老四年（七二〇）征隼人持節大将軍、翌年従三位、神亀元年（七二四）正三位、神亀四～五年（七二七～七二八）ごろ大宰帥として筑紫に下り、天平二年（七三〇）大納言となって帰京、翌年従二位、六七歳で没。

び、建物の周辺には敷石が敷き詰められた「吉野離宮」があったとしている。

一方、『日本書紀《にほんしょき》』では、応神天皇《おうじんてんのう》、雄略天皇《ゆうりゃくてんのう》、天武天皇《てんむてんのう》、持統《じとう》天皇《てんのう》の各条には「吉野宮」と記されているが、『続日本紀《しょくにほんぎ》』文武天《もんむてん》皇《のう》の条には「吉野離宮」、聖武天皇《しょうむてんのう》の条には「吉野宮」と記され、必ずしも飛鳥時代と奈良時代で行宮の呼び名を区別していない。

さらに、『万葉集』では、七番歌の左注、二七番歌の題詞と左注、三六番歌の題詞、三九番歌の左注、七〇番歌の題詞、七四番歌の題詞、一一一番歌の題詞に「吉野宮」、九二三番歌、一〇〇五番歌、一〇〇六番歌、四二二四番歌の左注に「芳野宮《よしののみや》」、四〇九九番歌に「余思努乃美夜《よしののみや》」と表記され、飛鳥時代の行宮は全て「吉野宮」と表記されている。

一方、三一五番歌の題詞、九〇七番歌の題詞、九一六番歌の左注、九二〇番歌の題詞、九六〇番歌の題詞、一〇〇五番歌の題詞、一七一三番歌の題詞、四〇九八番歌の題詞に「芳野離宮《よしのりきゅう》」と表記さ

続日本紀　『日本書紀』に次いで編修された勅撰国史。桓武天皇の延暦一三年（七九四）から延暦一六年（七九七）にかけて、三回に分けて編纂。全四〇巻。撰者は藤原継縄（ふじわらのつぐただ）、菅野真道（すがののまみち）ほか。『日本書紀』のあとを受けて、文武天皇即位の年（六九七）から桓武天皇の延暦一〇年（七九一）一二月まで、九代・九五年間の国の歴史を編年体、漢文で記載。恵美押勝(藤原仲麻呂)、道鏡、鑑真などの伝記も記載。

持統天皇の称制・在位中の吉野宮行幸　持統称制三年（六八九）一月・八月▽持統天皇四年（六九〇）二月・五月・八月・一二月▽持統天皇五年（六九一）一月・四月・六月・七月・一〇月▽持統天皇六年（六九二）五月・七月・一〇月▽持統天皇七年（六九三）三月・五月・七月・八月・一一月▽持統天皇八年（六九四）一月・四月・九月▽持統天皇九年（六九五）二月・三月・六月・八月・一二月▽持統天皇一〇年（六九六）二月・四月・六月▽持統天皇一一年（六九七）四月

れ、年代の分かる一〇〇五番歌までの歌は、全て奈良時代に詠まれている。しかし、四〇九八番歌は、作歌年代が未詳であるが、天武・持統天皇の時代という説があり、この説に従うと、吉野の行宮は飛鳥時代にも「芳野離宮」と呼ばれていたことになる。

『大和名所圖會《やまとめいしょずえ》』には、「吉野皇居《よしのくわきょ》　旧址秋津《きゅうしあきつ》のほとりなるべし。秋津宮《あきつのみや》とよめり。『日本紀《にほんぎ》』に曰く、神武天皇東征《じんむてんわうとうせい》の時、難波津《なにはづ》につかせ給ひ、射駒《いこま》、葛城《かつらぎ》を越え、紀伊国《きいのくに》を経て吉野《よしの》に出《い》でさせ、官軍《みいくさ》を調練《てうれん》し給はんとて、吉野の行宮《あんぐう》を定め給ふ。其後応神天皇《そののちおうじんてんわう》もここに行幸《みゆき》ありて、国栖人《くずびと》三寸《みき》を奉《たてまつ》る事あり。又清見原天皇《またきよみはらてんわう》も吉野のみゆきおはしまして、『万葉』よき人の　よしとよく見て　よしといひし　吉野よく見よ　よき人よくみつ、『詞林採葉《しりんさいえふ》』に曰く、吉野宮は、神代《かみよ》よりと詠《よ》める歌二首あり、神武帝《じんむてい》は畝火《うねび》の橿原宮《かしはらのみや》にましまます時、吉野に離宮《りきゅう》をかまへて臨幸《りんかう》ありしより、神代よりとは神武の御宇《ぎょう》をさすなるべし。葺不合尊《ふきあへずのみこと》の第四の皇子《みこ》なれば神代とよめるもことわりなり」とある。

『日本書紀』『続日本紀』によると、天皇の吉野行幸《よしのぎょうこう》は、応神天皇一回、雄略天皇二回、斉明天皇《さいめいてんのう》一回、天武天皇二回、持統天皇三三回（うち在位中三一回）、文武天皇二回、元正天皇《げんしょうてんのう》一回、聖武天皇三回の合計四五回にも及んでいる。

持統天皇が在位中になぜ三一回も吉野宮へ行幸したのか、という疑問については、宮廷の安定期を背後にした天皇の特別な旅行癖によるという説、壬申《じんしん》の乱《らん》発祥の思い出の地であるという説、大和平野では見られない山川の清らかさへの憧れによる聖水信仰《せいすいしんこう》という説、桃源郷《とうげんきょう》への願望という説など、種々の説が示されている。

しかし、『万葉集』の「吉野」の歌では、「川」に関わる歌が約半数を占めている。これを考慮すると、吉野は、水《みず》の宮所《みやどころ》であり、吉野川の上流の水神《すいじん》の威霊《いれい》が行き渡った祈雨・止雨を祈願する地、さらには、大陸の神仙《しんせん》思想《しそう》も加わって、心身の禊《みそぎ》をする地であったことなどが、持統天皇を何回も吉野に引き付けた大きな要因であると考えられる。

持統天皇の治世　天武天皇の遺志を継いで、天皇がやり残した律令国家への国造りに注力。飛鳥浄御原令に基づいた官僚制度の整備、庚寅年籍による戸籍制度の開始、班田収授による公地公民制度の推進、皇室の歴史の発掘・記録化による国史の編纂事業の推進、宮廷儀式の整備、歌謡、舞踏などの収集による歌舞音曲などの振興、皇族・貴族の子女の教育の推進、文化的営みなどに尽くした。

■吉野の宮の万葉歌

吉野離宮は、『万葉集』には、歌や題詞に、「吉野《よしの》の宮《みや》」「秋津《あきつ》の宮《みや》」「滝《たき》の都《みやこ》」と表記され、それらの中に、「吉野《よしの》の宮《みや》」と詠まれた次の歌がある。

み吉野の　吉野《よしの》の宮《みや》は　山からし　貴《たふと》くあらし　川からし　さやけくあらし　天地《あめつち》と　長く久しく　万代《よろづよ》に　変はらずあらむ　行幸《いでまし》の宮　三・三一五

この歌は、大伴旅人《おおとものたびと》の作で——吉野にある、吉野の宮は、山のせいで、貴く見えるのであろうか、川のせいで、清らかに見えるのであろうか、天地と同様に、長く久しく、いつまでも、変わらないであろう、この吉野の離宮は——という意味である。この歌は、大伴旅人の唯一の長歌で、少々ぎこちなく吉野離宮を讃えている。

神仙思想　古代中国において、方丈、蓬萊、瀛州など、超自然的な楽園と、そこに住む神通力をもった仙人の実在を信じる民間思想。この信仰に基づいて、不老不死の仙人や神人の住む海上の蓬萊山、山中の異境に楽園を見出そうとしたり、養生・錬丹・方術といった、いわゆる神仙術により、神人・仙人になろうとしたり、不老不死の薬を探索したり、養生法などが説かれた。

■宮滝

夢のわだから吉野川を少し遡り、柴橋《しばばし》を渡ると、旧中荘小学校《きゅうなかしょうしょうがっこう》の傍に「宮滝遺跡《みやたきいせき》」の石標がある。宮滝は、『大和名所圖會』に、「宮滝村《みやたきむら》にあり。両涯清麗《りやうがいせいれい》にして、怪石磊砢《くわいせきらい》とし、南《みなみ》の峯《みね》に巨石《こせき》ありて壁《かべ》の如《ごと》し。流下九重淵《りうかきうちょうふち》に臨《のぞ》んで、善《よ》く水練《すいれん》なる者《もの》、石頭《せきとう》より水中《すゐちう》に投げて、流《ながれ》に随《したが》うて下流《かりう》に出《い》づ。これを飛滝《たきとび》といふ。行人《かうじん》ここを壮観《そうくわん》とす。代々《よよ》の帝《みかど》もここに行幸《みゆき》あり」とある。

宮滝は、吉野川の中流右岸に位置する景勝地で、吉野離宮がこの地にあった。奇岩絶壁が迫り、巨岩の上を激流が岩をかみ、その痕跡をとどめる甌穴《おうけつ》が岩上に残っている。天皇に従駕した万葉人は、『万葉集』に、「水激《みずたぎ》つ滝《たき》の都《みやこ》」「たぎつ河内《かふち》」「滝《たき》の河内《かふち》」「激《たぎ》つ河内《かふち》の大宮所《おおみやどころ》」と詠み、水の宮所に来て、禊をしたり、船遊びをして楽しんだようだ。

大岩盤の下流の川幅の狭い所には、往古、枝葉を欄干にした木の

宮滝　吉野川の中流域にある複合遺跡のある景勝地。川の両側には奇岩絶壁が迫り、岩上には甌穴（おうけつ）が残り、往古、激流が岩をかんでいた痕跡が残る。柴橋は、川幅の最も狭い所に木の橋が架けられ、枝葉をその欄干としていたことに由来する。中荘小学校(当時)付近から、縄文・弥生時代の集落遺跡が発見され、発掘された土器は、宮滝式土器と命名されて標式土器となっている。吉野離宮の地という説も提唱され、石敷遺構が発見されて、その可能性が極めて高いと考えられている。

橋が架けられ、「柴橋」と呼ばれていた。大正時代に鉄骨橋に架け替えられたが、橋の名称は今日まで受け継がれている。

■宮滝遺跡

宮滝遺跡は、縄文時代から弥生時代を経て、飛鳥・奈良時代に至る集落遺跡、宮・離宮跡の複合遺跡である。この地から掘立柱建《ほったてばしらたて》物《もの》、敷石《しきいし》、溝《みぞ》の遺構《いこう》、土壙《どこう》から多数の土器が出土し、この地方最大の集落遺跡であることが、また、遺構、石敷《いしじき》などから離宮跡であることが確認された。

縄文時代の遺物には、木の実を調理する道具である石皿《いしざら》、敲石《たたきいし》、「ヘナタリ」という巻き貝の腹縁《はらぶち》を押して付けたり、押しつけたまま少し回転させて模様を付けた「扇状圧痕文《せんじょうあっこんもん》」と呼ばれる模様のある宮滝式土器《みやたきしきどき》、瀬戸内沿岸に分布する元住吉山式土器《もとすみよしやましきどき》、さらに、滋賀《しが》里式土器《さとしきどき》、丹治式土器《たじしきどき》・橿原式土器《かしはらしきどき》、船橋式土器《ふなはししきどき》、東北地方産と考

宮滝式土器　宮滝遺跡から出土する縄文時代後期の「宮滝式土器」は、深鉢、浅鉢、注口土器で構成される。土器の文様は、扇状圧痕文と凹線文が特徴で、前者は「ヘナタリ」と呼ばれる海生巻き貝を土器の表面に押しつけて施文されている。「ヘナタリ」は、キバウミニナ科に属する巻き貝の一種で、長さ四〇ミリメートル、径一二ミリメートルほどの大きさで、円錐形に近い形をしている。紀ノ川河口に産出するので、この地で採取された「ヘナタリ」で施文したと考えられている。

旧中荘小学校傍の万葉歌碑

えられる亀ケ岡式土器《かめがおかしきどき》などが出土している。

弥生時代の遺構には、一〇基の竪穴住居、七基の方形周溝《ほうけいしゅうこう》、土《ど》壙墓《こうぼ》、遺物には、磨製《ませい》の石包丁《いしぼうちょう》、石斧《いしおの》、筑紫《つくし》の遠賀川式土器《おんがかわしきどき》、土師《はじ》器《き》が発掘されているなど、櫛目模様《くしめもよう》のあるものが多く出土している。

奈良時代の遺構には、掘立柱建物、石溝、敷石、遺物には、平《へい》城宮跡《じょうきゅうせき》から出土した複子葉弁文軒端丸瓦《ふくしようべんもんのきはしまるがわら》、均整唐草模様端瓦《きんせいからくさもようはしがわら》などが出土し、吉野宮がこの地にあったと推測されている。

■旧中荘小学校傍の万葉歌碑

旧中荘小学校の傍に、次の歌が刻まれた万葉歌碑がある。

やすみしし　我《わ》が大君《おほきみ》の　聞こしをす　天の下に　国はしも
さはにあれども　山川《やまかは》の　清き河内《かふち》と　御心《みこころ》を　吉野の国の
花散《はなち》らふ　秋津《あきつ》の野辺《のへ》に　宮柱《みやばしら》　太敷《ふとしき》ませば　ももしきの

柿本人麻呂と吉野宮　三六番歌では、吉野宮の主人である天皇を讃えるために宮を讃え、宮を讃えるために吉野の山河を讃える手法が採られている。誰もが憧れる自然と人間の調和した景を歌にしたのではなく、理想の吉野宮の姿を歌にしている。理想の吉野宮とは、天皇と臣がともに遊ぶ清らかな山河の中にある宮である。人麻呂が「滝のみやこ」と詠んだ場所こそ、宮滝遺跡の付近のように思われる。

大宮人《おおみやひと》は　舟《ふね》並《な》めて　朝川《あさかは》渡り　舟競《ふなぎは》ひ　夕川《ゆうかは》渡る　この川の
絶ゆる事なく　この山の　いや高知《たかし》らす　みなそそく　滝のみや
こは　見れど飽かぬかも　一・三六

反歌

見れど飽かぬ　吉野の川の　常滑《とこなめ》の
絶ゆる事なく　またかへり見む　一・三七

この歌は、柿本人麻呂《かきのもとのひとまろ》の作で、長歌は——（やすみしし）、わが大君が、お治めになる、天下に、国は、たくさんあるが、その中でも特に、山も川も、清い川の流域だとして、（御心を）、吉野の国の、（花散らふ）、秋津の野辺に、吉野宮の柱を、しっかりと建てられたので、（ももしきの）、大宮人は、舟を並べて、朝の川を渡り、舟を漕ぎ競って、夕べの川を渡る、というふうに遊んでいる、この川の

見れど飽かぬ
吉野の川の
常滑の
絶ゆることなく
また
かへり見む

宮滝河川交流センターの万葉歌碑

ように、いつまでも水が絶えることがなく、この山のように、いつまでも高くあるに違いない、澄んで激しく流れる、滝のほとりにある吉野宮は、いくら見ても飽きないことだ―という意味である。

反歌は―何度見ても見飽きない、吉野の川の、滑らかな水苔《みずごけ》がなくならないのと同じように、いつまでも絶えることなく、幾度も見にやって来よう―という意味である。

この歌碑は、国文学者・武田《たけだ》祐吉《ゆうきち》氏の揮毫により、昭和三六年（一九六一）に建立された。

■宮滝河川交流センターの万葉歌碑

旧中荘小学校の向かいに宮滝河川交流《みやたきかせんこうりゅう》センターがある。吉野川の中心に位置しており、宮滝を訪れる人たちの交流拠点としての施設で、展示ホール、多目的ホール、和室などがある。

その駐車場の北西の隅に、次の歌が刻まれた万葉歌碑がある。

吉野歴史資料館

見れど飽かぬ　吉野《よしの》の川《かは》の　常滑《とこなめ》の
絶ゆることなく　またかへり見む　　一・三七

この歌は、柿本人麻呂《かきのもとのひとまろ》の作で—何度見ても見飽きない、吉野の川の、滑らかな水苔がなくならないのと同じように、いつまでも絶えることなく、幾度も見にやって来よう—という意味である。この歌碑は、国文学者・上野誠《うえのまこと》氏の揮毫により、平成二四年（二〇一二）に建立された。

■吉野歴史資料館

大岩盤から元の道まで戻り、大和上市《やまとかみいち》方向へ進み、南側の高台に登っていくと、吉野歴史資料館《よしのれきししりょうかん》がある。館内には、宮滝遺跡《みやたきいせき》で発掘された縄文・弥生時代の木の実を調理する石皿《いしざら》や敲石《たたきいし》、縄文時代後期の標式土器である宮滝式土器《みやたきしきどき》などの出土品が展示されている。ま

吉野歴史資料館前庭の万葉歌碑

た、吉野宮、吉野離宮の復元模型、使われていた瓦や土器などの展示によって、吉野宮、吉野離宮の成り立ちや移り変わりが示され、さらに、吉野で詠まれた万葉歌の紹介、壬申《じんしん》の乱《らん》の経路図などが展示されている。

■吉野歴史資料館前庭の万葉歌碑

吉野歴史資料館の前庭に、次の歌が刻まれた万葉歌碑がある。

かはづ鳴く　よしのの川《かは》の　瀧《たき》の上《うへ》の
あしびの花ぞ　端に置くなゆめ　　一〇・一八六八

この歌は—かわづ（カジカ）の鳴く、吉野の川の、激湍のほとりの、アシビの花をば、決して粗末にしてはいけませんよ—という意味である。この歌碑は、国文学者・上野誠《うえのまこと》氏の揮毫により、平成二〇年

十二社神社

（二〇〇八）に建立された。

「アシビ」は、原文には「馬酔《あしび》」と表記されている。常緑低木の有毒植物で、早春、小さい壺状の白い花をつける。表記の文字は、馬がその葉を食べると酔ったようになることに由来する。

■十二社神社

歴史資料館の西に、十二社神社《じゅうにしゃじんじゃ》がある。祭神は熊野大神《くまののおおかみ》である。拝殿はなく、神門に続く朱塗の木の瑞垣《みずがき》に囲まれて、一間社流造《いっけんしゃながれづくり》、銅板葺《どういたぶき》の社殿がある。創建年代は未詳である。

寛政《かんせい》六年（一七九四）の棟札には、大海神《おおわたつみのかみ》とあり、この頃には、大海神を祀っていたらしい。文政《ぶんせい》五年（一八二二）と慶応《けいおう》二年（一八六六）の棟札には、十二柱権現《じゅうにはしらごんげん》とあり、この頃には、熊野《くまの》権《ごん》現《げん》が祀られていたようである。

善生寺

■善生寺

十二社神社に隣接して善生寺《ぜんせいじ》がある。長嘯山《ちょうかくさん》と号する浄土真宗本願寺派の寺で、本尊は阿弥陀如来《あみだにょらい》である。本堂は、桁行七間、梁行七間の入母屋造、桟瓦葺、向拝付である。本尊は、元禄時代の京都の仏師・康雲《こううん》の作と伝える。元禄時代に宮滝村の惣道場《そうどうじょう》として寺号が下賜されたという。

境内には、寛永《かんえい》元年（一六二四）銘の釈教山法院《しゃくきょうさんほういん》の無縫塔《むほうとう》、宝暦《ほうれき》・明和銘《めいわめい》の地蔵菩薩像《じぞうぼさつぞう》など、多数の石塔・石仏がある。入り口の右側には大きな枝垂れ桜がある。

■中荘温泉前庭の万葉歌碑

善生寺から国道一六九号に沿って下流方向へ進むと、中荘温泉《なかしょうおんせん》がある。その前庭に、次の歌が刻まれた万葉歌碑がある。

中荘温泉前庭の万葉歌碑

滝の上の　三船《みふね》の山《やま》ゆ　秋津辺《あきづへ》に
来鳴き渡るは　誰呼子鳥《たれよぶこどり》
九・一七一三

この歌は、大伴旅人の作で―滝のほとりにそびえる、三船の山から、秋津野にかけて、鳴き渡ってくるのは、誰を呼ぶ呼子鳥でしょうか―という意味である。この歌碑は、国文学者・犬養孝《いぬかいたかし》氏の揮毫により、昭和五二年（一九七七）に建立された。

中荘温泉からバスで近鉄大和上市駅《やまとかみいちえき》に出て、今回の散策を終えた。

参考文献・史料

日本古典文学大系　万葉集一〜四　岩波書店／日本古典文学全集　万葉集一〜四　小学館／日本書紀　日本古典文学大系　六七・六八　岩波書店／古事記　新潮日本古典集成　新潮社／万葉集注釈一〜二〇　澤瀉久孝　中央公論社／万葉集私注　一〜二〇　土屋文明　筑摩書房／万葉集全訳注原文付　一〜四　中西進　講談社文庫／新訓万葉集　上下　佐佐木信綱　岩波文庫／口訳万葉集　折口信夫　中央公論社／古事記・祝詞　日本古典文学大系　一　岩波書店／国史大系　続日本紀　前篇・後編　吉川弘文館／国史大系　日本三代実録　吉川弘文館／倭名類聚抄　中田祝夫　勉誠社文庫／日本の歴史一・二　井上光貞　中央公論社／万葉びとの世界　日本文学の歴史二　高木市之助ほか　角川書店／日本文学史・上代　久松潜一　至文堂／奈良県史　五・六　奈良県史編集委員会　名著出版／大和名所圖會（復刻版）　秋里籬島　臨川書店／大和志料　上・中・下　奈良県教育会　天理時報社／和州旧跡幽考　版本地誌大系一　林宗甫　臨川書店／大和上代寺院志　保井芳太郎　大和史学会／奈良県地誌　堀井甚一郎　大和史蹟研究会／奈良県の歴史散歩・上下　奈良県歴史学会　山川出版社／万葉の風土　犬養孝　塙書房／万葉の道　巻一〜四　扇野聖史　福武書店／万葉の歌・人と風土　和歌山　村瀬憲夫　保育社／万葉の歌・人と風土　大阪　井村哲夫　保育社／万葉の歌・人と風土　大和南西部　岡野弘彦　保育社／万葉の歌・人と風土　大和東部　山内英正　保育社／万葉和歌の浦　村瀬憲夫　求龍堂／和歌の浦　歴史

と文学　薗田香融監修　和泉選書／大阪の万葉　栗林章　桜楓社／大阪の歴史　井上薫　創元社
／瀬戸内の万葉　下田忠　桜楓社／萬葉集大和地誌　北島葭江　筑摩書房／定本萬葉大和風土記
堀内民一　人文書院／大和万葉―その歌と風土　堀内民一　創元社／萬葉大和　大井重二郎　立
命館出版部／萬葉集の風土的研究　清原和義　塙書房／万葉の風土と歌人　犬養孝　雄山閣出版
／万葉の旅・上中　犬養孝　社会思想社／万葉集の風土　桜井満　講談社／わたしの万葉歌碑
犬養孝　社会思想社／萬葉の世紀　北山茂夫　東京大学出版会／大和の万葉　和田嘉寿男　桜楓
社／全注大和の万葉歌　和田嘉寿男　奈良新聞出版センター／紀伊国名所圖會（復刻版）　高市
志友　九曜文庫／紀伊続風土記（復刻版）　仁井田好古　臨川書店／摂津名所圖會（復刻版）　秋
里籬島ほか　古典籍刊行会／万葉集研究入門ハンドブック　森淳司　雄山閣／萬葉の時代　北山
茂夫　岩波書店／萬葉紀行　土屋文明　筑摩書房／契沖全集二　万葉代匠記　久松潜一　岩波書
店／奈良大和路の歴史を歩く　籔景三　新人物往来社／心の原風景　万葉を行く　米田勝　奈良
新聞社／山の辺の道を歩く　二川曉美　雄山閣／奈良市の万葉を歩く上下　二川曉美　奈良新聞
社／萬葉集大和地理辞典　阪口保　創元社／大和地名大辞典　大和地名学研究所／日本古語大辞
典　松岡静雄　刀江書院／国史大辞典　国史大辞典編集委員会　吉川弘文館／日本古墳大辞典
大塚初重ほか　東京堂出版／二万五千分の一地図　和歌山・大阪南西部・明石・須磨・五條・古
市場・御所・吉野山・新子　国土地理院

散策コースの距離・所要時間表

（１）和歌の浦コース

場　所　名	距離（km）	所要時間（分）
JR 紀三井寺駅→正行寺	0.8	12
正行寺→三葛大日寺	0.2	3
三葛大日寺→高皇神社	0.1	2
高皇神社→一本松広場	0.4	6
一本松広場→名草山	0.4	6
名草山→見晴台	0.6	9
見晴台→ 乃木将軍彰徳碑	0.3	5
乃木将軍彰徳碑→紀三井寺	1.2	18
紀三井寺→三断橋	1.8	27
三断橋→妹背山（観海閣）	0.1	2
妹背山（観海閣）→不老橋	0.3	5
不老橋→鹽竃神社	0.1	2
鹽竃神社→玉津島神社	0.1	2
玉津島神社→奠供山	0.1	2
奠供山→玉津島神社	0.1	2
玉津島神社→市町川	0.1	2
市町川→紀州東照宮	0.4	6
紀州東照宮→和歌浦天満宮	0.2	3
和歌浦天満宮→万葉館	1.4	21
万葉館→万葉の小路入り口	0.5	7
万葉の小路入り口→万葉の小路南端	0.3	5
万葉の小路南端→万葉の小路入り口	0.4	6
万葉の小路入り口→万葉館	0.5	7
万葉館→不老橋	0.6	9
不老橋→三断橋	0.1	2
三断橋→ JR 紀三井寺駅	1.6	24

（2）住吉コース

場　所　名	距離(km)	所要時間(分)
南海粉浜駅→粉浜駅南東の万葉歌碑	0.1	2
粉浜駅南東の万葉歌碑→生根神社	0.3	5
生根神社→一運寺	0.3	5
一運寺→大海神社・志賀神社	0.1	2
大海神社→種貸神社	0.1	2
種貸神社→住吉大社	0.2	3
住吉大社→汐掛道の記碑	0.2	3
汐掛道の記碑→高燈籠	0.2	3
高燈籠→住吉大社	0.4	6
住吉大社→西之坊	0.2	3
西之坊→哀愍寺	0.1	2
哀愍寺→浅澤神社	0.2	3
浅澤神社→大歳神社	0.1	2
大歳神社→御祓橋	0.4	6
御祓橋→寶林寺	0.3	5
寶林寺→長法寺	0.1	2
長法寺→霰松原公園	0.4	6
霰松原公園→阿弥陀寺	0.6	10
阿弥陀寺→大和川橋北詰	0.3	5
大和川橋北詰→大和川橋南詰	0.2	3
大和川橋南詰→阪堺線大和川駅	0.2	3

（3）明石コース

場　所　名	距離(km)	所要時間(分)
JR明石駅→明石公園入り口	0.2	3
明石公園入り口→織田家長屋門	0.2	3

織田家長屋門→明石川万葉歌碑	0.3	5
明石川万葉歌碑→明石公園入り口	0.5	8
明石公園入り口→明石城天守台	0.3	5
明石城天守台→人丸塚	0.1	2
人丸塚→明石市立文化博物館	0.8	12
明石市立文化博物館→上の丸弥生公園	0.1	2
上の丸弥生公園→明石神社	0.1	2
明石神社→大聖寺	0.1	2
大聖寺→妙見社	0.2	3
妙見社→本松寺	0.1	2
本松寺→月照寺	0.2	3
月照寺→柿本神社	0.1	2
柿本神社→人丸公園	0.2	3
人丸公園→明石市立天文科学館	0.1	2
明石市立天文科学館→長壽院	0.1	2
長壽院→両馬川舊跡	0.2	3
両馬川舊跡→腕塚神社	0.2	3
腕塚神社→休天神社	0.4	6
休天神社→稲爪神社	0.4	6
稲爪神社→西林寺	0.4	6
西林寺→大蔵海岸公園	0.2	3
大蔵海岸公園→大蔵谷宿場筋跡	0.3	5
大蔵谷宿場筋跡→大蔵院	0.2	3
大蔵院→忠度塚	0.3	5
忠度塚→忠度公園	0.1	2
忠度公園→朝顔光明寺	0.6	9
朝顔光明寺→浜光明寺	0.1	3
浜光明寺→明石港	0.2	3
明石港→ JR 明石駅	0.3	5

（4）二上山コース

場　　所　　名	距離（km）	所要時間（分）
近鉄上ノ太子駅→妙見寺	1.1	17
妙見寺→春日神社	0.2	3
春日神社→光福寺	0.1	2
光福寺→了徳寺	0.1	2
了徳寺→太子町役場	0.4	6
太子町役場→用明天皇陵	0.5	8
用明天皇陵→叡福寺	0.7	11
叡福寺→聖徳太子墓	0.1	2
聖徳太子墓→西方院	0.3	5
西方院→伝蘇我馬子塚	0.2	3
伝蘇我馬子塚→佛陀寺	1.0	15
佛陀寺→仏陀寺古墳	0.1	2
仏陀寺古墳→推古天皇陵	0.5	8
推古天皇陵→二子塚古墳	0.2	3
二子塚古墳→科長神社	1.2	18
科長神社→小野妹子の墓	0.2	3
小野妹子の墓→竹内街道	1.0	15
竹内街道→孝徳天皇陵	0.4	6
孝徳天皇陵→竹内街道歴史資料館	0.4	6
竹内街道歴史資料館→風鼻橋交差点	0.4	6
風鼻橋交差点→二上山鹿谷寺跡登山口	1.3	20
二上山鹿谷寺跡登山口→鹿谷寺跡	0.5	8
鹿谷寺跡→雌岳西展望台	0.5	8
雌岳西展望台→雌岳山頂	0.5	8
雌岳山頂→馬の背	0.3	5
馬の背→葛木坐二上神社	0.4	6
葛木坐二上神社→大津皇子二上山墓	0.1	2

大津皇子二上山墓→馬の背	0.6	9
馬の背→鹿谷寺跡分岐	0.5	8
鹿谷寺跡分岐→岩屋	0.6	9
岩屋→祐泉寺	0.9	14
祐泉寺→鳥谷口古墳	0.8	12
鳥谷口古墳→當麻山口神社	0.2	3
當麻山口神社→傘堂	0.1	2
傘堂→葛城市交流会館前の万葉歌碑	0.3	5
葛城市交流会館前の万葉歌碑→當麻健民運動場前の万葉歌碑	0.2	3
當麻健民運動場前の万葉歌碑→當麻寺	0.3	5
當麻寺→天満宮	0.1	2
天満宮→平田春日神社	0.1	2
平田春日神社→當麻蹶速塚	0.4	6
當麻蹶速塚→近鉄当麻寺駅	0.3	5

（5）葛城古道コース

場　所　名	距離（km）	所要時間（分）
風の森バス停→高鴨神社	1.0	15
高鴨神社→葛城の道歴史文化館	0.1	2
葛城の道歴史文化館→朝妻	0.8	16
朝妻→八幡神社	0.5	7
八幡神社→菩提寺	0.5	7
菩提寺→蜘蛛窟	0.8	12
蜘蛛窟→鶯宿梅	0.2	3
鶯宿梅→ 高天彦神社	0.1	2
高天彦神社→高天原	0.6	9
高天原→橋本院	0.1	2

橋本院→極楽寺	1.2	18
極楽寺→住吉神社	1.5	23
住吉神社→高木神社	0.2	3
高木神社→春日神社	0.1	2
春日神社→中村家住宅	1.1	17
中村家住宅→長柄神社	0.2	3
長柄神社→龍正寺	0.1	2
龍正寺→葛城一言主神社	1.1	17
葛城一言主神社→綏靖天皇高丘宮趾	1.0	15
綏靖天皇高丘宮趾→九品寺	0.6	9
九品寺→駒形大重神社	0.6	9
駒形大重神社→六地蔵石仏	0.7	11
六地蔵石仏→鴨山口神社	0.3	5
鴨山口神社→鴨都波神社	1.5	23
鴨都波神社→近鉄御所駅	0.5	7

（6）吉野・宮滝コース

場　所　名	距離（km）	所要時間（分）
近鉄吉野駅→幣掛桜	0.2	3
幣掛桜→大橋	0.4	6
大橋→総門（黒門）	0.2	3
総門（黒門）→弘願寺	0.1	2
弘願寺→銅の鳥居	0.1	2
銅の鳥居→金峯山寺	0.4	6
金峯山寺→威徳天満宮	0.1	2
威徳天満宮→稲荷神社	0.2	3
稲荷神社→金輪王寺（吉野朝宮址）	0.3	5
金輪王寺（吉野朝宮址）→東南院	0.2	3

東南院→吉水神社	0.3	5
吉水神社→勝手神社	0.3	5
勝手神社→如意輪寺	1.3	20
如意輪寺→後醍醐天皇塔尾陵	0.1	2
後醍醐天皇塔尾陵→稚児松地蔵	0.9	14
稚児松地蔵→象の小川	1.8	27
象の小川→桜木神社	1.7	25
桜木神社→夢のわだ	0.5	7
夢のわだ→旧中荘小学校（宮滝遺跡）	0.2	3
旧中荘小学校（宮滝遺跡）→宮滝河川交流センター	0.1	2
宮滝河川交流センター→大岩盤（滝の河内）	0.2	3
大岩盤（滝の河内）→吉野歴史資料館	1.1	17
吉野歴史資料館→十二社神社	0.1	2
十二社神社→中荘温泉	1.4	21

おわりに

大和地方の周辺地域で詠まれた万葉の歌は、大きく三つに分類することができる。その一つは、天皇の行幸や宮廷の行事で出掛けたときに詠まれた歌である。その二は、万葉人が朝命によりこれらの地に赴いて、その途次や滞在中に詠んだ歌である。その三は、そこに住む人々の習性や住む環境に接して詠んだ歌である。これらの歌は、その地方の自然や住む人々の習俗に関わりを持っており、それらの中には、愛の歌、望郷の歌、別れの歌、自然を愛でる歌などが含まれる。これらの歌には、わが国の自然、すなわち、海や山や川や野、木や草や花などが、歌の背景となっていることを見逃すことができない。

万葉故地は、観光地とは縁遠い交通が不便なところにあるところが多い。このため、ザックを背に、地図を片手に、山や川、野や畑など、自然に接しながら歩き回ることになる。この自然景観の中を歩き回って、万葉の時代に思いを馳せ、その時代の人々の生活を想像し、万葉の歌を頭の中に蘇らせると、万葉故地めぐりの醍醐味を感じることができ、万葉故地に直に接することによって、万葉の風土が一層身近なものになり、作者の風土との関わりを汲み取ることができる。数多く出版されている万葉関連の書物には、いろいろ解説や説明がなされているが、万葉故地は、実際に歩き回らなければ、万葉人の心情を汲み取ることはできない。

筆者は、過去約六〇年間、全国の万葉故地をめぐり、データベースを蓄積してきたが、この書を執筆するにあたり、限られた万葉関連の本、地方自治体が発行している史書、国土地理院の地図を頼りに、丹念に万葉故地やその周辺の史跡、寺社を調べ直した。その取材を通じて感じたことは、万葉故地が、最近の目覚ましい開発の波にもまれて、次第に消滅しつつある所も数多くあり、さらに、約一三〇〇年前の万葉の時代の風土の様子を知ることが想像以上に難しくなってきていることである。このため、万葉故地の実態を詳細に調査し、それを書き記すことにより、後世に伝えていく使命感が湧いたことも、この書を執筆するもう一つの契機になっている。

万葉故地を紹介した本は数多く出版されているが、万葉故地のみが断片的に紹介されているものがほとんどであるので、現地に行ってみると、どのように万葉故地をめぐってよいのか分からず、困惑することをしばしば経験した。この書では、このような経験に鑑みて、最も印象に残った近畿地方の一二カ所の万葉故地を採り上げて、それらをご紹介するだけでなく、その周辺の古墳、史跡、寺社も併せてご紹介し、線でつないで歩けるよう試みた。このため、万葉愛好家のみならず、歴史の探究や史跡や寺社めぐりに興味をお持ちの方々にもご参考にしていただけると思われる。本書を友にして、素晴らしい古代の日本文化に触れる喜びを感じていただければ幸いである。

万葉歌碑

・この書で紹介した万葉歌碑に刻まれた歌、所在地、作者、歌碑の寸法、揮毫者（肩書は当時のもの）、建立年月を示す。
・歌については、右側に歌碑に刻まれた文字を、左側に原文または読み下し文を示す。
・石碑のみならず、万葉歌が記された歌板・記念碑なども示す。

名草山《なぐさやま》　言《こと》にしありけり　わが戀の
千重《ちへ》の一重《ひとへ》も　慰《なぐさ》めなくに

名草山《なぐさやま》　事西在来《ことにしありけり》　吾恋《あがこひの》
千重一重《ちへのひとへも》　名草目名国《なぐさめなくに》

（巻七・一二一三）

所 在 地　和歌山市紀三井寺　紀三井山護国院本堂前
作　　者　作者未詳
歌　　碑　自然石（高さ90cm、幅135cm）黒御影（高さ90cm、幅50cm）嵌め込み
揮 毫 者　書家・辻本　龍山
建立年月　昭和58年11月

わかの浦に　潮みちくれば　かたをなみ
あしへをさして　鶴《たづ》なきわたる

若浦尓《わかのうらに》　塩満来者《しおみちくれば》　滷乎無美《かたをなみ》
葦辺乎指天《あしへをさして》　多頭鳴渡《たづなきわたる》

（巻六・九一九）

所在地　和歌山市和歌浦　鹽竃神社境内
作　者　山部赤人
歌　碑　自然石（高さ160cm、幅120cm）
揮毫者　国文学者・書家・尾上　八郎（柴舟）
建立年月　昭和27年11月

（一首目一二二二番歌略）

玉津島《たまつしま》　よく見ていませ　あをによし
平城《なら》なる人の　待ち問はばいかに
玉津嶋《たまつしま》　能見而伊座《よくみていませ》　青丹吉《あおによし》
平城有人之《ならなるひとの》　待問者如何《まちとはばいかに》

（巻七・一二一五）

玉津島　見てし善《よ》けくも　吾は無し
都に行きて　恋ひまく思へば
玉津嶋《たまつしま》　見之善雲《みてしよけくも》　吾無《われはなし》
京往而《みやこにゆきて》　恋幕思者《こひまくおもへば》

（巻七・一二一七）

（四首目九一九番歌略）

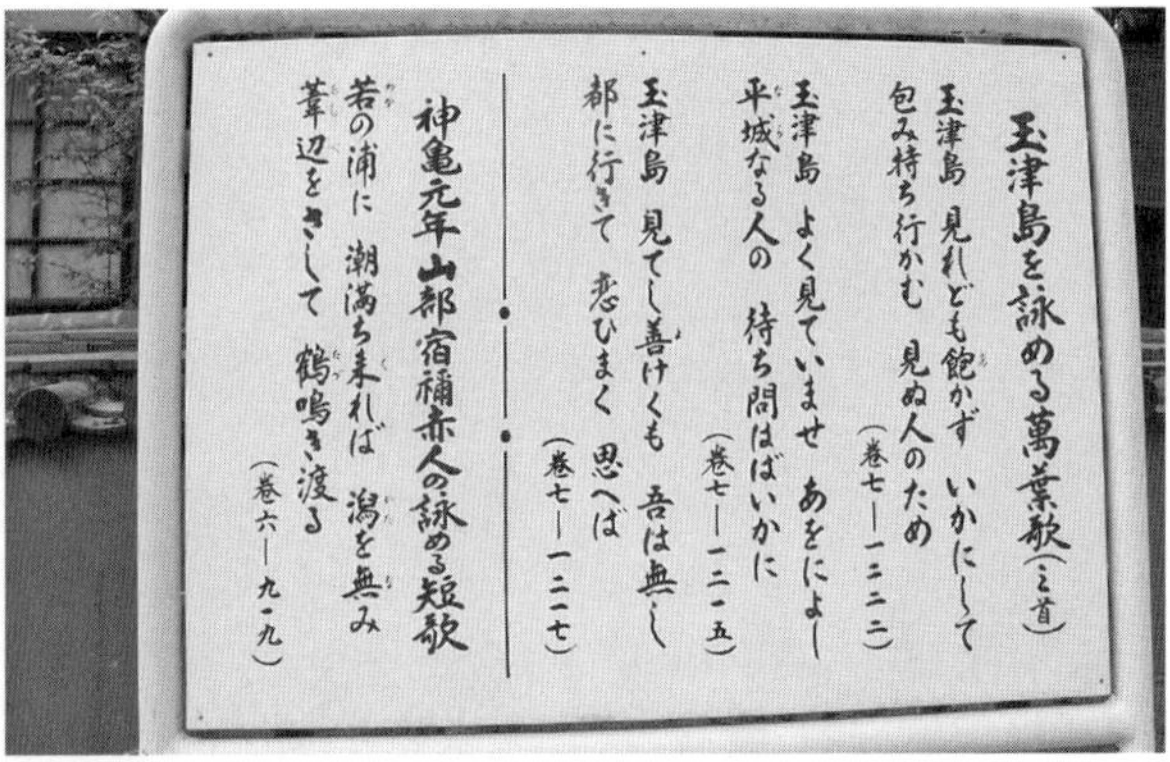

所 在 地　和歌山市和歌浦中　玉津島神社鳥居横
作　　者　作者未詳（1222、1215、1217）、山部赤人（919）
歌　　碑　歌板（高さ80cm、幅100cm）
揮 毫 者　未詳
建立年月　未詳

玉津島《たまつしま》　見れども飽かず　いかにして
包《つつ》み持ち行《ゆ》かむ　見ぬ人のため

玉津嶋《たまつしま》　雖見不飽《みれどもあかず》　何為而《いかにして》
裹持将去《つつみもちゆかむ》　不見人之為《みぬひとのため》

（巻七・一二二二）

所 在 地　和歌山市和歌浦中　玉津島神社鳥居横
作　　者　作者未詳
歌　　碑　自然石（高さ90cm、幅140cm）
揮 毫 者　書家・辻本　龍山
建立年月　昭和58年11月

安見知之《やすみしし》　和期大王之《わごおほきみの》　常宮等《とこみやと》　仕奉流《つかへまつれる》
左日鹿野由《さひかのや》　背匕尓所見《そかひにみゆる》　奥嶋《おきつしま》　清波瀲尓《きよきなぎさに》
風吹者《かぜふけば》　白波左和伎《しらなみさはき》　潮干者《しほふれば》　玉藻苅管《たまもかりつつ》
神代従《かみよより》　然曽尊吉《しかそたふとき》　玉津嶋夜麻《たまつしまやま》

（巻六・九一七）

奥嶋《おきつしま》　荒礒之玉藻《ありそのたまも》　潮干満《しほひみち》
伊隠去者《いかくりゆかば》　所念武香聞《おもほへむかも》

（巻六・九一八）

和浦尓《わかのうらに》　潮満来者《しほみちくれば》　潟乎無美《かたをなみ》
葦辺乎指天《あしへをさして》　多頭鳴渡《たづなきわたる》

（巻六・九一九）

所 在 地　和歌山市和歌浦中　玉津島神社拝殿横
作　　者　山部赤人
歌　　碑　自然石（高さ180cm、幅250cm）
揮 毫 者　国文学者・犬養　孝
建立年月　平成６年11月

玉津島《たまつしま》 見れども飽かず いかにして
包《つつ》み持ち行《ゆ》かむ 見ぬ人のため

玉津嶋《たまつしま》 雖見不飽《みれどもあかず》 何為而《いかにして》
裹持将去《つつみもちゆかむ》 不見人之為《みぬひとのため》

（巻七・一二二二）

所 在 地　和歌山市和歌浦中　奠供山山頂
作　　者　作者未詳
歌　　碑　自然石（高さ100cm、幅50cm）
揮 毫 者　未詳
建立年月　未詳

安見知之《やすみしし》　和期大王之《わごおほきみの》　常宮等《とこみやと》　仕奉流《つかへまつれる》
左日鹿野由《さひかのゆ》　背匕尓所見《そがひにみゆる》　奥嶋《おきつしま》　清波瀲尓《きよきなぎさに》
風吹者《かぜふけば》　白浪左和伎《しらなみさわき》　潮干者《しほふれば》　玉藻苅管《たまもかりつつ》
神代従《かみよより》　然曽尊吉《しかそたふとき》　玉津嶋夜麻《たまつしまやま》

（巻六・九一七）

奥嶋《おきつしま》　荒礒之玉藻《ありそのたまも》　潮干満《しほひみち》
伩隠去者《いかくりゆかば》　所念武香聞《おもほえむかも》

（巻六・九一八）

和浦尓《わかのうらに》　塩満来者《しほみちくれば》　滷乎無美《かたをなみ》
葦辺乎指天《あしへをさして》　多頭鳴渡《たづなきわたる》

（巻六・九一九）

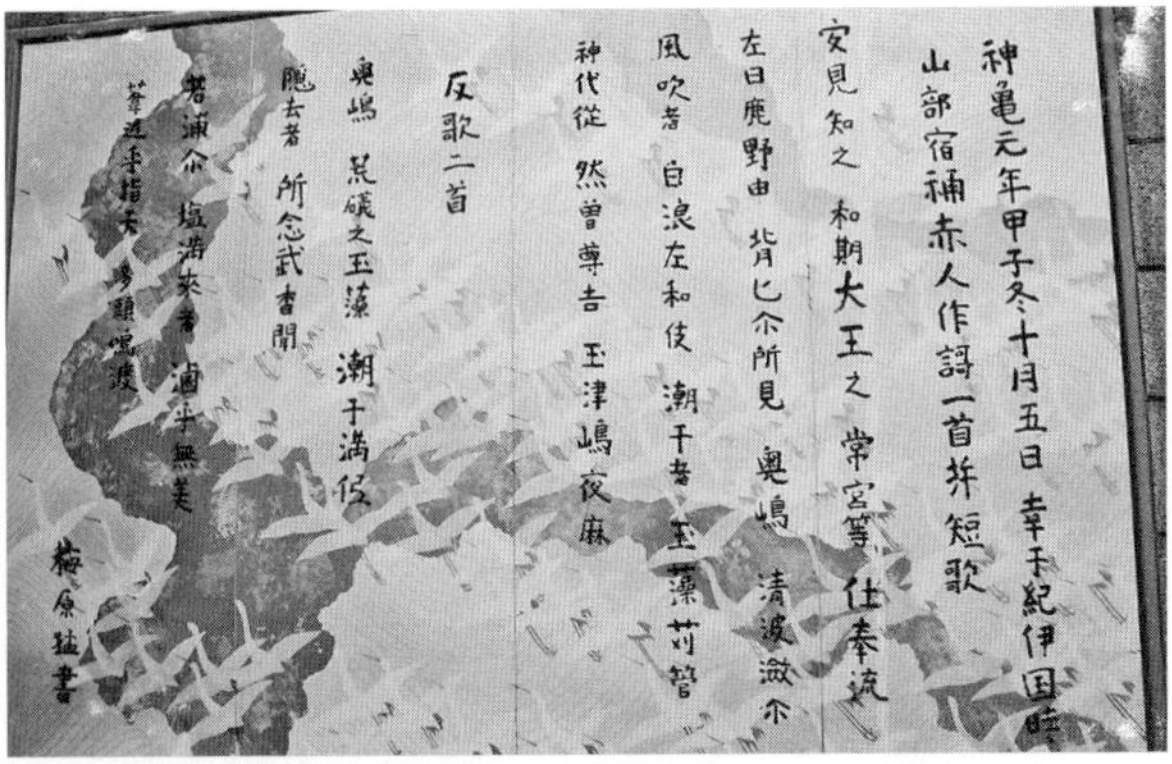

所在地　和歌山市和歌浦南　健康館入り口外壁
作　者　山部赤人
歌　碑　陶板（高さ200cm、幅300cm）
揮毫者　哲学者・梅原　猛
建立年月　平成６年７月

衣手《ころもで》の　真若《まわか》の浦《うら》の　真砂子地《まなごつち》
間《ま》無《な》く時《と》無《な》し　わが恋ふらくは

衣手之《ころもでの》　真若之浦之《まわかのうらの》　愛子地《まなごつち》
間無時無《まなくときなし》　吾恋鑁《あがこふらくは》

（巻一二・三一六八）

所 在 地　和歌山市和歌浦南　片男波公園万葉の小路
作　　者　作者未詳
歌　　碑　自然石（高さ120cm、幅180cm）、黒御影石（高さ60cm、幅90cm）嵌め込み
揮 毫 者　僧侶・俳人・森　寛紹
建立年月　平成6年3月

玉津島《たまつしま》　よく見ていませ　あをによし
平城《なら》なる人の　待ち問はばいかに

玉津嶋《たまつしま》　能見而伊座《よくみていませ》　青丹吉《あおによし》
平城有人之《ならなるひとの》　待問者如何《まちとはばいかに》

（巻七・一二一五）

玉津島《たまつしま》　見てし善《よ》けくも　われは無し
都に行きて　恋ひまく思《おも》へば

玉津嶋《たまつしま》　見之善雲《みてしよけくも》　吾無《われはなし》
京往而《みやこにゆきて》　恋幕思者《こひまくおもへば》

（巻七・一二一七）

所在地　和歌山市和歌浦南　片男波公園万葉の小路
作　者　作者未詳
歌　碑　自然石（高さ130cm、幅180cm）、黒御影石（高さ60cm、幅89cm）嵌め込み
揮毫者　書家・山本　真舟
建立年月　平成6年3月

名草山《なぐさやま》　言にしありけり　わが恋の
千重《ちへ》の一重《ひとへ》も　慰《なぐさ》めなくに

名草山《なぐさやま》　事西在来《ことにしありけり》　吾恋《あがこふる》
千重一重《ちへのひとへも》　名草目名国《なぐさめなくに》

（巻七・一二一三）

所在地　和歌山市和歌浦南　片男波公園万葉の小路
作　者　作者未詳
歌　碑　自然石（高さ112cm、幅160cm）、黒御影石（高さ60cm、幅90cm）嵌め込み
揮毫者　画家・稗田　一穂
建立年月　平成６年３月

若《わか》の浦《うら》に　袖《そで》さへ濡《ぬ》れて　忘貝《わすれがひ》
拾《ひろ》へど妹は　忘らえなくに

若浦尓《わかのうらに》　袖左倍沾而《そでさへぬれて》　忘貝《わすれがひ》
拾杼妹者《ひりへどいもは》　不所忘尓《わすらへなくに》

（巻一二・三一七五）

所在地　和歌山市和歌浦南　片男波公園万葉の小路
作　者　作者未詳
歌　碑　自然石（高さ155cm、幅150cm）、黒御影石（高さ60cm、幅90cm）嵌め込み
揮毫者　歌人・木下　美代子
建立年月　平成６年３月

若《わか》の浦《うら》に　白波立ちて　沖つ風
寒き暮《ゆふへ》は　倭《やまと》し思ほゆ

若浦尓《わかのうらに》　白波立而《しらなみたちて》　奥風《おきつかぜ》
寒暮者《さむきゆふへは》　山跡之所念《やまとしもほゆ》

（巻七・一二一九）

所在地　和歌山市和歌浦南　片男波公園万葉の小路
作　者　作者未詳
歌　碑　自然石（高さ112cm、幅150cm）、黒御影石（高さ60cm、幅90cm）嵌め込み
揮毫者　作家・神坂　次郎
建立年月　平成6年3月

住吉乃《すみのえの》　粉浜之四時美《こはまのしじみ》　開藻不見《あけもみず》
隠耳哉《こもりてのみや》　恋度南《こひわたりなむ》

住吉《すみのえ》の　粉浜《こはま》のしじみ　開《あ》けも見ず
隠《こも》りてのみや　恋ひ渡りなむ

（巻六・九九七）

所在地　大阪市住吉区東粉浜　南海粉浜駅前花壇
作　者　作者未詳
歌　碑　自然石（高さ138cm、幅167cm）、枠取凹磨（高さ70cm、幅108cm）
揮毫者　国文学者・犬養　孝
建立年月　昭和59年７月

草枕　旅ゆく君と　知らませば
岸の黄土《はにふ》に　にほはさましを
草枕《くさまくら》　客去君跡《たびゆくきみと》　知麻世婆《しらませば》
崖乃埴布尓《きしのはにふに》　仁宝播散麻思呼《にほはさましを》
（巻一・六九）

住吉《すみのえ》に　斎《いつ》く祝《はふり》が　神言《かむごと》と
行くとも来《く》とも　舟は早けむ
住吉尓《すみのえに》　伊都久祝之《いつくはふりが》　神言等《かむごとと》
行得毛来等毛《ゆくとくとも》　船波早家无《ふねははやけむ》
（巻一九・四二四三）

所在地　大阪市住吉区住吉　住吉大社反橋西詰北側
作　者　作者未詳
歌　碑　自然石（高さ250cm、幅170cm）、凹磨（高さ181cm、幅97cm）
制作者　今井　祝雄
建立年月　平成３年５月

すみのえの　粉浜《こはま》のしじみ　開《あ》けも見ず
こもりてのみや　恋ひ渡りなむ

住吉乃《すみのえの》　粉浜之四時美《こはまのしじみ》　開藻不見《あけもみず》
隠耳哉《こもりてのみや》　恋度南《こひわたりなむ》

（巻六・九九七）

所 在 地　大阪市住之江区浜口東　住吉公園汐掛道
作　　者　作者未詳
歌　　碑　名所図会碑、自然石（高さ241cm、幅321cm）、枠取凹磨（高さ151cm、幅106cm）
揮 毫 者　未詳
建立年月　平成２年11月

住吉《すみのえ》の　浅沢小野《あささはをの》の　杜若《かきつばた》
衣《きぬ》に摺《す》りつけ　着む日知らずも

墨吉之《すみのえの》　浅沢小野之《あささはをのの》　垣津幡《かきつはた》
衣尓摺著《きぬにすりつけ》　将衣日不知毛《きむひしらずも》

（巻七・一三六一）

所在地　大阪市住吉区上住吉　浅澤神社境内
作　者　作者未詳
歌　碑　「浅沢の杜若」の説明碑、金属板（高さ79cm、幅80cm）、楷書活字体
建立年月　未詳

霰打《あられう》つ　あられ松原《まつばら》　すみのえの
弟日《おとひ》おとめと　見れと飽かぬかも

霰打《あられうつ》　安良礼松原《あられまつばら》　住吉乃《すみのえの》
弟日娘与《おとひをとめと》　見礼常不飽香聞《みれどあかぬかも》

（巻一・六五）

所 在 地　大阪市住之江区安立　霰松原公園
作　　者　長皇子
歌　　碑　自然石（高さ194cm、幅110cm）、白御影石（高さ100cm、幅58cm）貼り付け
揮 毫 者　住吉大社宮司・西本　基
建立年月　昭和55年６月

あまざかる　夷《ひな》の長道《ながち》ゆ　恋くれば
明石の門《と》より　大和島《やまとしま》見ゆ

天離《あまざかる》　夷之長道従《ひなのながちゆ》　恋来者《こひくれば》
自明門《あかしのとより》　倭嶋所見《やまとしまみゆ》

（巻三・二五五）

所 在 地　兵庫県明石市茶園場町　明石川河川敷
作　　者　柿本人麻呂
歌　　碑　黒御影自然石（高さ47cm、幅144cm）、磨き面部（高さ57cm、幅90cm）
揮 毫 者　未詳
建立年月　平成８年５月

明石潟《あかしがた》　汐干《しほひ》の道を　明日《あす》よりは
下咲《したゑ》ましけむ　家近づけば

明方　潮干乃道乎　従明日者
下咲異六《したゑましけむ》　家近附者《いへちかづけば》

（巻六・九四一）

所在地　兵庫県明石市茶園場町　明石川河川敷
作　者　山部赤人
歌　碑　黒御影自然石（高さ65cm、幅133cm)、磨き面部（高さ60cm、幅90cm)
揮毫者　未詳
建立年月　平成８年５月

あらたへの　藤江《ふぢえ》の浦に　すずき釣《つ》る
白水郎《あま》とか見らむ　旅ゆく吾《われ》を

荒栲《あらたへの》　藤江之浦尓《ふじえのうらに》　鈴寸釣《すずきつる》
白水郎跡香将見《あまとかみらむ》　旅去吾乎《たびゆくわれを》

（巻三・二五二）

所在地　兵庫県明石市茶園場町　明石川河川敷
作　者　柿本人麻呂
歌　碑　黒御影自然石（高さ45cm、幅128cm）、磨き面部（高さ56cm、幅90cm）
揮毫者　未詳
建立年月　平成８年５月

ともし火の　明石大門《あかしおほと》に　入らむ日や
こぎ別《わか》れなむ　家のあたり見ず

留火之《ともしびの》　明石大門尓《あかしおほとに》　入日哉《いらむひや》
榜将別《こぎわかれなむ》　家当不見《いへのあたりみず》

（巻三・二五四）

所 在 地　兵庫県明石市茶園場町　明石川河川敷
作　　者　柿本人麻呂
歌　　碑　黒御影自然石（高さ68cm、幅140cm）、磨き面部（高さ65cm、幅95cm）
揮 毫 者　未詳
建立年月　平成８年５月

わが背子《せこ》が　捧《ささ》げて持てる　厚朴《ほほがしは》
あたかも似るか　青き蓋《きぬがさ》

吾勢故我《わがせこが》　捧而持流《ささげてもてる》　保宝我之婆《ほほがしは》
安多可毛似加《あたかもにるか》　青　蓋《あおききぬがさ》

（巻一九・四二〇四）

夏の歳時記園
わが背子が
捧げて持てる厚朴
あたかも似るか
青き蓋

所 在 地　兵庫県明石市上ノ丸　上の丸弥生公園
作　　者　講師僧・恵行
歌　　碑　大理石（高さ40cm、幅135cm）
揮 毫 者　未詳
建立年月　平成８年５月

ともし火の　明石大門《あかしおほと》に　入らむ日や
漕《こ》ぎ別《わか》れなむ　家《いへ》のあたり見ず

留火之《ともしびの》　明石大門尓《あかしおほとに》　入日哉《いらむひや》
榜将別《こぎわかれなむ》　家当不見《いへのあたりみず》

（巻三・二五四）

所在地　兵庫県明石市人丸町　月照寺山門前
作　者　柿本人麻呂
歌　碑　自然石（高さ130cm、幅106cm）、枠取凹磨（高さ63cm、幅61cm）
揮毫者　書家・池内　艸舟
建立年月　昭和48年４月

天さかる　ひなのなかちゆ　恋ひくれば
明石のとより　やまとしまみゆ

天離《あまざかる》　夷之長道従《ひなのなかちゆ》　恋来者《こひくれば》
自明門《あかしのとより》　倭嶋所見《やまとしまみゆ》

（巻三・二五五）

所在地　兵庫県明石市人丸町　柿本神社境内
作　者　柿本人麻呂
歌　碑　自然石（高さ215cm、幅165cm）、枠取凹磨（高さ131cm、幅75cm）
揮毫者　国文学者・書家・尾上　八郎（柴舟）
建立年月　昭和10年４月

大君《おほきみ》は　神にしませば　天雲《あまくも》の
雷《いかづち》のうへに　いほりせるかも

皇者《おほきみは》　神二四座者《かみにしませば》　天雲之《あまくもの》
雷之上尓《いかづちのうへに》　廬為流鴨《いほりせるかも》

（巻三・二三五）

所 在 地　兵庫県明石市人丸町　柿本神社境内
作　　者　柿本人麻呂
歌　　碑　自然石（高さ185cm、幅120cm）、枠取凹磨（高さ110cm、幅45cm）
揮 毫 者　歌人・金子　薫園
建立年月　昭和18年10月

あしびきの　山鳥《やまどり》の尾の　したり尾の
ながながし夜《よ》を　ひとりかもねむ

足日木乃《あしびきの》　山鳥之尾乃《やまどりのをの》　四垂尾乃《しだりをの》
長永夜乎《ながながしよを》　一鴨将宿《ひとりかもねむ》

（巻一一・二八〇二の或本）

所 在 地　兵庫県明石市人丸町　人丸公園
作　　者　作者未詳
歌　　碑　自然石（高さ157cm、幅141cm）
揮 毫 者　書家・池内　艸舟
建立年月　平成２年１月

白真弓《しらまゆみ》　石辺《いそへ》の山の　常盤《ときは》なる
命なれやも　恋ひつつ居《を》らむ

白檀《しらまゆみ》　石辺山《いそへのやまの》　常石有《ときはなる》
命　哉《いのちなれやも》　恋乍居《こひつつをらむ》

（巻一一・二四四四）

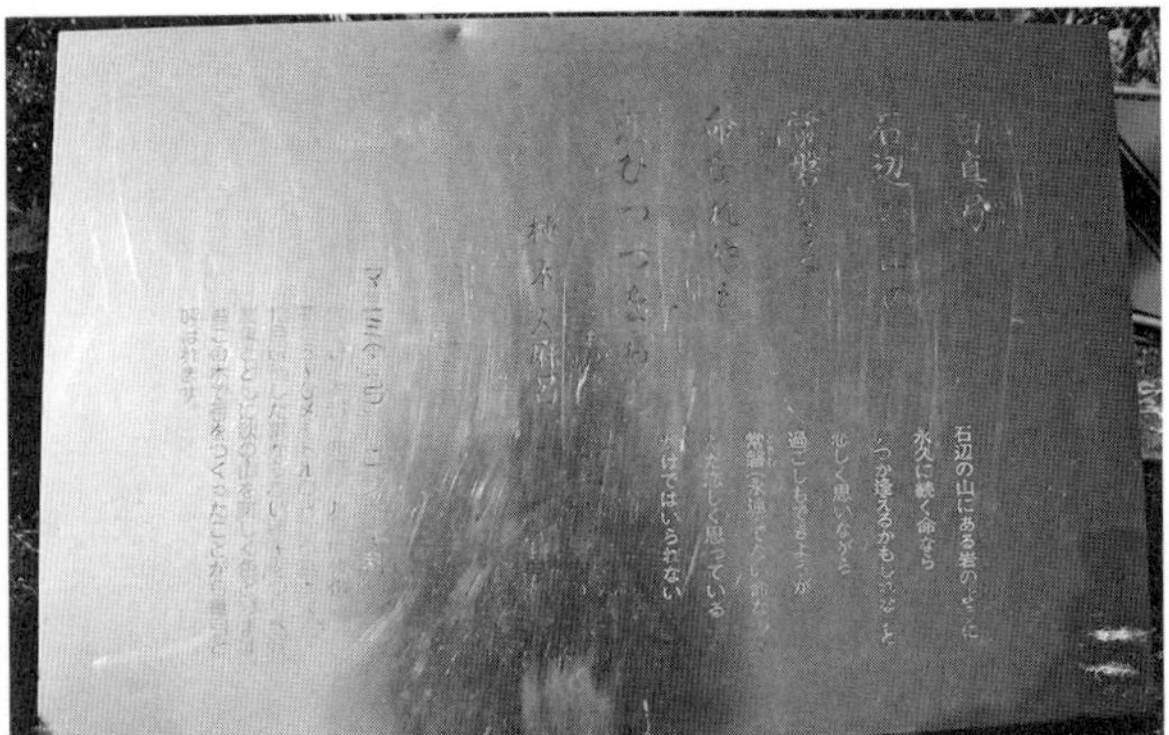

所在地　兵庫県明石市天文町　忠度公園
作　者　人麻呂歌集
歌　碑　ステンレス板（高さ100cm、幅70cm）、折り曲げ上部（高さ44cm、幅70cm）
揮毫者　未詳
建立年月　未詳

明日香河《あすかがは》　黄葉《もみちば》流る　葛木《かづらき》の
山の木《こ》の葉は　今し散るらし

明日香河《あすかがは》　黄葉流《もみちばながる》　葛木《かづらきの》
山之木葉者《やまのこのはは》　今之落疑《いましちるらし》

（巻一〇・二二一〇）

所在地　大阪府羽曳野市飛鳥　近鉄南大阪線上ノ太子駅前
作　者　未詳
歌　碑　「歴史の道　竹内街道」モニュメント（高さ90cm、幅100cm）、背面磨き部（高さ30cm、幅33cm）
揮毫者　未詳
建立年月　昭和62年11月

明日香河《あすかがは》　黄葉流《もみちばながる》　葛木《かづらきの》
山之木葉者《やまのこのはは》　今之落疑《いましちるらし》

明日香河《あすかがは》　黄葉《もみちば》流る　葛木《かづらき》の
山の木《こ》の葉は　今し散るらし

（巻一〇・二二一〇）

所在地　大阪府南河内郡太子町山田　太子町役場東側
作　者　未詳
歌　碑　自然石（高さ170cm、幅278cm）、黒御影（高さ101cm、幅70cm）
揮毫者　国文学者・犬養　孝
建立年月　平成7年2月

うつそみの　人にあるわれや　明日《あす》よりは
二上山《ふたがみやま》を　弟世《いろせ》とわが見む

宇都曾見乃《うつそみの》　人尓有吾哉《ひとなるわれや》　従明日者《あすよりは》
二上山乎《ふたがみやまを》　弟世登吾将見《いろせとあがみむ》

（巻二・一六五）

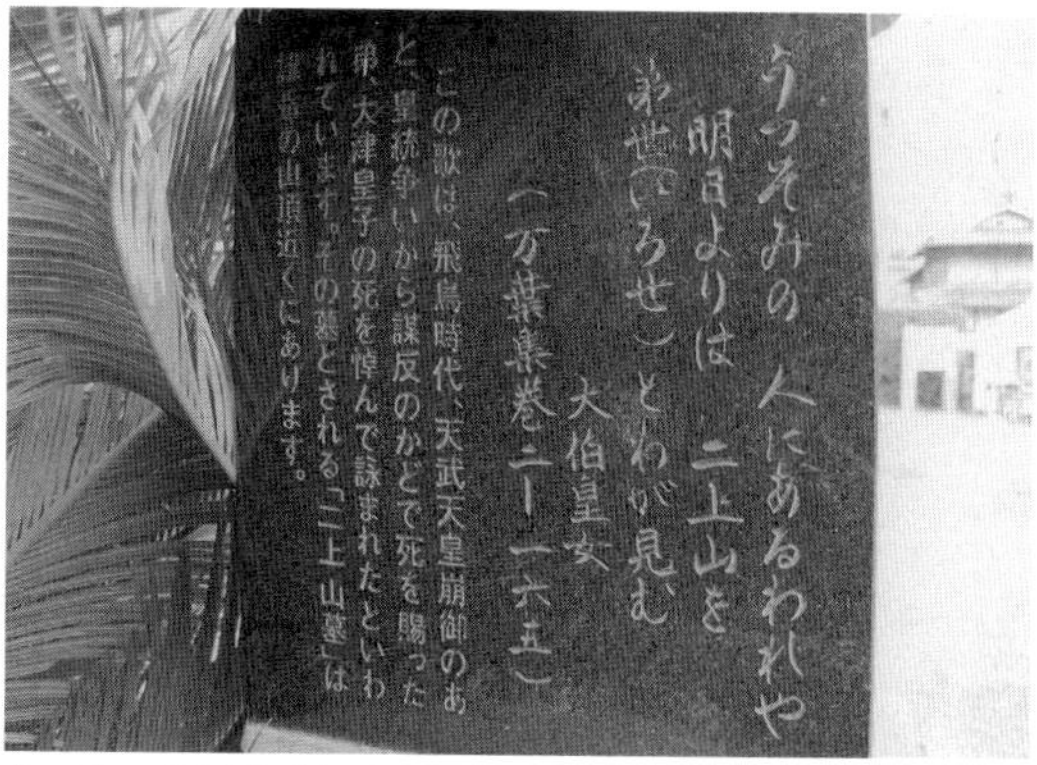

所在地　大阪府南河内郡太子町太子　叡福寺山門下駐車場横
作　者　大伯皇女
歌　碑　「磯長王陵の谷」モニュメント（高さ198cm、直径45cm）、磨き部（高さ34cm、幅29cm）
揮毫者　未詳
建立年月　平成３年10月

大坂《おほさか》を　吾《あ》が越え来《く》れば　二上《ふたがみ》に
黄葉《もみちば》流る　時雨《しぐれ》ふりつつ
大坂乎《おほさかを》　吾越来者《わがこえくれば》　二上尓《ふたがみに》
黄葉流《もみちばながる》　志具礼零乍《しぐれふりつつ》

（巻一〇・二一八五）

飛鳥川《あすかがは》　黄葉《もみちば》流る　葛城《かづらき》の
山の木《こ》の葉は　今し散るらむ
明日香河《あすかがは》　黄葉流《もみちばながる》　葛木《かづらきの》
山之木葉者《やまのこのはは》　今之落疑《いましちるらし》

（巻一〇・二二一〇）

（三首目略）

飛鳥川　黄葉流る　葛城の　山の木の葉は　今し散るらむ

所在地　大阪府南河内郡太子町　風鼻橋交差点
作　者　未詳（一・二首目）、大伯皇女（三首目）
歌　碑　「竹内街道と王陵の谷」碑（高さ200cm、幅170cm）、木板（高さ180cm、幅118cm）嵌め込み
揮毫者　未詳
建立年月　未詳

二上《ふたがみ》に　隠《かく》らう月の　惜しけども
妹が手本《たもと》を　離《か》るるこのころ

二上尓《ふたがみに》　隠経月之《かくらふつきの》　雖惜《をしけども》
妹之田本乎《いもがたもとを》　加流類比来《かるるこのころ》

（巻一一・二六六八）

所在地　大阪府南河内郡太子町　二上山鹿谷寺跡登山口
作　者　未詳
歌　碑　「歴史の道　竹内街道」モニュメント（高さ100cm、幅101cm）
揮毫者　未詳
建立年月　昭和62年11月

大坂《おほさか》を　わが越え来《く》れば　二上《ふたがみ》に
黄葉《もみちば》流る　時雨《しぐれ》ふりつつ

大坂乎《おほさかを》　吾越来者《わがこえくれば》　二上尓《ふたがみに》
黄葉流《もみちばながる》　志具礼零乍《しぐれふりつつ》

（巻一〇・二一八五）

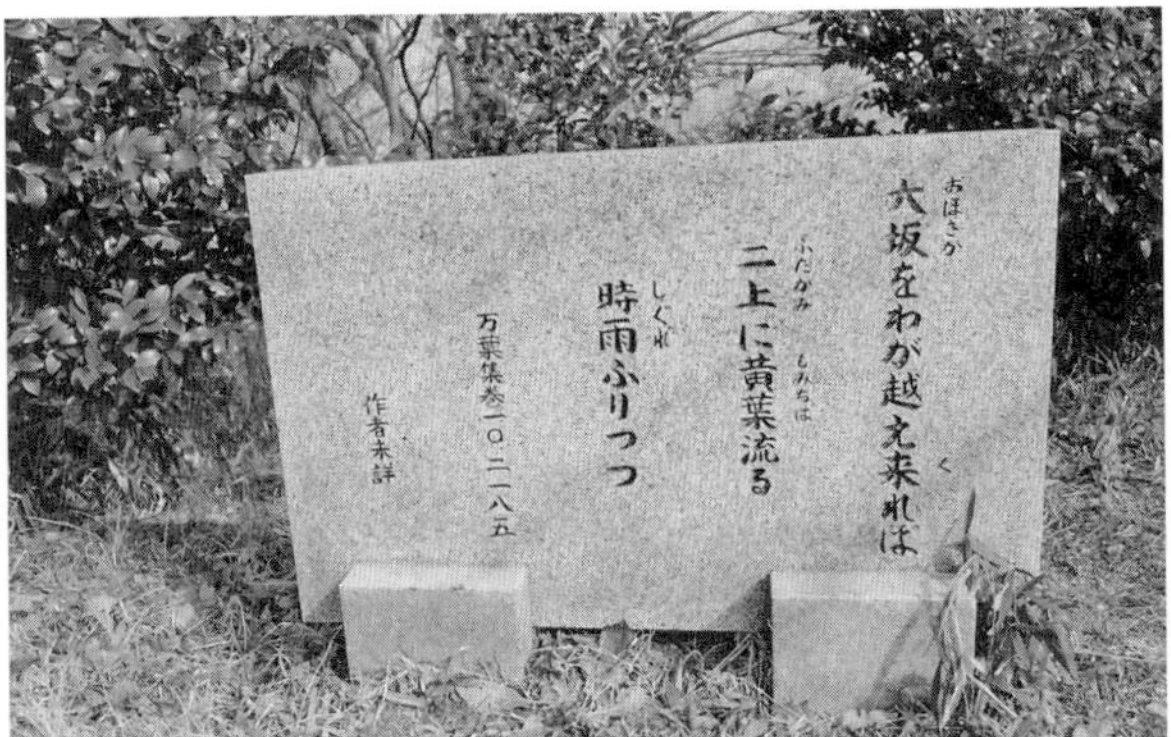

所在地　奈良県葛城市當麻　二上山雌岳山頂
作　者　未詳
歌　碑　白御影切石（高さ61cm、幅99cm）
揮毫者　未詳
建立年月　平成３年

うつそみの　人なる我《われ》や　明日《あす》よりは
二上山《ふたがみやま》を　弟世《いろせ》と我《あ》が見む

宇都曾見乃《うつそみの》　人尓有吾哉《ひとなるわれや》　従明日者《あすよりは》
二上山乎《ふたがみやまを》　弟世登吾将見《いろせとあがみむ》

（巻二・一六五）

うつそみの人なる
我や明日よりは
二上山を弟世と
我が見む
大伯皇女

所 在 地　奈良県葛城市當麻　葛城市交流会館前
作　　者　大伯皇女
歌　　碑　自然石（高さ103cm、幅170cm）、枠取凹磨（高さ54cm、幅69cm）
揮 毫 者　書家・堀江　彦三郎
建立年月　昭和59年6月

足日木乃《あしひきの》　山之四付二《やまのしづくに》　妹待跡《いもまつと》
吾立所沾《われたちぬれぬ》　山之四附二《やまのしづくに》

あしひきの　山のしづくに　妹《いも》待つと
我立ち濡《ぬ》れぬ　山のしずくに

（巻二・一〇七）

大津皇子
足日木乃
山之四付二
妹待跡
吾立所沾
山之四附二
孝書

所 在 地	奈良県葛城市當麻　當麻健民運動公園前
作　　者	大津皇子
歌　　碑	自然石（高さ170cm、幅110cm）、黒御影石（高さ60cm、幅85cm）
揮 毫 者	国文学者・犬養　孝
建立年月	昭和63年４月

葛城《かづらき》の　高間《たかま》の草野《かやの》　はや知りて
標刺《しめさ》さましを　今ぞ悔《くや》しき

葛城乃《かづらきの》　高間草野《たかまのかやの》　早知而《はやしりて》
標指益乎《しめささましを》　今悔拭《いまぞくやしき》

（巻七・一三三七）

所在地　奈良県御所市高天　高天寺橋本院駐車場入り口
作　者　作者未詳
歌　碑　自然石（高さ90cm、幅120cm）
揮毫者　書家・中野　南風
建立年月　昭和61年5月

葛木之《かづらぎの》　其津彦真弓《そつびこまゆみ》　荒木尓毛《あらきにも》
憑也君之《たのめやきみが》　吾之名告兼《わがなのりけむ》
葛木《かづらき》の　襲津彦真弓《そつびこまゆみ》　荒木《あらき》にも
頼めや君が　わが名告《なの》りけむ
（巻一一・二六三九）

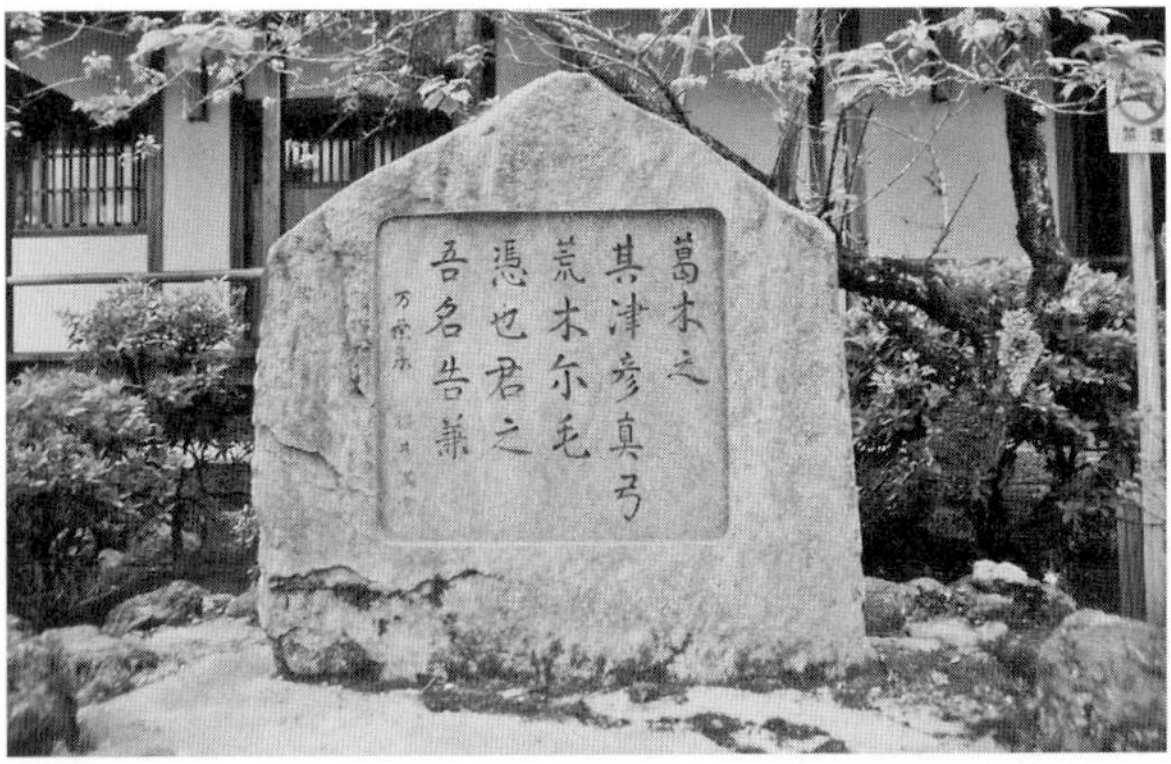
葛木之
其津彦真弓
荒木尓毛
憑也君之
吾名告兼

所在地	奈良県御所市森脇　葛城一言主神社拝殿左前
作者	作者未詳
歌碑	自然石（高さ122cm、幅126cm）、枠取凹磨（高さ67cm、幅73cm）
揮毫者	国文学者・桜井　満
建立年月	平成５年９月

淑人乃《よきひとの》　良跡吉見而《よしとよくみて》　好常言師《よしといひし》
芳野吉見与《よしのよくみよ》　良人四来三《よきひとよくみ》

よき人の　よしとよく見て　よしと言ひし
芳野よく見よ　よき人よく見

（巻一・二七）

淑人乃
良跡吉見而
好常言師
芳野吉見与
良人四来三

所在地	奈良県吉野郡吉野町吉野山　近鉄吉野線吉野駅前
作者	天武天皇
歌碑	自然石（高さ180cm、幅240cm）、枠取凹磨（高さ80cm、幅109cm）
揮毫者	国文学者・犬養　孝
建立年月	平成5年11月

皆人の　恋ふるみよしの　今日《けふ》見れば
うべも恋ひけり　山川《やまかは》清み

皆人之《みなひとの》　恋三芳野《こふるみよしの》　今日見者《けふみれば》
諾母恋来《うべもこひけり》　山川清見《やまかはきよみ》

（巻七・一一三一）

所在地　奈良県吉野郡吉野町喜佐谷奥
作　者　作者未詳
歌　碑　自然石（高さ83cm、幅83cm）
揮毫者　国文学者・上野　誠
建立年月　平成22年10月

み吉野の　象山《きさやま》の際《ま》の　木末《こぬれ》には
ここたもさわく　鳥の声かも

三吉野乃《みよしのの》　象山際乃《きさやまのまの》　木末尓波《こぬれには》
幾許毛散和口《ここだもさわく》　鳥之声可聞《とりのこえかも》

（巻六・九二四）

所在地　奈良県吉野郡吉野町喜佐谷　桜木神社境内
作　者　山部赤人
歌　碑　自然石（高さ142cm、幅120cm）
揮毫者　工芸家・鹿児島　寿蔵
建立年月　昭和47年12月

やすみしし　わが大君《おほきみ》の　きこしめす
天の下に　国はしも　さわにあれども
（中略）　たきの都は　見れどあかぬかも
八隅知之《やすみしし》　吾大王之《わがおほきみの》　所聞食《きこしをす》　天下尓《あめのしたに》
国者思毛《くにはしも》　沢二雖有《さわにあれども》　（中略）
滝之宮子波　見礼跡不飽可問《みれどあかぬかも》
（巻一・三六）

見れどあかぬ　吉野の川の　常滑《とこなめ》の
たゆることなく　またかへり見む
雖見飽奴《みれどあかぬ》　吉野乃河之《よしののかはの》　常滑乃《とこなめの》
絶事無久《たゆることなく》　復還見牟《またかへりみむ》
（巻一・三七）

所 在 地　奈良県吉野郡吉野町宮滝　旧中荘小学校傍
作　　者　柿本人麻呂
歌　　碑　扁平石（高さ145cm、幅85cm）
揮 毫 者　国文学者・武田　祐吉
建立年月　昭和36年２月

見れど飽かぬ　吉野の川の　常滑《とこなめ》の
絶ゆることなく　またかへり見む

雖見飽奴《みれどあかぬ》　吉野乃河之《よしののかはの》　常滑乃《とこなめの》
絶事無久《たゆることなく》　復還見牟《またかへりみむ》

（巻一・三七）

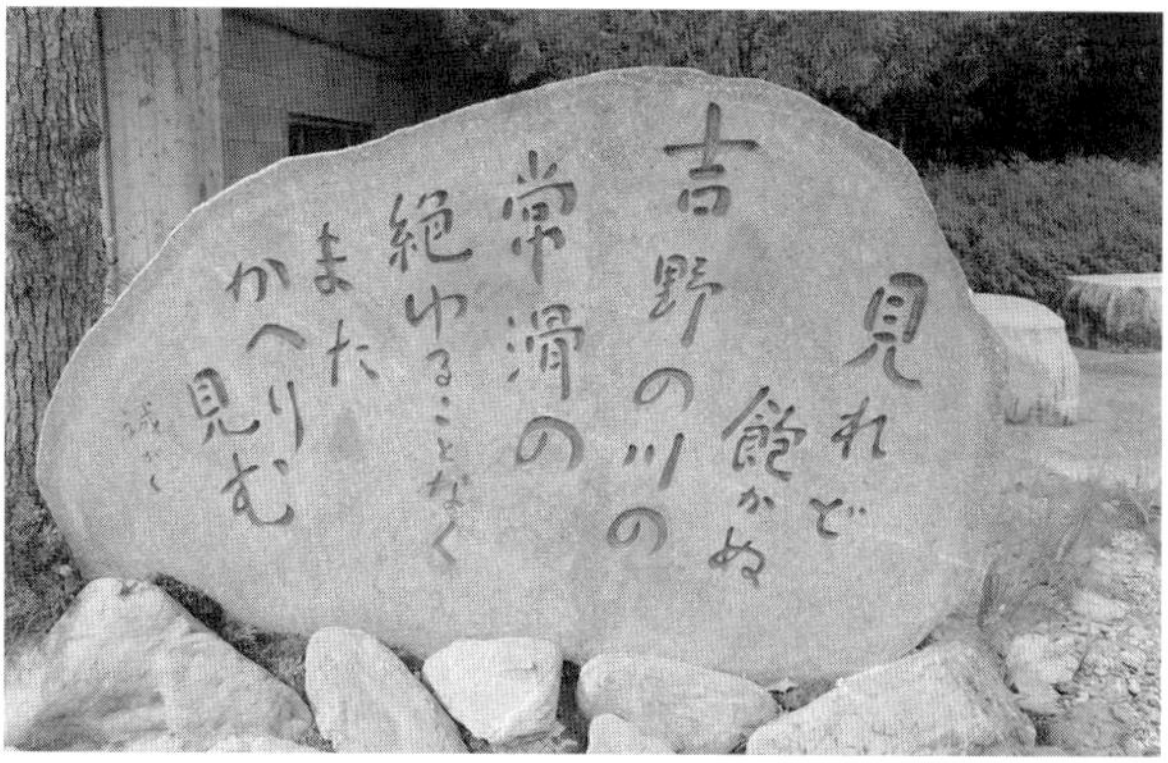
見れど
飽かぬ
吉野の川の
常滑の
絶ゆることなく
また
かへり見む

所在地　奈良県吉野郡吉野町宮滝　宮滝河川交流センター駐車場
作　者　作者未詳
歌　碑　自然石（高さ86cm、幅140cm）、全面磨き
揮毫者　国文学者・上野　誠
建立年月　平成24年11月

かはづ鳴く　よしのの川の　瀧《たき》の上《うへ》の
あしびの花ぞ　端に置くなゆめ

川津鳴《かはづなく》　吉野河之《よしののかはの》　滝上乃《たきのうへの》
馬酔之花曾《あしびのはなぞ》　置末勿勤《はしにおくなゆめ》

（巻一〇・一八六八）

所 在 地　奈良県吉野郡吉野町宮滝　吉野歴史資料館前
作　　者　作者未詳
歌　　碑　自然石（高さ73cm、幅110cm）、全面磨き
揮 毫 者　国文学者・上野　誠
建立年月　平成20年10月

瀧上乃《たきのうへの》　三船山従《みふねのやまゆ》　秋津邊《あきづへに》
末鳴度者《すえなきわたるは》　誰喚児鳥《たれよぶこどり》

滝の上の　三船の山ゆ　秋津辺に
末鳴き渡るは　誰呼子鳥

（巻九・一七一三）

所在地　奈良県吉野郡吉野町楢井　中荘温泉前
作　者　作者未詳
歌　碑　自然石（高さ127cm、幅100cm）、枠取凹磨（高さ66cm、幅32cm）
揮毫者　国文学者・犬養　孝
建立年月　昭和52年10月

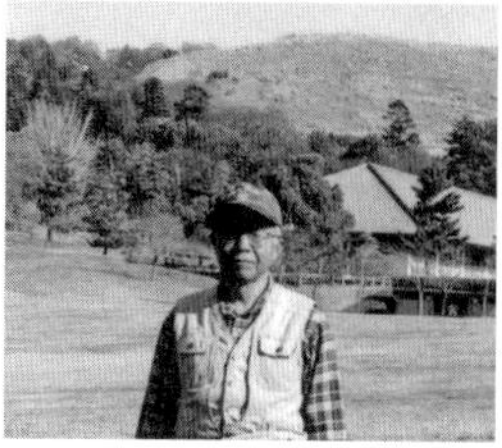

筆者略歴

二川暁美（ふたかわ・あけみ）

　工学博士、日本機械学会フェロー。三菱電機（株）中央研究所・長崎製作所・本社、三菱電機プラントエンジニアリング（株）本社勤務。神戸大学・大阪大学工学部非常勤講師、日本機械学会・電気学会・日本材料学会会員。米国電気学会（IEEE）最優秀論文賞、英国冷凍学会（IR）The Hall-Thermotank Gold Medal、圧縮機国際会議（ICEC）功績賞、日本冷凍空調学会学術賞、エネルギー・資源学会技術賞、日本電機工業会功績賞などを受賞。学士会・万葉学会会員。万葉通信『たまづさ』編集委員、『ウォーク万葉』に三八篇、万葉通信『たまづさ』に四〇篇、橿原図書館『万葉』に一篇の「万葉故地めぐり」を執筆。著書に『山の辺の道を歩く』（雄山閣）、『奈良市の万葉を歩く　上下』（奈良新聞社）、『明日香の万葉を歩く　上下』（奈良新聞社）、『熊野古道　紀伊路の王子と万葉を歩く』（文藝春秋社）など。

一《いち》度《ど》は訪《たず》ねたい万葉《まんよう》のふるさと　－近《きん》畿《き》編《へん》（上）－

2020年7月15日　第1版第1刷発行

著　　者　二川《ふたかわ》　暁美《あけみ》

発 行 者　田中　篤則

発 行 所　株式会社奈良新聞社

〒630 － 8686　奈良市法華寺町2番地4

TEL0742（32）2117

FAX0742（32）2773

振　　替　00930 － 0 － 51735

印刷所　株式会社渋谷文泉閣

ISBN978-4-88856-160-0

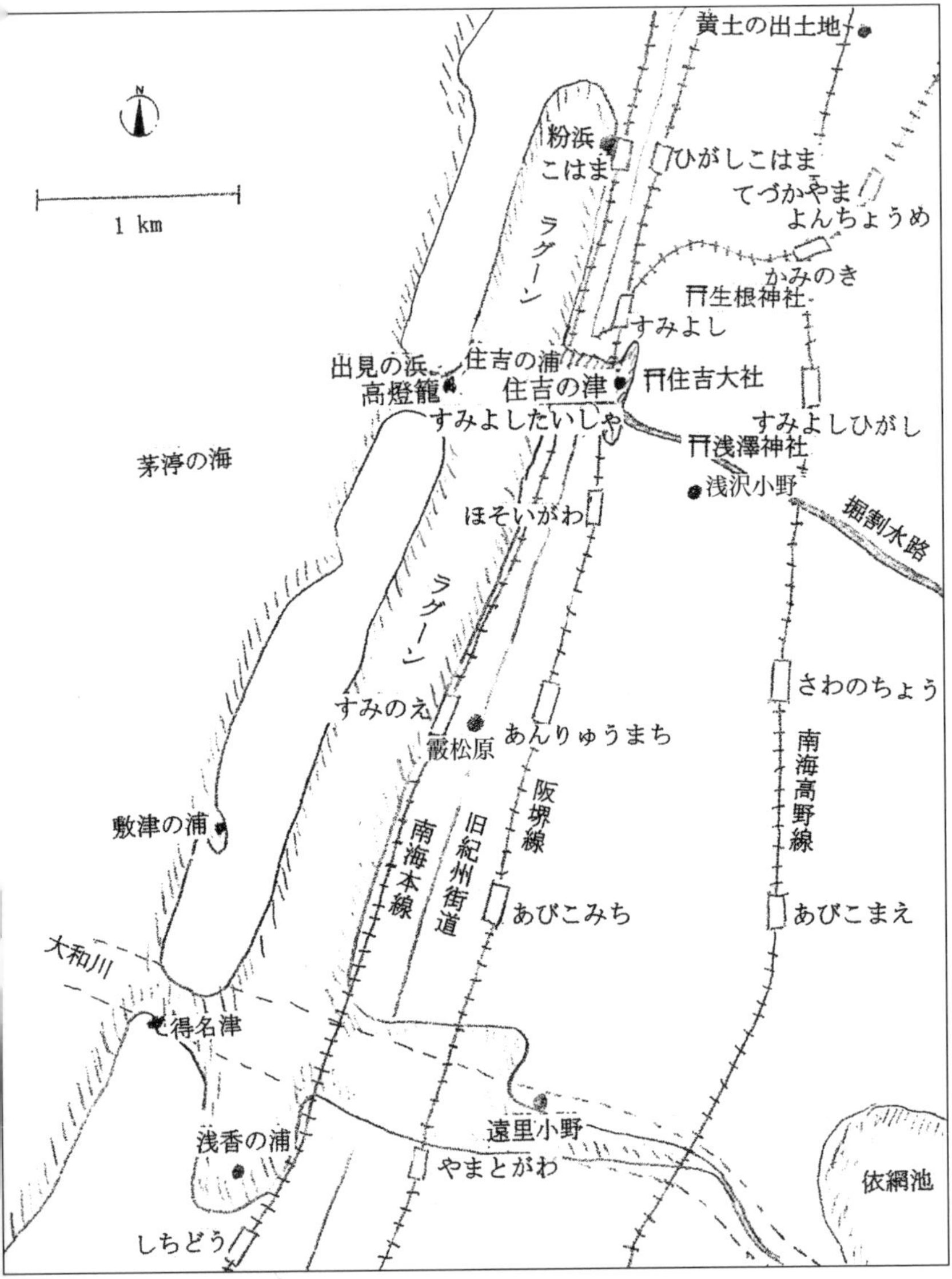

万葉の時代の住吉地形想像図